缚春情

〈下册〉

任欢游◎著

江苏凤凰文艺出版社
JIANGSU PHOENIX LITERATURE AND
ART PUBLISHING

第三卷

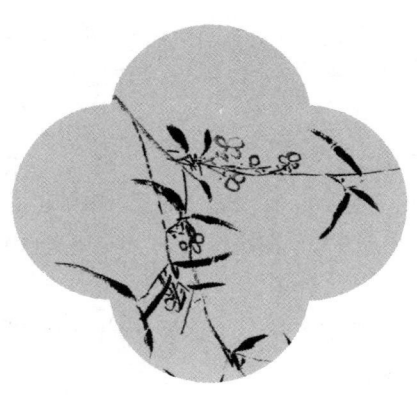

知心着意

第十一章
合 作

宋扶回到府中并未回自己的院子，而是直接去了宋家主院。宋蓝安还未歇下，听下人来报说宋扶寻他同宋夫人有要事，便穿衣一起去了正堂。

"这么晚了，你有何事？"

"父亲不若问问母亲做了什么？"

宋夫人在一旁捏着帕子低头不语，宋蓝安瞥了一眼皱起了眉："怎么回事？"

"老爷……"宋夫人眼尾泛红，眼带惶恐，"妾身只是心疼挽儿，见她一人独自在外不甚安全……"

"够了。"宋蓝安的语气阴沉下来，"当你那点子心思谁看不明白不成？"他的眸子微眯，"你倒是生了不少能耐。"

"孩儿说过，无论是谁都不能打挽儿的主意。"

"你待如何？"

宋扶道："母亲故去前定有交代，父亲心中若还念母亲半点情分，便不该包庇此人。"

宋蓝安拧着眉："若我不呢？"

"那孩儿唯有说一句不孝，离府而居了。"

说完此话，父子二人对视一眼，心领神会。

宋夫人哪敢背个继室逼府中嫡长子离府而居的恶毒罪名？若这个名声传出去，世人会如何看她的摇儿、拈儿，尤其是同样身为嫡子的揽儿？

"扶儿，你误会了，娘亲对挽儿绝无恶意，娘亲只是觉得挽儿不该一人居在府外，这……这不合规矩。"

宋扶一脸寒意："父亲未曾言语，您便越了父亲做事，这就合规矩了？"

宋夫人慌忙解释："此事的确欠妥，我明日去给挽儿道歉。"

"您是想再让挽儿背个不孝的名声？"

"我绝无此意！"宋夫人红着眼睛，着急地辩驳。

原本她不觉得将宋挽送回侯府有何不对，但今日宋挽所言的确让她听进了心里。她同宋蓝安同床共枕多年，再清楚不过他是个什么样的人。此人冷心冷肺，心中只有江山社稷同宋氏一族，他之所行所想她从未看懂过。可宋挽像生母，必是瞧得明明白白，所以她今日的确犯了大错。

"孩儿明日搬出府，也好就近照顾挽儿，父亲早些休息，孩儿告退。"

宋扶转身离开，宋夫人慌忙跟上前。

"够了。"

宋蓝安的语气淡漠，却让宋夫人立刻停住了脚步。

"再过几日便是观音诞，你去帮府中人抄写百份经文捐赠庙中，便当给府里的几个孩子祈福。"说完，宋蓝安转身离去。

宋夫人咬着唇欲哭无泪，心头万分悔恨。她恨自己不若宋挽的生母聪慧，懂得走一望十，亦恨宋蓝安不论何事都不同她说。

他的心中对宋挽有计较，对摇儿、拮儿有所安排，却从来都不会与她说一声，哪怕偶尔来了兴致同她说几句话，也多是敷衍之词。宋夫人眼中含着滚烫的热泪，心中苦涩，却不知能与何人言。

宋扶离开宋蓝安院子，就见门口有两个面容相似的小姑娘在等着他。

年长些的穿了身宫缎云纹妆花裙，容貌秀美，只是此时眼中含泪含怨，一瞬不瞬地盯着宋扶。年纪小些的倒是脸色平静，还未退去稚气的面容有几分宋挽小时候的样子。

见宋扶出来，那个年纪小的道："阿兄可否想过，您若搬离府上会让外人如何编排娘亲？阿兄只注重长姐，可想过还有两个妹妹？二姐及笄在即，若此时母亲得个恶毒继室之名，您让二姐姐如何自处？拮儿恳请阿兄在府中多待些时日，便当怜惜我们成不成？"

宋扶盯着宋拮，淡淡地道："今日果并非我种下的因，你二人寻我问罪实在不该。"

宋拮道："拮儿并非问罪，拮儿只是求阿兄多多怜惜，这样也不可以吗？"

"人不贵于无过，而贵于能改过，一而再、再而三地知错行错，错后求人怜惜，求人宥恕，实非君子所为。不求犯错之人能真诚恻怛地道歉补过，但至少你们不该也不能如此轻易张口说出求人怜惜这等话。一来损了女儿家风骨，二来若我答应，又要置挽儿于何处？我知你二人生性聪慧，但若真是有大智慧的，就该看着母亲，让她少做出些令亲者痛仇者快之事。"

"夜里风凉，你二人快些回院。"宋扶说完，让二人的嬷嬷送她们回去。

兄妹三人各自回房，宋扶却召来身旁的小厮，让他明日去寻个大些的宅子，不拘城中城外。若是往常他根本不可能搬出府去，如今借着太子名头行事倒是方便许多。暗暗在心中感念未曾见过的太子之恩后，宋扶方沐浴歇下。

第十一章 合作

277

待到这个消息由东厂暗哨传到沈千聿的耳中时，他却直呼不成。

"若让宋扶买了宅子，我日后还如何见宋家小姐？"他是内侍这等言语，哄哄未见过几个男子的后宅姑娘还成，宋扶那里当然骗不过。他还想多从宋挽那里学些东西，此时若宋挽再回内宅，他二人断了这师徒情分，实在可惜。

沈千聿看着万宵道："派人看着宋扶，无论他在何处买宅子，都务必让人给他搅黄了才行。"

宋扶从宋家搬离后，一直未找到合适的宅子。他本想借此机会将宋挽护在羽翼之下，日后由他供养，如此既不必受制于族中，也可避免如宋夫人自作主张这等事。

只是也不知怎的了，这几日托人看的那些宅子要么大小不合适，要么便是价格高得出奇，且当中本有一处宅子都下了定银，结果第二日竟被东家双倍返还。

一来二去，宋扶无法，只能先歇在宋挽的陪嫁庄子里。

今日下值，宋扶拎了些糕点去看望宋挽，如今离府而居虽然有许多不便，但他可陪伴妹妹的机会却多了不少。

宋挽陪嫁的庄子离这座宅子也不算远，若是骑马，不过一盏茶的工夫便能到，这几日宋扶都在此用晚膳。

"太子为人襟怀洒脱，用人不拘泥形式，算是个明主。"

宋扶看着面色晕红的宋挽，宠溺地一笑："太子也算目光如炬，瞧得出我宋扶的妹子是个有真才实学的。若挽儿是男子，阿兄也比不过的。"

"阿兄何必嘲弄挽儿？"宋挽抿着唇，带着三分羞意笑了起来。

兄妹二人用过膳，坐在院中饮茶交谈。

"不知何时有机会见见那位吉荣公公，说来他机缘巧合之下救了你，我应当好生答谢他。"

"大概他出宫不易，何时会来又无定数，才频频错过，若下次他到这里，我同他定个时间，让阿兄与他见上一面。"

"如此也好。"

宋扶点头："太子应是已有所动作，我最近有意留心各部，发现八九品同不入流的位置颇换了几批人，不过因为官职实在太低，倒没引起他人的注意。"

"如此细细渗透、润物无声方安全稳妥，这些人行动方便，倒是比那一举一动皆被无数人看在眼中的位置强上不少。"

"挽儿说得有理。"

宋扶道："这段时日一直没有沈千沭的消息传出，不知是个什么情况，若江妃一直沉寂下去，倒是能给太子争取不少时间。"

"沈千沭的腿……"

宋挽皱着眉头："应当问题不大。"

沈千沭年幼，虽然受伤但恢复得也快，若真的出了什么大问题，宫中的太医必有消息传出来。如今无论江曼还是城阳侯府都静悄悄的，倒像是在尽量拖延时间，以让沈千沭痊愈。

"我亦是这般想的。"

"衍庆宫被围得滴水不漏，除了前些日子江行简带了那个姨娘进宫，便再未传出任何消息。"

"姑母同皇后的人几次试探，都没能成功。"

"林葭玥？"

宋挽皱着眉头，总觉得她同江行简一起进宫很不寻常。

"是。"

看出宋扶没有将林葭玥放在眼中，宋挽捏着裙摆眼露担忧。林葭玥此人，她看不透，所以不好说。

"你忌惮那个人？"

宋挽点头："我瞧不透她，也摸不清这人的心机、手段。先前她钟情江行简，处处使心使力帮他和侯府，可侯府现下如何阿兄也瞧见了。如今她恨江行简，若真存了要暗中报复之心，我实在担忧又会弄巧成拙，反倒帮了江曼什么忙。"

"阿兄甚少听挽儿说这等刻薄之言，倒是有些意思。"

宋挽一愣，忽而笑了起来。

她并非挤兑林葭玥，实是此人手段诡奇，令人防不胜防。

"罢了，不提她。"

宋扶道："这段时日，我想查查江行简在边关的六年都做了什么。他不会无缘无故地在边关待六年之久，此事他三缄其口，必有蹊跷，所以我猜想他应是在边关……"

宋挽垂眸："屯私兵。"

宋扶闻言轻轻地"嗯"了一声。

"只是此事要从长计议，若不能抓住其把柄，反容易惹火烧身。"

兄妹二人又说了几句无关紧要的，见天色已晚，宋扶骑马离开。

他刚走出宅子不远，旁边的一处宅院中，有人站了起来。

沈千聿放下手中的茶盏，低头理了理坐皱了的衣衫。

万宵看着微微一笑。

沈千聿只见对方眼中似乎带着几分揶揄，他略有不满地道："你笑什么？"

"主子这模样混像是准备去会情郎的姑娘家，小心谨慎，生怕何处招了人厌弃。"

"胡言乱语。"

沈千聿嗤笑一声："这世间沉溺温柔乡的爷们有几个可成就大业的？"随意掸了掸衣摆，沈千聿满不在乎地道，"你觉得我是那等会沉迷美色，在意情爱之人？"

"属下并无此意。"

万宵面上还带着浅浅的笑意，沈千聿正准备出门，转身又听万宵道："主子落了东西。"

院中石桌上放着个方方正正的锦盒，沈千聿闻言拎起来，大步走向门外。

这锦盒还真有几分重量，坠得他两臂发酸。

动了动养了好几日的胳膊，沈千聿轻轻"哼"了一声。他只是觉得宋挽的学识不比天下男儿差到何处，令人敬佩罢了，万宵惯会以小人之心度君子之腹。说什么会情郎……

万宵一个太监懂个屁情郎。

走到宋挽的宅子门口，沈千聿低头看了看有些皱了的衣衫，仔细整理了两下，方轻轻敲门。

琅婆子一脸笑意地将他迎进门，又去禀报宋挽。

宋挽从屋中出来，腼腆地一笑，见到沈千聿时双颊瞬间染上一层绯红。上次她实在狼狈，还连累了对方照顾一路，今日再见难免有些窘迫。

"那日的事还未谢谢公公。"

沈千聿的手一挥："小事而已，何足挂齿。今日来，亦是有事询问姑娘。"

"公公请。"

宋挽将人带至院中，二人坐在院中交谈。

"早知今日公公会来，方才就该让我阿兄再等上片刻，如此挽儿也可将我阿兄引荐给公公。"

沈千聿淡淡地一笑，心道宋扶再不走，他都要等睡着了。

"这是我……家主子让我带给姑娘的，姑娘之法十分得用，我家主子已将人手放入各部，算是解了心头大患。"

将锦盒推到宋挽面前，沈千聿打开锦缎包裹。里面是个方方正正的红雕漆盒，男人抬手打开，一股清甜的果香袭来。

沈千聿道："这是金顶谢花酥梨，我……家主子让人快马加鞭从宁陵送来的。"

这金顶谢花酥梨本是贡品，上贡的那批还在路上，他手中这些是整个上京头一份。

"这太贵重了，小女不能收。"宋挽微微摇头，神色坚决。

"有何贵重的，不过几个梨子而已。宋姑娘为太子出谋划策，劳力劳心，几个梨子当得起。"沈千聿的语气慵懒肆意，仿佛这些东西真就只是寻常物件一般。

"姑娘且收着，不收反倒让我家主子不高兴了。"

宋挽无奈，只好收下。

收下后，她让蘅芷将沈千聿先前送来的拜师六礼捧了过来。

"这金顶花谢酥梨我收着了，可太子的拜师礼同投师贴无论如何小女都不能收。"

宋挽站起身朝沈千聿一拜："若太子真拜小女为师，日后必会让天下人耻笑，而小女也难逃世人口诛笔伐，还望公公请太子殿下收回这投师帖。"

见宋挽说得认真，沈千聿站起身应承下来。

沈千聿比宋挽高上许多，宋挽只堪堪到他的下颌而已，如今二人离得近了，他居高临下，正好能瞧见对方一双染了粉色的耳尖。

万宵那句"会情郎"忽然在耳边响起，沈千聿不由自主地向后退了一步。

"姑娘所言在下知晓，定会一字不漏禀报给太子殿下。"

宋挽一笑，眉眼里尽是温柔。

也不知今日怎的了，许是万宵胡言乱语，方让他同宋挽相处得如此不自在。微微收敛了性子，沈千聿重新坐了回去。

"其实今日来，还有一事相求。"

宋挽道："公公请说。"

她的语气恬淡，说话间还带着姑娘家独有的娇软，沈千聿只觉得宋挽今日的语气格外柔和，听得人昏昏沉沉的，脑子发晕。他轻咳一声，愈发端正了神色："太子知姑娘同芸妃情同母女，不知可否向姑娘借个物件以做敲门砖？"

宋挽点点头："自是可以。"

在后宫太子到底不如后妃行走方便，且这些年应当也无余力在宫中安插人手，如今会提出想要结交姑母之言亦在她的设想之中。

宋挽起身进屋，不多时拿出个巴掌大的盒子。

将它放到沈千聿面前，宋挽道："姑母见到此物，定会相信太子殿下的人。"

沈千聿打开，只见盒子里面的红绒底布衬着一颗完美无瑕的珍珠。此珠略略散发出润泽的粉光，一看便知不是凡品。

将珍珠捏在手中细细查看，沈千聿道："这东西做不得假。"

如此完美的品相，世间难寻第二颗。

宋挽笑着点头："此乃母亲遗物，挽儿自幼贴身带着，姑母认得它，的确无人能作假。"

贴身带着……沈千聿只觉得捏着珍珠的两个指尖仿佛被灼伤一般，烫得人发疼。他的下颌紧绷，慌忙将那颗珍珠小心地放回。

"在下……定妥当保管。"

宋挽轻轻点头："劳烦公公。"

"天色已经不早，在下先行告退，此珠日后必完整奉还。"

"公公交由姑母即可。"

"定然，定然。"

也不知沈千聿怎么了，突然着急忙慌地告辞，急匆匆的模样好似发生什么大事一般。宋挽觉得有些莫名其妙，忙安排蘅芷送他离开。

见客人离开，她回房拆发卸妆，净面休息去了。

沈千聿走出宅子仍步履匆匆，待回了自家宅院后，他脸色铁青地看着万宵。

"主子，这是……怎么了？"

万宵放下手中的酒碗，恭敬地站起身。虽说他二人曾死里逃生，相互扶持多年，但万宵知晓自己的身份，从不逾矩。

沈千聿愤怒地瞪了他一眼，坐了下来。

"倒酒。"

万宵笑着为他斟酒，沈千聿一饮而尽，脸色严肃。胸口还放着宋挽方才给他的那颗珍珠，大约是烈酒烧喉的关系，沈千聿只觉得胸口处升起一股怪异的热意。

"这是什么酒？"

"竹叶青。"

沈千聿皱眉，不发一言。

"殿下在宋姑娘府中遭遇何事？"

沈千聿瞥了他一眼，还是没有开口。

直到万宵一个人喝光了壶中酒，他才缓缓地道："宋挽今日十分不寻常。"

万宵的眉眼立刻变得凌厉："可是宋家生了背叛之心？"

"非也。"

沈千聿的眉头紧皱："今日的宋挽……"

"如何？"

"神色、语气皆不同往日。"

万宵的唇边勾起一个笑意："可是她想要谋害主子？"

"倒也不是。"

"那是如何？"

沈千聿的神色凝重："她今日眉眼间尽是温婉的笑意。"

他在南庆为质时，那南庆妖女也会偶尔露出此等媚态，大多是为了引诱他，让他沦为她的裙下臣。可笑他根本不屑此道，宁愿受尽那妖女的折磨，也不愿多亲近一分。

万宵闻言一愣："宋家嫡女不一直都是这般温婉娴雅的模样？"他暗中见过几次，只觉得那个女子是个柔弱无害的，大多数时候面上都带着浅浅的笑意，很是寻常。

沈千聿摇头："往日如何未曾留意，只觉得今日十分不同。"

他垂着眸，面无表情地道，"不知道是不是宋家又生了送女入宫的心思，方以此道……"

"主子，属下有句话不知当讲不当讲。"

"你说。"

万宵眯着眸子微微向后仰去，视线不停地打量沈千聿。片刻后，万宵道："宋姑娘不是一直当您是吉荣吗？她身为宋家嫡女，便是沦落为城阳侯府的弃妇，亦不会打一个宫中内侍的主意吧？"

沈千聿面色一沉，倏地起身："你懂个什么？"说完，他黑着脸大步走向自己的院子。

万宵皱着眉，也不知道太子今日为何如此反常。

正琢磨着，只见沈千聿又皱着眉绕了回来。

"宋挽并非城阳侯府弃妇，是她与江行简义绝在先。"

万宵愣了一下："有区别吗？"

"你懂个什么！"沈千聿道，"她虽未接下我的投师贴，但我敬重她的学识。"

万宵就见沈千聿说完这句话，头也未回，急匆匆地离开。

"这人……不是您自己说宋家姑娘今日反常，如何又是我不懂了？"

他二人在宅子中拌嘴，却是不知宋挽的宅子附近有个中年妇人已在暗中窥探许久，见沈千聿这样一个高大威武的陌生男人，踏着夜色而来，又踏着夜色而归，不由得险些惊掉下巴。她抿唇思虑许久，着急忙慌地坐上马车回了城阳侯府。

江老夫人同府中庶子女先后过世，让江母一下子老了十几岁。原本多年养尊处优的富贵日子将她娇养得如三十出头的美艳妇人，如今却是一夕之间白了大半乌丝，仿似老了十岁。

"夫人，柳姨娘又来了。"

江母捧着黄铜手炉闻言眸中闪过一丝不耐。

"可要奴婢打发她走？"

"不必了，让她进来吧。"

抬手捏了捏眉心，江母道："丧子之痛我亦经历过，为人母亲的怕是恨不得能替儿子去了，你让她进来，我开解开解也好。这一年府里没了太多人，我这心里……"

捂着胸口，江母微叹一声："亦不是滋味。"

往日府中处处有老太太操持，并不用她管事，多年来她便养成个不愿理事的懒怠

第十一章 合作

性子，府中的庶子庶女她自然也懒得养在膝下。

可那些庶出虽然不是她自己生养的，但活生生的人没了，她也不好受。更别说这府里短短几个月时间先后走了四个人。

一想起这里，江母就觉心中发冷，捧了捧手中的暖炉进怀。

她心中厌烦柳朱，尤其是这几日柳朱要了府中不少东西同银子给江晏治丧，但此事她虽有微词，却也一一应下了。难不成还怕她发死儿子的财不成？不过是当母亲的一番悲苦之心，无处纾解罢了。

江母穿着一身白，掩盖满眼的疲惫。

柳朱刚进门，就见江母坐在那儿出神，不知寻思些什么，她眼珠子一转，立刻挤出几滴泪来在江母面前。

"夫人，你要给晏儿做主啊。"

江母长舒一口气，垂着眸道："这是又少了什么？"

柳朱抹着眼泪："这几日我去毓灵斋，却发现晏儿房中什么东西都没有。这怎么可能呢？往日我瞧他出手阔绰，不像是没银子的模样啊。且外院的柳管事也说晏儿几次托他南下带了东西，那些东西都不便宜，怎的如今都没了？"

江母皱着眉头："你来就为了这事？爷们在外交际，买卖些物件都是寻常，他一个庶子房中能有什么？且江晏尸骨未寒，你便去他房里翻找银钱？你怎么做人姨娘的？"

江母眉眼带着厉色，语气凌厉："这几日你打着为江晏治丧的名义跟府里要这要那，那些东西呢？可用在江晏身上了？"

柳朱扭过头，躲避江母的视线。她连儿子都没了，不多给自己留些银子怎么成？死都死了，还非得将银钱都带地下去？

想到江晏，柳朱皱了皱眉。那孩子小时候分明乖巧懂事，待她又好，也不知长大怎么就变了个性子，对自己的生母日日冷着脸，活像是谁欠他八百吊似的。如今短命，怕也是他不孝的报应。

"自然用在二爷身上了，且这府里除了我同夫人还有谁能心疼他？"

"你知道便好。"

到底不是自己的儿子，江母无心细究，说完便想要打发柳朱回自己的院子，哪想到柳朱跪在地上满脸哀怨："只是夫人，晏儿房中真的少了许多东西，就连他身边的两个丫鬟也不知跑到哪里去了。虽是青斋同府中的管事打了招呼拿了身契离开，可妾身就是觉得不对劲啊，晏儿手中的细软定是被那个小贱蹄子卷走了，夫人，咱们应当报官。您是不知道晏儿往日出手多么阔绰，九成在外头有些私产……"

柳朱一脸焦急。她曾经可亲眼见过江晏给他的舅母送了套十分贵重的翡翠头面，那翡翠水头极好，值上千两银子呢。她偷偷寻人打听过，至少一千五百两银子是有的。

若江晏的手中没有私产，哪里能买得起这种东西？

柳朱越想越急，躬起的腰恨不得能扑在江母身上。

"够了。"

江母嘭的一声将暖手炉砸在地上："江晏人都去了你还编派他？庶子藏私是个什么名声，你上赶着给一个死人泼脏水？为了那么点银子你脸面都不要了？"

"李嬷嬷。"

江母气急，额头上的青筋都暴了起来："柳姨娘胡言乱语，请了家法给我好生治治她这毛病。"

李嬷嬷踌躇不决，江母却扯着嗓子道："还不快去！我如今算是瞧出来了，这府里不用些雷霆手段是不成了。去，今日就让柳氏好生长长记性，什么话能说，什么话不能说，让她一次学个明白。学不会别放她出来，另外将江星给我带来瞧瞧，这样的姨娘能养出什么样的闺女？"

江星今年方九岁，江母对这个庶女只有个唯唯诺诺的印象，今日瞧柳朱连死去的儿子都要编排，实在是忍无可忍。

很快，下人将江星带了过来，江母一瞧险些气得晕死过去。

如今就快要入冬了，江星的身上还穿着初秋的衣裳，光是走到绛香院这儿，小姑娘就冻得双手青紫，脸蛋通红。

江母抚着额头，气得不成样子："将江星送……送往澜庭院让林氏同怀素带着，至于柳朱，她如今既无丈夫又无儿子，留在侯府也无甚用处。侯府待人向来宽厚，就不用她给侯爷守一辈子了，家法伺候完给我送出府去。再去给我将柳呈祥带来，让他好生管教管教这个东西，若是她敢在外面胡言乱语，就将柳家一家子全赶出去！"

见江母动怒，李嬷嬷连忙拉着柳朱走了出去。

柳朱还在不断地哀号，却被李嬷嬷用手中的巾帕直接塞到了嗓子眼儿。

柳呈祥亦被人带了来，江母一见他便冷叱一声，吓得柳呈祥扑通一声跪在地上。

婆子将江母的话复述给他听，只见柳呈祥不住地磕头："夫人放心，小的必好生看管柳朱，绝不让她在外说侯府一个字。"

江母愤怒地瞪了他一眼，万分厌恶地摆手让人将他带下去。

柳呈祥一出绛香院脸色便阴沉下来，他站在垂花门外静静地等着柳朱。

满眼白色的城阳侯府透着一股阴森之气，平日各院喧嚣热闹，如今却是寂静无声，就连下人走路都会下意识地放轻脚步，生怕惊扰了什么。

柳朱被带出来的时候，双颊被人扇得青肿不堪，见到柳呈祥时她忍不住咧嘴哭了起来。鲜红的血渍布满牙缝，可见今日李嬷嬷是下了狠手的。

"哥哥……"柳朱挣开李嬷嬷，猛地扑向柳呈祥，"您帮我同夫人求求情，我不能离开侯府啊……"

她若是离了侯府，还如何吃香喝辣的，过主子生活？且她的父母早就过世，唯一的亲人就剩下柳呈祥一家，她还指望着柳连升给自己养老呢。如今江晏都没了，若再离开侯府让她怎么活？

"哥哥，我真的不能离开侯府。"

柳呈祥的眼皮抽动着，咬着牙死死地拉着柳朱回了自己所在的下人房。

柳朱哭了一路，到柳呈祥居住的院子时，她哭得更加厉害，周围的下人出来看热闹，待问清是柳朱被夫人赶出府后，一个个都缩回了脑袋。

"你先看着她，我马上就回。"

柳呈祥将柳朱推进屋中，柳朱的嫂子站在门外红肿着眼睛，盯着她一言不发。

"嫂……"

"我呸。"柳家媳妇一口唾沫吐在柳朱面上，"你个挨千刀的活该有今日，晏儿……"她带着哽咽，眼中落下一串泪，"晏儿那么好的孩子会短命都是你这个丧门星克来的，该死的是你才对！"

"打小我就同你说过，让你莫日日苛待他，你为了荣华富贵，连自己的儿子都不要了，活该，活该你临老被赶出府去。"柳家媳妇咬着牙，一声声地咒骂柳朱。

江晏不是她的孩儿，又多了一层主子身份，平日里她甚少能见到他，可她知道晏儿那孩子是个好的，心里头软着呢。晏儿回回见了她都会喊一声舅母，且私下里亦送过不少东西给她。她不过就是在江晏挨打挨得狠了时，偷偷借着柳呈祥的名义给他送过几次药同吃食，这孩子就一直记在心里。甚至前段时日青斋离府时还给她送了些银票来。青斋原话便是不能给柳姨娘留一点主子的东西。她这几日心疼江晏心疼得浑身无一处不疼，眼皮子都哭得睁不开了。

而柳朱呢？她哪有个儿子去了的模样？双颊红润饱满不说，面上还敷了粉！

"就因为你黑了心肝，晏儿才早早就去了，因为老天爷知道不能让晏儿这样的好孩子给你养老，你老了就只配沦为大街上乞食的乞婆，日无三餐，夜无居所。就是你克死了晏儿，就是你。你活该过那人人喊打过街老鼠一样的日子！"

"你放屁。"柳朱猛地起身，口齿不清地道，"我对那个小畜生还不够好？我是短了他的吃还是短了他的穿？他能在人前做风风光光的晏二爷，还不是我一直在府中从上到下狗一样的谄媚打点？而且你有什么资格说我？这些年我收来的银子大半不都进了你们家？好啊，现在我儿子没了，你敢挺起腰杆同我大声说话了，怎么不见你往日对我呼呼喝喝的？你别忘了，哥哥同连升答应过给我养老，我这些年可是给了你们不少的银子！"

286

她对那个小畜生如何不好了？若是没有她柳朱，那个小畜生能托生在侯府里？一出生就做了侯府二爷？

"那个小畜生不孝敬生母，死了倒好，免得生出个跟他一样的东西，还要遭我这份罪。"

柳朱愤怒地瞪着自己的嫂嫂，很是笃定柳呈祥不会将她如何。这么多年，她都是如此嚣张跋扈过来的，且柳呈祥拿了她那么多体己银子，怎么敢不好好对她？

若是不好好对她，怕是地下的爹娘也不会放过他。

"我待那个小畜生不好，你怎么腆着脸说的？我是他的生母，我能待他不好？他福薄，没那个享受富贵的好命道也能怨上我来？我呸，贱人。"

柳家媳妇听闻此话双眼猩红，直接跳到柳朱身上左右抡着胳膊抽她。

柳呈祥端着碗进门，大喝一声："干什么呢？"

"哥，你媳妇打我。"

柳朱捂着脸，趁柳家媳妇不备，狠狠地挠在她的脸上。

二人又缠斗在一起，柳呈祥上前大力将两个人甩开。

柳朱起身挑衅地看着自己嫂子。

"这些年我给了你们那么多银钱，别以为光……呜……"

话还没说完，柳朱就被柳呈祥掐住了下巴，死死地按住牙关。

"给她灌进去。"

柳家媳妇闻言二话不说，亦不问是什么东西，接过来便往柳朱的嘴里灌。

柳朱挣扎着，想要往外吐，却被自家兄嫂狠狠地按住。

见那碗药全部被柳朱喝下去，柳呈祥夫妻才将人松开。

柳朱只觉得喉咙处烧灼得厉害，她疼得满地打滚，一口口往外喷着血，却说不出来一句话。

柳家媳妇惊慌地问道："这是什么？"

"真砜砂合五倍子水，外院除铁锈的物件。"

"那柳朱她，她不会死了吧？"

柳呈祥冷冷地"哼"了一声："死不了，烧坏了嗓子而已。你跟我一起将她丢出去，免得她在院中闹人。"

"丢……丢出去？"

"怎么，你想违背夫人的命令，还是你想养着她？"

柳家媳妇一听，忙跟着柳呈祥一人架着柳朱的一只胳膊，直接丢出城阳侯府外。

婆子将柳朱被他夫妻二人赶走之事禀告给江母，江母闻言，淡淡地点头，懒得再理会。

齐顺家的见这乱象都处理妥当，这才走上前凑到江母耳边，轻轻嘀咕了两句。

"你说什么？"

江母身子猛地向后仰去，齐顺家的连忙将人扶住。

"跟我去寻易儿，我要让易儿将那个贱人缢死。"

江母死死地拉着齐顺家的，心中的怒火顶得她说不出话。她本想着若宋挽在山中被人劫去，看在对方为易儿守寡六年的份上放她一条生路，如此也算给自家府上积阴德了。可是既然那个女人不知羞耻，私通外男，那她就绝对不能放任宋挽苟活在这世上，丢城阳侯府的脸面。

"去澜庭院。"

江母拉着齐顺家的往澜庭院走去。

江行简现下就住在澜庭主院中，他伤得重，太医告知需静养三个月。花灯节后朝中三位皇子均受重伤，顺隆帝急着捉拿南庆的细作，闹得朝廷上下人心惶惶。

长眼力的大多都安静地蛰伏下来，江行简也不例外，顺势安心在府中养病。

怀素正帮他揉捏肩颈，久不下床的江行简只觉得浑身发僵。

"爷可受得住这活络油的味道？"

江行简闭着眼淡淡地"嗯"了一声。

因着他身上还有伤，这活络血脉的药油剂量不可重了，怀素便用小银勺舀出一点点，放在掌心仔细搓热，再将双手轻轻敷在男人的脖颈处。

怀素的动作认真而仔细，揉捏片刻，她略带着犹疑问道："爷，夫人那边是不是该接回来了？"

侯府接连治丧，好在花灯节前后上京去了太多人，各户人家均手忙脚乱，无暇到别府吊唁，才让城阳侯府的慌乱显得不那么明显。

府中如今虽然有个从宫中出来的青薇在操持府务，但奈何她的身份不当不正，许多事管起来很是不便。眼下看着好似一片太平，实则各处问题不小。于怀素眼中，这府里谁都不如宋挽，唯有宋挽可以将侯府管理得妥当，上下齐心。

"还不到时候。"

怀素只觉得掌心下的江行简身子一僵，方淡淡地吐出这句话。

江行简睁开眼，没了兴致。他何尝不想接宋挽回府，可他知道还未到时机。

宋挽如今正恨他恨得欲死，若执意带人回府，以她的性子必然更为痛恨自己。且如今局势不稳，事情发展亦超出了他当初的想象。

若早知同三皇子不费一兵一卒便可分出个胜负，他当初就不会如此对待宋挽。一步错，步步错，谁能想到他本想护着那个人，却反弄巧成拙。

现下他做什么宋挽都只会更恨他，倒不如慢慢等，等朝中局势平稳，等沭儿成为继承大宝的唯一人选，那时他便可同宋蓝安谈和，他相信宋蓝安必会将宋挽风风光光地送回。

江行简穿上衣衫，眸中尽是笃定。让宋挽恨宋蓝安，亦好过恨他。若挽儿回到他身边，他必会好生待她。

江行简淡淡地露出一个笑容，却在林葭玥进门的时候又缓缓散去。

林葭玥拉着江星的手走了过来，见怀素垂首站在一旁，她微微一愣，转头装看不见。

"行简哥哥，你好些了吗？"

"已经大好了。"

林葭玥心疼地摸上江行简的脸颊："真的好了吗？行简哥哥真的不是怕我伤心而骗我的？"

江行简拉下林葭玥的手，并未言语。

"五皇子可用了我说的那个复健的法子？上次玥儿说的祥瑞，你同娘娘……"

"五妹妹怎会在这里？"

林葭玥将江星的生母被赶出府一事讲给江行简听，江行简闻言只是淡淡地说了句让林葭玥好生照看她。

"是啊，我一定会好好照顾五妹妹的，我会拿她当作自己的亲生女儿看待。行简哥哥，你说先前我们的孩儿是男还是女？可惜我没有能力，未能让他出生在这世上。行简哥哥，他是你的第一个孩儿，想必你也是心疼的，对吧？若是男孩儿，说不定会跟你长得一模一样，而你就可以教他习字练武……"

林葭玥说完，在江行简心脏处轻轻一点，江行简面色微冷，下意识地抿紧了唇。她的手顺着江行简的心脏处慢慢向下滑去，江行简僵硬着身子，面色泛青。

"那祥瑞之象这几日应当会有人报给上京吧？若是得了好消息，行简哥哥可别忘了告诉玥儿，玥儿还有其他法子必能帮五皇子保住地位。"说完，林葭玥朝怀素笑笑，拉着江星走了出去。

刚离开，林葭玥便道："你莫学我。"

江星不解地抬头，只见林葭玥微红着眼睛："你不要学我，我是个为人妾的，今日你瞧见的所有举动都不要学。"她把江星拉到身边，摸着她的头，"你瞧见你娘的下场？做人妾室的就是这般下场。你要记得，在这个世道里若无良好的家世，那你所能依靠的便只有一个贤惠的好名声。你要学，就去学宋挽，去做那样的大家闺秀。那些封建礼教害人，可换个角度想，那些封建礼教也是在保护像你、像江景一样柔弱的姑娘。"

林葭玥仰着头，将眼中泪逼了回去。

"始乱之，终弃之。你日后万万不要行差踏错一步，便是再心动的男子，也必要以礼定情，不可涉于淫滥，不可先行失贞。我以往只当这些封建教条是对女子的迫害，可在这个世道，女子坏了礼教就等于失去了礼教的保障。"林葭玥擦干眼泪，强撑着笑意，"江星，你要记得在这里，女子处于一个非常劣势的地位，尤其是在面对爱情的时候。"

林葭玥哽咽着："在这个世道，但凡涉及一个情字女人都只会、也只能是唯一的受害者。"周姨娘、江景，还有她腹中的孩儿，三条人命方让她看清这个道理，代价不可谓不大。她怎么会傻到认为女性只要做到跟男人一样的事情，得到跟男人一样的待遇就是平等，就是解放？没有人可以脱离现实因素和整个社会的制度与观念生活，那只是她盲目而冲动的幻想而已。

"你日后要好好读书，我这辈子最后悔的就是在本该好好读书的年纪跑去追求爱情，到头来一段感情都没有维持住。好好读书，学着做一个聪明人，像……宋挽那样的聪明人。"

江星半懂不懂地点着头，见林葭玥哭得厉害，自己也红了眼睛。她不是很明白对方的意思，但江星知道，没了柳姨娘，日后就不会有人再打骂她，她也可以吃饱穿暖了。小小的江星怯怯地伸出手握住林葭玥，低声喃喃着："我日后会多读书，做像大奶奶那样的人。"

林葭玥揽着江星又哭又笑，发泄过情绪后，她又帮着江星梳头换衣。

青薇在府里代掌中馈，但因着她不是府中主子，是以对于林葭玥的无理取闹十分头痛。

见林葭玥吵着要给江星裁衣做鞋，青薇翻查账册，发现派去给二房的衣衫明明已经发下去，却也不得不重新再做几套。

江星扯着林葭玥的手，小声道："府中是给做了的，只是都被姨娘拿走了。"

府中发下的衣衫等物品，柳姨娘大半都会拿给柳呈祥让他去当掉换些银子，有时候明明价值八两、五两的衣裳，柳呈祥便是只分给她二三百钱，她也乐此不疲。

她的兄长说姨娘是个蠢透腔的，她觉得兄长说得没错。想起江晏，江星的眼睛一红，心中十分难过。

"不必在意那些，日后我带着你。"

林葭玥拉着江星，目光平静地看向侯府的一切。

二人正往绣烟阁走，正见江母白着一张脸，气势汹汹地同齐顺媳妇走了过来。她微微皱眉，拉着江星回了绣烟阁。

"江星，你要记住，好奇害死猫，不聪明的人知道得越少，活得越久。"

江星点点头，同林葭玥回了绣烟阁。

江母那边一进主院大门就将所有奴仆都遣了出去，就连怀素亦被她打发离开。

"母亲有何事？"

屋中只剩下他们母子，江母双眸猩红："怪道那贱妇宁愿伤了你也要私逃出府，原是她在外面早有了姘头，你竟还处处回护。"

"母亲在胡说些什么？"

江母厉声道："胡说？你让齐顺家的同你说说那个贱妇在外都做了什么好事。"

齐顺家的木着一张脸上前，将于夜中看见一个身材高大的男子进出宋挽住的宅子之事说给江行简听。

"挽儿绝不会做出此事。"

"不会？"江母按着额头，"你到现在还护着她，可她是如何对你的？且她有什么不会的？若真是个守妇道的，便不会宁愿刺伤你也非要义绝出府了。"

"以宋挽的学识、品性，她绝对不会做出这等违礼之事，母亲不必再说，城阳侯府再经不起这等风波。"

江母咬着牙，恨其不争。

江行简让齐顺家的将江母送回绛香院，自己闭眼琢磨起此事来。以他对宋挽了解，她绝对不是这种自甘堕落，头脑不清之人，亦不信有什么男子能入得她的眼。但齐顺家的定不会撒谎，所以……

江行简找来松烟，让松烟寻人去看着宋挽的宅子。他如今怀疑那处宅子或许只是个障眼法，要么里头住了其他什么人，要么便是那个男子的身份有些问题。

松烟刚离开，陶泓便走了进来。

陶泓亦是江行简身边的小厮，只是他平日多在外头奔走为侯府打探消息，已许久不曾回来。今儿刚进府，便急匆匆地来寻江行简。

"侯爷，事成了。如今宁山城、青南县、饶河古村、栅水以及姜东镇五地都有稀世明珠现世，当地知县已快马加鞭将东西送至上京，小的也已经按照主子的说法处处散播相关消息。且东龙城沭字碑凭空出现，亦让百姓有众多猜忌。如今各地都出现了白色祥鹿、金色鲤鱼，抑或是寺庙显出七彩宝光等。"

江行简道："她给的那东西真能照出七彩宝光？"

"回主子，小的按照林姨娘所说，将那东西放在太阳下，的确显出了七彩宝光。"

江行简垂眸，沉默片刻，让陶泓继续在上京散播消息。

各地出现祥瑞之事很快在上京流传开来，且传说这些祥瑞都同"五"有关。

宋芸宁坐在长信宫中，看着面敷药巾的沈千柏心头酸涩。

投身帝王家，有些时候有些事并非她们愿意去争，想要去争。可若是不争，赔上的就是自己，甚至是整个族人的性命。

抬手将沈千柏面上的药巾换下，宋芸宁仔细地帮他擦去血痂。

"奴婢瞧着三皇子已好了不少，如今只眼睛下还有些明显，这脸上已经瞧不出许多痕迹了。"

宋芸宁点头："确实如此。"

彩筝见状跪在地上，低声道："娘娘，外头都传五皇子乃真龙降世，虽然如今忌惮着圣上，但朝中重臣同天下百姓都……"

"不必说了。千柏他争不过，亦争不得了。"

为沈千柏盖好被子，宋芸宁喃喃着道："宋氏一族已放弃了千柏，虽然我知这是保全宋家的最好办法，但我心中亦无法接受。可我又不得不承认，千柏他……"

"若我还想让千柏留下一条命在，就不能再拱着他去做那黄粱美梦。"她宋芸宁斗得起，自然也输得起。

"江曼的心思、手段不过如此，花灯节她借了大皇子的力方伤了千柏，日后我不会再给她机会了。我会护着千柏长大，等到他封王出宫时，本宫也算功成身退。"

宋芸宁为沈千柏梳拢起沾了汗的凌乱发丝，柔声道："做个逍遥王爷，也未必不是件好事。"

"娘娘难道就任由沈千沭上位，让江曼骑在您的头上？"

宋芸宁道："我亦不想让他上位，可难不成这后宫中谁还生得出六皇子不成？"说完，她冷笑一声，"且沈千沭上位又如何，他赢，不代表江曼赢。"

若不是实在无法，她亦不想看着仇人之子登基为皇。

二人正低声交谈，外头一个宫女来报，说是有位小太监求见。

"如今什么东西都能得见娘娘？还不打发出去？"

"那位公公呈上此物件，说务必给娘娘过目。"

彩筝将东西接过来，呈到宋芸宁面前。

宋芸宁打开，看着里面粉润的珍珠忙道："将人请进来。"

沈千聿佝偻着身子跟随宫中女官进了长信宫的寝殿，宋芸宁上上下下地打量着，随后同彩筝道："你们都退下。"

"娘娘……"

"退下吧。"

屏退殿中人后，宋芸宁皱着眉道："你不是宫中内侍，你是什么人？"

沈千聿的眉尾微挑，暗道这混迹后宫的女人果真都不同凡响。他站起身，高大的身躯展现在宋芸宁面前，只刚抬起头，他就看见了对方手中的那颗珍珠。

那颗粉润的珍珠被宋芸宁捏在手中，沈千聿微微皱眉又移开视线。

"我的确非宫中内侍。"

沈千聿拉来身边的黄花梨卷草纹玫瑰椅，颇为招摇地坐了下去。

那椅子小而精致，衬得他一身浪荡气。

宋芸宁眉毛一厉："你是谁，手中如何有挽儿母亲的遗物？"

听闻宋挽之名，沈千聿莫名其妙地觉得有些拘谨，他轻咳一声，坐正了身子，想了想又站起身来。

"芸妃娘娘莫要惊慌，在下沈千聿。"

"你是太子？"

宋芸宁感到十分惊讶，她已多年未在后宫听闻太子之名，微微一愣，这股讶异便很快被胸中的谋划取代。

"你怎么会接触到挽儿？你未曾得到宋蓝安的助力也应去寻宋扶，怎会拿着挽儿母亲的遗物？"

沈千聿道："东厂之人同宋姑娘有过联系。"

"万宵是你的人？"

沈千聿点头："生死之交。"

宋芸宁道："让东厂的人离挽儿远些，我不想将挽儿牵扯进这些事情中。"

沈千聿挑眉，并未言语，宋芸宁正想再说什么，他突然道："今日来寻芸妃娘娘，是在下想同娘娘寻个合作，我日后可保三皇子无忧……"

"可。"

"娘娘就不怀疑我的身份？"

宋芸宁淡淡地笑着，却未曾回答。她无须怀疑，也不用怀疑，便是个假太子，她也要让他上位！

宋芸宁如此痛快的模样，倒让沈千聿有些不适。

见他面色一滞，宋芸宁冷冷地"哼"了一声："都是穷途末路之人，何必再搞那些弯弯绕绕？扶你上位，自是比让沈千沭上位强得多，毕竟本宫可从未对你出手过。"

"既娘娘如此痛快，我亦痛快些，娘娘于后宫中助我一力，日后我可保三皇子、宋扶、宋挽三个人一世无忧。"

"可以。"

宋蓝安不曾出面站队太子，人家不提宋氏一族亦情有可原，宋芸宁也不是个贪婪的，能护着三个孩子于她来说便够了。

二人性情爽直，又颇为投契，是以只三五句话便将同盟一事聊得清楚。

沈千聿准备告辞，却听宋芸宁道："你如此行事日后必为朝臣诟病，你身上……实无龙子威仪。"

宋芸宁上下打量着沈千聿，继续开口："可需我寻人授你皇子规矩？"

"在下有一良师,无须娘娘费心。"想了想,沈千聿又道,"不知娘娘可否将宋小姐的粉珠归还?"

"粉珠?"这无头无尾的一句让宋芸宁一时未反应过来,愣了一下,她蹙眉道,"挽儿的珠子?待她下次入宫本宫会亲手交给她。"

"还是由我的属下归还好些,毕竟拿了宋小姐的东西理应原样送回。"

宋芸宁被他说得云里雾里,略微犹豫后将那颗粉珠放回盒中,递给沈千聿。虽这颗珠子值些银钱,但她也不怕沈千聿会私藏。

将珠子拿回,沈千聿走出长信宫。

刚一出来,他便将盒中的粉珠拿出用衣袖仔细擦干净。他这等尊师重道之人怎会不懂礼数?既是他借去的物品,当然应由他亲自归还。

重新将珠子放回,沈千聿小心地回了东宫。

他许久未回东宫,吉荣为他挡了不少危机,称得上险死还生。

"没事吧?"

"奴才无事。"

吉荣面色惨白,一见便知道受了重伤,他捂住胸口,声音嘶哑地道:"皇后那边已经有所怀疑,这几日动作频频,不再如以往一般小打小闹,应是想到大皇子受伤是殿下所为。"

"无妨,你能瞒到如今已十分了得。"

沈千聿让吉荣将东宫中藏的一坛子黑臭物件拿出去丢弃,自己则坐在铜镜前勾唇一笑。见惯了这张脸,他竟是有些不记得自己原本的模样了。

"主子,万宵那边已准备好,可要将人召回东宫?"

"自然。"

沈千聿站起身,随手扯了东宫金榻上的破旧被褥。

"收拾一下,这东宫该开门迎客了。"

吉荣恭敬地跪地应是。

三年的时间,东厂暗探已尽被万宵掌握手中,宫中并非无沈千聿的人,只是这些人散落四处,蛰伏而已。

时机未到,东宫大门自是不能开。

夜色渐浓,往日寂然无声的东宫今日却十分热闹,宫女、太监手脚利落地打扫着各处的灰尘。

沈千聿大马金刀地坐在太子金椅上,指尖把玩着一块白色玉牌。见东宫灯火亮起,他对身边的吉荣道:"让人送大皇子上路。"

为质十二载、忍辱求生五年，三年谋划等的不过就是今日。

不过半个时辰，便有人来报大皇子已殁，东厂暗探得手。

沈千聿"啧"了一声，万分心疼地将手中的玉牌交给吉荣。

东厂天字号暗探，一生只动用一次，既已功成，这一暗棋亦不算白白浪费。

"主子，可要奴才为您准备明日上朝的冕服？"

沈千聿淡淡地笑着道："上什么朝？今日不过是告知世人宋家同本宫站到一处罢了。"

他明日会将东宫出现的人都推到宋芸宁头上，他二人联手必会引人猜忌，但大皇子已死，皇后便不足为惧。至于皇后的母族……

沈千聿嗤笑一声。这些个世家大族哪里来的骨肉亲情？怕是大皇子还未出殡，便要迫不及待地选人上船了。

而宋蓝安想要做墙头草，亦要看他答不答应。

所有人都以为他会在天下祥瑞尽出、五皇子声名大噪之时隐入暗中伺机而动？他偏不。他偏要在此时大张旗鼓地将宋蓝安同自己绑定，宣告世人他与宋芸宁联手，让宋蓝安不得不上东宫这条船。

吉荣不解地问道："殿下不准备明日现于人前？"

沈千聿摇头："若圣上无召，你便帮本宫继续瘫下去。"

"这几日世人只会猜究竟是东宫同宋芸宁联手，还是宋氏一族为对抗五皇子借东宫使的障眼法，若无朝臣上奏，圣上绝不会召见本宫。"

伸出手摸了摸胸前放着的珍珠盒子，沈千聿道："趁着那群蠢货都在等他人出手的这几日，本宫还要去寻人学学为君之道。如此日后也好糊弄那群昏庸无道的软蛋朝臣。"

沈千聿踏着夜色出宫，很快便到了京郊的宅子处。

他刚进宅子，就见万宵坐在院中饮酒，沈千聿微微皱眉："你怎会在此？东厂无事做了？"

万宵道："属下是来给殿下报信的。"

"报什么信？"

"城阳侯府派了婆子来，这几日鬼鬼祟祟地不知道在做什么。"

"可曾进宅？"

万宵道："这倒是不曾。"

沈千聿点点头，转身便往他房中走去，万宵见他所行方向并非距离宋挽宅子更近的后门，不由得开口问道："殿下不去宋家嫡女的宅子？"

沈千聿闻言步子一顿："你……"

"属下不懂。"

万宵提着酒壶似带着几分醉意，沈千聿嗤笑一声："深更半夜闯女子闺房，你当我是什么人？你又当人姑娘家是什么人？如此不顾女子名节，如此宵小之行岂是君子所为？"

万宵张口，还未出声，沈千聿又道："那内侍只是明面上的身份而已，我到底是个男子，岂能因她不明真相便欺负一个娇柔女子？且你难道不知外头还有城阳侯府的人在？明知会给他人带去祸患还执意前往，我是这等卑鄙无耻的人？"

这几句话沈千聿说得铿锵有力，万宵一张薄唇张张合合，终是闭得死紧。这义正词严的模样，让万宵险些以为前几日趁黑进入宋挽宅子的人是自己。

"厨房可烧水了？"

万宵点点头，沈千聿道："我去沐浴，明日再去见宋家嫡女。"

说完，沈千聿离开，留下拎着酒壶一脸莫名其妙表情的万宵。

也不知他家主子最近怎的了，言辞奇怪不说，大晚上的跑到这里来沐浴，着实令人费解。

将沈千聿抛在脑后，万宵拎起酒壶径直喝了起来。

这处宅子不大，浴房中只有一个木桶同盥洗架及盛放衣物的小几。

沈千聿掏出怀中的珍珠放在小几上，将衣裳随手丢在地上跨进浴桶中。

男人闭目休憩，睁开眼睛正瞧见了肩头上硕大一个奴字烙印。这东西是那南庆妖女发疯时烙在他身上的，这么多年早跟他的一身伤疤融为一体。他往日从无感觉，不知为何，今日见到这个烙印，却觉得十分刺眼。

拿起水中的巾帕狠狠地擦了两下，沈千聿烦躁地丢下巾帕，起身穿衣。

待穿戴妥当，他方收起小几上的珍珠盒子揣进胸前。

一夜无梦。第二天日，沈千聿便换了一身粗布衣裳，推着一辆装满青菜的木车去了宋挽的宅子。琅婆子开门见他这副装扮心中忽而一跳，立刻便知道附近有人盯梢。

将人迎了进来后，沈千聿方直起身。

宋挽正在院中同蘅芷、蘅芜、锦书和鸾笺融虫白蜡绞红花汁做口脂。旁边摆放着几盘已经做好凝固的口脂，宋挽正拿了一个细细地抹在唇上。

手中的铜镜恰好将进门的沈千聿映在其中，宋挽惊讶地回头去看。

"吉荣公公到了？"忙拿了手中的帕子将唇上的胭脂擦干净，宋挽面色微红，只觉得自己仪容不整的模样十分失礼。她的耳上带着薄红，邀沈千聿入正堂落座。

"姑娘的东西，今日奉还。"将那珍珠放到宋挽面前，沈千聿淡淡地开口。

"劳烦公公。"把母亲的遗物小心收起来，宋挽一如既往地体贴，并未问东西为何没留给芸妃。

沈千聿将昨日东宫入人同大皇子殁了的事告知宋挽，宋挽闻言眨着眼一时无言。她本就姿容出挑，如今未施粉黛，只唇上沾染淡淡的口脂余色的模样显得柔媚可喜，惹得沈千聿脸色紧绷，神色僵硬着移开视线。他便说万宵不懂。若万宵在场，怕也会同意他先前所言。

沈千聿一脸严肃，看得宋挽几不可查地轻轻皱了眉。

这位"吉荣公公"一边将逼迫父亲站队之事告知，一边神色十分严肃，可是对宋府不满？

一时猜不透他的意思，宋挽的心中不免担忧起来。思索片刻，她轻声道："这段时日同公公相处也算有些情分，有些话挽儿便直问公公了。不知太子可是对宋家不满？"

沈千聿正默默地咂摸那句有些情分，听闻此言淡淡地摇头："太子并无此意，姑娘怎么会生出这般想法？"

宋挽只见沈千聿的脸色愈发阴沉，有些紧张地捏起了手中的帕子。太子此举已经将整个宋府拉上船，若太子对父亲不满，日后说不得要秋后算账。

想到虽然是宋扶先同"吉荣"相识，但到底是她将宋家拉拢到太子着一边，思及此，宋挽便觉得心中不安。

"公……"

"宋姑……"

二人同时开口，沈千聿道："宋姑娘请说。"

宋挽摇摇头，一时不知该如何说。说得多了只会给太子留下一个宋家贪婪无度的印象，如此反倒不美。

沈千聿似乎明白宋挽所想，略一思索道："审时度势而已，太子不会因此记恨宋大人，宋姑娘自可放心。"他可不是那等心胸狭窄之人，还不会将这点小事放在心上。

"今日来是太子有一问题不解，想要问问姑娘。"

"公公请说。"

沈千聿道："虽太子如今可在后宫站稳脚步，但众朝臣同天下人怕不会承认我……家主子的身份，此等窘境不知该如何化解。"

宋挽垂眸，琢磨此话。

太子虽然背靠东厂同姑母，但眼下也仅仅只能暂时保住太子之位而已，想要让朝臣和百姓承认他的身份实是艰难。他一无母族可依靠，二无真心相扶的朝支持臣，背后可以说空无一人，想要在朝中行走可谓举步维艰。

想了想，宋挽轻声道："太子身无长物，只能以德致位。姑母眼下支持太子，待太子出现在人前后，她之拥趸定会琢磨太子之势，若太子是个值得追随的明君，必会有人投诚。五皇子实在年幼，等其成长便是好大一个未知，更遑论无人知晓他日后会长成个什么样子。莫看这几日天下各处祥瑞尽出,可那些东西哪能糊弄朝中众人?说是祥瑞,倒不如说是江曼借天降异象之名,洗刷侯府先前的闹剧留下的各种污名蠢相。太子虽无母族,但只要其仁义礼智根于心,且日后能实行仁政,总会有人自愿跟随。毕竟眼前的大好人选在,又何必去等一个未知慢慢长大?太子礼贤下士,视群臣如手足,时日久了群臣必视君如腹心。"

宋挽的语气温软,或许是二人在谈论这大逆不道之言让她有感些拘谨,是以有些个字咬得不甚真切,听在沈千聿耳中,好似一个个棉花团子弹在心尖上,又酥又痒。他抬眸隐隐瞥了一眼宋挽,只觉得宋家一定是安了些不太正经的心思。

"公公觉得何处不对?"

"没有。"

正暗暗揣测太子心思间,院门突然被人敲响。

琅婆子凑上前,询问是哪一府的哪一位,门外停顿一下,一个男人的声音响起:"我家主子城阳侯亲临,请夫人开门。"

琅婆子一惊,忙让身边的鸾笺去通知宋挽。

"江行简?他来做什么?"

宋挽皱着眉,心下生出一丝厌烦,只是她向来喜怒不形于色,转头仍态度温和地同沈千聿道:"公公不便出现在此,委屈公公到厨房暂避片刻可好?"

沈千聿挑眉,他倒是没什么不好出现在江行简面前的,只是他不想令宋挽为难罢了。

大步进了中堂后方的小厨房,沈千聿拉了个小木凳直接坐了下来。

院门打开,江行简坐在竹椅上被几个婆子抬了进来。他身上的伤还没好,人瘦了很多,看起来十分憔悴,宋挽却见他进门时视线淡淡地扫过门口装菜的木车。

宋挽垂眸,遮掩眼中一丝淡淡的嘲讽。

将人抬到正堂前,江行简看着宋挽心中颇不是滋味。看得出她在这里生活得很好,恣意悠闲不说,人也不似在侯府中那般紧绷。她今日穿了件粉底染杏黄花的对襟褙子,头上插着一根银点翠花簪,小小巧巧的显得很是活泼俏丽。在侯府时,他从未见她这般穿过。

江行简见此淡淡地一笑:"你这般穿着十分秀丽,我很喜欢。"

沈千聿坐在厨房中,扑哧一声冷笑出来。

"你今日来,所为何事?"

江行简道:"我来接你回府。"他本不急着接宋挽回侯府,以他对宋挽的了解,便是齐顺家的看见有男子出入此处,他亦不信她会做什么违背妇德之事。所以江行简一直在等,等宋蓝安将宋挽风风光光地送回去。可昨日东宫有变,让他生了一丝危机感。

"三皇子同五皇子……如今已说不上谁欠了谁，我向你保证日后无论江妃娘娘抑或是侯府，都不会对三皇子同芸妃出手。挽儿，同我回去，日后我定会以正妻之礼待你，夫妻和顺。"

宋挽垂眸："虽我乃弱质女流，但也知什么是言信行果、说一不二。既然你我已恩断义绝，就绝无回旋余地。你回吧，不必再说这些。"

"义绝……"江行简轻声道，"未经过两族族长同意，只要我不追究你杀伤我一事，又谈何义绝？挽儿，莫再同我置气，与我回府。"

"我不会同你回去，你有这缠磨的时间不若好生待府中其他两位姨娘。江行简，你我二人放过彼此不好吗？"

"你我二人是夫妻，你是我城阳侯府明媒正娶，拜过祖宗天地的妻，何为放过？挽儿，你是我的妻，生死不论。日后便是你我百年，你亦要入我城阳侯府的祖坟，享我城阳侯府的香火，又谈什么放过？"

江行简按着胸口，缓解坐久的浑身钝痛，继续道："如今大局已定，你此时同我回府总好过岳父大人送回，若落得个被母族遣回的下场，你日后又要如何维系侯府主母的威严？"

宋挽抓着帕子，气得咬紧了牙。

"此次回府，我绝不会如先前那般待你。"

江行简一脸真诚，他用力按着身下的小轿强撑着站了起来。宋挽向后躲去，江行简道："挽儿，若你再主动伸手我绝不会松开。"

宋挽闻言气急且羞，她怒视着江行简抿唇不语。

江行简正要上前去揽宋挽，便听厨房中传来哐啷一声巨响。

沈千聿砸了柜上的瓷碗，手中正挥着锅铲挨个比量。他着实听不下去，烦躁同怒火越积越多，若非还有一残存的丝理智，他只想冲出去将江行简身上其他没断的骨头一一敲断，让他今生都下不了床。

这突然闹出的动静让院中人都吓了一跳，江行简垂眸道："齐顺家的说你在此私会外男，我是不……"

"私会"二字刚说出来，宋挽便瞪圆了眼睛，她怒视着江行简，眼中全是被污蔑的怒气。

"锦书，送客！"

锦书站在一旁立刻抬起了头，见江行简艰难地站在自家小姐面前，上前说了句见谅，便一手环住江行简的腰将人勒在腋下，走到竹轿旁边，又伸出一只手将小竹轿拖了出去。

"侯爷，侯爷……"

几个粗使婆子被锦书这阵仗震惊得不知如何是好，她们知江行简的身上有伤，并不敢轻举妄动。

而江行简空有一身武艺，却疼得在此时半点动弹不得，只能被锦书勒着送出了宅子。

出了院门，锦书将江行简轻轻放下，看着还有一半落在门内的竹轿，她抬起脚将它踢到门外，咚的一声将大门关起来。

"侯爷，您没事吧？"

陶泓只见江行简的脸色惨白，十分瘆人，忙上前将人背起来送进马车。

江行简躺在马车上缓了许久，才忍过这阵浑身剧痛。他用手遮住眼睛，有些烦躁地道："宅子中有外人在，气息粗重，确实不是女子。以挽儿的性子绝不可能收留外男在宅，厨房里的应当是个阉人。宋芸宁同东宫联手并非宋家使的障眼法。谁能想到东宫太子，藏得这样深……"

江行简皱着眉强忍疼痛道："通知娘娘让她提防东宫太子，另外务必护好千沭，尤其要小心宫中的宫女、太监。"

大皇子突然暴毙，太医说他乃重伤不治。

可江行简不信会这般巧合，东宫刚有动静，与之有旧怨的大皇子便突然没了？

先前多年无人察觉此人，只能说明东宫太子手上有远比他们想象中更为厉害的隐秘手段。

江行简心中烦躁，莫名不安。

这边江行简刚离去，沈千聿便脸色阴郁地走了出来，见宋挽怔怔的模样，心头愈发愤恨。

"实在委屈了公公。"

"宋姑娘哪里话。"

沈千聿皱着眉，此刻忽然有些不喜宋挽的模样。她眼底的忧虑未散，脸上却仍流出温和的笑容，好似江行简对她的欺辱她从未放在心上过。她惯会粉饰太平，不争不怨，不嗔不怒，甚至永远都是那副温婉柔和，敛手低声，轻行缓步的模样。

"你……"沈千聿狠皱着眉，在见到宋挽带着浅浅的笑意看着自己时，又将话咽了回去。说得深了，太失礼。

沉默片刻，沈千聿道："城阳侯府那边，可有需要太子帮忙的地方？"

宋挽一笑："不妨事，我处理得来。"

见"吉荣"关心此事，宋挽心中一暖，出言提醒："江行简方才必定猜到我同东宫有所联系，还望公公提醒太子，莫让他坏了太子的事。"

"坏不得什么，左右太子这几日便要上朝，世人都会知道东宫太子活得好好的。"

宋挽微微抿唇，没想到太子的动作如此之快。先前她本还想着太子会再蛰伏一段时日，如今却不知发生了什么事，让太子改变了主意。

她正暗暗琢磨，沈千聿的眉心微拧："若是侯府逼人太甚，宋姑娘或可求助于太子殿下。"

宋挽淡淡地笑着："这等小事哪值得惊扰殿下。女子从父、从兄、从夫，同江行简义绝之事除了父亲同我阿兄，谁都帮不上的，若真说与他人听，也不过徒惹人厌烦罢了。公公不必为小女劳心，不妨碍。"

宋挽眼中带着安抚性的笑意，眸光流转间，眼底眉梢透着往日不常见的娇与甜。沈千聿的眸色渐深，心中微微不适。他忽然发现，宋挽并非如他想象得那样聪慧。她将所有人都考虑到了，宋家、宋扶、宋芸宁，曾在宫中仅有过一面之缘的吉荣，甚至是如今未曾得见的太子。可她却从未考虑过自己，亦从未为自己活过一日。她好似是个无喜无悲的化外之人，青葱之年，却透着一股行将就木之人近乎暮气的包容。

沈千聿不知为何，这一刻忽然有些气愤。这股怒意不知从何而来，他说不清亦道不明。

宋挽见他一直脸色阴沉，只当他今日遇见了什么棘手之事，她也不过多询问，只进屋捧了一摞书过来。

"这些书，应于太子有益，劳烦公公代为转交。"

沈千聿视线扫过，只见宋挽递来的书册崭新整洁，上头书肆绑着的绳结亦未曾拆过。

她在避嫌。哪怕只是几本书，她亦不会落人口实。

沈千聿接过，抬眸看了眼眼前人心中一滞，若日后她得知自己并非内侍，不知要如何。

这般沉闷之意一直到回了自家宅子亦未消除。

万宵只见他拎着一摞书回来，面色如土。那如丧考妣的模样令万宵咧了咧嘴。

"你怎么还在这里？"

万宵让人端了酒来，请沈千聿一起喝酒。他一言不发，想来今日不会再挨那没来由的训斥。

将手中的书放在身旁的石凳上，沈千聿同万宵一起用膳。酒至酣处，他皱眉将江行简今日到宋挽宅子的事说了一遍。

万宵夹起一块酱肉，随性道："这城阳侯说得也没错，虽宋家嫡女叫嚣着义绝，但未经两族族长开祠同意，来日人家不认，好似也没办法。"

他还没见过真敢以杀伤之罪，强行义绝分开的女人。这宋挽可说是上京头一人。

"此事虽有律法，但无先例，结局如何终不好说。就算现下宋蓝安突然过来，要将女儿送回侯府，亦无人能阻拦。"

莫说他家主子是太子，就是圣上也没理由阻止人家夫妻团聚。

万宵刚提起筷子，正要将酱肉放入口中，就听沈千聿生气地道："你懂个什么，一日只知吃吃喝喝，你既不懂，又何必瞎说？"

想到宋挽会被送回城阳侯府，沈千聿便觉得莫名烦躁。他乃尊师重道之人，如何能亲眼瞧着同自己有着恩师之情的宋挽再入火坑？

沈千聿捏着酒壶，竟是个气急败坏的模样。

万宵无奈地叹息着："那您倒是说说，此事要如何解？"

沈千聿略略思索，随后道："若是这二人再娶抑或再嫁呢？若二人在此期间有了其他婚约，是否便默认这段关系作废？"

万宵皱眉道："未有前例，但应是如此。只是城阳侯府的声名狼藉，应当不会做出此等事。且主子这几日便准备入朝，属下猜测江妃同江行简只会于暗中窥伺衡量您的真正实力，不会在此期间做任何出格举动。且城阳侯府，也找不出比宋家更合适的人选了。若主子真的同五皇子分庭抗礼，形成相互制衡之势，那城阳侯府更会牢牢地抓住宋府。沈千柏已不足为惧，宋家同江家由敌转盟亦并非不可能。"

应该说，江曼会用尽一切办法拉拢宋府。

沈千聿闻言，指尖轻轻拈了拈："那若是宋挽再嫁呢？"

说起再嫁，沈千聿的心尖猛地一抖。

万宵漫不经心地道："再嫁何人？宋府之女伤夫义绝已是惊天丑闻，这嫡女二嫁更不能听了。且以宋挽的身份，谁会、谁又能、谁又敢娶她为妻？上京可同宋家匹配的人家，不会娶一个二嫁之女，而能娶二嫁之女的宋府必然看不上，而且谁又愿意为一个二嫁之女，得罪江曼同城阳侯府？"

沈千聿目光阴沉，幽幽地道："若是我娶她呢？若是我娶了她，便可以同宋府站到一处，且宋挽此人聪慧知机变，她的夫婿必可得其全部助力。届时亦不必如此鬼祟，日日出宫请教于她。"

沈千聿越想越觉得此乃一箭数雕之法，再完美不过。他数次同宋挽见面，娶她为妻也不算唐突，那人如此重规矩，如他先前的行径，怕只能娶人入门方算负责。

万宵举着酒盏，木然地道："您怎么可能娶世家贵胄被休弃的弃妇为妻？便是您想收她做太子良娣都毫无可能，更别提太子妃之位了。"将酒饮尽，万宵眨着眼睛，"主子三番四次为那宋家嫡女愁肠百结，可是您对她有意？"

沈千聿嗤笑一声："大局未定，我怎么可能于这小情小爱之上浪费心力？你当我是什么人了？"

万宵只静静地看着他，不发一言。

沈千聿冷冷地"哼"了一声："若我无法娶宋挽为妻，亦不能让她再回城阳侯府。"

我二人之间到底有些……师徒情分，我怎可亲眼见她再入火坑而无动于衷？便是宋挽再嫁，我亦要亲自帮她选一个可以托付终身的自己人，如此方是两全其美之道。"

万宵道："您哪里认识什么自己人，除了一个宋扶，便是东厂这群太监，哪个称得上两全其美了？"话音刚落，万宵忽而皱着眉道，"其实，若宋家同意，我倒是可以勉为其难地同那宋挽做对食。我虽是侍人，但这东厂督主之位亦足够震慑世人，帮您拉拢宋府也正合适。"

第十二章
太子

话音刚落，万宵就见沈千聿啪的一声将酒壶重重地放在桌上。

"你想做太子师公？"

万宵一愣，恭敬地道："属下不敢。"他抬眸觑了沈千聿一眼，心道他家主子这心思真是不好猜。说要为那宋家嫡女寻个自己人的是他，如今不愿让人做太子师公的也是他，怪道人家说伴君如伴虎，果真诚不欺我。

沈千聿的眼皮微垂，想了片刻道："还是不成，无人够格做太子师公。"

万宵的眼神空洞："您心思变化实在快了些。"

"你懂什么？兵者诡诈也。"

万宵拿起桌上的酒壶，心道这都是不挨着的事儿。不想再纠结这个无关紧要的问题，他为沈千聿斟了酒道："主子选这几日现于人前，可是因为江曼搞出的那些祥瑞？"

"正是。"

沈千聿勾唇一笑："这祥瑞又没写名字，我亦可说是为我所降。我原本就是太子，名正言顺，几处祥瑞当得起。"

万宵暗道虽厚颜无耻了些，但亦不失为一个好时机。

"虽说那祥瑞未写沈千沭的名字，可却也处处暗含五皇子之名。就好似那五颗明珠……"

沈千聿道："你去段宜亭的库房中再翻出四颗补上，凑个至尊之数便好。"

"那沭字碑？"

"让东厂的人在同地界继续立碑，每隔个三五日再立个知府、知县碑，再隔半个月将那什么村长、族长、里正的碑都立上。"他嗤笑一声，"不足一个月，沈千沭之名只会成为笑柄。"

万宵笑道："好手段。那七彩佛光？"

沈千聿的眉尾一挑："你去寻几个人到市井上吆喝，便说那佛光中显现出太子身影，抑或太子面容之类，百姓惯喜人云亦云，时日久了，传着传着也就成了真的。"

万宵无言以对，却又不得不承认的确是个好法子。他放下手中的酒壶道："属下这就去办。"蛰伏多年，他亦迫不及待地想要大展拳脚。

万宵匆匆离开后，沈千聿看向身旁石凳上的书籍，他眉开眼笑地将之细心打开。随手翻看，只见书中写道："君子之德风，小人之德草，草上之风，必偃。上下不和，令乃不行……君子怀德，小人怀土……"

沈千聿的眼中浮上淡淡的笑意。那女子是个光明磊落的，自然觉得言谈举止皆需同书中君子一般胸吞百川流，豁达坦荡。可她哪知君子累其名，富贵却不论奸小？她是个女中君子，也未见她过得如何，反日日被那虚名所拖累。虽然这样想，沈千聿眸中仍带出点点不自知的疼惜。

将那些书小心地收拾妥当，他决定晚间熟读一二。虽不屑于君子之名，但沈千聿不得不承认若为世人眼中的君子，行事会畅顺不少。

回到东宫已是晚间，吉荣告知今日有多方人马暗中来探，皇后宫中的总管太监想要硬闯，被东宫的人伤了腿，拦了下来。

沈千聿挥手打断吉荣的话。

"你处理便好。"

将手中的书籍放在屋中，沈千聿让人打了热水来。不多时宫中的女官端着黄铜盆子走了过来，将水盆同明黄色布巾放在他的面前。

"去寻两个懂宫中礼仪的人。"

吉荣应是，恭敬地退下。

沈千聿低头看着眼前的软巾，微微蹙眉，随后将它丢入水中。

温热的巾帕敷在脸上，让沈千聿难得感觉到一阵放松之意，他仰躺在木椅上，静静地等待时间流逝。待发觉脸上出现麻痒之意时，方用软巾仔细地擦掉脸上的附着物。

待卸掉东厂专为探子所准备的改容秘术时，沈千聿微微蹙眉看着铜镜中的自己。铜镜中的脸令他感到陌生，虽同之前有几分相似，但又不是十分相同。

镜中的男子衣襟半湿，脸色因久不见日光而显得有些苍白。沈千聿眉尾微挑，只见镜中人英眉挑动，黑眸中波光流转，带着几分邪魅猖狂。这张脸他很不喜欢。

"殿下，奴婢为您更衣。"

宫女端来一件明黄色内衬为沈千聿换上，又拿来一件绣着银线竹纹的紫色外袍披在外面。

沈千聿坐在铜镜前，任由宫女为他戴冠。

墨黑发丝下，将那张带了三分妖艳的俊颜，衬得更为邪魅。沈千聿垂眸，遮挡眼中不屑。一个男人生成这般模样，实在是恶心。

他嗤笑一声，却吓得身后的宫女险些摔了玉冠。

"不碍你事，继续。"

不再看向面前的铜镜，沈千聿闭目休憩。

若非这张脸，他在南庆之时或许也不会受到那么多无端的羞辱。

思及旧事，沈千聿心中愈发烦躁。

他的双眉微蹙，精致且带着锐意的五官露出寒意。身后的宫女只觉得镜中人无一处不散发着强烈的傲然之意，令人心生敬畏。她心中暗忖，怪道这些年主子不曾用真面目示人，面容如此锋利、俊美，令人见之难忘，若是不做遮掩，怕是方一出现在人群便会被注意到。

"殿下，教导之人已到。"

沈千聿睁开眼睛并未再看铜镜一下，站起身走了出去。这几日他还要学龙子的威仪同宫中的规矩。想到他突然出现在众位朝臣面前，他们有可能出现的反应，沈千聿饶有兴味地笑了起来。

太子用九旒冕，玄表朱里，贯五色玉珠九颗。

九颗玉珠是沈千聿从段宜亭的府中翻出来的，而这太子所用的九旒冕同冕服，亦是他让东厂之人寻宫中尚服偷偷所制。

沈千聿看着宫女手中端来的玄色冕服，淡淡地勾唇。

"奴婢给殿下更衣。"

宫女帮他将素纱中单以及蔽膝换上，系好素表朱里的大带，又把玉佩、大绶以及玉圭一一佩戴妥当，这才恭敬地退下。

看着铜镜中穿着太子冕服的自己，沈千聿勾唇一笑，走出东宫。

顺隆帝果真如他猜测般毫无动静，不知是无颜面对他这个为质十二载的太子，还是根本不屑于见他。

无论如何，这倒是让沈千聿的时间充裕几分。

只是他无意再等下去，待听闻那四颗明珠被快马加鞭送入上京，他便决定先行入朝。

沈千聿出现的时候，鸿胪寺官员正在奏报入京谢恩之人，他甫一出现，文武百官连同坐在御座之上的顺隆帝，皆露出一副不可置信的表情。

他们虽不认得太子，但他们认得沈千聿身上的那套太子冕服。

这几日东宫之名频频出现在众人耳中，只是所有人都隔岸观火，等那先行出手的出头鸟探探风向之时，太子竟自己出现了。

乾清门前鸦雀无声，无一人先行开口，所有人都不知眼下是个什么境况。

有那消息不算灵通的，还在琢磨这个瘫了的太子怎么突然跳了出来，实在令人感到匪夷所思。

沈千聿却一脸严肃地走到顺隆帝面前，叩头至地。

"儿臣拜见父皇，父皇万福金安。"

顺隆帝的眸子微微眯起，片刻后才淡淡地说了句平身。

沈千聿起身，看着御座之上的顺隆帝忽而大声道："儿臣可全身而退，多仰仗父皇多年的暗中相护，如今终幸不辱命，带回南庆秘辛。"他双手一伸，将手中的奏折递出。

这没头没尾的一出让众朝臣摸不清状况，只是能站在这里的多不是傻子，便是没有那治世之能，明哲保身的功夫修得也好。

无人做那无头鸟，顺隆帝只能让身边的太监将沈千聿手中的奏折接了过来。他接过打开，见上头只是些南庆舆图同官员信息，便又沉着脸合上。

"辛苦你了。"

"儿臣谈何辛苦，倒是连累父皇担忧多年，实是儿臣不孝。"

沈千聿的容貌出众，如今一身太子冕服更衬得他仿如有千丈凌云之志，微风凛凛，不可侵犯。

顺隆帝睁着一双略显浑浊的眼睛，冷冷地看着他。

沈千聿与之对视，淡淡地一笑后，沉声道："五年前南庆袁恒之子落马而亡，三年前南庆国君暴毙之事若无父皇派人相助，儿臣必无今日。原本儿臣还以为父皇已忘了我这个儿子……"沈千聿边说，边哽咽两声。

站在御道两旁的文武百官，却都在心中嘀咕上了。原来东宫那个瘫了八年的太子是假的，真正的太子竟一直蛰伏在南庆暗中筹谋？不仅如此，他还同圣上一起暗中除掉了有南庆战神之称的袁恒嫡子和南庆国君？众朝臣的心中大骇，都惊讶于懦弱无能、惧怕南庆的顺隆帝，竟会在暗中做出这种事情。

就连听闻过太子之名的宋蓝安，此时都有些说不准沈千聿所言是真是假。他微微皱眉，沉默不语。

顺隆帝眯着眼睛看向沈千聿，知他这番话尽是胡言乱语。但……送太子去敌国为质，同让亲子隐于敌国狙杀敌国国君，这之间的差距不可谓不大。他怎会不知朝中重臣同天下百姓如何看待自己？他一生虽无建树，但也算勤俭勉励，可称得上一代明君，但史书可会如此认为？

沈千聿设下的这一陷阱，是光明正大的阳谋，入不入瓮端看他的选择。瞬息间，顺隆帝便做好了选择。他站起身，沉沉开口："辛苦我儿……来人，为太子赐座。"

"太子"二字从顺隆帝口中一出，沈千聿便微微勾起了唇角。他仰起头，看着头上湛蓝的天，心头只觉得畅快。自今日起，他终于不必隐名换姓隐于黑暗，他终于可以堂堂正正地活在人世间，不必东躲西藏，苟且求生。

第十二章 太子

沈千聿的目光扫过面无表情的宋蓝安，一脸惊诧的江行简，还有看不出情绪的大皇子外祖，眉目舒展。

天时地利人和，果真缺一不可。

若花灯节之前他想要得到皇帝的一句"太子"，还不知道要难成什么样子。

沈千聿坐在御座旁，居高临下地看着今日上奏的朝臣，眼露玩味之色。怪道世人都说权力好，这上头的风景的确赏心悦目，令人心旷神怡。

江行简站在御道边，只觉得太子的视线往他这边瞥过多次，他的眉头紧锁，心中烦乱不堪。直到宣布下朝，这糟心的感觉都没有散去。

尤其在看见太子直直地朝着宋蓝安而去，行至对方面前躬身行礼时，更是到达了顶峰。

"太子殿下万万不可。"

宋蓝安连忙将太子扶起来，沈千聿却笑着道："这一礼是宋大人应得的。这段时日多亏了宋大人。"

"太子哪里话，都是老臣应做的。"还未散去的朝臣一个两个地打量二人，有同宋蓝安关系不错的，都在暗自咬牙，心道他倒是将这个秘密藏得够紧。

"哪里有什么应该不应该？"

宋蓝安面上笑得和蔼，心中却将沈千聿骂了个狗血淋头。太子这一出，等于直接告诉世人他一直同东宫有联系，怕是那一堆南庆之事，日后也要算在他的头上。见过礼贤下士，三顾茅庐拉拢谋臣的，还没见过当哪一个麻袋，问都不问直接将人套上的。

沈千聿看着宋蓝安淡淡地一笑，宋蓝安便也干巴巴地回以一笑。

江行简死死地咬着牙，只觉得浑身又疼了起来。昨日收到江曼的口谕让他今日务必上朝，他本以为朝堂之上有什么大举动，哪想竟是看了这么一出大戏。如今看来昨日那个口谕，也分明是太子假传的。

眼见沈千聿同宋蓝安一副君臣和乐的模样，江行简紧紧地抓住了衣摆。若宋家真的搭上太子，他同宋挽再无可能！思及此，江行简只觉得胸口一痛，再提不起浑身气力，向后倒去。

"城阳侯？城阳侯！"身旁两位上了年纪的大臣忙上前搀扶，三个人的手脚都不甚利索，一时反倒抱成一团，齐齐摔在地下。

沈千聿急忙上前将两位老臣搀扶起来，又一一向二人行礼。

"张大人，徐大人。"

"太子知道老臣？"

沈千聿点点头："张大人于十四年前在溯江县治水，救了一城百姓，当年百姓感念您，还曾为您立过庙。徐大人编撰的《农政全书》让天下人受益，实是百姓之福。"

"太子竟知道老臣的《农政全书》……"徐大人的眼眶泛红，沈千聿忙上前安慰："有您这样的老臣坐镇，实乃国之幸事。"

沈千聿同两位大人相谈甚欢，江行简却被人晾在一旁，待他好不容易忍着疼起身，沈千聿才走了过来。

"城阳侯……"沈千聿笑着道，"据闻城阳侯十分擅长饲育鸡、鸭、鹅，前段时日蕃育署生了瘟病，那些鸡、鸭、鹅未能全军覆没，全赖城阳侯悉心照料，本宫替它们谢谢你。"

"太子谬赞。"

江行简沉着一张脸接下沈千聿的恭维后，又向张、徐两位大人道谢后，转身进入散朝的队伍跟随众人走了出去。

沈千聿一直将两位大人护送出御道外，这才回到了东宫。

方才一路上他尽展大雅君子之风，惊艳了不少不明就里的朝中重臣。

今日的出场算得上旗开得胜，沈千聿的心情很是不错，便是东宫的宫女都能从他的脸上看出几分欢愉。

"此拜帖送至宋府，明日本宫要见宋大人同宋扶。"

吉荣小心地接过，派人送了出去。

今日这场仗不可谓不漂亮，沈千聿心中自得，却是苦于无人可分享。待见到屋中那一摞书册的时候，他忽而有种想要尽快见到宋挽的急切。

只是这无由的冲动很快便被压了下去。他如今虽恢复了太子的身份，但东宫却无辅臣。

太子三师需由皇帝定夺，沈千聿未奢想过顺隆帝会将他放在心上，便直接跳过此事琢磨起其他位置人选来。

直到忙至天边晚霞点点，他方挑选出几个大致的人选。

吉荣见他正忙，本想退下，却听沈千聿道："有什么事？"

"今日东宫来了许多打探之人，奴才听从主子意思将之一一打发，只是方才芸妃娘娘同江妃娘娘都派人送了东西来，不知殿下可要看看？"

沈千聿道："什么东西。"

"大多是些吃食一类。"

"她二人斗法，不必理会。"

吉荣应是，正想退下，沈千聿却皱着眉道："我可以这么快恢复太子身份，宋家嫡女功不可没，你说我要如何感谢她？"

吉荣道："若是寻常身份殿下或可纳入东宫，可宋家嫡女……"

沈千聿一挥手："她不屑此道，再想些别的。"

"既不能给她身份，那可惠及其父兄，如此也算……"

沈千聿摇头："她父兄是她父兄，我亦不会亏待便是。"

吉荣看着沈千聿，一时也想不出什么好法子。

"你难道就不知女子喜欢什么？"

"这……奴才瞧宫中那些宫女，平日都喜欢些头面首饰、金簪银镯等物，要不然便是喜欢些胭脂水粉。"

"那等庸脂俗粉怎能同她相提并论？"

吉荣被训得一声不吭，沈千聿皱着眉不耐烦地挥挥手。

吉荣退下，沈千聿杵着下巴打量东宫的宫女。他只见这群宫女虽衣饰装扮一模一样，但面上的妆容却各有特色，虽然都是浅妆淡粉，但细看之下的确不尽相同。想到那日他去了宋挽的宅子，正巧看见她同家中的丫鬟在做口脂，他忽而心中一动。好似吉荣说得也没错，女子的确喜欢这些物什。

沈千聿召来吉荣，问他可知道如何制作胭脂。

吉荣擦了擦额头上的汗水，支吾着道："这个，奴才的确不知，不过奴才瞧身边的宫女都让那些太监带宫外养颜坊的口脂，想来那处卖的东西应当不错。"

"那怎么成？她岂是没见过好货之人？"

让吉荣帮着寻本制作胭脂的书，沈千聿又细细地叮嘱他这几日好生休息养伤后，自己扎到寝宫暗暗研究去了。

"嫩吴香、小春红、露珠儿、万金红……"沈千聿皱着眉，实在是被这些种类迷晕了眼。他哪里知道宋挽喜欢什么样的？

一页页翻找过去，待看见名为"石榴娇"之名的口脂方子时，他暗暗松了口气。不知为何，看见这个名字他便想起宋挽那日粉唇生香的模样。

好不容易寻宫女采到了红蓝花，沈千聿便在深夜时一个人在东宫捣鼓起来。

书上写杀花法需要碓捣使熟，他便将新鲜花朵放入石臼中反复捶捣成厚浆，再用布袋绞出纯汁，放入瓮中加醋与石榴调和。

他不知这胭脂的颜色做到何种程度才算适合，做了几次都觉得颜色过于薄了，便不住往里头加那花汁，直到看着钵中的颜色深红，他方暗暗放心。

那人素来寡淡，不若其他女子鲜艳多色，每每思及此，沈千聿便替她感到不值。

这几日他上午上朝，下午于宫外结交各位大臣，晚间则一心给宋挽制作胭脂，如此七八日才勉强选出一个还算满意的。

将那拳头大一罐的胭脂瓶子小心地收好，沈千聿传人沐浴。

"不必伺候了，你们下去吧。"

宫女将已经伸到他身前，正准备为他更衣的手收回，恭恭敬敬地退了出去。

鼓捣了几日胭脂，沈千聿只觉得身上透着一股子腻味的脂粉味，他褪下衣衫，快速洗去满身花香，又在脸上折腾一番，这才拿了胭脂出了皇宫，去宋挽的宅子。

再见宋挽，他只觉得有几分恍惚。
"吉荣公公？"
"宋姑娘。"
宋挽微微一笑，好似未曾发觉他出神的模样。
沈千聿回过神道："太子近日已拜见多位大人，对比多日不曾出现的五皇子，呼声亦越来越高。"
"太子平易近人，又真诚坦荡，得各位大人青眼也是寻常。"
沈千聿道："若无姑娘相助，太子想要有今日的成就，还不知道要费多少周折。"
"公公言重了，小女不敢当。"宋挽被他说得脸红，她何曾帮上什么忙？不过是掉两句书袋罢了。往日太子是无人教导，若来日寻得名师，凭借太子天资只会成长得更快。

想到近日太子所为，宋挽也不得不称赞一句精彩。暗杀敌国国君这等功绩，日后就连史书也要记上一笔，而原本江曼为五皇子所准备的祥瑞，也都成了百姓口中为迎接太子回归而引出的异象。如今不仅仅是朝廷，就连百姓亦对太子十分推崇。

"太子不仅宽容大度，且还足智多谋，便是没有小女，恢复身份也不会费多少时日。"
宋挽抿唇一笑，为日后天下有这样的国君而感到开心。她的笑容让沈千聿愣了一下，视线扫过那带着淡淡的粉色的双唇时，心尖又不受控制地颤抖了一下。
沈千聿将手伸进怀中，犹犹豫豫地掏出一个大瓷瓶来。
宋挽有些惊讶地看着他，刚一见这人她便瞧见了他怀中的东西，只是未承想这东西是给自己的。
"太子殿下送姑娘的谢礼。"
"这是何物？"
沈千聿双颊发热："女子……用的口脂。"
宋挽闻言，眉头微微皱了起来。
见她皱眉，沈千聿方察觉此物很是不妥。
只是如今已经拿了出来，这话便不好再咽回去，想了想，沈千聿道："太子知晓我同姑娘熟识，让我帮着挑选姑娘喜爱的东西。上次我见姑娘同府中的丫鬟一起做口脂……"
想到自己失礼的模样，宋挽两颊晕红。
沈千聿看着呆呆地一笑："我便亲手做了这东西，不知道姑娘喜不喜欢。"

"自是喜欢，多谢公公。"原是"吉荣"亲手所做，如此心意当真难得。他乃宫中内侍，寻常接触也能瞧出此人同太子一样，不大懂那些繁文缛节，但为人率直，见她做了口脂便觉自己缺少这东西，也算心意满满。虽有些怪异，但……想来他原先也给宫中其他嫔妃做过此物。

宋挽一笑，从沈千聿的手中接了过来。

见遮掩过去，他咧着嘴一笑。

二人交谈一会儿，宋挽又帮着他细细想了朝中重臣一些不为寻常人知的脾性嗜好、家族轶事等。事关后宅，她讲得更是十分详细，谁家的夫人性情如何，谁家背后暗藏哪一股势力都说了个透。

沈千聿知晓这是让他另辟蹊径，教他那些看似不好啃的骨头，从何处更好下嘴。

沈千聿静静地听着，时不时同宋挽相视而笑。

二人聊了许久，才将上京这些世家逸事说了个大概，待到月上枝头，二人才渐渐沉默下来。

"日后怕是不能再来姑娘这边了。"

沈千聿看着宋挽，喃喃出声，语气中带着不自知的留恋。

宋挽的眉眼一弯："日后入了宫，许还可再见。"

沈千聿面上闷闷不乐，宋挽见状竟也生出淡淡的不舍，她想了想道："公公稍等，我亦有些东西要送你。"

进屋捧了个小匣子，将它递给沈千聿后，宋挽道："本想着冬日再拿给公公，如今……公公先收着吧。里头是护手的脂膏，添了些药物，对冻伤、冻疮有好处。这冻疮看似是小问题，但据说犯时又疼又痒，且夏日亦十分不适。我在古籍上瞧见这个方子，也不知有没有效果。"

初见面，宋挽便对吉荣手脚上的伤印象颇深。她并非没见过宫中的粗使太监、宫女，但如吉荣这般伤得如此厉害，甚至留下那么深印子的，她还是头一次看见。

之前从宫里回侯府，她还曾寻了侯府里头主管浣洗的婆子们来问，那些人的手上也有冻疮，可都不如他这样严重。后来她给那些婆子每人每月多添了五十文买抹手的脂膏钱，也不知如今可曾被砍了去。

思及此，宋挽又道："这伤要以养为主，冬日里若实在避不开冷水，过后便多涂些这脂膏。"她说完，又怕吉荣每月的月钱不够，便添了句，"若是没有了，公公可派人来这儿取。"

沈千聿死死地捧着匣子，只觉得心尖发热。他低头看了看自己的手，又看了看月光下好似带着点点莹润光泽的白皙的手掌，下意识地拉了拉衣袖，遮住手背上的冻疮疤痕。

见他动作，宋挽忽然想起林葭玥那句"都是人，还分什么三六九等、高低贵贱"。心中有一瞬间的不舒服，她微微皱眉，眼露迷茫。

清冷的月光下，宋挽静静地站在台阶上沉思，沈千聿只觉得这画面犹如一张画卷，洋洋洒洒描下的，全是点点的温柔。脑中忽然浮现出江晏那句"她的好，谁都不知"。直至今日，直至此时此刻，沈千聿才堪堪懂得他的意思。

宋挽很好，江行简不是她的良人。

"宋姑娘……"

宋挽抬起头，眉眼明亮温柔。她的柔顺让人卸下防备之心，不由自主地想要袒露一番心声。

沈千聿皱着眉，满眼认真地道："江行简不值得，城阳侯府亦不值得。"

宋挽感到有些惊讶，微微睁圆了眼睛。

沈千聿道："姑娘心善，又聪慧柔婉，是……就算离开城阳侯府，也定会有个好前程。"

他想说，有人识得她的好，有人将她护在心尖多年，珍而重之，小心翼翼地不敢轻易触碰半分。他想说，有人曾为她付出一腔真情，虔诚到觉得想起她都是一种亵渎。他想说，是人都比江行简好上太多太多，可话到嘴边，又只能强咽下去。

江晏用性命守护的秘密，他不能说，亦不敢说。

思索许久，沈千聿才缓缓开口："姑娘放心，此次回宫我定让太子殿下为你解决后顾之忧。"

宋挽正要摇头，就被他打断。

"姑娘偶尔也要为自己着想，你不心疼自己，只会让心疼姑娘的人更为难过。"

宋挽薄唇微张，眸中带着惊奇。静静思索后她笑着点头，心尖微暖。

沈千聿抱着药匣向门外走去，待走至一半的时候又忍不住回头。

宋挽仍然浅笑着站在原地，见他回头，唇边的笑意加深。

沈千聿道："祝姑娘日后一帆风顺，得遇良人。"

宋挽也笑道："祝公公一生顺遂安康，前途似锦。"

"借您吉言。"说完，沈千聿大步离开。

目送他离开后，宋挽捧着那拳头大的瓷罐子，轻轻打开。里头一股浓郁的花香飘来，香得人头脑都被顶得清醒了一点。她伸出手轻轻抹在那口脂上，只见莹白的指腹沾染一道血红的胭脂色。她微微一愣，随后笑了起来。

蘅芜送客，落了门闩后回来，见她指头上那红得有些发黑的痕迹皱眉道："吉荣公公从何处买来的？这么大一罐还如此深红，涂在唇上活似刚吃了谁家孩子似的。"

宋挽闻言一笑："他人的一番心意，值得好好珍藏。"说完，便将那罐胭脂妥帖地

第十二章　太子

313

放在了自己的妆匣里。

那边沈千聿离开宋挽的宅子，一个人抱着药匣看着大门微微愣神。

今日过后，这世上便再没有他这个"吉荣"了，日后就算宋挽入了宫中，也不会见到他。说来，今日竟是二人最后一次可以无须避讳，安逸如常的相处。

不知为何，沈千聿莫名感到十分浮躁，心绪难平。

在门前待了许久，他才怀着复杂的心情抱着药匣消失在夜色中。

靠着宋挽的提点，加上东厂搜集来的各方消息，沈千聿这几日在朝中可以说是蛟龙得水、如虎添翼。

后宅女子的手段不同东厂，她们更讲究婉转柔和徐徐图之。

他身边虽有万宵，亦可将东厂作为手中利器，但让东厂之人威逼利诱，打家劫舍尚可，用来拉拢朝臣只会适得其反。

如今的他放得下身段，又惯会演戏，不是今儿上朝时候扶着年岁高但官职低的大臣，便是明儿下了朝偶尔往谁家送块别人随口一提的点心。

且沈千聿主动结交的都不是有名望有地位的重臣，大多都是些四五品甚至官位更低的官员。

哪怕在等候上朝的值房遇见负责茶点的太监，他也是一副温和、宽容的模样。

万宵就曾亲眼见过他将手中的暖炉送给一个低等小太监，那个小太监看向身穿太子冕服的沈千聿时，虔诚得犹如见了神明下凡一般。

东宫中，万宵看着愈发具有天子威仪的沈千聿，由衷地赞叹道："殿下这装模作样的功夫愈发纯熟了。"

沈千聿嗤笑一声："你懂什么。"

宋挽教他君子和而不流，实是妙哉。

万宵抿唇，心道他如今越来越不懂自家主子了。

不愿再挨那莫名其妙的训斥，万宵道："为何主子不直接拉拢那些重臣？"

"我拉拢他们做什么？"

沈千聿眼露得意："他们平日被人恭维惯了，如今我越是高看他们，他们越觉得我需要他们的支持，如此我便失了主动，落了下乘。且他们能做的有限，大部分还不是交给底下人去办？如今我越过这群东西，让真正办事的人直接为我所用不是更好？且……"沈千聿冷冷地"哼"了一声，"本宫越是不理他们，他们越会着急，待太子贤名天下皆知，便要他们反过来哄着我了。"这同宋挽所说的怎么玩、如何玩，有异曲同工之妙。

手中把玩着翡翠无事牌，沈千聿面上和乐，心中却莫名觉得浮躁。

"话说你今日闲着无事？跑来东宫做什么？"

万宵的眼皮一跳，知晓又要挨骂。

"属下是来告知殿下，芸妃娘娘那边已有所动作。"

沈千聿一挥手："等的就是今天。"他的指尖微弯，将手中无事牌弹入匣中，站起身，大步走了出去。

东宫太子未下拜帖直接亲临，让宋蓝安感到有些莫名。他并非看不出沈千聿在前朝玩得那些把戏，但又不得不承认太子将欲擒故纵耍得出神入化。那日太子当众对自己行了拜礼，过后却又反复推拒他让宋扶传达的邀约，如今他正准备施压给太子时，这个人又大摇大摆地直接上门。

宋蓝安坐在书房中，想了想"哼"了一声，笑了出来："是个人物。"说完，他让家中下人寻了宋扶回来，自己则出门迎接。

"拜见太子殿下。"

"宋大人无须多礼。"

沈千聿穿着一身素色直裰，满面笑意地将宋蓝安扶了起来。他左手拎着上京老铺子的四样茶点，以及一只翠微楼的特色薰鹅，右手则拎着两坛子酒。

宋蓝安一看，不由自主地勾唇一笑。太子这人实在有些趣味，便是他见到这个场景，也难掩心中的好感。

沈千聿看着宋蓝安，眼底浮现出一丝笑意。真伪相合方是正道。若一味做真君子必会败于小人的刁钻术法中，唯有守君子本心，但又可以小人之法还以小人，方可事半功倍。

"这几日东宫事忙，未能来拜见宋大人实是本宫失礼，今日特来给宋大人请罪。"

"太子殿下言重了，老臣当不起。"

"您当得起，本宫能有今日宋大人功不可没。"手一伸，沈千聿道，"本宫带了酒肉，宋大人可赏脸？"

宋蓝安哈哈一笑，迎着沈千聿进了宋府待客的厢房。

正往厢房中走的时候，宋蓝安在身后暗自笑着摇摇头。真是没想到，他竟然也吃这溜须拍马的一套。

"谨以此杯酒，谢宋大人慧眼识珠之恩。"

"老臣当不得啊。"

太子的目光太过诚挚，竟是让宋蓝安难得的有些心虚。他正准备抵住太子的酒杯时，沈千聿道："宋大人无须担忧，本宫从未将您曾想支持五皇子一事放在心上。"

他说得诚恳，宋蓝安却讪讪地一笑。若真的不放在心上，他今日又提个什么劲儿？

往日与朝中人句句机锋惯了，偶一听见太子这直来直往之言，竟让他颇为不适。

"宋大人不必多心,本宫确实没放在心上。"

宋蓝安抬眸看向沈千聿,片刻后将鹅腿推到他的面前。

沈千聿从善如流,夹起放进口中。

"太子殿下今日前来,可是有事寻微臣?"

"确实有事。"

宋蓝安神色微正,心道寒暄许久,终于谈到了正事上。

"请殿下指教。"

"指教谈不上,本宫倒是有一事相求。"

"哦?"

宋蓝安直起身:"老臣哪里当得住一个求字,殿下折煞老臣了。"虽如此说,他的话音一落,却将桌上的酒盏执了起来,轻抿一口。

沈千聿微叹一声:"本宫是为府中嫡长女宋挽前来。"

哐啷一声,宋蓝安手中的酒盏掉落在桌上。

沈千聿只见他的眉头立刻一皱,脸色也很快沉了下去,怕是不知想到何处去了。

"不知小女同太子殿下有何渊源?"

沈千聿道:"前段时日,本宫身边的内侍吉荣曾见过宋家小姐,亦是她为本宫同宋扶牵线相识。说来宋家小姐同宋公子方是本宫的伯乐,若无他二人,今日本宫也不能在此处同宋大人畅饮。今日来,是因为城阳侯府太过不堪,本宫不想宋姑娘再回火坑。"

"谢太子关心小女,臣也正有此意。"宋蓝安面色轻松,淡淡地一笑。原是怕他再两头倒,方寻了这样一个借口,他还当宋挽于闺中同太子有了什么牵扯。若如此,她才是真的不能留了。

"殿下放心,老臣早已将小女同城阳侯义绝分开的手书送至里甲手中,小女黄册同户籍半月前也已经迁回我宋府。"

沈千聿大笑后点头:"宋大人实乃慈父,令人敬佩。"

沈千聿说完此事便不再言语,只一味地让宋蓝安喝酒。

但越是如此,宋蓝安反倒想得越深。

二人寒暄一阵,沈千聿吃饱喝足后大摇大摆地走出了宋家。

宋扶回来时二人刚好错过,宋蓝安带着一丝酒意问道:"你可知挽儿同太子有何关系?"

宋扶道:"太子身边有位名为吉荣的内侍,这段时日一直是他通过挽儿同孩儿联系,应当是那位公公曾在太子面前提起过挽儿。父亲怎会突然问起此事?"

宋蓝安摇摇头,联想到沈千聿之前反复提起当时不曾主动站队一事,愈发觉得他是借宋挽之名敲打自己。

"你今日寻人将挽儿户籍迁回府中，办理文书的时间改到半个月前，处理完就将挽儿接回府中。"

宋扶心中狂喜，知晓定是太子来府上敲打过父亲，父亲为表忠心，强行说自己在半个月前便下定同城阳侯府决裂之心。

"孩儿这就去办。"

"这是我的手书，办理得妥当些。"

"孩儿晓得了。"

宋蓝安摆摆手，经过今日，他便彻底同太子站到了一起。思及此，宋蓝安淡淡地一笑，心中觉得满意。虚虚实实的，看似他一路被动，可谁又知这是他早就算好的结局？

心情大好，他竟难得哼起了小曲儿。

宋府之势因太子水涨船高，江曼却险些气死在衍庆宫中。多年的谋划顷刻间分崩离析，谁又能知晓早该死了的东宫太子，如今竟然又活蹦乱跳地跑出来唱戏？

"皇后这么多年都没能弄死那个东西，究竟是做什么吃的？不仅如此，大皇子死得无声无息，她竟就这么算了？"

"娘娘慎言，娘娘息怒。"

江曼身边的总管太监道："并非皇后娘娘不追究，而是她派出去的人都折在了东厂手中。"

"东厂？太子何时同东厂有了牵连？"

那个太监凑近江曼的耳边："奴才有些相熟的同乡在东厂，听说太子同万宵的关系不一般，早年曾一起在段掌印手中讨生活，二人有过命的交情。这几年太子未死，也是因万宵先将东厂握在了手中，一路相护。"

"此事先前一点风声都没有？"

江曼说完更是觉得气愤。她也知太子有些能耐，若非如此，也不会隐藏这么久。这样的人，哪里会将立身之本轻易泄露？可她就是忍不住生气，多年准备化为一场空，任谁都无法接受。更何况这一切还都是建立在她日日谄媚讨好那个懦弱无能老不死的痛苦上换来的。

哐当一声掀翻小几，江曼气得双眼猩红。

沈千沭正趴在床上，摆弄着一个方方正正的东西，正玩得起劲时，被江曼一把抢过，随手丢了出去。

"还在玩，你可知何为玩物丧志？整日沉迷这些东西日后怎么跟太子斗？"

"孩儿知错了。"

沈千沭红着眼睛却不敢哭,若是哭了,母妃只会更加生气。

"怎么伺候主子的?整日给他这些东西?且我不是说过,林氏送来的那些物件,不要再给五皇子?"说完,她猛地将床上放着的各种小玩意,都扫到地下。

沈千沭的双腿还牢牢地绑在木板上,他一动不能动,亦不敢哭出声,只默默地坐在床上落泪。

小小的人儿因为断了双腿而显得异常瘦弱,他这段时间亦未少受折磨。

心中的怒火发泄出去,再见他那可怜的模样,江曼的心中十分愧疚,只是苦于母亲的威严不好上前哄慰。江曼深吸一口气,挥手让宫女将东西都收拾起来。

"娘娘,城阳侯府给五皇子送了东西。"

门外走进一个宫女,江曼正要叱责,不要再收林氏送来的玩意儿,可眼角的余光瞥见小小的沈千沭听见此话眼睛一亮,心中又生了不忍。

"拿去给五皇子挑挑,不要让他沉迷此道。"

沈千沭高兴得扭动两下,江曼心中一紧,再不愿看下去,径直离开。

"殿下,今日还是只能选两个小的。"

太监将林葭玥送来的箱子放在床边,沈千沭兴高采烈地一一把玩起来。把玩许久,他才仰着头对那个太监道:"福祥,这些东西一会儿你带去哪里?"

福祥四处瞅瞅,凑到沈千沭的耳边低声道:"主子,您放心,小的都偷偷给您放到寝宫红色大橱柜下头了。来日主子好了,再去那里找这些玩意儿。"

沈千沭闻言高兴起来,随手从中拿起两个小巧的物件后,冲着福祥眨了眨眼睛。这些都是城阳侯府的那个妾室给他送来的奇巧玩意儿,他从来都没见过。

小来小去的给他解闷的有积木魔方,大的有旱冰鞋、滑翔翼,还有高跷等物。那个林氏说,可以等他伤好了再玩,他却是有些迫不及待。

尤其是那个滑翔翼,大大的两个翅膀好看又好玩,那林氏藏在八卦盒子中的说明上写了,穿戴后,他便可在空中翱翔。

趁着宫女未曾注意,沈千沭偷偷将今日送来的两个八卦盒子拿出来,果真又在里头找到一张近乎透明的纸片。

"独轮车?"

五皇子躲进被窝,看了几眼上面寥寥数语说的骑车方法,笑着将糯米纸塞进口中。

这是他同林氏的秘密,上次林氏进宫时曾说过,日后会给他送好多玩具帮他解闷。

想到林氏温柔的模样,沈千沭抿着唇笑了起来。

江曼不知道林葭玥同五皇子之间的交流,她如今的全部精力都放在如何拉太子下马之事上。听闻太子今日去了宋府,更是冷冷地一笑。

"去告诉侯爷,今日无论如何都要将宋挽接回城阳侯府。无论他是用绑的还是用捆的，宋挽都绝不能再离开侯府半步。"

她身边的宫女道："如今怕是很难再同宋家联手，娘娘三思。"

"呵呵，本宫不必同宋家联手。"

江曼垂眸遮住眼中的愤恨："便是本宫先放弃宋家，亦不会让宋蓝安舒舒服服地投奔太子就是了。只要宋挽跟易儿的婚事不断，太子早晚跟宋府离心。这人心最忌猜测，猜着猜着便就散了。"

那个宫女点点头，恭恭敬敬地给江行简传娘娘口谕去了。

收到江曼的口谕，江行简长长地出了一口气。不知为何，这一瞬间他竟生出几分庆幸，庆幸眼下的局面至此，让他可同宋挽再续前缘。

刚下朝，江行简便去了宋挽的宅子。

宋扶选的这处宅院很好，有种隐于喧嚣的别样宁静之感，就好似宋挽给他的印象，恬静淡雅却让人无法忽视。

江行简站在门口，心中思绪复杂。他从不否认自己为她所吸引，无论是幼年还是如今。初回上京见到宋挽嫁入城阳侯府时，他无疑是喜悦的，可同时又颇为痛苦。他痛苦于自己不受控制地受那人的吸引，哪怕宋挽什么都不做，只静静地站在那里，他也难掩心中的雀跃。

江行简垂眸，眼露一丝挣扎。

边疆之行，他同父亲被人围困。

虽说那些人穿着南庆衣衫，操着南庆口音，可他同父亲都知道，那群对他们穷追不舍的兵马出自上京。

彼时江曼刚有身孕，临行前，他的父亲便说过此行或许有危险，让他好生待在府中。是他年少气盛，生了想建功立业，幼年成名之心，偷偷跟在父亲的队伍中，以至于父亲为救他而身亡。

思及此，江行简紧紧地握住了拳头。

他越是受那人吸引一分，心中就越是痛恨自己。

可当宋挽真的离开侯府不在他身边时，他又觉得世间的一切都失了鲜活，笑与哭都不再痛快。

静静地看着眼前那扇朱红色的大门，江行简艰难地向前一步。

"城阳侯？"

江行简回头，只见万宵双手插袖，懒懒地站在一旁。他微微皱眉，回了声万督主。

"城阳侯好兴致，这是在此赏景？"

"夫人在此静养，今日来接。"

万宵说了句原来如此，接着便站在原地一动不动，半阖着眼皮，好似睡着了一般。

江行简挑眉，不知这人是何意思。

早年段宜亭兼任东厂督主之时，东厂这群阉人很是嚣张跋扈，直至段宜亭身体渐败，不再出现于人前，东厂方慢慢交由万宵手中。他也是今日方知万宵同太子的交情匪浅。

可哪怕太子不愿见江、宋二府重修于好，也不至于出动万宵来阻止他接宋挽回府。猜不透眼前人的心思，江行简却凭直觉，此事宜快不宜慢。

"万督主请自便。"说完，江行简错过万宵，朝他身旁走去。哪想到他刚迈出一步，万宵便紧随其后重新堵在他身前。

江行简冷笑一声："督主这是何意？"

万宵仍垂着眼皮，一副未曾睡醒的模样："在下见不得别人夫妻团聚，看着心头不爽利。"

江行简的眼皮一跳，一时竟未能找到什么话。怪道都说太监的心思诡谲阴暗，如今看来果真如此。

江行简冷冷地"哼"了一声："那督主继续不爽利下去，恕本侯无法奉陪。"

正准备硬闯的时候，江行简见宋扶自远处而来，直奔着他二人这处走了过来。

"万督主，您怎会在此？"

宋扶朝万宵拱手作揖，万宵将双手从袖中放下，带着一脸笑意道："宋大人来探望宋家小姐？"

"正是。"

"宋大人快请。"

二人笑着寒暄，江行简见此也开口道："兄长。"

"你在此正好，我有事寻你。"

江行简道："不知兄长寻我何事？"

宋扶从袖中拿出几张文书递给江行简："城阳侯府宠妾灭妻不义在先，我宋府高攀不起这桩亲事，今日起，我宋家女同城阳侯府再无一丝关系。"

薄薄的几张文书捏在掌心，江行简却觉得仿佛有千斤重。他目之所及不过三五句今已不和、反目生嫌等话，可却让他心中一涩，不敢再看。

"兄长这是何意？岳丈大人必是有所误会，还请容我同他解释一二。"

宋扶还未言语，万宵一脸笑意地道："我前段时日，听闻城阳侯府家中妾室越过宗妇执掌中馈，这样的荒唐事想想也不可能发生，侯爷真该好生解释解释，岂能容天下人如此误会您？"

宋扶冷冷地"哼"了一声："还请城阳侯好生过目，免得日后胡搅蛮缠不认账。"

江行简紧捏着宋蓝安亲手写的两府义绝手书："我不同意。"

万宵又道："听闻侯爷为府中妾室守身如玉，如此冰清玉洁实乃世间罕见，此事亦过于荒唐，莫要忘了将此事也好生解释解释。"

江行简的脸色铁青，他冷冷地看着万宵道："万督主有闲心管他人府中琐事，还不若去洗洗东厂人身上那股子羊狠狼贪的腥膻味。"

听闻此言，万宵也不恼，且还抬起胳膊放到鼻端下闻了闻："本督主不觉得有腥膻味，倒是城阳侯身上一股子脂粉气，刺鼻得很。"

"你……"

"江行简，够了。"

宋扶打断二人："挽儿替你守寡六年，你若良心犹在，而且还有三分男儿血性的话，就不应再想着折磨于她。女子不易，放她一条生路吧。"说完，宋扶朝着万宵伸手，邀请他入宅饮杯茶。

万宵笑道："正说得口干，歇歇亦好。"

二人离开，独留江行简木然地站在宅院外。

秋风刮着手中的文书，哗哗作响，他低下头，只见寥寥数字从眼前闪过。

"缘业不遂，见此分离。具名书之，各还本道……"

"各还本道……"江行简低低地呢喃出声，随后心尖一痛，刺激得他眼眶酸涩，口舌发苦。

"侯爷，娘娘说今日务必要带夫人回府，无论是用绑的还捆的。"看着眼前紧闭的大门，陶泓语气急切。

"罢了。"江行简淡淡地一笑，语带嘶哑，"罢了。女子不易，放她一条生路又如何。"他不舍、不忍、亦不愿，可他怕。他怕自己沉沦于那人的温声软语，又怕自己再次因为无法面对父仇未报的愧疚，折磨她，亦折磨自己。他怕江曼日后再拿宋挽做两府斗争的筏子，亦怕自己会对她于心不忍。

幼年心慕之人，他不敢恨，亦不敢爱。或许如今，已是二人最好的结局。

江行简摸了摸怀中那根断裂的白玉梅花簪，缓步离开。

少年鸳盟定，本该是一场大好姻缘，却因权、因利未能一路相携，执手百年。他悔不得，怨不得，疼不得，恨不得，自然也爱不得……

宋扶说得没错，但凡他还存有一丝男儿血性，便该放过她，也放过自己。

江行简回头望了那扇朱红色的大门最后一眼，苦笑着离开。

宋扶邀了万宵进宅，宋挽见自家兄长领了外人来，颇为惊讶。待知晓万宵的身份，她才放下拘谨笑着向万宵行礼。

"不过是来讨杯茶水喝，宋姑娘不必如此客气。"笑着说了两句，万宵便借口事忙，离开了宋挽的宅子。

"万督主怎会管这些小事？"听闻万宵帮着挤兑了江行简，宋挽不解地开口。

宋扶道："或许是同那位吉荣公公相熟，不然我亦想不到是为了什么。总之不管为何，自今日起你便彻底脱离了城阳侯府，阿兄替你高兴。"

宋挽勾起唇角，甜甜地一笑。她终于彻底断了同城阳侯府的关系，实令人欣慰。想到吉荣离开那日曾说过必会让她如愿，宋挽的心头一热，十分感激。

"万督主应当是受了吉荣所托，方出面帮忙。他虽是侍人但比寻常男子更具魄力，说话亦一言九鼎，让人敬佩。"

简单地将吉荣说会帮她处理城阳侯府之事说给宋扶听，话还未尽，便听宋扶道："应是此人相助。如若不然，太子也不会亲临府上迫使父亲促成此事。"

宋扶说完，又笑着道："我今日亦是遵循父令，来接你回府的。"宋挽淡淡地一笑，眼中却未有多少开心。

宋扶见状，心疼开口："阿兄知晓你在此十分舒适，但女子长期孤身独居在外实在不像话。家中一切有阿兄，你不必担忧。"

"挽儿知晓，我让蘅芷、蘅芜收拢东西去。"宋扶点头，坐在院中静静地等待。

回了房，宋挽的脸上才露出几分忧愁。

"小姐……"

蘅芷温和地询问，宋挽淡淡地一笑道："阿兄接咱们回府，惯用的东西收拾一下，其余的府中都有，便留在此处吧。"

琅婆子闻言最先动了起来。

锦书同鸾笺到底不如蘅芷、蘅芜二人了解宋挽，听着琅婆子的招呼，动作也麻利起来。

蘅芷站在一旁同蘅芜对视一眼，二人心中都有些沉重。

"小姐，容老婆子说句话。"

琅婆子轻声道："这女子在家从父，出嫁从夫，如今小姐断了同城阳侯府的关系，回府方是正理，婆子也知晓小姐担忧什么……"

"嬷嬷不必说了，挽儿都明白的。"

宋挽露起一个甜甜笑容，起身看着静坐在窗外的宋扶喃喃着道："有阿兄在，挽儿必会有个好前程。"无论何时，她的阿兄都会护着她的。

"去收拾东西吧，别让父亲同母亲在府中等得急了。"

蘅芷、蘅芜点头，转身收拾宋挽的贴身箱笼去了。

宋府今日静悄悄的，所有下人大气都不敢喘一声。只因众人都瞧得出宋夫人的情绪低落，并不是十分开心的模样。

如今宋夫人同宋摇、宋拈正穿戴整齐地等在屋中，三个人脸上淡淡的，都提不起说话的兴致。

宋夫人身边的陪嫁婆子见此出言安慰："看样还需一些时候大小姐方能回府，夫人同两位小姐不若回房歇歇，待人回来了，老奴再通知几位主子。"

宋夫人垂着眼皮轻轻地揉着手腕，未曾言语。

宋拈却道："还是等着些好，礼数不可废，若让人知晓会说咱们瞧不起大姐姐。"

"哎哟，嫂子在这儿，倒省了弟媳去外头找您的气力了。"

宋府三房宋苍顺之妻杨翮枝，自门外悠悠地走了进来。

她身上穿红挂绿，甚是鲜艳。

宋夫人见她这副模样，带着几分疏离的笑意："难得三弟妹大驾光临，这盛装的模样是有喜事？"

"喜事谈不上，糟心事儿倒是有一件。"杨翮枝道，"还不是宋招，再有两年她就要及笄了，可眼下这婚事还没定。我家老爷不如大爷有能耐，命道也不如大老爷好。自然我们招招同嫂嫂的摇儿、拈儿也不一样，她们不是宋氏一族的族长之女，亲事当然没那么好说。而且如今兄长又从外头请了这么一尊大佛回来，平日也不知要如何供着。长兄有能耐会做官，说话又有底气，大房自家出些香火我们没话说，可却没有让其他房一起跟着出祭物的道理。我们招招，耽搁不得。"

宋夫人笑着道："三弟妹这话说得好生逗趣儿，何为大佛，何为祭物？难道是说前些日子三老爷在外狎妓，争着抢着要将府里老太太留下的百宝鼎，拿去送妓子的事？要我说，你就不该管，左右三老爷房中已有十来房姬妾，多一个少一个的又能如何？这么多年你还未看开？"

杨翮枝的脸色立刻沉了下来："嫂子真会说笑，说招儿的婚事同我家老爷有何关系？"

"招儿的婚事？"

"招儿的婚事怎的了？三老爷不在朝为官，招儿的婚事可选择的余地比摇儿、拈儿多得多。便是三弟妹母族那样大的一方豪绅也可随意说得，怎么就让你为难了？"

"嫂嫂真会说笑。"杨翮枝皮笑肉不笑地答了一句，随口扯了些有的没的，又晃晃悠悠地离开。

宋夫人身边的婆子道："三夫人愈发不像话，竟来大房敲打起夫人来了。她一介商贾之女，既想指望着夫人为宋招寻一个门第高的，又瞧不得老爷将大小姐接回来，这模样好似如今府中，她能说得上话一般。"

宋夫人紧抿着唇，冷笑一声："谁说不是呢，往日瞧见我毕恭毕敬的，如今她这上不得门面的东西，也敢挤兑到我面前了。"说完，她又幽幽地叹息，"可咱们又能如何？还不是……立身不正让人捡了话头把柄去？若是自家家门清正，容得着这种人来说？且瞧着吧，日后这种不知所谓的混人，要说些什么，要挤兑些什么还不知道呢。毕竟这都是老爷他……"

刚将自找的三个字咽回去，宋夫人便听外头的婆子来报，说是大小姐同大少爷回府，正往大房这边来呢。

宋夫人捏着帕子，长舒一口气，带着宋摇、宋拈走了出去。

宋蓝安站在大房内院中，宋挽方跟宋扶进来便见宋蓝安等在前头，她微微福身，轻声唤了句父亲。

"回来便好，我已让你母亲将你的院子收拾妥当，若有何事便同你母亲说。"

"谢父亲关心。"

宋蓝安点头，丢下一句还忙便离开内院。

宋扶指着身后抬箱笼的婆子，让她们先行回院，众人刚离开，宋夫人同宋摇、宋拈便走了过来。

"挽儿见过母亲，见过两位妹妹。"

宋摇、宋拈亦齐声道："见过大姐姐。"

"挽儿一路累了吧？先回房歇歇，一家人不必多礼。"

宋摇、宋拈站在宋夫人的身后，再无一句话。

宋挽轻笑着点头："那挽儿便先回房了，母亲同妹妹亦多多休息。"

说完，她朝着几个人微微福身，蘅芷、蘅芜以及锦书、鸾笺跟在自家小姐身后，一一拜见过府中主子，这才跟随宋挽离开。

回了自己的院子，宋挽脸上的笑意方真诚几分。

"小姐，奴婢去寻管事婆子要些布匹，这床上纱幔瞧着都旧了，如今也该换新的了。"

"小姐，奴婢去给您拾掇箱笼，原来大橱里头的香囊怕是无味，驱不得衣虫了。"

"小姐，奴婢……"

蘅芷、蘅芜忙得起劲，宋挽坐在自己的拔步床边，静静地看着眼前一切。

屋中的物件既熟悉又陌生，她有一瞬间的恍惚，好像六年的时间须臾而过，未留下半点涟漪。可平静过后，又好似这六年曾翻起滔天巨浪，直至如今方缓缓平息，一切又归于平静。

"咦。"

蘅芷去摘床上的帷幔，原本系着帷幔的绳结突然断开，轻薄的内纱自宋挽面前撩过，她笑着抬手抚开。

"怎的了？"

蘅芷笑道："小姐先前打过的如意结络子少了一个，怪道这绳结断开……"

宋挽抬头去看，只见确实少了一个她幼时拿来练手的络子扣。那如意结本是赵嬷嬷教她日后打给夫君的，却不想无人有此福气享受。思及此，宋挽忽而一笑，暗暗为自己的厚脸皮感到羞涩。

"都摘了收起来吧，再无用了。"

房中还有些江行简幼时送来的节礼等物，宋挽吩咐蘅芷将它们与房中的旧物放到一起，收进库房中。

"这帷幔内层换成鹅黄色轻纱，外头换成水绿色的锦缎，窗纱壁橱帐子也换鲜艳些的。"琅婆子边说边对着锦书道，"你同我一起去寻管事的，给老婆子借用一下你那把力气，咱们将小姐这屋里头全都换上一圈。"

锦书笑着答好，随琅婆子一起走了出去。

宋挽杵着下巴看向窗外，唇边淡淡地浮现出一丝笑意。

回宋府的这几日倒是无人来寻她，宋挽也只顾着收拾庭院，无心管其他的，可不过刚清净三五日，便有人坐不住，拖家带口地赶上门来说嘴。

杨翩枝带着一脸怯怯的宋招过来，刚见宋挽身上那件橙黄色百福绣银褙子双眼便立刻直了起来。那褙子模样寻常，但料子极好，一看便是宫中赐下的好东西。她觉得心头不舒服，便忍不住夹枪带棍起来。

"挽姐儿好气派，不知是不是城阳侯府养人，瞧着可比出嫁前气色好多了。"

宋挽一笑："多谢三叔母夸奖。"

杨翩枝"哼"了一声坐在她面前，正欲说几句难听的让自己痛快痛快，就见宋夫人带着宋摇、宋拈走了过来。

见宋夫人过来，杨翩枝"哼"了两声，悻悻地扯着宋招离开。

宋夫人见状，干巴巴地道："她还指望我为宋招说门好亲事，下次再来烦你，你不必往心中去。"

宋挽乖顺地点头："挽儿知晓。"

宋夫人不再言语，宋摇一瞬不瞬地盯着宋挽，语带不甘："妹妹有一事不明白，不知可否请大姐姐赐教？"

哪怕宋摇尽力掩藏着眼中的锋芒，语气亦难免露出一丝怨怼。

宋挽见此唇角微勾："二妹妹请说。"

"妹妹不解，往日大姐姐最守规矩不过的一个人，怎的如今却做出了伤夫义绝又归府一事？书上说女子要慎修名节，言行举动，必合于礼而不苟……说夫者天也，天不可逃，夫不可离，行违神祇，天则罚之。大姐姐自幼亦读书明理，怎么会不知这书上的道理？"

宋挽微微皱眉，并未言语。她同江行简义绝，的确有违妇德……正想忍下宋摇的质问，她却忽然想起吉荣站在月光下轻轻说的那句"姑娘应多为自己着想"。她从不曾如林葭玥那般恣意放肆过一次，可如今看着宋夫人默认宋摇不敬长姐质问她时，到底生了三分火气。

"二妹妹是以什么身份质问于我？母亲平日便是如此教你同兄姊说话的？"

宋挽转头看向宋夫人，宋夫人捏着手帕皱眉道："怎么同你阿姐说话的？这些话是你能说的？"

"是摇儿逾矩。"

见宋摇低声赔礼，宋夫人微垂着眸子道："挽儿，并非母亲有意为难你，实是摇儿说得有些道理。如今你回来，实是闹得家中不宁，便是不说家里你几个妹妹的婚事，就是外人的挤对你亦承受不起。"

宋挽淡淡地一笑："那不知母亲觉得挽儿去何处更为合适？还是说母亲想再把挽儿送回城阳侯府？"

宋夫人抿唇，未曾答话。

宋摇却低声嘀咕着："若摇儿是大姐姐，定会去寻个庵子，此生常与青灯为伴。"

宋挽闻言未曾生气，反而笑着接了一句："若如今府里是宋揽做主，我自会寻个庵堂做姑子去。奈何如今是父亲做主，父亲让女儿回府，做人子女的不敢不从。"

见母女三人面色不霁，宋挽淡淡地道："我回宋府乃是太子殿下同父亲博弈的条件，若母亲强行让我回城阳侯府，便是让父亲公然同太子作对，转而支持五皇子。"

说到此，宋挽略微停顿后道："且若我没猜错，父亲应该说过对二妹妹和三妹妹的婚事有所安排，这才让母亲放弃同崔家的婚事。既然如此，母亲为何还如此短视，日日将精力放在为难挽儿身上？"

宋夫人讪讪地道："挽儿，你实在误会母亲了，你这般想我，可是还怨我先前之事？"

"挽儿不敢。"宋挽轻声回了句，再未说其他。

三番两次被一个小辈说目光短浅，宋夫人心中觉得难堪却无力辩驳，只能干巴巴地说两句让宋挽好生休息，不必管其他人言语，这才拉着宋摇、宋拈离开。

母女三人刚走出宋挽的院子，神色一起沉了下来。

"她实在……"

"闭嘴。"

宋夫人低喝一声，宋摇忍着委屈将话咽了回去。

待三个人回了自己的院子，宋摇才红着眼默默地哭了起来。

"二姐姐别哭了。"

宋拈看着满面愁容的母亲，又看看哭得伤心的姐姐，心中也跟着发酸。

许久后宋拈才道："母亲同阿姐如今应做的可不是在这里哭天抹泪，您便是将城门哭塌了也无济于事。倒不如留着这把子力气，想想该如何应对才是。"

宋夫人坐起身幽幽地道："你向来聪慧，倒是说说我能如何？你姐姐能如何？"

她虽名义上是宋府主母，可宋蓝安待她向来淡漠，更从未有过热络的时候。这些年她总隐隐约约地觉得自己不如先前那一个，行事说话自然也就少了几分底气。尤其上次因她生了私心，想要送宋挽回城阳侯府后，这家中的老老小小待她更不如从前。以往宋扶、宋挽见她还会喊一声母亲，宋扶亦待她尚算恭敬，如今呢？如今宋扶见了她，连声母亲都不唤的。

"我现在哪儿还敢做什么？再做什么怕是你爹爹也要同我义绝，将我赶出府去了。"

宋拈皱着眉："越过父亲行事自然是不成的，师出无名必为人诟病。父亲不会让大姐姐一直待在府里的，母亲不若直接问问父亲，可有再为大姐姐寻一门亲事的想法。"

"没错。"宋摇站了起来，"既然大姐姐同城阳侯府彻底义绝，便不可能再回去了。那不若早日为她寻一门亲事，最好是嫁得远一些。上京每日那么多新鲜事，怕是不过三五个月，众人便将大姐姐忘到脑后去了。"

宋拈摇头："不可操之过急，要徐徐……"

"母亲，您快去问问父亲，若父亲同意，您便早日为大姐姐相看人家吧。"宋摇催促着母亲去询问宋蓝安，宋夫人抿着唇，心道这的确是唯一的办法了。再为宋挽寻一门亲事，将她远远地嫁出去，这府里还会同以前一样，恢复平静。宋挽丢了的脸面，也会由府中其他姑娘家再一一捡回来。

思及此，宋夫人拿了帕子按了按眼角，起身寻宋蓝安去了。

宋拈在她的身后张着嘴，正想说什么，却被宋摇一把拉住："陪我回房打络子去。"

宋拈心中暗暗叹息，只能随这二人去。

宋夫人去寻宋蓝安时他刚从府外回来，见她过来，宋蓝安道："正有事寻你。"

"老爷有何事？"

"外头有两个宫中出来的教导嬷嬷，你去安排一下。今日起，将这二人送到摇儿、拈儿身边，让她们好生学学宫中礼仪。"

"宫中？"宋夫人立刻便想明白，先前宋蓝安所说的自有安排是什么意思。她忍不住心中窃喜，露出一个温婉的笑容来，"妾身知晓了。"

宋蓝安继续道："这段时日两个孩子的女红先停了，莫伤了眼睛，另外注意不要磕碰留下外伤，其余的事你自己看着安排。"

宋夫人笑着应下。见宋蓝安的心情不错，她又道："妾身还有一事想问老爷。"

"你说。"

"是挽儿之事。"

见宋蓝安的脸上没什么反应,宋夫人微微低着头:"不知老爷想如何安排挽儿?若是老爷没有想法,妾身想着不如再帮挽儿找一户人家?女子青春韶华又有几年?再蹉跎下去实是耽误了挽儿。"

宋蓝安皱眉,宋夫人一笑;"老爷对摇儿、拈儿有安排,若是日后有人以挽儿攻讦摇儿二人的品性,届时可就不好处理了。"

宋蓝安似笑非笑地看着宋夫人,宋夫人心头一怵,有些紧张地捏紧了帕子。

"你做主便好,仔细选个上等人家,也算是给太子一个交代。"

提起太子,宋蓝安多了几分兴致:"太子此人有些能耐,如今已获得朝中大半官员的支持,便是圣上也一反常态,默认了太子身份。"圣上一心只想在史书上留下浓墨重彩的一笔,他生怕自己被史官讨伐,如今知晓太子上位对他只有益处后,便也顺势应承下来。说到底,顺隆帝实无大能。

"挽儿的婚事不可随意,你好生挑选。"宋夫人一脸喜色地答应下来,她急着回房告知宋摇、宋拈这好消息,说了句老爷先忙便退了出去。

知晓宋摇的婚事有了这样好的着落,宋夫人的步子都轻快了几分。她正往大房走去,就听杨翩枝远远喊住了她。

"大嫂嫂,且慢。"

"三弟妹有事?"

今日见了她,宋夫人都觉得对方不若以往面目可憎,倒还显得有几分爽利可爱,说话自然也比往日亲热三分。

杨翩枝却皮笑肉不笑地道:"大嫂嫂这是怎么了?喜成这个样子?若是府里有什么好事,可不要忘了我们三房啊?"

"怪道你的母族发达成这样,三弟妹这凡走过必揩点便宜的性子,若说不能发家我必是不信的。"

杨翩枝的嘴角抽搐着,却不好发作。许久后她才道:"还不是我那侄儿,他如今正在府中做客,我想着让宋扶带他在上京见见世面,他二人年岁差不多,到底……"

"你那侄儿?"宋夫人眨着眼睛:"若我没记错,他鳏居多年可对?"

"大嫂嫂是瞧不起我那侄儿?"

"我并没有此意。"

宋夫人看着杨翩枝,想了想道:"三弟妹的母族也算得上江南望族,只是不知您那侄儿为何不曾再娶?"

杨翩枝见她的话语中虽然带着好奇,但并没有嘲弄之意,便随口答道:"我长兄长嫂皆已过世，无人帮他打点亲事。而且我那侄儿是个老实的，性情木讷，又一心只想着家中的生意，这才一直未能再娶。如今到上京来也是族中有意让我为他说一门亲。"说着说着，杨翩枝微微皱眉，似是想到了什么。

她清了清嗓子，面露笑意："我这侄儿人长得俊秀，性情又稳当，而且说句大逆不道的，我那短命的兄嫂早早去了，若是谁家姑娘嫁过去可是能直接当家做主的。若那姑娘家聪慧些，拿捏我那侄儿亦是件容易事。更重要的是，我侄儿久居江南……"

瞟了一眼宋夫人，杨翩枝"哼"了一声："江南距离上京远着呢，轻易他不好回来。"

宋夫人闻言抿着唇："这人确实不错，你为人姑母的可要多帮着费心些。"说完，宋夫人讲了两句其他的，便又淡淡地笑着离开。

见她走了，杨翩枝啐了一口："什么玩意儿，还当她要给我那侄儿做媒呢。"

想到府中就有个现成的人选，杨翩枝的眼珠子一转，心思顿时活络起来。她那侄儿的确不错，若非宋挽出身高，背后又有个芸妃娘娘捧在手心，这样的残花败柳还入不了她的眼，配不上她的侄儿呢。

那日宋挽穿着的百福绣银褙子在眼前一闪而过，她勾起个笑容，满心欢喜地寻自家侄子去了。

不过浅浅地透露个口风出去，宋夫人便再未管此事。她心中急切地惦记宋摇与太子之事，哪儿有心思为宋挽寻什么好人家？且宋挽的身份如此丢丑，若真到了知根知底的人家提起给她做亲怕还会被人误会是上门羞辱男方去的。杨翩枝那个侄儿是个鳏夫，宋挽配他绰绰有余，对方必也没什么可挑拣的。

"夫人就不怕三夫人不上钩？"

"哼，她那眼皮子浅的怎么会不上钩？而且挽儿到底是政事府嫡长女，她那侄儿是个什么东西？你且瞧着吧，不出三日她必定有所动作。"

宋夫人身边的陪嫁婆子点点头，又小心提起了宋摇、宋拈同宫中嬷嬷学规矩之事。

待过了三五日，府中门房来报，说是杨翩枝的侄儿今日上门拜见姑母，宋夫人便知晓机会来了。

"再过几日怕是会落雪，今儿你将三位小姐都寻来，我带她们去府中的库房选铜婆子，做大氅。"

宋夫人身边婆子答应了一声，笑着走了出去。

宋挽收到府中丫鬟传话时正在屋中读书，听闻此话淡淡地应了下来。

"小姐，奴婢去帮您点手炉。"

蘅芷进到屋中，夹了红炭放入黄铜手炉里，又在外头小心地套个加厚缝棉的软皮子递给宋挽。

蘅芜则帮着宋挽穿上小袄，正准备自己换衣服的时候，却听宋挽道："让锦书同我一起。"

　　捧着手中的暖炉，宋挽同蘅芷、锦书一起去了宋夫人的院子。

　　"前些日子宫里赏了些银鼠皮子，品相同颜色都是极好的，我同你们父亲都不喜这物什，便想着给你们姐妹做件银鼠皮马甲。"

　　宋夫人看着宋挽姐妹，笑吟吟地道："只是这马甲以往府中做得少，不知你们姐妹如今的尺寸，今儿正好一起量量。另外摇儿同拈儿的身量好似也高了些，房中的大氅也一起换了吧。"

　　芸妃赐下不少皮毛大氅给宋挽，宋挽不缺这东西，倒是宋摇、宋拈甚少能得一两件。宋挽听闻此言也无异议，只静静地跟在宋夫人的身后一起向绣房走去。

　　出了大房的院子，刚走到垂花门附近，宋夫人突然道："既然都做了银鼠皮马甲，不若再给你们姐妹一人做一身绣彩并蒂莲的浣花锦袄子？眼瞅着便要过年，浣花锦喜庆又富贵，适合你们这年岁。"

　　宋夫人边笑，边对宋摇宋拈道："你二人跟云锦去将库房中那四匹浣花锦拿来，路上小心些，莫刮断了丝。"

　　眼见宋摇、宋拈离开，宋挽的眼皮微垂，站在一旁等候。

　　宋夫人见状温和地道："挽儿可冷？母亲的手炉给你。"

　　"谢母亲关心，挽儿不冷。"

　　宋挽转头看了锦书一眼，锦书上前一步，站在她身后。

　　几个人正静静地等着，垂花门外忽然走进三四个人。其中为首的正是杨翃枝，而他身后跟着一个年约二十五六的中年男子。

　　那个男子一见到众人，便忙停了脚步，想要退回倒垂花门外，却被身后杨翃枝的婆子堵了个正着。他一趔趄，颠了几步方站直身子。

　　杨翃枝好似浑不知外男冲撞了府中女眷一般，笑着同宋夫人和宋挽打起招呼来。

　　"嫂嫂这是做什么？领着挽儿来赏景？"

第十三章
再嫁

"珣儿,过来给大夫人见礼。"

杨翩枝高声笑着将杨珣喊了过来,杨珣垂着头紧紧地皱着眉。他这位姑母因嫁了宋家最不成器的三老爷,这些年行事愈发疯癫了,如今竟打起了这样下作的主意。心中暗暗气恼一阵,他方上前几步,向宋夫人见礼。

宋挽打量着他的举止,猜测这人并不知情,便转过脸去。

宋夫人道:"一家人客气什么,你许久未同三弟妹见面,想来思念得紧,你二人快去叙叙旧,不必理会我们。"

杨珣温声回复:"今日见过姑母知晓她的身体康健便放心了,眼下正要离府的。"

再次朝宋夫人行礼,杨珣转身便往外去。

杨翩枝在后头不住喊人,见实在叫不住她方急急忙忙追了出去。

"你是个傻子吗?今儿这么好的机会让你相看宋府嫡女,你跑什么?"

一把拉住杨珣,杨翩枝皱着眉道:"你可知道那姑娘什么来路?她可是宋挽,若不是她被城阳侯休弃,哪儿能轮得着你见呢?"

"姑母慎言。"杨珣气红了脸,"您今日这做法实在欠妥,你……"不好指摘长辈,他只能咬着牙袖子一甩,再次离开。

"你给我站住。要不是哥哥故去前让我多多照看于你,我还不愿管这些烂事呢,你今儿是什么意思,瞧不上宋挽?她虽是个破……"

"姑母!"杨珣冷着一张脸,"您莫要忘了招儿亦是女子,您行事、说话前为招儿留些脸面,亦为杨家留些脸面吧。"

说完,杨珣扯回自己的袖子,逃也似的向外走去。

"什么东西?人家母亲愿意拎着她同你相看,你还拿上乔了?真真不知所谓。"

杨翩枝气得恨不能按着杨珣的脑袋,今日便让他同宋挽拜堂成亲。而宋挽那边却十分淡定,甚至未露出半分异样的神色。

宋夫人看着她面上那似有若无的通透笑意，不知为何心中一紧。

宋夫人抿了抿唇，干笑道："你三叔母实在不像话，竟是领着自家侄儿在内院中乱闯。"

见宋挽不答话，宋夫人身边婆子打着圆场："都怪老奴年老头昏沉，未能注意到前院的动静，若是老奴多留心，方才也不会让人冲撞了大小姐。"

"确实如此。"宋挽轻声笑道，"若是挽儿没记错，孙嬷嬷一直在母亲身边伺候，已有二十几年了吧？"

孙婆子同宋夫人都不知宋挽此言何意，宋夫人微微蹙眉，孙婆子则愣愣地点头。

宋挽道："是个忠心的，怪道母亲十分看重你。"

"摇儿、拈儿回来了，母亲请。"见宋摇、宋拈抱着浣花锦回来，宋挽朝着绣房的方向一抬手，示意她先行。

宋夫人看着她的眼睛，不安地朝绣房走去。

待重新量了三姐妹的尺寸，众人又同绣房的婆子说明尺码样式后，宋挽方回了自己的院子。

"小姐，您是说夫人打了将您许给杨家的主意？"

蘅芜咬着牙，气得眼珠子发疼。便是真想给她家小姐说媒，也远没有这样的方式。如今这算什么？是怕男方人家瞧不上她们家小姐，这才急吼吼地拉了人去给他瞧颜色？世家小姐哪有这样说亲的？这根本就是存着作践人的心思。

蘅芜还要再说，却被蘅芷拉了一把，不让她言语。小姐回府会被老爷重新许配出去是必然的，她家小姐并非不懂这个理。可如今夫人敢用如此粗糙且上不得台面的方式，说明定是经过老爷同意的。若没老爷的首肯，夫人哪敢如此行事？

"小姐，这……府中也太急了些……"

蘅芷抿着唇，因为气愤而带了几分哭腔。这样急切，怎会给小姐选到什么好人家？怕是到头来还不抵城阳侯府强呢。且杨家是个什么东西？杨翮枝能跟宋府说上亲，还是因为三老爷不仅为庶出，更是个要什么没什么的膏粱纨绔。若非当年上京实在寻不到人选，方找了同家中带了些八竿子打不着亲戚关系的杨翮枝，对方现下想进宋府大门给她家小姐行个礼，怕是还进不来呢。这样的人家，怎能摆到她家小姐面前？唇上咬出一道血痕，蘅芷憋着气不让自己在宋挽面前哭出声来。

"哭什么？我都不在意。"

轻轻抖了抖手中的信笺，宋挽笑着递给蘅芷："送到苏家舅舅手中去。"

宋夫人到底是她的长辈，她不好如何，可这并不代表宋夫人可以随意拿捏她。

将那信笺送出，宋挽再没有提那日的事。

几日过去，宋夫人一边为杨珣的不上道而恼怒、焦急，一边心中隐隐不安，直到见宋挽这几日都风平浪静，无声无息的，才慢慢放下心中的忐忑。

"要老奴说夫人还是太过忧虑了，再怎么样您都是大小姐的母亲，您为她说婚事寻夫家乃天经地义，便是急切了些又能如何？大小姐不会拿您如何的，难不成她还敢冒大不韪向老爷告您的状不成？且便是上次您将大小姐送回侯府一事，她亦不过是说嘴两句，如今这点子小纰漏，便是老爷知晓也懒得理会的。夫人放宽心，莫太忧虑。"

宋夫人按着眉心，轻轻摇头："我亦知她不能奈我何，可也不知怎的，我就是莫名不安。"

二人正交谈着，外头进来个身穿锈红色锦缎夹袄的小丫鬟。

"夫人，苏家夫人到了，大小姐让奴婢来禀告夫人，说若是您现下得空，便去大小姐院子中见见。"

"苏夫人？"

宋夫人的眼皮一跳，下意识地捏紧了帕子。

就连她身边的孙婆子也跟着呼吸一窒，突生惶然。

"好好的，我的嫂嫂怎么会过来？挽儿也真是的……"她看着孙嬷嬷强迫自己冷静下来，好生拾掇了一番衣饰妆发，这才沉着脸走了出去。

二人一到宋挽的院子中，就见宋夫人的嫡兄之妻，宋挽的嫡亲舅母李蓁站在院中央。

李蓁一见到宋夫人立刻爽朗地笑道："许久不见七妹妹，未想你如今变化不小，再不似未出阁时候那副怯生生的，见了人话都说不利落的模样了。"

宋夫人面皮一紧，强压着怒意，说了句嫂嫂别来无恙。

李蓁笑着应下，又道："进来坐，在那里杵着做什么？"

"挽儿，快给你母亲斟茶，我姑嫂二人今儿可要好生聊聊，聊聊这些年苏府同宋府发生的事。"

宋挽乖巧地站在一旁，为二人倒了茶水，又安静地站在自家舅母身后。

李蓁见此眼露赞赏，转过头对面无表情的宋夫人勾唇一笑："今儿我来也并非只为叙旧，实则还带了东西给七妹妹，你……"

正说着她话语一顿，指着宋夫人身边的孙婆子道："我若没记错你可是姓孙？"

孙婆子眼皮一抽，暗道不好，她可算知晓今日李蓁是为何而来了。

"禀大夫人，老奴的确姓孙。"孙婆子一脸谄媚，满眼讨好。

李蓁道："那便对了，你老子娘还在府中荣养，身子骨也不错，你那对儿女如今也得了府中差事，做得亦好，是个满门忠心的。"

"夫人仁善，是我们做下人的福气。"

三言两语，李蓁便越过宋夫人，将场面捏在自己手中反客为主，宋夫人攥着帕子想要扳回一局，却不知该如何下手。

　　李蓁见她的动作，笑着道："忘了同你说，吴姨娘的身子也还成，你不必忧心。"

　　"劳烦嫂嫂这些年对姨娘的照看。"

　　宋夫人干笑着接下，说完又沉默下来。

　　苏家同样是簪缨诗书之家，李蓁的出身更是高贵，她一嫁入苏府，便接了府中中馈直到如今。她是个雷霆性子，做起事来风风火火的，十分利落，未出阁前，府中的姨娘、庶女们没少被她敲打。便是如今，宋夫人的身份不比她低在哪里，但见到李蓁，仍有种从骨子里透出来的畏意。

　　"我哪里照看得好？今日见你其实也同吴姨娘有关。"

　　李蓁看着孙婆子道："你去把当年从苏府陪嫁的人都寻来，我有事同你们说。"

　　宋夫人猛地抬起头："嫂嫂这是何意？"

　　"还不快去？"

　　未看宋夫人一眼，李蓁厉起秀眉，眼神凌厉地看着孙婆子。

　　孙婆子觉得心头一抖，本不想动，可犹豫再三，仍听了李蓁的命令颠颠地跑出去，将宋夫人抛在脑后。跟在宋夫人的身边，安逸得太久了，她甚至都忘了自己的老子娘、儿女以及她自己的身契，都捏在苏府手中呢。

　　当年苏家嫡女病重，为保苏、宋二府联姻同一双儿女的前程，她力排众议选了能力、颜色都不算出众的苏家七姑娘。如今苏家七姑娘成为宋夫人多年，让她们早已忘了苏家嫡女的手段。

　　孙婆子一拍大腿，这才想到当年跟着陪嫁过来的所有人，可都是苏家大小姐亲自挑选的。她真是昏了头，十几年过去，竟将自己真正的主子忘了个干净，还算计起宋挽来了。孙婆子一脸的冷汗，忙将所有从苏府陪嫁过来的人都找了来。

　　一群人到了宋挽的院子中，吓得噤若寒蝉，连大气不敢喘一声。

　　见自己人全被拎了过来，宋夫人红着眼看向宋挽："挽儿，究竟母亲何处做错了，让你这般待我？先前我要送你回城阳侯府是我看不清局势，可平心而论，我真的有错？还是你记恨我前几日带你见了杨家公子？"

　　宋夫人死死地捏着帕子，紧盯着宋挽："你清楚自己不可能一直待在府中，而且我帮你琢磨婚事亦是老爷同意的，并非我自作主张。你难道真以为自己可在府中守一辈子？我只是想着趁你尚且年小，不如早些为日后做打算。你回来的时日短，家中还有些情分在，若真拖得久了，将家中的人情分全拖没了，又是何苦？不过这点子小事，你还需寻了苏夫人来？"

　　宋夫人越说越生气，气得她口不择言："你将城阳侯府搅和得一团乱不说，如今回了宋家，还要继续搅和母族不成？这点子家丑你真的恨不得嚷得整个上京全都知晓？"

宋挽闻言只淡淡地道："母亲失态了。"

宋夫人一噎，被这轻轻的一句憋得面色涨红，再也说不出一句话。

李蓁见状呵呵笑了起来："七妹妹激动个什么劲儿？咋咋呼呼的吓我一跳。"

微敛着眼皮，李蓁手一抬，身后一个尖脸儿丫鬟递上来一个楠木匣子。她将手按在那楠木匣子上，看着眼前的众人道："吴姨娘年岁大了，你们都是七姑娘身边的老人，也是时候为她尽尽孝道了。今个儿起，你们就跟我一起回苏府，日后吴姨娘荣养的责任便交给你们了，如此宋夫人也放得下心。"

那些婆子你看看我，我看看你，都十分不愿。她们在宋府十几年，又是正头夫人身边的心腹，手中的活计都是又体面又有油水的。这时候回苏府能做什么呢？难不成，这般岁数了还给人做小伏低伺候姨娘不成？

几个人都不动弹，孙婆子咬着牙走到李蓁身旁，不敢看宋夫人一眼。她一家子都靠李蓁的眼色过活，还有什么可说的呢？

宋夫人红着眼睛，直直地看向宋挽："挽儿真的要如此逼迫母亲？"

"你说的那是什么话？难不成你不想给吴姨娘养老？"李蓁冷笑一声，"这才多少时日便忘了自己的身份，吴姨娘知晓你有这个不孝的心思，怕是要哭死了。"

宋夫人咬着牙，不敢再说什么，生怕李蓁给她扣下个不敬生母的帽子。虽吴姨娘并非她嫡母，但嫡母已去，她若不敬顺吴姨娘，只会连累宋摇等人的名声。往日或还可狡辩一二，可如今摇儿的前程不同往日，她半点耽误不得。

"其他人都不愿是吧？"

李蓁的眉尾一挑，身后走上来一个面色黝黑的婆子。李蓁道："这位是府上专管佃户的王管事……"打开掌心下的楠木匣子，她从中拿出一摞薄薄的身契，"若不愿跟我回府，你们一家子就全去王管事的庄子给府上种田刨土去吧。"

这些身契全部都是要么父母双亲在苏府，要么子女夫君在的。慢条斯理地点了几个名字，随着李蓁的声音，那些个婆子一个两个的全都站到了她的身边。

"这不就成了？给你们半个时辰收拾细软，马车在宋府门口等着，来晚了的就跟王管事去庄里。"

话音刚落，李蓁手一挥，众人便呼啦啦地退去。

宋夫人恨得牙都疼了。她恨自己先前明明防备过这群人的。可一年两年好防备，谁又能日日防备身边的人？且她又没有能力再重新培养那么多心腹，时日久了也就自然而然地将这群陪嫁用了起来。

"大小姐。"屋外走进一个身穿对襟褙子的妇人，她的手中捧着一摞账册，毕恭毕敬地向宋挽行礼，"您找老奴有何事？"

宋挽微微一笑："母亲孝顺，将自己身边的人都遣回苏家照看吴姨娘去了，您今儿个再寻些人手安排给母亲。"

被赐了主家姓名的宋嬷嬷道："老奴知晓了，即刻便安排。"说完，她看向宋挽，眼中带着淡淡的慈爱，"这几日天冷，老奴让府里的木匠打了全新的熏笼给小姐，省得小姐日日看书手脚凉。"

"劳嬷嬷费心。"

宋嬷嬷点点头，笑着离开。

宋夫人面色灰败，宋挽的视线自她的脸上扫过，又很快收了回来。

虽然宋挽对生母已没有太多印象，但据阿兄说，母亲当年是上京中有名的才女。当年想要求娶母亲的人家不知凡几，便是城阳侯府老夫人先前也曾想过为老侯爷求娶母亲。她不知因何缘故，母亲最后嫁到了宋家，但宋挽可以肯定，她的母亲是个极其聪慧的女子。自幼她便知晓母亲在府中给她留了很多老人，莫说宋府的后院总管事宋嬷嬷是抱着她长大的，便是一些边边角角的管事亦都是她母亲留下的心腹。母亲曾告诉宋嬷嬷人心易变，眼下木讷胆小之人，不见得有了自己的孩儿还会胆小，还会坚守本分。

只是以往宋夫人所做并不过分，她幼年时，宋摇、宋拈年岁尚小，宋夫人无暇管她，她自然不知对方心性，便也一直未曾动用母亲留下的这些手段。后来，她早早去城阳侯府守寡，亦未将宋夫人放在心里。

除了年节拜见，送些节礼，二人再无交集。

直到宋夫人动了私心，想要将她送回城阳侯府时，她才对宋夫人失了几分耐性。而前些日子杨珣一事，才真的让她有些烦了。

宋挽微微垂眸，懒得去看宋夫人欲哭不哭的模样。她并非没提点过，只是宋夫人看得太浅太近，她实在无法年年日日、朝朝暮暮提点宋夫人看得再长远些。

半个时辰已过，那些婆子一个个都收拾妥当，站在宋挽的院子前，李蓁让身边人将她们一一带走，惹得宋府许多年轻的下人看得一脸惊愕。

宋夫人离开，宋挽寻了个位置坐在李蓁身旁，二人静静地饮茶都不曾开口，直到蘅芷、蘅芜收整妥当李蓁给宋挽带来的见面礼，二人才相视一笑。

宋挽道："为这点子小事让舅母跑一趟，实在是小题大做了些。"

"倒也不是全为了你。"李蓁拍了拍宋挽的手，"是你那不成器的三表弟……你舅舅送他入了径山书院，便是你未曾给我去信，我也是要送他来上京的。更何况你舅舅知悉你同城阳侯府的事，也早说让我过来瞧瞧可有家里能帮得上忙的地方。"

"让舅舅、舅母挂心，是挽儿不该。"

"什么该不该的。"李蓁叹息一声，眼中带了几分疼惜，"你莫怪舅母说话直，苏七虽做事混了些，但她所言并非没有道理。你在宋家不是长久之计，倒不如早早为自己打算。"

宋挽闻言浅浅地一笑，眼中却带了三分落寞。宋挽的面颊粉润，只一个眨眼的动作便透出七分风情，李蓁见状，心思忽而一动。

"挽儿！"

宋挽抬起头，脸上仍带着明的笑容。

李蓁抓着她的手，笑道："挽儿，你说如何？"

"三表弟？"

"是啊。"

李蓁的眼睛一亮："苏榭虽比你小两岁，可你毕竟是嫁回自己家，不论你舅舅抑或我，都会把你当亲闺女一样对待。"

越说越觉得此事有谱，李蓁笑着道："苏榭那小子不成器，你进了门，也能帮舅母好生管教管教。挽儿，好好考虑一二，舅母是真心的。"她拉着宋挽的手，一字一句地道，"与其把婚事交给别人做主，不如你自己早早下决断，若是你同意，舅母就让苏榭上门提亲娶你过门。"

宋挽一时有些惊讶，却不得不承认李蓁的提议让她很有几分心动。

舅母说得没错，与其将婚事交给宋夫人，还不如她嫁去舅舅家。舅舅同舅母不会看低她二嫁之身，而苏榭上头还有两位兄长，她的表嫂亦都是和善人，无论日后苏榭喜不喜欢她，她都可以在苏府求一片无人打扰的天地。

宋挽抿着唇，暗暗思索起这桩婚事来了。

瞧她也有三分意动，李蓁十分欢喜。

苏榭本性良善，但性子跳脱，寻常姑娘家怕是管不住他。但挽儿不同，挽儿貌美又温顺且脑子生得聪慧，她家苏榭必然会喜欢这个表姐。自己的儿子自己最是了解，但凡苏榭见过挽儿，必会动心。

李蓁越想越觉得这姻缘再好不过，她将挽儿接回府，她的夫君也不必日日忧虑宋蓝安会不会善待挽儿了。

"你且想想、你且想想，我给你舅舅去信，让他也高兴高兴。"

宋挽正想阻拦，就见李蓁笑着跟身边的丫鬟回宋府待客的厢房去了。

第二日李蓁离开的时候，还再三嘱咐宋挽好好考虑一下。

宋挽自己拿不定主意，便将此事说给了宋扶听。

宋扶这段时日也正为她的前程发愁，听闻此事也有些心动。先不说苏榭如何，光是舅舅、舅母同大表哥苏桢便会护着挽儿，让挽儿一生安然无忧。他日日思虑妹妹的后路，便是在吏部上值的时候，得空了亦忍不住分神。沈千聿颇为好奇地看着一脸愁容的宋扶，想了想忍不住凑上前去。

"本宫见宋大人自顾神伤，不知是有何愁事？"

"太子殿下。"

宋扶恭敬地行礼，沈千聿抬手虚扶他起身。

自从沈千聿恢复身份后，便一直属意将东宫辅臣之位留给宋扶。只是先前一段时日他尚未寻到合适时机，这几日刚好到吏部有些公事，便先寻宋扶来了。

谁知宋扶今日一脸愁容，不知为何伤神。

宋扶起身，看见沈千聿面容的时候微微一愣。他总觉得太子跟江晏的友人十分相似，但仔细看去却又略有不同。

"太子……"

沈千聿痛快地一笑："宋大人想得没错，还望帮本宫保守这个秘密。"

宋扶微微惊讶，但很快便将这份惊讶放进心里。

二人也称得上一句旧相识，宋扶对沈千聿便少了几分戒心。他薄唇微张，想了想，淡淡地笑着道："是为了府中胞妹之事。"

"哦？宋家嫡小姐？"

想到宋挽同太子也算间接相识，宋扶点了点头，没有避忌。

"家中有意为她再说一门亲事……"

沈千聿睁圆了眸子，正想再打听下去，却见外头进来一位吏部的同僚。

那人刚见到宋扶便道："宋郎中，外面有位杨姓公子寻你，说是你府上的亲眷。"

"杨？"

宋扶皱眉，知晓这人应是杨珣。

"多谢李大人。"

同传话之人道谢后，宋扶走出吏部衙门。

沈千聿同李大人寒暄几句，便没了耐性，大步走向衙门口，跟在宋扶的身后。

"太……"

沈千聿磊落地一笑，丝毫没有打扰到别人的自觉："本宫同你一起出去。"

宋扶被他这举动闹得满头雾水，只是他无法像打发其他人那般打发太子，只能让沈千聿跟着。

待见到杨珣时，他丢下一句宋大人先忙，本宫不急，然后便走到衙门口另外一处位置。虽看似给了宋扶同人交谈的空间，可到底……稍一大声些便能听见二人交谈的内容。他这番举动令宋扶不解，但宋扶向来觉得只要行得磊落，也没什么怕人知晓的，便随他去了。

"宋兄。"

"不知杨兄今日来所为何事？"

杨珣微微抿着嘴唇，随后道："实不相瞒，今日来是想向宋兄提亲。按说本该去宋府面见宋大人，但我想了想，觉得还是先同宋兄说说方好。"

杨珣的声音温和，语气也和善，沈千聿却听得很不顺耳。他在一旁眉头紧锁，斜着眼上上下下地打量着杨珣。

这人同他年岁差不多，但生得实在普通，且整个人看上去温温敦敦的，毫无魄力。身上衣物看似考究，却非文人士庶常穿的直裰。

微微一皱眉，沈千聿心下不满。

这个人应出自商贾之家。

他的眉尾挑得老高，早将自己以游商身份遮掩多年之事忘得一干二净。

"我知自己配不上宋府嫡女，但……"杨珣浅笑着继续开口，"我想着总要试一试，左右未过了明路，若宋兄不满意在下，在下也绝不纠缠。"

那日杨翾枝所为他的确十分不齿，对宋挽亦无什么想法。但后续听闻杨翾枝所说，宋挽将宋夫人身边所有下人一起送走，这才让他生出几分赏识。

见宋扶不言语，杨珣继续道："我家中父母皆已过世，房中亦无姬妾，若是宋姑娘可下嫁，家中所有都可交予姑娘。在下手中颇有些田产，宋姑娘下嫁虽可能无法过跟宋府一样的生活，但衣食无忧定可保证。"

杨家的家底在江、宋这种簪缨世家里头，着实不够看，但于地方上也是响当当的望族。且眼下杨家皆由他做主，宋挽嫁过去便可做当家主母。

宋挽的性情、手段他有所耳闻，这对他来说十分难得。若是宋挽嫁给他，对杨家只会有益处。

至于她是否为再嫁之身，如杨家这样的商贾人家根本毫不在意。这些东西，唯有上京里头的世家大族看在眼里，去了江南，谁又知道她的身份来历？

杨珣道："还望宋兄多考虑一二，成与不成……"将手中提着的拜礼递到宋扶面前，"都是小可一番心意。"

宋扶垂眸，一时未做出什么反应。他也是头一次经历这种事情。

杨家的身份太低了，但这于宋挽来说并非全是坏事。杨珣出身低，挽儿嫁给他虽会受些委屈，但同样杨家十分好拿捏。便是挽儿自己，拿捏住整个杨氏一族也不成问题。

就是不知挽儿会不会属意杨家。

"我知晓了，此事你容我考虑考虑。"将杨珣手中拜礼接过，宋扶淡淡地应了下来。

沈千聿在一旁瞪圆了眸子，只觉得这宋扶也不若他想象中待宋挽那般诚挚。这样的人家宋扶竟然还说考虑考虑？一个低微的商贾之家，宋扶还要考虑什么？

沈千聿面色微沉，又目光苛责地打量杨珣去了。

这个男人不仅家世不妥，长相亦十分普通，丢入人群里怕是闪个神就再寻不到了，这样的人也不知读过几本书，可能同宋挽说得到一起？怕是没读过几本书的，说不定大字都不认得几个。

沈千聿面色阴沉地站在一旁，暗自摇头。这人实在不堪，哪里能做得天子师的夫婿？

杨珣刚离开，沈千聿便走到宋扶的身边，一脸严肃地问道："此人想要求娶宋家嫡女？"

宋扶略微有些窘态，一时不知该如何回复太子。

宋府嫡女同杨家做亲，确实不太妥当。正琢磨着要怎么开口，宋扶便听沈千聿道："这户人家的地位着实太低了些，宋姑娘嫁给这等人，日后回了上京见人都要行礼下跪，与家中亲眷往来时皆会低人一头。"

宋扶尚未想到这层，如今沈千聿一说，他方觉得不妥。确实如此，宋摇、宋拈，哪怕是宋招都不会嫁给商贾庶民。

挽儿这个做人嫡姐的见了她们还要行礼……

刚刚升起的心思立刻淡了下去，宋扶道："的确是我疏忽了，如此看来，还不如让挽儿嫁去苏家。"

"苏家？"沈千聿暗忖这何时又出现一个苏家？

"是我兄妹的母族。"

沈千聿的眉心紧锁："苏骞苏大人之子？"

"正是。"

苏骞之子好似无可挑剔，半晌后沈千聿缓缓地吐出一句："家世尚算般配。"

直到回了东宫，沈千聿还在为宋挽的婚事忧虑。

苏骞虽为宋挽的嫡亲舅舅，应该不会苛待她，但那苏骞之子却不知是个什么性子。这女子嫁人一起过日子的又不是公婆，若枕边人的性情恶劣，日后又怎能有个安生日子？

宋挽对他帮助良多，他怎么忍心看她再入火坑，再次所托非人？

略显烦躁地掸了掸衣摆，沈千聿起身去了东厂。

东厂中，万宵正百无聊赖地饮酒听曲儿，见太子一脸阴沉，不由得暗暗叹息。也不知为何，一见沈千聿的这个表情，他便觉得今日的事有七成同宋家嫡女有关。

"你倒是悠闲，东厂无事做？"万宵眼带哀怨，心道自家主子这副到处找不痛快的模样，九成九同宋挽有关。

"可是宋府嫡女出了什么事情？"

沈千聿的眉眼立刻瞪了起来："你有所闻？"

万宵暗道一句果然。他的眉心微皱，视线瞟向沈千聿，忽然福至心灵，一下子就明白了他家主子反常的原因。只是……这事儿实在是不好办呐！

收敛起脸上的笑容，万宵道："不知殿下指的是何事？"

"你说的又是何事？"

"属下前段时日听闻宋夫人身边伺候多年的老奴，都被宋家嫡女送回了苏府。"

"为何缘由？"

"据闻是宋夫人带了外男到府里给宋姑娘相看。"

沈千聿的神色一厉："可是姓杨？"

万宵点点头："正是。"

"好一个宋蓝安！他究竟是做什么吃的？让人如此作践自己的嫡女？可是他也觉得宋挽离了城阳侯府，便可被人肆意羞辱了？"

沈千聿的语气中带着七分恼怒，万宵偷觑一眼，不敢讲话。他生怕自家主子突然就开了窍，惦记上宋家嫡女。

"你怎的不说话？往日不是很有些话说？"

万宵的眉头紧皱，半晌挤出一句宋蓝安当真不做人。

沈千聿闻言却道："虽宋蓝安的确称不上慈父，但他到底是宋挽的生父，亦称得上本宫的师爷，你怎能如此说他？"

万宵轻咳一声，只觉得自己近日最好寻个远些的差事，出去个三五个月方好，省得日日挨呲，闹得他如今话都不会说了。

"你又做什么锯嘴葫芦？"

万宵长长地叹息一声："属下让人为您熬碗祛火降躁的凉药，殿下稍等，属下去去就来。"

"大冬日的喝什么凉药……"虽是如此说，但沈千聿仍随万宵去做，并未阻拦。

实在是他也不知这满心的烦躁之意从何而来，无来由的憋闷让他恼，又寻不到可恼之处。许是他最近真的肝火旺盛，方瞧什么都不顺眼。

万宵端来一碗放凉了的苦茶递给沈千聿，沈千聿看也不看，仰头一饮而尽。

喝完茶，沈千聿道："你去寻两个人，查查这苏、杨二子人品、心性是否值得托付。"

万宵一挥手，走上来两名东厂探子，他交代几句，便打发二人去查。

待身边无人，万宵幽幽地开口："属下觉得宋姑娘若真能嫁去苏府，对她来说百利无一害。"抬眸看了沈千聿一眼，他继续试探着道，"宋姑娘早晚要再嫁，她乃二嫁身份，能入得苏家的门已是最好的结果了，不知殿下还有何不满？"

"本宫有何不满？本宫并无不满。只不过本宫尚不知那苏家子品性如何，若是个性情顽劣的酒囊饭袋，倒还不如不嫁。"

万宵摇头："属下倒是觉得去苏府比留在宋府好得多。"

沈千聿凝视着万宵："你如今惯会同我唱反调。"

"属下不敢。"不敢试探太过，万宵看着沈千聿眼角眉梢都透着浮躁的模样，闭口不言。他如今并不想多说，若是那宋家嫡女能顺利地再嫁，让他家主子这还未升起的心思直接按下，便再好不过了。

一时无话，沈千聿把玩着小几上头的流苏穗子，不知在思索些什么。

派出去探查之人不过半个时辰便回到东厂，其中一个人道："禀殿下，苏骞苏大人家中只有三位嫡子，长子苏桢同次子苏檀都已娶妻，其妻族为……"

沈千聿一挥手："三子如何？"

那个探子道："三子苏榭今岁方过十六，此次同苏夫人上京乃是因他要进入径山书院求学，此子伶俐乖巧，但因年岁小，颇有些执拗之气。苏家家风清正，苏榭平日除了跟同窗读书游玩外，唯一的爱好便是斗蛐蛐、玩玩蹴鞠等物。"

简单说了两句苏榭平日待人接物之事，沈千聿略带躁意地挥手打断。

另外一个人谈及杨珣时同他自己说得差不多，唯一的区别在于，杨珣早年曾向自己恩师家的闺女提过亲，怎奈那个女子的双腿有些残疾，又接连为父母守孝，耽搁了花期，这才拒绝了对方。如今二人虽然有些往来，但多是杨珣接济此女，倒也说不上有什么首尾。

沈千聿闻言道："此话一听便知是郎有情妾有意，不过碍于女子的面皮薄，曾拒绝一次，不好再开口而已，两个人一个未婚一个未嫁，本宫觉得十分般配。你去寻个机会，让那杨珣娶了自己的恩师之女，如此也算成就一段佳话。"

万宵对那个一头雾水的探子使了个眼色，那个探子愣愣地点头退了下去。他在东厂多年，稽查、暗杀之事做过不少，但这种给人扯红线做冰人的，还真是头一回。

剩下的另一个探子看着沈千聿，眼中同样带着几分莫名。

沈千聿勾着小几上的穗子神色不明，万宵开口道："苏家三少爷同宋姑娘着实很般……"

"本宫亲自会会他。"他眼神凌厉地看着万宵，万宵轻声道："属下觉得此法可行。"

沈千聿起身，眉眼间的烦躁立刻散去，步履轻快地离开东厂。

苏骞一家长居保定府，所以苏榭虽对上京不算熟识，但也有几个昔日的同窗在上京求学。如今他来到此，自然要做东请同窗饮茶叙旧。

沈千聿只派人稍一打听，便见到了身量尚未长开的苏榭。

苏榭年岁尚轻，面上还带着少年人独有的轻狂与张扬。但因苏家人的长相都很出众，他看着便也有种少年如玉的清俊，配上浑身隐隐散发出的矜贵世家子气韵，颇能让人心生好感。

沈千聿站在翠微楼门口，看着正在为友人斟茶的苏榭眉尾一挑，从容地走了进去。

翠微楼本就是沈千聿的地盘，此处原是东厂用来查探市井传闻以及察听上京各衙门官吏可有不法之行所在，后被段宜亭占为己有、为己所用。

沈千聿同万宵联手废掉段宜亭后，这个地方便成了二人宫外的歇脚地。

此处无论掌柜抑或小二俱是东厂之人，是以沈千聿方一出现便有人上前。

走到掌柜身边，沈千聿让人为苏榭所在的包厢送上两壶好酒，一盘熏肉。

"这是我们东家所送，几位公子慢用。"

苏榭同窗道："子轩在上京还有其他友人？"

苏榭摇头，略有疑惑地问道："不知掌柜的东家是哪一位？"

那个掌柜指着不远处站着的沈千聿道："那位便是我们东家。"

见苏榭等人看向自己，沈千聿大方地走了过去。

"孙公子，今日得见实为有幸，不知令兄可好？"

苏榭身旁一位面容倨傲的少年眯着眸子看向沈千聿，想了许久方吐出一句原来是你。

"这位乃我家中兄长之友人，姓……"

"敝姓萧，虚长各位几岁，几位小公子若赏脸，可唤我一句萧兄。"

姓孙的少年喊了声萧兄，苏榭亦跟着喊了一句。

孙姓少年的父亲乃光禄寺少卿，他的兄长长袖善舞，与京中各家子弟都有些交情，沈千聿以前常跟他兄长打交道，同他亦见过几次。只是以往沈千聿未曾用真容出现，以这个少年琢磨了一会儿才反应过来面前的人是谁。

苏榭见沈千聿的容貌出众，而且举手投足间处处透着上位者风范，不由猜测此人应该有些来历。若能与之交好必有利无害，便让出身边的位置请他坐下。

那个孙姓少年不住地打量沈千聿，总觉得哪里有些怪异，却又说不上来。

沈千聿未把他放在心上，倒是跟苏榭相谈甚欢。他见多识广，人又圆融练达，不过三两杯酒下肚，便让几个初出茅庐的少年眼露敬仰之色。便是先前的孙姓少年亦丢了倨傲，盯着沈千聿不住地赞叹。这段时日他不知收服了多少朝中的老狐狸，几个小娃娃更不在话下。不过一炷香的工夫，苏榭等几人便对他推心置腹，说起体己话来。

一位崔姓少年喝了些酒，红着脸道："所以啊……我家中便为我说了这样一门亲。若我那姐姐是个男儿身，我也不必娶那个处处管着我的母老虎了。"

沈千聿闻言眸中一亮，总算寻到个话头。转头看向吃得津津有味的苏榭，他轻咳一声，低声道："娶妻还是选性情娇柔些的好。"

苏榭赞同地点点头。见苏榭听闻娶妻之言仍面色如常，浑然不觉如何，沈千聿便猜苏夫人还未曾同他说过与宋挽的婚事。略想了想，他又道："常言道，妻贤夫祸少，但这身边人光贤惠也是不成的。尤其女子若年长于自己，定会端庄自持，寻常难见娇柔之色，若再是个性情古板的，岂不是要将夫君当儿子管了？这好不容易成了亲，不仅不能软玉温香在怀，还要再多个'娘'敬顺管教，如此……不成不成。"

沈千聿摇着头，苏榭举着酒杯亦跟着直摇头。见他听进心里去，沈千聿将手中酒盏放下："若是来日定了不符合自己心意的亲事，定要早早推脱，免得受你那同窗之苦。"

苏榭叹息一声："父母之命，媒妁之言，若亲事真的定下，哪里又有回旋的余地呢？"

沈千聿拍了拍苏榭的肩膀，温和地笑着道："那可就要跟自己不钟情的女子，相对无言过一生了。"

说完，沈千聿让翠微楼的小二帮着给几个人再上些酒菜，自己则去了三层。他今日出宫，远不是为了苏榭这等小事。

收敛一身酒气，沈千聿推开翠微楼的厢房之门。走到厢房最深处，他抬手叩开衣橱后的暗门，弯腰踏了进去。

"属下拜见主子。"

柳长阙跪地行礼，沈千聿扶他起身。

"闫叔如何了？"

柳长阙道："属下已将东宁国国主暗杀国君之事传到南庆，秦湛大发雷霆，如今朝中正欲派秦娆出使东宁，想来主子不日便可见到闫叔。"

秦娆。听闻秦娆的名字，沈千聿眸中杀意翻涌，却被他很快压了下去。对方知晓闫叔对他有恩，若出使东宁必会将闫叔带来，以此为要挟他的筹码。

"可说何时出发？"

"据属下推算，大约明岁冬日前可到。"

沈千聿点头，已是迫不及待地想要再会秦湛、秦娆两兄妹。

"南庆在东宁的探子名册可拿到手了？"柳长阙从怀中掏出一枚巴掌大的玉简递给他，沈千聿接过放在烛火前，墙壁上隐隐透出七八行字迹。他快速扫过，记在心中后，猛地一用力将那玉简掰成数瓣。

"你回去吧，回去照顾闫叔，来年冬日再见。"

柳长阙跪地磕拜，随后从屋中离开。

沈千聿则从密道重新回到了自己的厢房，又将床下的玄色弓箭拿了出来。待到夜色渐深，他方穿着一袭黑衣离开翠微楼。

无论是顺隆帝抑或江曼都以为他意在太子之位，只要恢复了太子之位，他便可以心满意足地止步于此。可他要的远不止这些。

捏紧手中的玄弓，沈千聿隐于暗街小巷，穿梭在上京之中。

南庆的探子不能留，顺隆帝也同样不能留。他在南庆所受的每一份屈辱，虽出自秦湛、秦娆之手，但顺隆帝才是真正的罪魁祸首。他的对手从来都不是那两个还未戒奶的孩子，一直都是沈千炽以及他那个名义上的父皇。

暗自蛰伏在屋顶，沈千聿一瞬不瞬地盯着一座三进院子。

冬日屋顶的瓦片寒凉刺骨，他趴在上头却犹若无物。

在南庆为质时，他曾被秦娆拴着脚镣锁在马厩中，裸身躺在雪中一夜，眼下这般又算得什么？

深夜寂静，偶尔出现几句梦呓、犬吠也不能让沈千聿失神半分。

天色微亮，院中出现一个身穿白绸里衣的男子身影。他的一只脚刚踏出屋外，沈千聿便拉弓放箭，一气呵成。

咕咚一声，那个男子仰躺在地，再未引起半点声响。

沈千聿提着弓，很快便消失在上京街头。

沈千聿昨日未回东宫，万宵便在东宫守了一夜。刚一回来，便被他堵在寝房门口。

"殿下可知属下在此等了您一夜？"

"你等我做什么？东厂实在太闲了些。"

万宵抿着嘴唇，看了一眼满脸不耐的沈千聿，皱眉道："要不属下再让人给您熬一碗凉药？"他算是看透了，宋挽同苏家的婚事未搅黄之前，他家主子这火气怕是消不下去了。

"熬，熬来本宫喝喝，省得日日心烦意乱，不知所谓。"

大马金刀地仰面躺在东宫的金榻之上，沈千聿慵懒地将手放在脑后："另外再派人仔细打听苏家的动静。"

万宵低低地吐出个好字，无奈地站在一旁。

二人正沉默无话，外头来个小太监，万宵微一皱眉，走上前去。

"禀督主，昨日詹事府大学士赵大人一早被射杀在家中，那个贼人出手利落，一箭直中眉心，未留下任何痕迹。"

沈千聿闻言站起身走上前，皱着眉对万宵道："这个手法似曾相识。"

万宵将那个太监挥退，这方开口："同殿下射杀大皇子之势近乎一样。"

"的确。"

"这个人前些日子好似刚投效殿下。"

沈千聿的面色严肃，缓缓地点头。

万宵道："殿下昨日在外面可遇见什么不寻常之事？"

"不曾，你莫不是怀疑我？"

强按捺住想要叹息的冲动，万宵道："若殿下想杀一个小小的詹事府学士，还用得着您亲自动手？"

沈千聿道："也是。"

宫女将熬好的凉药端来，沈千聿一边大口地喝着，一边听万宵猜测此事是何人所为。他并非不信任万宵，只是他习惯将不同的事分与不同的人去做。无论前朝后宫，与他相关之事，事无巨细，万宵皆知晓。而他以萧霁野之名在外同江晏所做的那些生意，除了他同江晏再无人所知。柳长阙亦是如此。南庆相关的事，除了他二人再无人可窥探其中。

将碗放下，沈千聿看万宵已经猜到了江曼身上，不由得道："这点子小事猜来猜去有何意义？是不是江曼所为又能如何？"他自始至终都不曾将江曼同沈千沭放在眼中。一个女人，一个豆大的吃奶孩子能同他争什么？只要他借南庆之手将顺隆帝除掉，这天下还有谁能威胁到他？

万宵也知他家主子未将江曼作为敌手，略一猜测后便也失去了兴致。他如今倒是对另外一件事生了些兴趣。

万宵轻咳一声，试探问道："主子如今地位已稳，可曾想过太子妃之事？"

"太子妃？"

沈千聿挑着眉打量万宵："你想女人了？"

"属下问得是殿下的心目中可有太子妃人选。殿下的年岁已经不小，大皇子在您这年岁已诞下四位郡主，您……若再无子嗣，日后怕是要为朝臣诟病，于皇位不稳。"

"诟病？"沈千聿不屑地道，"本宫就是绝了嗣这皇位也是稳的。"

万宵不想再理他，正准备寻吉荣去，一条腿还未迈出，便听沈千聿道，"不过这太子妃总是要有的。"

说起太子妃，沈千聿满脸轻蔑。

他向来厌恶女子，便是想到日后身边要跟着个一无是处、只会耍狠拈酸的女人，就觉得心烦得不行。

他那嫌恶的样子实在是太过明显，万宵想了想道："殿下该将此事提上议程，朝中有资格做太子妃之人实在不多。女子韶华短暂，到了年岁便要议亲，若定了亲的便是再适合，殿下也不好抢臣子之妻，只能另选他人。"

沈千聿道："天下女子不都那个样子？你随意挑选一个便好。"

还天下女子……

万宵叹息：“殿下同几个女子打过交道？”

"三两个吧。"沈千聿浑然不在意。除了宋挽对他有恩师之情，他从未将对方当作寻常柔弱的女子外，其余所接触的都是些心狠手辣之徒，足够令他厌恶。

万宵本想顺着将太子妃的人选定下来，只是他又不敢深说，在那支吾了片刻便跟沈千聿一起丢了耐性。他是个太监，哪里懂得这些？这些风花雪月、情情爱爱的，还是交给他家主子自己发愁去吧。说不得不等他家主子开窍，那宋家嫡女都再嫁过几个来回了。双肩一耸，万宵彻底放弃自家主子的房中事。

二人又谈论了几句朝中局势，才见万宵身边的随侍走了进来。

原是外头有人来报，说是苏榭今日被宋扶按在府里头打了一顿，据闻其哭爹喊娘地好不凄惨。

沈千聿听闻此言，笑着站了起来。

"哦？可知是为了什么事？"

那个人道："探子来报，说是苏榭苏公子今儿一早便去吏部衙门寻宋郎中。待宋郎中下值，二人又一起回了宋府，还未曾走到宋郎中的院子，苏公子便被宋郎中一拳打倒在地。"

"苏公子倒地之前曾说休想把二嫁之身的表姐塞给他，他死都不同意这门亲事。"

"岂有此理，他还挑拣上了？"沈千聿神色严厉，心中憋着火。他都不敢诋毁一句的女子，那个毛都没长齐的苏榭，竟敢上门羞辱？

少年心性最经不住激，他知晓自己说的几句话，必会让苏榭抵触比他大、又素有古板守礼名声的宋挽。

可他万万不曾想苏榭竟敢拿宋挽二嫁之事，拒绝这桩婚事。

这等明晃晃的羞辱，那敏感之人知晓必然又要暗自神伤，强颜欢笑了。

那日月光下宋挽浅浅微笑的模样浮现在眼前，沈千聿又觉得莫名烦躁，心火翻涌。

万宵看着沈千聿，只觉得他家主子实在是走了步臭棋。

那苏榭想要推拒这门婚事，必会拿此说嘴，毕竟唯有这一点，能让心疼胞妹的宋扶下定决心拒绝苏家。苏榭怕是同苏夫人闹过，实在不成，才自己跑到宋家去的。

偷偷觑了沈千聿一眼，万宵暗暗替那个宋家嫡女惋惜。若没有他家主子从中搅和，这宋挽说不得已得了桩大好姻缘，嫁去苏府，享尽舅舅、舅母的疼爱去了。那个女子本就聪慧，拿捏一个年纪尚小的少年有何难的？

如今倒好，义绝之名本就难听，再添个被人找上门拒绝二嫁的名声，怕是光家中上下的白眼都看不尽了。

思及此，万宵的眉头一皱。那个女子……该不会想不开一头跳了井吧？

第十三章 再嫁

沈千聿从榻上起起坐坐，反复数次未能平复心情。他自觉对宋挽还算了解，知晓那女子是个心思敏感，万事存于心而耻于向他人示弱的。如今遭了这样的大的羞辱，怕是也不会说苏榭什么，为了不让家中兄长、舅母担心，怕还要反过来安慰他人的。越想，沈千聿的气息越粗，竟是自己给自己气着了。

万宵见状揉了揉鼻子，轻声道："殿下……"

"如何？"

他的语气冲得很，万宵轻咳一声："您前些日子不是说寻宋郎中有要事？"

沈千聿道："确实如此，既今日得空便去寻宋扶商谈一二。"说完，沈千聿换了身常服，到宋府拜访去了。

宋府如今正热闹着，实是宋扶动手打人之事，颇为罕见。

一群丫鬟、婆子等下人既想要拦，又不敢上前，无奈之下只能将此事告诉宋挽。

"阿兄……打人了？"

"小姐，您快去瞧瞧吧，若是把表少爷打伤了，可不好了。"

"表少爷？"

宋挽眨眨眼睛，立刻便知晓发生了什么事。定是苏榭不同意这门亲事，上门寻她阿兄来了，而能让阿兄丢了君子之风动起手来，必是苏榭说了什么不中听的。

放下手中的络子，宋挽喊了锦书同鸾笺一起去宋扶的院子。

"表哥，你今日就是打死我，我亦不从，抵死不从。"

宋挽进院的时候，就见苏榭泪眼婆娑地躺在院中央。而宋扶则脸色铁青地站在一旁。

今日苏榭找上他，他便知对方是为了两家结亲之事，宋扶亦有心同苏榭好生详谈，便让人跟自己一同回了府。

哪知他二人刚进府，苏榭便迫不及待地要推了这门亲事。

他宋扶的妹子岂容人这般羞辱？

越想越气，宋扶正准备再教训一顿这个被惯坏了的表弟，便听宋挽出声道："阿兄，府中有客？"

宋挽的语气轻缓，只一句便让宋扶收敛了脾气。倒并非看在苏榭的面子上，而是他怕苏榭口无遮拦，再说出些什么难听话来让挽儿伤心。

"你怎的过来了？"

宋挽道："听苏家三表弟前来拜访，挽儿过来见见。"

她朝身边的锦书微微点头，锦书上前正准备将苏榭扶起来，却见苏榭愣愣地从地上爬了起来，又手忙脚乱地整理了一下衣衫。

"表……表姐？"苏榭红着一张脸，看向宋挽的时候有些不敢抬头。无人同他说过挽儿表姐，长得如此秀丽娇美啊？

少年心浮气盛，很有些喜怒无常的味道，宋挽不知道他的心境转变，走上前上下扫视一眼，见苏榭身上并无明显的外伤这才放下心来。若为了她惹得苏、宋两家结了梁子，可就是她的罪过了。

见苏榭面色泛红，宋挽道："你小时我还曾送过饴糖给你，不知三表弟可还有印象？"

"记……记得的。"苏榭不敢抬头，只觉自己胸膛中咚咚地跳个不停。

"听闻舅母说你入了径山书院？我早为你备了贺礼，赶巧你今日来，正好可带回去。"

鸾笺上前将手中一套文房四宝递给苏榭，苏榭呆呆地捧着，不敢看向宋挽。他低着头，见那文房四宝上头还有个长辈初见小辈才会给的红封，不由得心中恍惚，愣愣地抬起头看向宋挽。

宋挽神色柔和，脸上还带着浅浅的笑意，见苏榭望着自己便盈盈一笑。

清丽绝俗。脑中浮现出这四个字后，他便昏昏沉沉地再想不出其他的来。

"既见过了三表弟，挽儿便先回了，阿兄下值想是累了，还望多多歇息。"

知晓这是怕自己再动手的意思，宋扶点头让身边的婆子陪宋挽回院。

"送客。"

苏榭抬头，宋扶也见到了宋挽给他的红封，他冷冷地"哼"了一声："回吧，还让我留你用膳不成？"

说完，宋扶大步回了自己的屋子。

宋扶身边贴身伺候的婆子道："三少爷，您的乳母阮婆子乃是老奴的妹子，您莫怪老奴说话不中听。两家婚事还未定下，您便这般巴巴地跑上门来退亲，这举动实在是失礼得很。好在都是自家人，若是其他人家怕是两府就要结仇了。再者说，您是大小姐表亲，夫人本就存了护着小姐颜面，给小姐做脸的意思，您这般既伤了小姐的心，又驳了夫人的脸，真是……"

那个婆子叹息一声，不赞同地皱着眉头。

苏榭抱着怀中的贺礼未曾听进一言。他的目光牢牢地盯在字迹娟秀的红封上。

其实他是知晓宋家这个表姐的。

平章政事府千金同城阳侯义绝归府这样大的新鲜事，即便他不在上京也曾听闻。且在保定府时，常有同窗在他面前说嘴此事。在外人面前他向来回护宋挽，可自己心中，他是有些怨的。一个不守妇道，只幼时见过几面的表姐，害得他面上无光，害得他羞于面对同窗，害得他苏家被骂门风不正……他身为苏家子怎会不怨？怎会不心生不满？是以他对宋挽早存了些嫌隙。

因此，昨日母亲跟他提了与宋家的亲事，他当场便拒了。可母亲不仅不曾听他的，还一味说宋挽配他绰绰有余，是他苏榭烧高香求三辈子，都不见得能求来的姻缘。

他年少冲动，哪里听得这样的话？一气之下便跑到了宋府来。他那时满心都是凭什么。凭什么一个二嫁之女配他绰绰有余？凭什么他要照顾姑母之女，娶一个被人休弃过的妇人？凭什么他一个在保定府赫赫有名、婚事可随意挑选的世家子，要娶同窗口中的残花败柳？

可见过宋挽，苏榭才知晓母亲说得那句，他见到就会喜欢的意思。

看着身旁婆子，苏榭呆呆地开口："我……我……我也不是……"

"快送他回驿站去。"

苏榭还在支支吾吾的，宋扶怒喝一声，让人赶紧将他送走。

宋嬷嬷站在宋扶身边道："表少爷实在不成，家中幺儿，肩上无担，苏家老爷同夫人平日怕是甚少规束他，这方养成个天真烂漫，好逞血气之勇的性子。便是大小姐嫁过去，怕也要夫妻不合，多受累的。"

苏夫人的心思她能猜想到一二，无非是瞧着大小姐性情温婉端庄，可帮忙管束着些表少爷。可不知道苏夫人有没有想过，少年性情跳脱，做人父母的都管不住，做媳妇的又如何管束得好？

"表少爷年少，不懂疼惜小姐，反知刺她哪里最痛，如此看，倒还不若那杨家子了。"

宋扶的眉头微蹙，不自觉地点点头。

宋挽离开，还未曾走回自己的院子，便见外院管事婆子拿着一张红帖走了过来。见到宋挽，她笑着道："大小姐，白家送了帖来，本月初九白家小姐大婚，白夫人邀您参宴。"

"竟这般快便大婚了？"宋挽的脸上露出浅浅的笑意，将红帖接了过来。

兰云鹤到了年岁，应是随了男方意这婚事方办得急了些。提及兰云鹤，便不得不让她想起江景，宋挽觉得心头滞涩，有一瞬间的伤感。

"小姐可要去？"

"自然。"

宋挽一笑："劳烦嬷嬷请门房帮我回张帖子，便说那日我会去给白家小姐添妆。"

"老奴知晓了。"那个管事婆子又问了宋挽要带的贺礼，告知会准备妥当后才退下。

宋挽揣着心思，捏着那张包了红绸的帖子往自己的院中去。

"大姐姐。"

宋摇同贴身丫鬟幽幽地走了过来，站在宋挽面前咬着嘴唇不语。

"二妹妹有话直说便可。"

宋摇道："大姐姐真要去府外参宴？"

"如何我去不得？"

宋摇道："长姐为何要如此？自从您回府后，府里便被长姐搅得乌烟瘴气。长姐深知自己名声不成，为何还同意与苏家的婚事？如今还让三表哥上门拒婚，您可知这对家中其他女儿来说，有多么丢脸？"

女子被拒婚本就足够丢丑，宋挽还让人接二连三地休弃，身为她的嫡妹，自己的脸皮都跟着丢光了。

"昨日妹妹的手帕交还曾写信来问这些乱事，如今长姐不在府中禁足，反还要出门参宴丢人现眼……长姐难道真不怕将宋府最后一点颜面，也抖落个干净？"

宋挽正欲张口，却被身后的宋嬷嬷出言打断："大小姐，太子到府，还给您同以及几位小姐赐了礼。"

"太子？"宋摇抿着唇，面颊晕上一层薄红。父亲安排了两位从宫中出来的教养嬷嬷，送至她同宋拢身边，她便对自己的婚事有了些猜测。且母亲虽然没有将话过了明路，但言谈举止透出的口风，已足够让她猜到什么。

"大少爷来问小姐，可要去拜谢太子？"

"虽应拜谢，但主母不便，后宅女子不好见外……"

"怎的大姐姐如今又说不便见人了？方才不是还要外出参宴？"宋摇的声音越来越低，语气亦有些急切。她想见太子。宋挽不愿见，她却是想见的！捏着手中的帕子，宋摇急红了一张脸。

宋嬷嬷瞥了她一眼，眉心紧皱："小姐……"

宋挽淡淡地笑着道："既然二妹妹想见太子，便去拜谢好了。"

宋摇一喜，丢下句去更衣便转身离开，宋挽则同锦书、鸾笺回了自己的院子。

待回了院，她方看见屋中堆着五六个盒子，宋挽有些惊讶："这些都是太子赐下的？"

蘅芷点头，凑到宋挽身边道："府中理档的婆子来说，太子指名将这些东西赐给小姐，二姑娘、三姑娘那边一人只有一个巴掌大的小盒，里头放着两根指甲盖大小的如意玉雕。"

宫中贵人赐下的东西都需妥帖保存，除日常用物会发到个人手中外，其余都要收进府中库房避免磕碰损伤。

那理档的婆子将东西送来后，好生赞叹了一番小姐好运道。若她家小姐未嫁，这太子之意便很明显了，可如今……实在说不上是个什么意思。

蘅芷目露疑惑，宋挽随手打开桌上的盒子，只见当中皆是些应季贡物，除了吃食、点心，还有些瓜果茗茶。

宋挽甜甜地一笑："应是吉荣同太子说了些什么。"赐下的东西还算寻常，但比给宋摇、宋拢之物厚上太多，这抬举之意实在明显。

"怕是吉荣知晓我将母亲身边人送走，猜测到了什么。备笔墨，我想给吉荣送封信。"

将手中的红帖递给蘅芷，宋挽给吉荣写了封简短的信笺。信中言辞虽平淡，但却透着一股亲近熟络之意。

写完后，宋挽将信笺小心地封起来："送去给阿兄，告知他寻个机会送到吉荣手中。"

吉荣乃太子近侍，今日八成会同行。

忙完，见屋中只剩下自己人，蘅芷捏着白家的请柬道："小姐，您真的要去参宴？外头怕是不知会编排些什么……"

宋挽笑着道："人活于世，怎么可能不被毁之谤之？圣人亦常常被无知宵小大张挞伐，又何况寻常人呢？"

同江行简义绝一事也好，苏樹上门拒婚也罢，确实让她丢了名声，可她不觉得是自己的错。宋挽自认行得正坐得端，她上不畏神鬼，下不愧人心，为何她要觉得无颜见人？

"蘅芷，我本无错。君子不言人，那时时刻刻将人艰难之处挂于口上的，大抵都不是什么君子罢。那我又为何要为小人之言畏惧苟活？我越是惊惧他人流言，反越会听见这样的声音。因为那些人见你怕、见你躲，越是知你痛，知如何伤你最重。言语乃伤人利器，可若我不怕不畏，便无人能奈我何。"

宋挽起身将沈千聿送来的吊柿打开，笑着凑到鼻尖闻了闻。

"蘅芷，我们不仅要去白家参宴，还要高高兴兴地去。当那些想要伤害我的人，知晓我并不为他们的言语所动，亦不会被他们的言行所伤，他们无趣自然也就罢了。"

蘅芷闻言红了一双眼睛，狠狠地点了点头。

她主仆二人在屋中品着太子赐下的吊柿，沈千聿却听闻宋家小姐正在更衣，一会儿便要来拜谢行礼后，突然坐立不安起来。

沈千聿今日以太子身份前来拜访，本就预想过会被宋挽看穿。可眼下就要以真容相见，他竟又莫名觉得不安起来。他实在不知宋挽会如何反应。那女子素来重礼，若知晓他借吉荣的身份与她相交，会不会恼他出言欺骗？若是她恼了，他要如何解释？若他解释了，她可会信？她可会以为他有心戏耍于她？她可会以为他心存不敬之意？

自宋府下人禀告过小姐会来拜见太子后，沈千聿已起起坐坐三五次。如今他正低头看着身上的常服，暗道这檀色实在不够鲜亮，也不知会不会将他衬得有些暮气。他边皱眉边低头沉思，万宵就见自家主子一会儿抻抻袖口，一会撑撑衣摆上的褶皱，不由得长叹一口气。

好在宋扶还生着苏樹的气，心思不在此，也就没注意到沈千聿的反常。

二人默默地各想其他事，待到院中传来声响，沈千聿才略显拘谨地放下手中的茶盏。

门外女子的脚步轻缓，一道粉绿色裙角自门边轻轻闪过，不知为何，沈千聿忽然觉得心头一紧。便是当年在南庆为秦娆斗篓时，他也未曾如此紧张过。诧异地低头，看着微微有些汗意的掌心，他的眉心微皱很是疑惑。

"拜见太子殿下。"

宋摇走进屋中，对着太子一拜，娇甜欲滴的声音喊得沈千聿同宋扶双双一愣，随后二人又齐齐地皱眉。

见到太子，宋摇便觉得两颊似要烧灼起来，羞得她眸中含水，恨不能躲到丫鬟的身后去。

宋扶略微一愣道："此乃微臣嫡妹，行二。"

沈千聿的兴致缺缺，耷拉着眼皮说了句宋二姑娘便再不开口。他的容貌肖母，五官精致锐利，不言不语时有种令人难以承受的压迫感。宋摇心中惶然，一时不知该如何应对。她还是头一回未在母亲陪同下见外男。

"既拜谢过太子，你便下去吧。"宋扶淡淡地开口，心中不悦。

沈千聿也不开口，知晓今日见不到宋挽后便什么兴致都没了，整个人悻悻生烦，只想早些回东宫，听那些老臣说些有用没用的东西。

"是……大姐姐同三妹妹身有不便，这才让妹妹替她二人来谢过太子殿下。"

"哦？宋挽不便？为何不便？"沈千聿直起身，心中暗道不知宋挽是否被苏榭伤了心，如今正神伤落泪呢？脸色染上几分阴郁，沈千聿看向宋摇眼带急切。

宋摇略一思索，低声道："大姐姐为外头流言……"

嘭的一声，茶盏重重地落在木几上，还未等宋扶说话，便听沈千聿道："本宫事忙，宋大人不必相送。"

宋扶还未起身，他便冷着一张脸大步离开。宋扶怎么敢让太子受此怠慢，也跟着起身走了出去。

直到听不见宋摇那娇娇弱弱的啜泣声，二人方停下脚步。

"惊扰殿下实是微臣教妹不严，微臣……"

沈千聿一挥手："先不提这些，我只问你，为何宋挽在宋府受此苛待？比她年幼的妹妹都能压她一头？且她还妄图在本宫面前诋毁宋挽的声名？"

宋扶被他这言辞犀利的模样，问得有些怔愣。不知为何，他总觉得太子的态度有些怪异，可一时半会儿又说不上哪里不对。

想了想，宋扶道："太子殿下多虑了，挽儿在府中并无人欺……"

"无人欺？"

"若是无人欺，怎么会接连给她说两桩并不相称的婚事？你可知那杨珣听闻同乡说恩师之女跌落湖中，连是真是假都未曾核实，便连夜赶回了江南？若来日此女以恩相挟，你让宋挽如何？"

宋扶眼露愧疚，立刻便没了说话的底气。他实在不知此事。

"她方回府，你们便如此急切地帮她寻求婚事，这般急匆匆地仿若打发人似的，还说她在府中未受人欺？"

"这……"宋扶的薄唇张张合合，一句辩驳之言也说不出来。他一个男子，从不涉及后宅之事，又哪里懂如何说婚定亲？这些本该由宋夫人操持，可宋夫人说不得比他还……

思及此，宋扶忽然抬头。太子这义愤填膺的模样，为何比他这做人嫡亲兄长的还要激动？

"殿下为何如此关心微臣胞妹？"

"我……"沈千聿语气一滞，气势忽然就落了下来，"本宫向来把宋家嫡女当作恩师看待，对待恩师自然关切了些，这有何不妥？"

"好像……并无不妥？"

"自然。"

收敛神色，沈千聿严肃地道，"今日同户部王大人有约，本宫先告辞了。"

"殿下稍等。"

宋扶知道太子曾给宋挽下过投师贴，如今想想他这说辞好似也没什么不对，便将心中的怪异之感抛在脑后。

从袖中掏出一封小笺，宋扶道："不知哪位是东厂的吉荣公公？"

站在万宵身后的吉荣抬起头，沈千聿却盯着宋扶手中的小笺睁圆了眸子。

"原来您就是吉荣公公，往日多谢您对在下嫡妹的照顾。"

思来想去，宋扶还是决定当着太子的面，将宋挽的小笺给他。若是私下传送，万一落个瓜田李下让太子猜忌，大大方方的反倒不惹人生疑。

宋扶伸出手，吉荣看向沈千聿，见对方向他使眼色，便抬手接了过来。

三个人刚走出宋府，沈千聿就将手一伸。

"殿下。"

沈千聿打开，见上头只有寥寥数语，还尽是些寻常问候。来回看了几遍，他方小心地将信笺叠起来放到袖中。

他眸中柔情满溢，万宵不由得牙酸道："太子接连坏人婚事，只怕宋家姑娘知晓会怨恨殿下。"

沈千聿嗤笑道："你当宋挽是什么人？会看重杨珣那种功利之人，同苏榭那等毛头小子？"

"便是宋姑娘瞧不上那二人，日后也是要再嫁的，殿下搅得了一桩两桩，难不成还能个个都搅了？您又不能娶宋姑娘回东宫，搅这一桩二桩的做什么呢？"

"娶回东宫？"沈千隶的心中一动，突然觉得万宵此言亦有些道理。他先前可不也生过这等心思？如今万宵同他想到一处去了，可见这是个极好的法子！

若宋挽入了东宫便无人敢再欺她半分，他对她敬如师长，必会好好尊她待她。得到他的庇护，日后如她继母、继妹、表弟等人，还怎么嫌她二嫁？

且让宋挽进入东宫于他来说也有益处。天下女子，唯有宋挽他瞧着还顺眼一些。

沈千隶看着万宵道："你所言有些道理。"

万宵抬眼，只见自家主子的眼角眉梢尽是春色，不由得道："属下并非此意。"

"此事需得从长计议，并非一朝一夕可成。"

沈千隶皱着眉："回宫，我要见芸妃。"

宋家有个万事不理的宋蓝安，宋扶做不得主，他所想之事唯有芸妃能帮得上忙。且他能看得出芸妃对宋挽，可比宋蓝安真心得多。

"主子……"万宵开口，"主子……属下不是……"

沈千隶拍了拍他肩膀："东厂事忙，你先回吧。"说完，他大步离去。

同朝臣处理完正事，天色已暗了下来，若是往日他会留各位大人在东宫用膳，今日却未曾提及，很是利落地将人都打发了出去。

这几日江曼同皇后都不安生，是以沈千隶的举止动作十分小心。

再次同吉荣交换了身份，他踏着夜色跟随东厂的人去了长信宫。

沈千柏的伤势虽好了大半，但半个额头同眼角都留下了大面积烧伤的痕迹，自从沈千柏受伤后，宋芸宁便在长信宫许久未出，一门心思地陪伴自己的孩儿。

见到沈千隶时，她还很是震惊。

"太子如此打扮，是为何事？"

沈千隶道："娘娘近日事忙，或许不知外头发生了什么。"

宋芸宁的声音一厉："发生什么了？"

能让太子如此鬼鬼祟祟地行动，必不是什么小事。宋芸宁在脑中思索自己所知前朝后宫各种异动，正暗自恼怒她不知何处疏于防范，被人钻了空子时，沈千隶突然道："是宋挽。"

"挽儿？"宋芸宁皱眉问道，"可是她母亲又做了什么？"

沈千隶闻言眸中一亮，满眼都是止不住的赞赏。他就说来寻芸妃必不会错，芸妃才是真心心疼宋挽之人。

将宋夫人同宋扶为宋挽说了两门实在没什么可取之处的婚事讲个透彻，沈千隶道："本宫觉得宋府并非真心待她。"

第十三章 再嫁

355

宋芸宁沉默下来，目光幽深："你深夜乔装而至，就是要跟我说这件事？"

"是也不是。"

沈千聿的脸色严肃下来："本宫希望芸妃娘娘可告知宋蓝安，让宋府不要再插手宋挽的婚事。"

宋芸宁沉默着，一时没明白沈千聿是什么意思。思索许久，她才皱着眉："不知太子是何意？你不妨直说。"

"宋挽对本宫有恩在前，本宫不忍她只因同城阳侯义绝，便沦落至许配商贾之家，抑或求亲族庇佑嫁予表亲的地步。苏家婚事看似完美，实则问题甚多。"

宋芸宁"哼"了一声："有何问题？"

"苏家以施恩者身份求娶宋挽，一旦她嫁入苏府便等同低苏家一步，这一步她的一生都不可能追平。便是亲族，便是嫡亲母舅，也无法保证可以永远待她如闺中甥女般疼爱。"

"与人媳同与人亲眷，怎么会相同？"宋芸宁淡淡地一笑，"太子继续。"

沈千聿觑她一眼，义正词严地道："本宫便不同了，本宫敬她若师，她进入东宫不仅会得本宫敬仰，还会拥有至高的身份，再无人可欺她辱她。"

"至高的身份？"宋芸宁冷笑道，"你的意思是要给挽儿正妃的身份？"

"自然，难不成还能让本宫的恩师做侧妃不成？"

宋芸宁被他这理直气壮的模样噎了一下，一时间竟找不到什么话答对他。

"你知不知道挽儿是何身份？"

"当然知晓。"

宋芸宁的唇角微勾："你想让挽儿以二嫁之身做太子妃？"

"本宫想让宋挽做中宫之主。"他不怕展露自己的野心。

宋芸宁愣在当场，居然被沈千聿说得动了几分心弦。他太笃定，也太自信，那股子傲然挺立、睥睨天下之意，竟让她生出些许臣服之意。天子威仪，应当如是。

抬头打量沈千聿片刻，宋芸宁忽然笑着道："你如此执意娶挽儿，是为了什么？"

"宋挽才学深厚，德容俱佳，且她于本宫有恩，本宫敬她为……"

宋芸宁手一挥，打断沈千聿的话："这天下没有睡一个被窝的师徒。"

睡一个被窝？跟宋挽？

沈千聿的耳尖一红，随后又紧紧地皱起了眉头。

他身上皮肉完好的地方实在太少，宋挽又娇，她定会害怕，且那奴字烙印……

熟悉的烦躁涌上心头，沈千聿垂眸半晌方抬头道："芸妃说的什么话，本宫从未想过此。"他又不是嗜好女色之人，"本宫只是不忍宋挽以贵女身份下嫁至此，且她待本宫有恩，如何就说到别处去了？"

宋芸宁盯着他，见他这副嘴硬的模样愈发想笑。她忽然有些好奇，太子在南庆究竟都经历了什么，养成这么一副不懂情爱的性子。

"你需要多长时间？"宋芸宁道，"我总不可能帮你一直拖下去，且……你可曾问过挽儿，若她不愿做中宫之主你又要如何？"

沈千聿皱眉道："这世上竟还有女子不愿做中宫之主的？"

"别人不知，挽儿不好说。"

沈千聿闻言也觉得有几分道理，那女子并非寻常庸脂俗粉，别人喜爱的她真未必看在眼中。想起二人宅中分别时那人落寞的笑容，沈千聿心中不忍。

"若她不愿，我自不会强求。"若是强求，还算报哪门子的恩？至于时间……

"来年冬日前，还望芸妃娘娘帮我拖至来年冬日。"

"好，我答应你。"宋芸宁微微一笑。她会看着沈千聿如何一步步为挽儿扫清障碍，迎她入主中宫。也会看着沈千聿何日同挽儿入一个被窝。

思及此，宋芸宁盯着一脸"恩情为重"的太子，突然笑得花枝乱颤。也不知为何，她就是觉得这憨呆之人，日后会将挽儿捧在手中小心仔细地疼爱，珍而重之地呵护。

宋芸宁笑得癫狂，笑得沈千聿莫名其妙。

他朝芸妃说了句多谢，转身离开长信宫。

待回了东宫，沈千聿对吉荣道："前几日不是有几个老臣上奏要给本宫选太子妃？让他们接着上折子，将那些门第高的人选送到皇后面前。"

吉荣点头，恭敬地应下来。

第十三章 再嫁

第十四章
报 恩

初九那日，宋挽早早起身，让蘅芷、蘅芜帮她梳妆绾发。

"今儿是个好日子，一大早的奴婢便看见外头的喜鹊成双成对地飞，想来是个好兆头。"

宋挽笑道："我亦觉得如此。"

听阿兄说姑母派人传了信，让府中不要插手她的婚事，姑母自有打算。得知此消息她彻底放下心来，再不去想那些令人着恼之事。她信姑母，姑母为她安排的路必然是最好的。

"小姐，戴这支石榴簪如何？"

那石榴簪红艳艳的，红宝石娇翠欲滴，仿佛能让人闻见榴花的香气。宋挽见状微微勾唇，露出个略显腼腆的笑容。

"便戴它，喜庆且应景。"

蘅芷闻言"哎"了一声，小心地为宋挽戴上。

衣裙同样选了喜庆富贵的样式花色，且破天荒的，宋挽还在胸前挂了串略显孩童气的翡翠憨猫压襟。

"走吧，到时辰了。"

马车一路驶到白家接待女眷的院子，宋挽在锦书、蘅芷的搀扶下，慢步自马车上下来。

白家的婆子一早便等在此，刚见到宋挽便满脸笑意迎上前。

"宋大姑娘，我们家小姐太太可等您好一会儿了，我们小姐一直念叨着您呢。"

一句宋大姑娘让宋挽眼中浮现点点笑意，白家满满的善意让她心中一暖。

"劳烦嬷嬷大冷天在这儿受冻。"

"宋大姑娘折煞老婆子了，您快请进，廊中放了挡风的帘子同炭盆，莫给您冻着了。"

喜气洋洋地迎了宋挽进廊，直把人送到白蕊珠所在的喜房那婆子才离开，而且还推了宋挽准备打赏的银锞子。

"挽儿。"

白夫人满脸喜色地喊了声宋挽，从屋中甩着帕子走了出来。

她今儿身上穿了件绛红色金丝绣百福莲花褙子，头上戴着甚是扎眼的金丝绒海棠绢花。令人一见便知她极为满意这桩亲事。

"挽儿，你到了？"亲昵地拉着宋挽的手，白夫人笑着将她拉进喜房中。

来给白蕊珠添妆的夫人、小姐着实不少，白夫人一一给宋挽介绍过去，众人面上神色各异，白夫人却一直护在她身后。

屋中满是摆出来给人观赏的聘礼等物，宋挽扫视一圈，淡淡地一笑。先不说这些东西价值几何，实是男方心意满满，很看重这门亲。给人做了门好亲事，她亦觉积德不少，上前为新娘子添妆的时候满心都是欢喜。

"挽儿你自便，我去前头儿招呼蕊珠表姑母，你万万不要拘谨。"

"夫人去忙，不必忧心我。"

白夫人"哎哟"一声，笑得合不拢嘴，又颠颠儿地走了出去。

没了白夫人在屋中，一群夫人、小姐面对宋挽的时候态度便淡了许多。宋挽也不在意，自己一个人走到院中赏景去了。

院中枯树枝丫交错，本透着几分萧疏凋零，但因为裹着红绸又生生添了几分喜意，一枯一荣融合交错，乍看去好似伤情中掺杂几分滑稽，反倒成了一幅别样美景。

宋挽看着看着，忽而抿唇笑了出来。

林葭玥在一旁捧着手中贺礼，眼神微微一黯。

"你……"

林葭玥刚开口，宋挽便转过头，二人对视，眸中神色皆有些复杂。

宋挽看着林葭玥身穿一身素色棉裙，头上也只戴了根白玉簪子，微微有些不适。她变了许多。并非样貌，而是好似换了个人一般。

片刻后，林葭玥一笑："宋姑娘。"

不知为何，宋挽听闻这一句宋姑娘，心尖竟然泛出一阵酸涩之意。

"我先去给白姑娘添妆，若你得空可在此等等我。"

宋挽淡淡地笑着点头，指了指檐廊尽头，示意自己在那处等待。

林葭玥从房中出来，便奔着宋挽所在而去。其实她同宋挽没什么好说的，但今日得见，却忽然就生了些叙旧的心思。

"你如今可好？"

宋挽点点头，说了句身体康健便未再开口。她也实在不知能同林葭玥说些什么。

第十四章 报恩

二人沉默许久，宋挽才淡淡地笑着道："你的身子如今养得怎么样了？"

"身子恢复得不错。"

林葭玥沉稳了许多，往日眉眼间处处透着的意气风发，仿佛被城阳侯府蚕食殆尽，再不见半点踪影。

宋挽想了想，柔声道："没想到你今日会来。"

林葭玥道："本不应来的，府中老太太同二爷接连过世，我来添妆原本也不合规矩。但……"她想来看看，她想看看嫁给兰云鹤的白蕊珠，今日是个什么样子，也想看看兰家公子是不是个值得嫁的人。

今日她看到了，心中却更为愧疚。

"二爷过世？"

宋挽一脸震惊："何时的事？"

"你不知晓？"林葭玥道，"有段时日了，花灯节那日他受了重伤未曾挺过去。"

宋挽微微张口，话语尽堵在喉咙中，未能发出一声。那个浑身是伤哭着说世上无人爱我疼我的孩子，为了救她的阿兄重伤不治过世了……为何一直无人同她说？

宋挽皱眉，心中觉得憋闷、伤痛。再提及江晏，她所能想到的还是那日满头泥污、血渍流淌，脸上布满掐痕，喊着嫂嫂你教教我的少年。

"我的确不知。"宋挽的语气中带了些讶异和疼惜，"自从离了侯府，再无人同我说过侯府之事。"

"是你府上心疼你，不忍再提起那些不堪的过往。"林葭玥说完，又淡淡地一笑，"你说得很对。"

"什么？"

还沉浸在江晏过世的消息中，宋挽愣愣地抬头，只见对方眼中带了淡淡的红："你说得很对，兰云鹤是个好夫婿。若他不是个好的，白夫人同白小姐不会是今日这般喜笑颜开，再欢欣不过的模样。白夫人的脸上完全没有不舍女儿出嫁之意，想来她是极满意这个女婿的。"

江景同周姨娘之死，仿若是林葭玥心上的一根刺，摸不得看不得。

宋挽听闻这几句话，才有些明白她心中所想。

林葭玥她不想，亦不能放过自己。

宋挽抬头，看着对方眼底那用水粉也遮掩不掉的淡淡的青黑，微微叹息。心魔已生，她亦不知应做何解。

二人站在檐廊角落处看着院中宾客穿梭，一时仿佛同这满院子的喜气割裂开来，淡淡的颓靡衬得檐廊上的大红灯笼都不若先时那般灿烂鲜活。

"江行简纳了青薇入房……"话刚出口，林葭玥便皱眉道，"你应当并不想知道这些。"

宋挽笑着摇头：" 青薇乃宫中典赞，操持侯府于她来说并不算难，但她的身份未明，行事多有不便，收她入房亦是寻常。"

"嗯。"

林葭玥也不知为什么，大约宋挽曾见过那个不同于现在的自己，让她颇有些难言的亲切。也或许是宋挽此人，确有些君子风骨让她由衷地感到敬服。

想了想，林葭玥又道："二爷过世，柳姨娘被赶出府，江星如今收养在我房中。"

话音一落，林葭玥见宋挽的眉心紧皱，淡淡地笑着道："我知不合规矩，可夫人不管，我不忍心见那个孩子被踢来踢去，便养在身边。你不知，江星乖巧得很。"

宋挽道："应该是像二爷。"

"我能求你件事吗？"林葭玥眨去眸中的水雾，"来日待江星大了，你能帮她挑婚事吗？如兰家这样的就成，不求富贵荣华，不求高门大户，只求那个男子能待江星好些，疼爱着她些。哪怕门第低了亦没关系，我手中有些挣钱的营生，可给她存些嫁妆。"她的语气有些哽咽，"你的眼光比我好，总不会挑差了的。"

"自然。"按下心酸，宋挽笑着应承下来，"往日我在侯府曾受过二爷恩惠，便是看在二爷的面上，我也定会为江星选个妥当的，你不必过于忧心。"

"多谢你。"

"何须客气。"

说完这句，二人再没了话语。

林葭玥转身离开，柔弱的背影显得异常凄凉。她的步子走得缓慢而端庄，但那一步步却好似踩在宋挽的心尖上。这一刻，宋挽忽然想起刚回侯府时，大声喊着要跟江行简一生一世一双人，眉眼灵动恣意的林葭玥。

"小姐。"蘅芷上前道，"兰家公子已来接亲，咱们该回了。"

宋挽点点头，上了宋府的马车。

马车驶出白家，宋挽撩开车帘，正好看见了街头扶林葭玥上马车的江行简。她放下车帘，再未曾动一下。

宋府的马车驶过，江行简这才忍不住回头去望。

"行简哥哥。"林葭玥冲着江行简甜甜地一笑，江行简回过神点头后上了马车。

马车中，林葭玥依偎在他的怀中，看似恩爱非常。

江行简不知在想些什么，林葭玥神情麻木，语气却甜腻得好似在撒娇一般。

"这个月底便要在保定府开第七个杂货铺子了，玥儿未曾想过这铺子竟如此赚钱。五皇子虽失去了许多支持者，但玥儿相信有钱能使鬼推磨，只要银子够，总会有能重新同太子抗衡的那一日。"

"嗯。"江行简淡淡地应承一声,甚至都不知他有没有听见林葭玥在说些什么。

林葭玥也不恼,笑着搂住他的腰,幽幽地道:"行简哥哥,今日你想吃些什么?玥儿再给你做如何?行简哥哥,这世上啊,也唯有你能让玥儿甘心洗手做羹汤了……"

宋府的马车驶得平稳缓慢,宋挽敛眸坐在车中,兴致远没有出门时高昂。

蘅芷同锦书都不愿打扰自家小姐,便一个静静地看向车外,一个沉默着低头,马车中十分安静。

"小姐,是柳姨娘。"蘅芷惊讶地开口,指着外头衣衫褴褛、满面是疮的女子瞪大了眼睛。

"真的是她。"宋挽喃喃地低语着,凑到蘅芷面前细细打量远处的柳朱。

往日在侯府,宋挽不常跟柳朱打交道,对她也不算熟悉。但印象中不多的几次相见,柳朱都打扮得妖娆鲜嫩,完全不似诞下两个孩儿的姨娘。

可如今的柳朱衣衫破旧,脸上红肿着,有不少疮口坑洞。她的身边跟着一个满面油污,秃头癞脸的男子,那个男子大步走在前头,偶尔见柳朱不曾跟上还会叱骂几句。

宋挽听着街头随风而至的咿咿呀呀的嘶吼声,重新坐回了自己的位置。

蘅芷透过车帘,就见那个乞儿男子抬起手将柳朱勒在胳膊下,死命地拖着往前走。她于心不忍,低声道:"小姐,可要奴婢上前接济一二?"

宋挽一时未答,似是在思考,待到马车驶过,再看不见柳朱身影时,她才淡淡地道:"因果早定,不必理会。"

锦书同蘅芷二人对视一眼,心中都有些纳罕。

待回了宋府,宋挽坐在榻上休憩,蘅芷才开口:"小姐今日身子不爽利?"

宋挽摇头:"二爷去了。"

"江家二爷?"

轻应一声,宋挽道:"今儿你去寻琅嬷嬷,让她去智通寺添些香火为二爷做场法事。"

城阳侯府怕是无心管江晏的丧事,她实在于心不忍。

蘅芷得了令,同样面露惋惜寻琅婆子去了。

冬日,渐渐冷了下来,宋挽寻常不耐出门,便日日在府里读书、抚琴消磨时日,幼年时她尚算活泼,可孀居六年她的性子实在磨平不少,如今愈发懒得动。

赶巧今儿下了大雪,宋挽便披着芸妃娘娘赐下的红狐狸毛披风出了院子赏雪景。

宋扶进院的时候,就见她裹在皮毛斗篷里站在树下呆呆地出神。

"去给小姐备个暖炉。"

宋扶身边的丫鬟点头，忙不迭地为宋挽寻暖手炉去了。

"阿兄今日怎的过来了？"

见宋扶站在院中，宋挽抿唇一笑，迎上前来。

"今日休沐，我便想着来看看你，且也受人所托，带了东西给你。"

将一个小匣子递给宋挽，宋扶道："东厂的万公公托我带给你，我不知是什么。"

宋挽也感到有些好奇，但来自东厂必然与吉荣有关，她微微低头，在宋扶面前打开了。

巴掌大的匣子里装着一个纯金掐丝小盒，上头还嵌着各种彩宝，十分耀眼。她轻轻提起，只听咔嗒一声，那个小匣子四周又弹出手指宽的小抽屉。

"是个精巧物件。"见宋挽颇为喜欢，宋扶轻声称赞。

"的确精巧。"

匣子下方压着一张小笺，宋挽拿起快速看了几眼，不由得露出一个浅浅的笑容。

原是吉荣说今岁冬日他时常擦她送的脂膏，手脚上的冻疮都没有再犯，且今冬他到现在也没有再疼痒过，是以特意托万宵寻了个趁手的小物件送与她，以表示感激。

见那脂膏真的让吉荣少受不少折磨，宋挽心中欢快，高兴不少。

"若阿兄方便，能帮挽儿再带些东西给吉荣公公？"

"当然，万督主曾说若你有回复告知他便可，想来是方便的。"

宋挽点点头，让蘅芷去库房中又多装了两罐子防冻疮用的脂膏，递给宋扶。

"这个东西好用，明日我将方子写出来，交给府中的药堂，让药堂也做些，发给做粗活的嬷嬷们。"

宋扶点点头，很是支持。

难得兄妹二人都有兴致，宋挽便让蘅芷在檐廊下备了泥炉，二人一边赏景一边暖酒小酌。

宋扶道："如今太子的地位越来越稳，江曼早已翻不出什么花样，想来大局已定，府中至少可以再安稳二十年。"

太子为人懂变通，又放得下身段，不过百日便哄得朝中众臣甘愿效忠，实是罕见。虽说跟顺隆帝子嗣单薄亦有些关系，但不可否认太子的确很会做人。便是宋扶亦觉得太子实乃明主，令他甘愿为其披肝沥胆，供太子驱使。

"如此便好。"宋挽闻言眉眼微弯，心头轻松。

二人小酌过后，宋扶拿了东西离开。

收到宋挽的回礼已是第二日，沈千聿接过万宵递来的盒子迫不及待地打开了。见里面放着两个眼熟的瓷罐他亦未失落，反倒兴高采烈地将东西拿了出来。

宋挽的回信仍然十分简短，只说了两句让吉荣多擦脂膏，不要觉得今岁未犯，便粗心放弃，让他最好日日涂抹争取去了这病根。

沈千聿默默地点头，将那瓷罐打开后，还特意让宫女寻了银勺子小心地从中挖出一坨。

万宵就见自家主子脸色严肃，仿似在做什么要紧事一般，反反复复地揉搓着手心手背。更有甚者，他还让宫女寻了薄布套护在手上，满眼虔诚地等待脂膏融化。

看着看着，万宵眯着眼睛再也看不下去。

往日他家主子在宫中以吉荣的身份行走时，冬日里二人累了渴了，便直接伸了手去抓地上雪块充饥解渴。

那时候他二人的手脚上都是冻疮，也未见主子有什么疼痒的模样，还不是照旧整日冷水里沐浴，冷水里洗涮？

那时他将手插进袖口都要被说一句矫情，如今他这模样，也不知说什么合适了。

万宵转过头，实不忍再看。

一炷香的工夫，宫女上前将沈千聿的手掌打理干净，看着手上的伤痕减淡不少，他满意地一笑。

"殿下，罗大人、黄大人、贺大人已到。"

吉荣进屋禀报，沈千聿朝着万宵点头，三个人一同离开。

朝中如今正忙着为太子选妃，因为太子妃的身份贵重，是以光人选名单便拟定了许久，今日终将名单拟好，三个人便急不可耐地送到东宫。

实在是太子年岁已大，再拖下去怕太子也同顺隆帝一般子嗣不丰，凭空生出事端。

三个人一见到太子，便将手中的名单呈递上去，沈千聿接过扫了一眼，很快便皱起了眉头。

"这便是你们选了这么久的太子妃人选？"

"太子可是有何不满？"

三位大人面面相觑，不知太子是何意。

名单之上的女子皆为上京中出身名门，才德兼备之女。她们大多容貌出众，性情温和，而且更重要的是母族强大，可为太子助力。太子各方面都挑不出错处，唯独身后没有母族支持，虽无外戚干政之忧，但对眼下的太子来说并不算什么好事。若妻族强劲，便可以弥补此遗憾。

三位老臣也是琢磨许久，方选出这些人选。

"并非不满，只是觉得这些人不堪为太子妃。"沈千聿道，"本宫知晓几位大人殚精竭虑，选出之人尽是才貌双绝，于闺中便颇有声名的女子，但……"

朝万宵一点头，万宵上前递给几个人一张东厂秘贴。

"几位大人提出的人选，同本宫所想几乎无差，是以本宫早已让东厂之人，暗中探查这些女子是否真如传言一般德行俱佳。"

三位大人凑上前，打开东厂的秘帖细细看去。只见上头女子的姓名都被隐去，但何年何月何日，这些女子或明或暗咒骂族中长辈，抑或行事跋扈，打骂府中下人，皆记录在册。几个人还在上头看见一则女子将幼鼠放入丫鬟的衣衫，看丫鬟滚地求饶以下人痛苦为乐，未在长辈陪同下私见外男者等记录。

"这……这，这……"

沈千聿的手一挥："同你们无关，若无东厂谁能知晓这些女子表里不一，两面三刀？这些人实不堪为太子妃，便是太子良娣、良媛亦是不妥。"

沈千聿的身子微微向后仰，迫人姿态令三位老臣不由自主地低头以避其锋芒。

其中一位年岁大些的问道："不知太子心中可有太子妃人选？"

"这倒是没有……"

见那位老臣微微松口气，沈千聿一笑："本宫觉得太子妃家的世样貌如何，可先不说，但德行必要为天下女子之首。"

"太子说得有理。"

罗大人道："老臣可否问一句，于太子心中，什么样的女子称得上德才兼备？才够格入主东宫？"

"若让本宫说，那大概是……"沈千聿一笑，"应当如商崇商大人嫡女那般的。"

"商崇，商大人？"商大人同他们的年岁差不多，他的嫡女各个都已年过三十，这哪儿还有未出嫁的嫡女？

罗大人眨着眼睛，看向身旁的黄大人，黄大人微微一愣，突然"啊"了一声："太子殿下说得是早年为救祖母，在寺中被狼扑倒咬伤的商家姑娘？"

"自然。"沈千聿道，"此女的行为感动天地，狼口救人可谓义勇双绝，此等德行方可称得上女子典范。"

一直未开口的贺大人狠狠地皱眉："此女因狼咬之后落下残疾，且也不知是否被惊吓过度，据闻她时不时还会抽搐倒地，如此方年过三十未嫁过人。"

"此等女子虽有大德，但实在不可做太子妃啊！"

罗大人、黄大人异口同声地跪地反对，沈千聿急忙上前搀扶："几位大人误会本宫了，本宫未有让此女做太子妃之意。"

三位大人齐齐地舒了一口气。若不是商家姑娘已久不见人，他们都要猜测是否太子与其早有了什么首尾，如此才会找出这样一个人选来。

只可惜三个人这口气还未喘匀，沈千聿又道："做太子良娣勉强够格。"

"这……此女比太子大上许多……年岁上实不相配。"

第十四章 报恩

沈千聿摇头："女子年岁算得上什么？本宫只看重人品，并不在意女子皮相，颜色再好，若生了虎豹豺狼之心，除了祸国殃民、祸乱后宫又能如何？至于太子妃的人选，你们便按此女的德行标准去寻。"

三位大人张着口，开开合合许久，未能说出一个字。上京刚及笄的贵女，怕是再也寻不出一个能狼口救人、义勇无双的了！这等标准，他们要去何地寻找？怕是再有个十年八年也寻不出啊……

可三个人又无法辩驳，总不能说太子妃、未来的皇后无须德行。

贺大人摇头："这等标准实在太高，微臣不好办呐。"

"你是说整个东宁没有一个德行俱佳的女子？"

"微臣并非此意，微臣……"

"贺大人。"沈千聿温和地道，"本宫并非让你现在便将太子妃的人选定下，你不必多虑，事关社稷，太子妃可慢慢寻，慢慢找。"

罗大人皱眉，正想着太子是否不想娶妻时，沈千聿又道："至于这太子良娣同太子良媛，你们便先拟定下来，当然德行也需参照商家嫡女。另外，这些女子俱都令人敬佩，若来日拟定人选，还需派人去这些女子府上询问，若她们不愿入宫，便赏金五百两放回家中。"

罗大人的眼眶微红，三呼太子贤明。

黄大人同贺大人亦不甘落后，也紧跟着跪拜太子，直呼太子体下爱民。

万宵看得眼皮抽痛，实在忍不住，伸出手按在眼角。眼下哪个女子，敢说自己比以身饲狼救祖母的商家嫡女德行更佳？这太子妃之位怕是得空上许久喽。且那些家世高的女子，必定不愿只做个太子良娣、良媛，怕也要打退堂鼓了。至于自家主子说的良娣人选……万宵长叹一声，实在不敢想会选出些什么人来。

黄大人却老泪纵横，只觉得太子不沉迷美色，且注重德行，实在有千古帝王之姿。他头脑一热道："殿下，老臣斗胆举荐府中女儿，老臣之女熟读经史子集，学问、人品皆是一等，老臣并非有贪权之心，实是殿下英明，老臣愿将女儿托付给太子殿下。"

贺、罗二位大人闻言，直后悔自己慢了一步。

"黄大人之女必是女子之中的典范，万宵……"

"臣在。"

"将黄大人府中未出嫁之女，全部记录在册。"

黄大人一愣："全部？"

沈千聿点头："记录在册而已，此等名册还要交予皇后过目，选太子良娣、良媛之事岂可不过问皇后娘娘？"

万宵接过宫女递来的笔墨，微微垂眸后，提笔将黄大人府中所有未出阁女子记录在册，此举看得三位老臣后脊一凉。

怕是不只黄大人府里被东厂摸了个透彻，那些连他们都记不得的庶出孙女年岁、姓名，如今竟一笔一划地落于万宵笔下，实在令人心中恐慌。

直看到自己最为疼爱，尚且未满十岁的嫡出孙女也被记录在太子良娣名单上，黄大人终于后悔自己的一时口快，忙出声阻止："如此便好，如此便好，老臣的嫡孙女儿年岁尚小，她年岁尚小啊……"

黄大人直觉太子有些不对劲，可具体倒也说不出哪里违和，但将自己府中未出嫁的女眷全上了名册可不成。毕竟这个名单一呈上去，上头的女子在未得准话前，都不能谈婚相看，若太子拖上个一年半载，可就把女儿家的花期全耽误了。

贺、罗二位大人见黄大人惶恐，又暗自庆幸方才慢了一步。

待万宵停笔，沈千聿道："若是这几日还有哪位大臣想送家中女眷入东宫，告知万宵便可，本宫会让东厂之人将他府中的女眷记录在册，几位大人不必忧心。"

"微臣知晓。"

三位大人的脸上不太好看，沈千聿见状大手一挥，让人收整名册，递到皇后面前去，并未搭理他们。

事已至此，三个人也没什么可说的，支吾一阵便退出东宫。

皇后因大皇子之死着实癫狂了许久，整日在寝宫不是往母族递信，便是命荀修找机会要太子的命。先前皇后的母族还会回复一两句，如今递出去的消息皆石沉大海，没有一点声息。

皇后眉眼狰狞，扯着宫中女官嘶吼不止。

"本宫口谕父亲可收到了？收到为何不派人给本宫？一群废物，都是一群废物。"

鲜红的指甲抠向眼前的宫女，那个宫女害怕，本能地向后一躲，却惹得皇后更为恼怒。

"敢躲？"

皇后的眉眼带着厉色，满目猩红死死地盯着那个宫女，正欲动手时荀修进入殿中，将沈千聿呈上的选妃名单呈给她。

"请娘娘过目。"

见到荀修，皇后才找回一丝理智，强压下心中翻涌的莫名愤怒，接过来问道："什么东西？"

"东宫太子呈上的选良娣的名单。"

皇后冷笑一声："他倒是好命，竟能活到今日。"说完，她抬手猛地将名单扯过去，荀修觉得手上一痛，竟是被皇后的指甲生生挠出五道鲜红的血痕。他垂眸退到一旁，

第十四章　报恩

未敢言语。

当年宫中传太子病愈，皇后曾让他去东宫试探。但如今想来，自他踏入东宫时，太子便算好了每一步。如今想想，太子手握东厂必对宫中之人了如指掌。知晓他素来喜洁，那人便故意将东宫弄得骚臭不堪，让他万分嫌弃。被褥亦是故意弄得尽是污秽物，他见到心生厌恶，不愿多看一眼，更遑论亲自动手。

现在想想，若东宫真的对太子怠慢至此，那桌上又何必放着个正烧着的泥炉？难不成是给太子沏茶喝的？

那泥炉分明就是给他用来试探太子的。

一个瘫子哪有这等穿心透肺的算计，实是他们一群人轻敌，被太子哄骗多年。

那人处处占领先机，将他所行所思的每一步都预想到了，当真了不得。

荀修看了一眼手上伤痕，心中冷冷地"哼"了一声。

罢了，这也是他欠皇后的。

皇后对他有气，若是日后怕要平添祸事。

将手背至身后，荀修沉默不语。

见他如此反应，皇后亦觉得自己的行为有些出格，召来身边的宫女为他处理伤口后，自己则打开名册一一看了过去。片刻后，她冷笑一声："好一个沽名钓誉的伪君子。"

"太子此人倒是有些头脑。"

皇后随手将名册递给荀修："他身无长物，倒是知晓如何利用名声，为自己谋求好处。"

"这上头的女子……"荀修见状皱着眉道，"这等残的废的，有暗病恶疾的，太子是个什么意思？"

"什么意思？左不过是想要为自己谋个贤德至圣之名，来糊弄朝中那群愚臣和天下百姓罢了。"皇后睁着布满血丝的眼，神色阴毒，"本宫就成全他，待到后宫一群老弱病残没有美人时，他会不会有色胆迷天，败德丧行之日！"她就不信这世上有不重欲爱色的男子。

将手一伸，身边的宫女连忙递上笔墨。仔细看了看名单及注解，皇后狞笑着勾勒几笔，方将册子丢在地上。

"拿去给太子，让本宫瞧瞧他是不是真能为了名声，做到这个地步。"

荀修将名册捡起，快速瞥了一眼，只见上面勾出六个人，两位太子良娣，分明一个是恶疾缠身、年过三十的商家嫡女，以及出生便面带黑红色胎记，但性情温顺的御史独女。

余下四位太子良媛，要么身有残疾，要么接连守孝，年岁比太子还高出半旬，还有两位是上京里出名的面貌丑陋，身形痴肥之女。

荀修见此微微皱眉，这六个人实在是太过明显。皇后之心昭然若揭，此名册一出必会惹得朝臣震怒。他抬起头刚想劝慰，就见皇后发丝凌乱，双眸如兽，未存半点理智。

荀修一顿，将口中话语又咽了回去。大皇子已死，皇后已被母族放弃。在她母族要求皇后将族中女送入东宫的时候，她就已经疯魔了。

如今会不会被朝臣弹劾，于她来说根本不重要。已经到了穷途末路，她还在乎什么？

"奴才明白。"荀修躬身退了出去。

皇后的懿旨一出，果然引起朝中震动，数位大臣联合上奏，御史劈天盖地地讨伐皇后，惹得顺隆帝烦不胜烦。

沈千聿倒是每日跟没事人一般，满脸温和的笑意。若遇见哪位为他抱不平的老臣，还会仔细聆听，再轻声安慰。

如此几日，朝中上下提起皇后便恼其不贤，就连皇后的母族亦被牵累。

皇后的嫡嫂多次想要入宫面见，皆被拒绝。

此事闹了大半个月，直至顺隆帝受不住朝臣的挞伐，不得不到皇后寝宫警告她收敛一些。

看着早已失去理智愈发疯癫的皇后，顺隆帝皱着眉，叱责其德不配位。

"德不配位又如何？难不成你能废后？沈丛邑，你有这胆子吗？"皇后光脚踩着地上铺的厚毯，指着顺隆帝大骂道，"你个懦夫，炽儿被人残害，你这个为人父的可曾问过一句？你分明知晓千炽乃被太子所害，可你就为了那么几句恭维，几句莫须有的史笔描述便轻轻翻过，你还是不是人？当年所有皇子中，唯有你最软弱无能，可我下嫁之时，你是如何信誓旦旦地承诺于我的？"

皇后的母族强盛，若不是当年顺隆帝赌咒发誓上位后必有回报，她岂会下嫁？若他婚后没有日日甜言蜜语地哄骗，她岂能甘心举全族之力，帮他除掉十七、十九最后两位皇子？

"若不是本宫母族，你能有今日？当年你跪地发誓，赌咒说一定让本宫的孩儿登基为帝，哪知那些全都是哄骗本宫的混话。"

皇后掀翻挂着宫灯的灯架，疯狂地笑着道："沈丛邑，你背盟败约，必然不得好死！"

顺隆帝被皇后的话刺激得勃然大怒。他走上前，猛地抬起手掌，却未曾落下。

"你敢动本宫？"推开顺隆帝，皇后赤脚踩在那双明黄色的靴子上。

"你疯了不成？"奋力掀翻皇后，顺隆帝上前一脚踹在她的腹部，随后道，"你个恶妇。"

皇后被踹得跌倒在地，凤簪沉重，随着这突如其来的一下不由得歪歪地滑落，连带着勾落一绺灰白相间的发丝。那发丝衬在绛红色的地毯上格外显眼，皇后看着看着，

第十四章 报恩

忽然笑了起来。

顺隆帝懦弱，但他未登基为帝时，二人也曾有过一段浓情蜜意的时日。

她出身显赫难免性情张扬跋扈了些，顺隆帝虽然怯懦又窝囊，但他压得下身段。是以往日二人若因小事生了嫌隙，也从来都是顺隆帝先低头认错，告饶求恕。

世间再尊贵的女子，也经不住枕边人日日花说柳说，时日久了，她便就信了顺隆帝那些虚情假意的屁话。

可如今想想，顺隆帝的话又有几成真，几成假？

"从你将炽儿圈禁的那日起，本宫就该看清你的真面目。沈丛邑，本宫问你，炽儿秽乱后宫一事有没有你的手笔？"她往日不曾想过此，可今日不知为何突然将此话问出了口。

顺隆帝闻言不曾辩驳，却眼神闪躲。

"哈……本宫就知道，本宫的炽儿并非那等好色的蠢货！"

滚烫的热泪自眼中滑落，皇后趴在地上疯狂地笑了起来。难怪她的炽儿被发现淫乱后宫，却一句话都不为自己辩解。如今想来怕是他就早有所猜测，知晓幕后之人，无论如何都不会让他洗脱这个罪名。难怪，难怪自那以后，炽儿的性情大变，变得暴怒多疑。

皇后从地上爬起，看见远处散落的梅花酥冷笑一声。

"沈丛邑，你真是会装，装久了怕是连自己都骗了。"

她幼年最爱吃这梅花酥，自成婚后，顺隆帝便时常让人送给她，每每见此，她都会念及昔日旧情。可如今散落满地的梅花酥，更像是在讽刺她的愚蠢！

抓起地上掉落的糕点，皇后死命地朝顺隆帝丢去。

"恶妇。"见到梅花酥，顺隆帝忽而变得疯狂起来，"来人，给朕掰开她的嘴。"

皇后寝宫中的宫女、太监，都吓得跪倒在地不敢再动，苟修想要上前阻止，却被顺隆帝身旁的太监拦下。他微微犹豫一下，停在了原地。

两名太监自顺隆帝身后走上来，二人行动利落，反手将皇后制服在地，一个人掐住皇后的下颌，强迫她张开嘴。

顺隆帝捡起地上散落的梅花酥，死命塞进皇后的嘴中。

"三十二年前岁首宴上，你对着肃安王搔首弄姿，敬献梅花酥一事你当朕不知晓？这么多年来，只要见到此物，朕便能想到你当时那令人作呕的模样。这些年你见到此物便眉开眼笑，当朕不知你存了什么心思？今日朕便成全你，让你想个够本，让你可下去同肃安王早日同聚。"

顺隆帝死命地往皇后口中塞着梅花酥，皇后闻言却死死地咬紧下颌。

腥甜温热的血液流入口中，两个太监心中惶恐，松开手去扶顺隆帝，顺隆帝却用力一巴掌打在皇后的脸上。

"呵……呵……"三十多年前的事,她还未曾及笄,她二人还未曾有婚约时候的事,他竟然记到如今?

混着血水吐出口中的残渣,皇后笑道:"鼠肚鸡肠、无能且奸,沈从邑啊沈从邑……"

"给朕拔光她的一口利牙,看她还如何辱骂朕。"

这些年,他早受够了。顺隆帝一甩衣袖,大步离去。

走出皇后寝宫,他对身边的太监道:"今日的事不可传出半点风声。"

"奴才知晓。"

略一思索,顺隆帝又道:"亦不要让皇后的母族知晓。"

那个太监点头,转身处理后续事宜去了。

那日过后,便传出皇后因思子过度病重的消息。

皇后病重前,曾下懿旨定下太子良娣、良媛的人选,如今懿旨已下,朝臣不好驳了皇后的颜面,只能不断地给皇帝上折子,以求顺隆帝作废皇后的懿旨。

但也不知是顺隆帝心虚,还是并不在意太子良娣都是何等人选,迟迟未有动静。

这边朝臣不停地上折,那边沈千聿却站出来,直言皇后选择的女子皆是德行高尚之人。是朝臣爱重女子颜色,以貌取人。且如今皇后正在病中,若是众人执意驳了皇后懿旨,便是陷他于不忠不孝的境地。

如此几次,为此事上折的人越来越少,除了罗大人还不死心,数次寻找沈千聿外,其余人皆随太子而去不再管此。

"太子殿下。"罗大人年岁已高,却一直为此操劳,沈千聿实在于心不忍。

"罗大人,太子良娣一事您不必再劝,本宫心意已决,绝无更改可能。"

见罗大人满面忧虑,沈千聿微微叹息着道:"本宫知晓您老是真心为社稷着想,可本宫今日不妨实话实说,这些女子是必须要进宫的。本宫有自己的计较。"

"太子之意是……为了声名?"

沈千聿幽幽地看他一眼,违心地道:"正是。且如今不过是良娣二人,良媛四人,这太子妃、承徽、昭训、奉仪之位尚且空置,您又何须担忧?"

"原来如此,原来如此,是老臣迂腐了。"罗大人点点头,看得沈千聿心中一酸。原来这朝中,倒并非如他所想,尽是些贪财慕势、惯会阿谀奉承之人。

说服罗大人后,朝中彻底没了反对之声,不过半月余,顺隆帝便下旨命太子良娣、良媛人选,择日入东宫。

"你可曾问过那些女子愿不愿?"

万宵从吉荣的手中接过明黄大氅,随后点头道:"这些女子皆愿入宫。"

"如此便好。"

宋挽心思纯善，又重君子之风，若让她知晓他利用无辜女子为她铺路，届时定会将他当作无耻小人看待，若那女子着恼，一时气恨，不愿入宫又要如何是好？

思及此，沈千聿微微蹙眉："真是那些女子自愿，并非东厂威逼？"

万宵垂下眼皮，无奈地道："殿下可知这些婚事艰难的女子，在府中会遭受何种境遇？"

只会比宋挽在宋府更差，她们又如何不愿进入东宫？

"如此便好。"沈千聿放下心来，话音刚落，便听吉荣来报说宋蓝安宋大人求见。

沈千聿整理过衣襟，起身等宋蓝安拜见。

一君一臣寒暄片刻，宋蓝安方说起正事来。

原是中书省参议魏大人突患恶疾上奏请辞，圣上已准其请求，今日宋蓝安便是为接替人选而来。此事说大不大，说小不小，但完全没有单独拎出来说的必要。

二人交谈三五句，沈千聿便知晓对方还未表明真正的来意。

直至正事说完，宋蓝安准备离去前，方淡淡地称赞了句太子简贤任能，就连东宫几位良娣、良媛都是些品性出挑的。

沈千聿闻言爽朗地一笑："女子可家贫貌丑，亦可才拙性愚，但其必要温柔卑顺，德贤兼之。东宫良娣虽然性情尚可，但照比宋家女，还是少了些聪慧与灵气。"

宋蓝安轻叹一声太子谬赞，这才笑着离开东宫。

回到宋府后，他更加悉心培养宋拈、宋拟等人。

冬去春来，皇后选好的太子良娣及太子良媛已进入东宫一个月有余，对比半年前满是萧瑟冷意的模样，如今的东宫不仅添了几分人气，亦多了些热闹喧嚣。

那些女子大约看惯了冷眼，是以对他人的态度拿捏得极为精准。除刚入宫时还有一二人日日给沈千聿请安外，自从发现他丝毫没有宠幸她们之意，便一个两个都如家中一样，关起门来过自己的日子去了。

沈千聿待她们也算宽厚，一时间整个东宫的人竟相处得分外和谐。

待树上绿芽渐生，花明柳媚，冷寂了一整个冬日的上京，才渐渐从萧瑟中舒缓过来，透出几分盎然。

时逢看春节，顺隆帝难得生了几分兴致，让人在宫中设宴，邀请朝中重臣同家眷共同赏春。

因皇后久病不愈，这负责宫宴一事便落在了江曼的身上。

原本圣上有意让芸妃处理此事，但芸妃以三皇子面伤未愈推脱了去。

"娘娘将这差事推出，便不怕江妃娘娘今日从中作梗？"

宋芸宁看着面前摆放着的各种皮质、银质遮面，漫不经心地道："太子之位越来越稳，她已无暇顾及我同千柏，便是想使什么手段也不会冲着本宫来便是至于太子那边，他能处理得好。你过来瞧瞧，哪个好些？"

彩笋上前跟宋芸宁挑选起面具来。

"宫中难得热闹一次，奴婢觉得这银质雕花的看上去清雅矜贵些，更衬三皇子。"

宋芸宁闻言嗤笑一声，未曾接话。

今岁会在宫中举办看春宴，并非顺隆帝转了性子，而是因他前几日上朝之时，当着满朝文武百官的面睡了过去。

据闻那日御道之上鼾声震天，震惊朝野。帝王迟暮，可他不敢承认。而如今也不过是苟延残喘，硬撑门面，想要告知朝臣他还有些用处罢了。

宋芸宁将手中银质面具放入锦匣递给彩笋，便询问起了宋挽。她想宋挽想得紧，便早早将宋挽召入宫中，在宫宴前见上一面。

"应是快到了，奴婢去问问昌平公公。"

彩笋捧着锦匣走了出去，不多会儿便领着宋挽走过来。

"挽儿，过来给姑母瞧瞧。"

皇后重病后，后宫戒严，一整个冬日宋芸宁都没见到宋挽。今日得见她喜得眉开眼笑，忍不住上前摸了摸宋挽的面颊。

"姑母觉得你丰润了些。"

宋挽腼腆地一笑："在府中无忧心事，想来是应了那句心宽体胖。"

"丰润些好，往日你太过瘦弱，姑母瞧着心疼。"

正说着，宋芸宁唇角微微勾起，轻咳一声道："你同东宫那个小太监还有往来？"

"姑母知晓吉荣？"

宋芸宁未答，却意味不明地笑着看她一眼。

宋挽有些莫名，却乖巧地答道："一整个冬日传过五六回信笺，大都是些无关紧要的小事。"

吉荣好似很热衷让东厂给宋扶带各种物件，只是她觉得于礼不合，多数时候都让宋扶原路返还，这段时日好似再未听过吉荣有送东西来。

宋芸宁看着眼神清澈，对男女之事尚且天真懵懂的宋挽，心中一软。暗中咒骂江行简几句，她的心头方舒服些。

"姑母怎么问起了此事？"

宋芸宁轻声一笑："随口问问罢了。来，姑母帮你绾发，你这头发梳得不好。"

宋挽稍有些迟疑，却被宋芸宁拉着坐到铜镜前。

抬手抽掉宋挽头上的发钗，宋芸宁又将发髻拆散。柔顺的青丝落下，宋挽羞红了耳朵。

宋芸宁一脸严肃地道："既然都同江行简义绝，你又何必梳着这妇人发髻？姑母知晓你守礼，可挽儿……别苛待你自己。"

每次瞧着宋挽梳着妇人不妇人，姑娘不姑娘的头发她便觉得心疼。莫看只是个髻，她却能从中瞧出挽儿的不安。宋挽不知道自己该如何生活，是以未出阁的姑娘身份，还是以妇人身份。

宋芸宁微微抿唇，小心地为宋挽梳起头发来。

"彩笄，去将这些老气的东西都丢了，省得本宫瞧着碍眼。"

见彩笄将她头上拆下的发簪捧了出去，宋挽轻声道："姑母莫气，何必同东西过不去？"

宋芸宁冷冷地"哼"了一声："你少说些话，一个两个木头似的，何日能逢春？这春日都来了，再不开，花儿要等到何时？再到冬日吗？你们等得起，姑母却等不起了。"

"什么木头花儿的……"宋挽笑抿着唇，不懂宋芸宁在说些什么。

"瞧瞧，这样多好看？"

一头青丝散落下来，因先前挽着髻的关系，发尾微微带些卷曲的弧度，可这样不仅不让人觉得失礼，反添了几分娇俏女儿家的媚意。

"蘅芷这手艺着实不行，你脸蛋本就美，素净些，轻点个口脂便成，浓妆艳抹的倒不适合你。"

蘅芷站在宋挽身后，忙开口讨饶。她的手艺着实比不得绿竹、香草，便是她每次给自家小姐上了妆，也总觉得还不如不上时美。

如今芸妃三两下改了宋挽的妆容，让蘅芷都瞧得呆了。虽她家小姐本就姿容倾城，可也从未如今日这般灵动天然。

宋芸宁从妆匣里拿出一只蝶扑海棠步摇，轻轻戴在宋挽头上。

"成了，今儿个你啊便就跟在姑母身边，哪里都不要去，这般美的模样，多给姑母瞧瞧，让姑母多高兴高兴。"

宋挽看着镜中的自己，甜笑着点头。

蘅芷上前仔细瞧她家小姐的妆容，准备好生学学。

宋芸宁则后退一步对彩笄道："你去东宫寻太子，便说本宫找他有事，让他宫宴结束后来长信宫。"

宋芸宁实在瞧不得太子那副不开窍的模样。他行事拖拉，挽儿又是个守礼守旧的性子，若无人添一把火，这二人不知何年何月能说上一句话。若是真随着这二人的性子来，怕是她连孙儿都抱上了，这二人还未能走到一处去呢。

将宋挽拉了过来，宋芸宁道："你今儿也好生帮姑母瞧瞧，谁家的姑娘适合千柏。"

上京里头没有婚约的姑娘们，参加宫宴是唯一可公然露脸的机会，怎奈顺隆帝往年最怕生事，甚少举办此等宴会。

"你是不知，这十几二十年，世家里头的婚事都艰难了不少。"

宋挽轻轻拍了拍宋芸宁的手，示意对方说话谨慎着些。

"你呀，你这性子日后就适合寻个跳脱些的，不然两个人要烦闷死。"

"姑母打趣挽儿。"宋挽一笑，水润润的眸子弯成一道新月，瞧得宋芸宁喜欢得不行。

"你今日便这样多笑笑，也好让那些毛头小子知晓，这上京里头谁家姑娘才是最美的。"

被打趣得双颊晕红，宋挽拉着宋芸宁的手无声地讨饶。

姑侄二人在殿中聊了许久，方走出长信宫到御花园参宴。

宋挽来得早，且又直接被昌平接到芸妃那里，自然跟宋夫人、宋摇、宋拈等人不是一路。如今宋夫人带着女儿坐在一品大员家眷之后，看着宋挽坐在最前排。

只是宋挽的性子内敛，虽然位置瞩目但一场宫宴下来，从未东张西望一眼。她自然也不知坐在皇帝下首的沈千聿早已坐不住，目光满宫宴中游离。

好不容易挨到顺隆帝退场，沈千聿率先离开。

"挽儿，姑母也累了，你陪姑母回长信宫歇歇？晚间姑母寻昌平送你出宫如何？"

宋挽点头，让蘅芷告知宋夫人后扶着宋芸宁离开。

"母妃，你陪沭儿玩儿……"

"别扰母妃。"

江曼将沈千沭推开，他如今虽能下地行走，但还是不如以前方便，若是走得急了便难免会趔趄，摔跤。如今被江曼这么一推，当下便摔倒在地。

"你……"

"喜璋，照顾好五皇子。"低低地丢下一句话，江曼也快速离去。

趁着文武百官还在宫中，她尚有要事要做。如今太子的地位愈发稳固，若再不动手，怕是日后便彻底没了机会。匆匆地向远处一个宫女使了眼色，江曼很快消失。喜璋上前抱起五皇子，将他送回了衍庆宫。

衍庆宫今日完全不似其他宫那般喜庆，整个衍庆宫静悄悄的，人都不知被调用到哪里去了。沈千沭被送回自己的寝殿后，忍不住在福祥面前哭了起来。

"主子莫哭，小的陪着您。"

福祥的年纪不大，刚净身的时候也就跟沈千沭差不多的年纪。他是个憨直忠心的，

第十四章 报恩

因为江曼不喜心思复杂之人，是以沈千沭身边都是些如福祥这样的老实太监。

从红色大橱柜中翻找出林葭玥送来的一箱子稀奇物件，他将东西偷偷送到沈千沭面前。

"主子选个心仪的，奴才陪您一起玩儿。"

"我想让母妃陪我。"

"娘娘事忙，待明日，明儿个娘娘必会陪着小主子。"

沈千沭看着福祥，扁扁嘴落下一滴泪。

福祥急得满地乱转，看见床下的独轮车，便忍不住拖出来尝试。他摔倒了爬起来，爬起来接着摔倒，如此反复逗着沈千沭。

"呵呵呵……好玩儿。"

到底小孩心性，不过一会儿，沈千沭便被带跑了心思，踮着脚下地跟福祥玩到一处去了。

"咱们去池子里放船，这木船我早就想放了，只是先前我出不去。"

"五殿下，这会儿咱们可出不去，明儿……"

见自己刚说一句明儿，沈千沭便露出弯着嘴欲哭不哭的模样，福祥急忙道："外头有值夜的，咱们过不去。"

"无妨，我知晓道路。"

拎着两艘制作精良的三层木船，沈千沭拉着福祥，偷偷地从墙院下溜到衍庆宫内的荷花池边。

"真的能浮起来。"

二人缩在小石桥下，捂着嘴笑得畅快。

"殿下，该回了。"

福祥心中害怕，只玩了半炷香的工夫便急着回寝宫。

沈千沭点头，他也知晓自己不好贪玩，便弯腰去抓池子里的木船，准备离开。只是他人小手短，哪儿够得着？往前一使劲便扑通一声掉进池子里。

"殿下。"福祥吓出一身冷汗，想也未想便跟着跳进池中。

五六岁的孩子掉入池子里，还未等扑腾出什么声响便很快没了动静，福祥扑到沈千沭身边，拼了命地想要将人拉回岸边。只是他的年纪也不大，没什么力气，在水中折腾了一会儿便也没了力气。

无奈之下，福祥只得放弃，自己一个人游到岸边。

月色莹润，福祥只见银鳞闪闪的水面上，漂浮起一个小小的人儿。

"五殿下……"福祥边哭边咬着牙，想了想，又重新跳回池水中。

衍庆宫的宫女发现五皇子不在寝宫时，都吓破了胆。几个人不敢声张，都准备找到人后再将此事禀告给江曼。而江曼什么都不知，她此时正伺机而动，准备给沈千聿迎头一击。

唯有将太子拉下马，她的孩儿方可重回巅峰之势。

一整个看春宴，沈千聿的心思都放在顺隆帝何时离开上。顺隆帝刚走，他便也跟着离去，只为让宋芸宁可以早些带宋挽离开。

走出御花园，沈千聿同吉荣一起往东宫方向去。

"这花儿开得不错，江妃娘娘有心了。"

吉荣看着摆放满地，将宫中正路都占用了的花盆，不解地看了沈千聿一眼。昨日他家主子分明还说这东西累赘得很，不仅劳民伤财，且还阻断了宫道，今日怎的就变成江妃有心了？

"你不必跟着，去将白日里本宫准备的节礼捧来。"

白日他已往宫中各殿送去节礼，唯有长信宫的留了下来。虽逢正节，但晚间亦不好无由去一位皇妃的寝宫。

吉荣很快将沈千聿准备好的节礼送了过来，他拿起来掂量两下，自觉分量足够，才一个人大步往长信宫而去。

只是路上总有宫女、太监上前行礼，他心中厌烦，打发了三两拨人转而换了条相对偏僻的路线。途经凝香阁，沈千聿只听里面传出一阵悦耳的琴声。

"装神弄鬼。"嗤笑一声，他半点不曾停留。

怪道今日路上遇见的太监、宫女多得不像话，原是在这里等着他。他的神色微凝，他心中升起一丝烦躁。若是有人在此埋伏，那芸妃派人所传的话是真是假？

他微微停顿一下，想了想，步子迈得更大。若是假，无非白跑一趟，可若是真的，他却不赴约，那不成了不知礼数狂妄自大之人了？

沈千聿如此想，心中莫名雀跃几分。

只是还没等他高兴多久，刚走过凝香阁不远，便觉得身后袭来一阵香风，浓重的脂粉气让沈千聿皱起眉。

"什么人？"

"太子殿下，您救救小女。"

身后跑出一位衣衫不整的女子，那个女子身段风流，腰肢纤弱得仿佛一掐就会断似的，软得不成样子。且她说话间双眸含水，似嗔似怕，看着沈千聿的娇怯模样，楚楚动人，也十分勾魂。

"殿下，救救小女。"

那个女子跌跌撞撞地哭着扑向沈千聿，沈千聿一动未动，却在那人歪着身子马上要倒进他的怀中的时候，猛地侧身。

扑通一声，那个女子跌在地上摔了个结实。被人扯得凌乱的外衫，顺着滑腻的肌肤缓缓滑落到地上，少女露出白皙的脊背，趴在地上半晌没有起身。

沈千聿正欲离开，却听那个女子用婉转如莺啼的嗓音啜泣着道："太子殿下，有贼人在小女身上落了催情香，殿下救救小女……方才殿下也闻见了小女身上的香味，若是不解，于身子有伤。"

那个女子抬起头，露出一张绝世娇颜："殿下，小女……"将身上衣物拢了拢，她满面羞涩，"小女清白已无……小女不求名分，只求能留在殿下身旁为奴为婢，以守名节。"

"名节？"

沈千聿打量了那个女子一眼，冷笑着道："深更半夜，衣衫不整，你哪里来的名节？能说这么多废话，想必是摔得不够疼。"

懒得同她多说，沈千聿低头看了看手中的提盒，见东西歪都未歪便利落地离开。

直到他走出很远，那女子疼得都未能起身。

"废物。"

江曼自阴影处走上前，低头看着地上的女子眼神里带着阴鸷。

"娘娘。"那个女子露出欲哭不哭的表情，柔声求饶，"太子殿下中了民女的魅香，不应没有反应，娘娘再给民女一个机会，民女定然……"

江曼朝身后的太监不耐烦地一瞥，那个太监无声地上前，捂住那个女子的嘴将人拖了下去。

"若知晓这东西如此没用，本宫也不会费尽心思将她借由看春宴接入宫中。"

"娘娘，那今日？"

江曼的眉眼一厉："你当太子是傻子吗？一计不成，他还等着你再施一计？"

宫女沉默着退下，不敢发出一点声响。

"回衍庆宫。"

几个人离去后，出现一个身形瘦弱的太监，打扫四周，将周围的痕迹全部抹去，才无声地离开。

沈千聿心中有事，懒得管他人的歪心思，一心一意地往长信宫走去。

刚进入长信宫，他就见宋挽在芸妃寝宫外的石桌上，与蘅芷边写边贴祝春的字画。

今日的宋挽与往日格外不同。

沈千聿一时也说不清她哪里变了，但就是让他觉得如何都看不够。宫灯下的宋挽，仿佛带着一层浅浅的光晕，她本就眉眼柔和，如今沐浴在橘黄色的灯火下，更添了意思温柔妩媚的气息。沈千聿只觉得胸中雷动，滚烫的血液自心脏处流至全身，很快便灼烧得他拎不住手中的提篮。

心念起，情欲动。沈千聿忽然就慌了神，抓着提盒的手也忍不住紧张地攥了起来。

实在是……不应该！

他怎么会……怎么会呢？

呆呆地擦了擦额头上的薄汗，沈千聿紧紧地皱着眉头，心中纳罕。

在南庆的时候，秦娆也给他吃过不少奇奇怪怪的东西，但除了年少时曾有过一两次躁动，之后那些药物于他来说早就失去了效用。今日那个女子手中的东西，总不会比以淫逸放荡、狗走狐淫出名的南庆皇族的更好了。他根本不可能受其蛊惑。

所以，怎么会？

沈千聿呆呆地站在院门前，宋挽同蘅芷贴完宜春帖，刚一转头就看见一个身材高大的男子站在身后不远处。

还不等瞧清那个人的脸，宋挽便双膝跪地，低头拜见起太子来。太子的冕服太过醒目。

"宋氏长女拜见太子殿下。"

见自家小姐都跪了下来，蘅芷也连忙跟着跪了下来。

沈千聿脑中纷乱，他低头看着宋挽仍旧是心如擂鼓。

今日宋挽穿了身矮领褙子，低头时乌黑的长发自肩头滑落，露出一只如白玉般的耳朵。

沈千聿向后退了一步，不曾言语。

宋挽跪在地上，太子不曾发话，她亦不敢开口起身，只能静静地等太子动作。

哪儿想到过了片刻，她只听见咣当一声重物坠地的声音，紧接着一阵凌乱的脚步声响起。

待听见太子已经走远，宋挽才愣愣地抬头。

"小姐，方才那个……可是太子？"

宋挽亦眨着眼："身着绛袍，脚踩赤舄，应是太子无疑……"

主仆二人对视一眼，皆不知道是什么境况。

宋芸宁抱着披风从寝殿中出来，就见这主仆二人跪在地上，都呆愣愣的。

"怎么回事？你二人跪在这里做什么？正是反寒的时候，仔细坏了膝盖骨。"

将宋挽拉起来，宋芸宁皱着眉头："你做什么呢？"

宋挽道："姑母，方才好像是太子殿下来了。"

"太子来了？在何处？"

宋挽指着地上散落的一堆东西，神色带着疑虑："不知，丢下这些便跑了。"

"跑了？"宋芸宁一脸震惊。

第十四章 报恩

379

宋挽点头，面色也不好看。宫宴过后，太子一个人来寻姑母，应是有要事，可她在这儿，也不知是不是耽误了什么。且太子的反应着实太奇怪了些，实在是如何想都想不明白。

宋挽只觉得定是有什么大事发生，才让太子失态至此。可她怎么都想不明白，什么样的事情能让自幼为质的太子，慌张成这般。

宋芸宁皱眉："不必理会，再大的事明儿也就知道了。"

"姑母说得没错。"

将手中织锦披风为宋挽穿上，宋芸宁道："我让昌平送你回府。"

宋挽点点头，哪里知道沈千聿回了东宫，心都未曾静下来。

万宵同吉荣在东宫看着宫女贴宜春帖，二人站在檐廊下，就见沈千聿面沉如水，急匆匆地自外面大步而来。

"殿下不是去……"

万宵还没说完，他家主子就已经消失在面前，只留下一阵路过的风。

"这是怎么了？"

吉荣摇摇头，二人对视一眼，跟了上去。

沈千聿脱了太子冕服，一头扎进东宫里的白玉池中。

二人进来，吉荣捡起地上的衣物，万宵则半蹲在池边，看着闭眼且一脸烦躁的沈千聿。

"殿下这是怎么了？"

"别吵。"他有些事情未想明白，如今正在想。沈千聿的心脏还咚咚地跳个不停，他睁开双眸，掬起一捧水泼在自己的脸上。

"我应当负责。"

万宵不解："负什么责？"

他同宋挽数次相见，应是坏了她的名节，理应负责。沈千聿抿着唇，没有开口。

不对，这些都是借口，他对那个人生了欲念，同那女子口中的催情香有关又无关。

脑中浮现起今日宋挽的一举一动，沈千聿将头扎进白玉池中许久方出来。他竟然对宋挽生了那样的心思！

想到宋挽，沈千聿忽然一愣，他方才就将那个人丢在原地，自己跑了？

"派人去长信宫问问，宋姑娘可曾离开。"

吉荣应是，转身走了出去。

万宵一脸兴味，看着沈千聿，暗想今日真是难得，他家主子居然化身那晒裂的葫芦瓢，开窍了。见他一脸烦躁之意，万宵笑着寻宫女给太子熬凉药去了。

二人离开，沈千聿扯过软巾囫囵擦了擦脑袋。

若不是钟情宋挽，他哪里会生出那样的心思？

南庆皇族无论男女，都是嗜淫好欲之人，他在南庆皇宫见过不少荒唐事，实对男女之事恶心得紧。可如今他竟对宋挽生出亲近之心，必是不知不觉中已经爱慕了她。

沈千聿的眼皮微垂，莫名有些羞涩。想明白了自己的心意，他又觉得近日所作所为实在是蠢得很，好在那个人也想不到别处去。

盘膝坐在白玉池边，沈千聿已经琢磨起要如何将宋挽拐回东宫好生护着了。

吉荣从外头回来，禀告宋家姑娘已经离宫，只是他说话时面上悻悻的，很是无精打采。

"发生什么了？"

吉荣哀怨地抬头："殿下可是得罪了芸妃娘娘？娘娘扯着奴才骂了大半个时辰。"

沈千聿轻咳一声："辛苦你了，明儿我去长信宫给她赔罪。"他还有事想要求芸妃娘娘，若不好生赔罪，怕是难夫妻共白首了。

在东宫辗转反侧一整夜，天刚蒙蒙亮，吉荣便来报，说昨日五皇子沈千沭跌落池水中被淹死了。

沈千聿皱眉问道："谁的手笔？"

"是意外。"

吉荣道："早上宫女在荷花池子里发现两具尸首。应当是五皇子晚间领了身边的随侍去池中放船，今早打捞出来的时候，他的手中还攥着两艘木船。衍庆宫那边……死了不少人。"

沈千聿微微皱眉，停顿片刻道："让东宫之人远着些衍庆宫。"

"主子是怕江妃娘娘对咱们下手？"

沈千聿摇摇头："本宫不愿做那痛打落水狗之事，实在不体面。"

亦非君子所为。

思及君子二字，沈千聿淡淡地一笑，到此时此刻，他方明白为何饱受苛待之人会中意宋挽。因为只要站在那个人的身边，便会心境平和，生出无畏与勇气。

随手拿起枕边宋挽赠予他的书，沈千聿翻至那句"万物皆备于我，反身而诚，乐莫大焉"时，又是一笑。

修身求己做君子，行光明事，果真是快乐的。

起身换上常服，沈千聿去了长信宫拜见宋芸宁。

宋芸宁见到他，便觉得此人的举止气度大有改变。原来的沈千聿狂妄有余，落拓不足，今日的他却无论神色举止，皆显得潇洒超脱。本还想问问沈千沭之死是否与他有关，如今却是不必再问了。

想了想,宋芸宁道:"你昨日怎么回事?"

沈千聿轻咳一声:"让姑母看笑话了。"

一声姑母,喊得宋芸宁眉眼间满是欢欣愉悦。

"如何想明白的?"

他哪敢在宋芸宁面前,大谈自己那想要"欺师灭祖"的心思?沈千聿淡淡地一笑,带了过去。

"不想说?"宋芸宁脸上的笑意变得温和了几分,"说吧,今儿来寻我所为何事?"

"想请姑母召挽儿入宫,我有些话想同她说。"

"看来你已有万全的准备。"

沈千聿笑而不语。

如何让挽儿一步步走向至高之位,他早有定夺。如今难得并非是此,如今难得是如何让挽儿心甘情愿地进入东宫。宋挽守礼,她绝无可能与任何男子于缔结婚姻之前先有私情,若想要她来自己身边唯有一个办法。

沈千聿看向宋芸宁,神色严肃:"姑母放心,我今生必以真心待挽儿,护她一世无忧。"

宋芸宁双眼一热:"你好好待她,挽儿也会好生待你的。"她的挽儿十分温柔,性子又好,若是真心喜欢一个男子,必然全心全意地待他。只是不知沈千聿有没有那份福气,能打开挽儿的心了。

"姑母放心。"他生于皇家,长于囹圄,虽流着皇室血脉,但他并无皇家人的薄情同寡义。他见过黑暗,亦知晓世间万物尤其是人的善意最为难得,所以他绝对不会轻易挥霍宋挽的真心。更会好好地将她护在羽翼下,直至身死魂消。

"娘娘紧急召小姐入宫,可是为了五皇子之事?"

"应当不是。"宋挽捏着帕子,也觉得有些奇怪。

"阿兄说圣上派人仔细巡查过,五皇子的确是意外身亡,无论太子还是姑母,如今都没有对五皇子下手的必要,所以今儿召我入宫,应该是其他事。"

宋挽抿唇:"只是不知为了什么。"

蘅芷道:"小姐无须忧虑,应该不是什么要紧事。"

从衣橱中选了件樱红色百花裙,蘅芷刚要为宋挽更衣,便见她摇头:"换身雅致些的。宫中有丧,虽五皇子年幼不办丧仪,但我们亦不好招摇过市。"

待换过鹅黄色披风同月白色长裙后,宋挽这才坐上昌平来接的马车。

宋芸宁一早便在长信宫等她,见人过来不由得笑着称赞她今日的穿戴。说了几句后,芸妃轻笑着道:"今日姑母也是受人所托,有人想见见你。"

宋挽不解，正欲询问，宋芸宁又开了口："让他自己同你说。"示意蘅芷跟自己离开，整个院中便只剩下宋挽一人。

正不知眼下是什么情形，她便听见有人轻咳一声。

沈千聿身穿太子常服，几步走到宋挽面前，宋挽看着他的脸，神色数变。

"参见太子……"她刚准备跪拜，便被沈千聿虚扶一下，阻拦了她要下跪的动作。

宋挽向后退了一步，仍旧跪了下来："见过太子殿下。"

"姑娘快起。"

沈千聿刚向前，宋挽便起身继续后退一步。她微微低着头让人猜不出心思，沈千聿却知晓她恼了。

"我并非有意欺瞒，实是先前在宫中只能以吉荣的身份苟活，方让姑娘误会。且我亦从未有过戏耍姑娘之心，你万不要如此想我。"

知晓宋挽不适，沈千聿主动拉开二人的距离。

宋挽仍低着头沉默不语，任由他一人开口解释。

"我知晓自己所行不端，并非君子所为，但当初乃形势所迫，实在别无他法，这方唐突了姑娘。"

听着太子的推脱之言，宋挽只觉得羞愧难当。太子以内侍身份与她交往，不仅不合礼数，更是……不成体统。

紧捏着帕子，宋挽气红了一张脸，许久才吐出一句："不知太子召臣女入宫所为何事？"

沈千聿的眼神一黯，便是知晓若有今日，他必定不会像从前那般。

但他不是个轻易认输之人，反倒越挫越勇。见宋挽抵触自己的亲近，沈千聿的神色严肃了几分："今日寻姑娘前来，是因为本宫想同姑娘做个交易。"

"什么交易？"

宋挽微微皱眉，这方抬起头看向太子。

"一箭数雕的交易。"

将手背在身后，沈千聿暗暗吐出一口气，以缓解心中的紧张和羞赧。只是他面上装得四平八稳，颇有人样。

"本宫想让姑娘入东宫……"

宋挽正要反驳，他抬手打断对方："姑娘先听本宫说完。虽之前本宫不得不隐瞒身份欺瞒姑娘，但本宫对你，对宋家从来没有恶意。"

见她的神色似有所动，沈千聿继续道："姑娘亦知本宫自幼到南庆为质，莫说读书识字知进退，便是看几份文绉绉的折子都颇为费劲……所以本宫身边需要一个人，一个有能力辅佐本宫，性情沉稳又可以帮本宫保全皇家颜面之人。本宫觉得唯有宋姑娘的人品学识，足以胜任。"

沈千聿见她的神色愈发松动，不由得赶紧跟了一句："本宫并无以权欺弱、要挟姑娘之心，本宫搜罗上京数位才德兼备之女，可奈何本宫实在无法放下防备之心接近她们，更无法如信任姑娘这般信任她们。"急急地表明自己对她的一片真心，沈千聿喃喃着道，"思来想去，还是姑娘最为适合。"

宋挽的眉宇间微不可察地皱起。

"当然，本宫不会让姑娘白白受委屈。"沈千聿站起身向前一步，"若是姑娘愿意进入东宫，我必以后位许之。"

宋挽惊讶得睁圆了眼睛。

"此言真心，绝无欺骗。"见宋挽不为所动，沈千聿道，"你不必惊讶，这是本宫同宋家的交易。"

"宋家？"宋挽抿着唇，信了他的话。

若不是与家中通过气，姑母也不会安排太子与她相见。而父亲……根本不会拒绝太子的提议。

宋挽的秀眉轻轻颦起，沈千聿的心头一软，柔声哄着："本宫敬重姑娘学富五车，实不忍姑娘只因先前所托非人，便要落个碌碌一生的下场。若姑娘入了东宫，无论对你兄长抑或是芸妃娘娘都只有益处。"

果然，提起宋扶同宋芸宁，宋挽眼中的戒备之色慢慢转淡，她双目微敛，似乎是在盘算如何行事方能为自己的兄长同姑母，谋取最大的利益。

沈千聿淡淡的一笑，心中既无奈又心疼。心疼她到了如今，也不曾为自己打算过一点。心疼她只听入了东宫于宋家有益，便将身处后宫有可能遭遇的艰难抛却脑后，一心琢磨如何助力宋扶与宋芸宁去了。

伸出一只手，刚伸到宋挽面前，沈千聿又收了回去。险些，险些未能控制住自己抚上她的头发。轻咳一声，沈千聿将手背在身后。

"来日入了东宫，你同芸妃娘娘便可经常相见，三皇子未赐封地前，你也可以近身照顾。待日后宋扶大婚，英国公府也不敢借大长公主之势轻视了他去。"

宋挽沉默许久，这才捏着帕子道："我的身份无法进入东宫。"

沈千聿的呼吸一窒："此……此事姑娘不必担忧，一切有本宫。只要姑娘答应进入东宫，本宫……其余的所有事情都由本宫想办法。只是先前或许要委屈姑娘一二，入宫的份位应该不会太高。"

宋挽摇头："全凭殿下安排。"她这再嫁之身，怕是不会说上什么能帮到姑母同兄长的婚事了。如今能入东宫，日后可为家中增添一分助益，已是意外之喜。

沈千聿闻言，语气急切地道："姑娘放心，放心……本宫必安排得妥妥当当，万无一失！"

听出沈千聿语气中的激动，宋挽的视线从他的脸上扫过，很快便转到一旁。

沈千聿却在思索，日后要将她安排到哪个院子里。需得离他最近的，如此他才能放在眼前就近照看。

正琢磨些有的没的，便听宋挽道："不知殿下可同臣女的父亲商议过此事？"

"自然。"

"宋大人知晓此事，姑娘放心。"

"殿下可还有其他事要交代？"

沈千聿摇摇头："本宫不打扰姑娘同芸妃娘娘叙旧，本宫告辞。"说完，沈千聿免了宋挽的礼，大步走了出去。

皇后被顺隆帝以重病之名囚禁许久，如今也不知道还能拖到什么时候，万一哪日他那个心胸狭隘、鼠腹鸡肠的父皇，又想起什么陈芝麻烂谷子的破事送了皇后入黄泉，他想要将人送进东宫可就有得等了。

沈千聿暗暗摇头，加快步子回了东宫。

第十五章

入宫

"明日将这些东西送去宋府。"

"这单子上的东西，瞧着可不像是给宋家嫡女的。"

沈千聿的眉尾一挑："瞧着不像？如何不像？左右本宫未指名道姓，想要送与谁不成？"

万宵目光扫过礼单，笑着看着自家主子。

这些东西并不怎么贵重，但都是些稀罕玩意。从女子用的胭脂水粉至头面首饰，再到布匹衣物应有尽有。但这些东西都有一个特点，便是样式富贵浮华，颜色鲜艳俏丽。若是熟知宋挽性子的人，乍看之下便会觉得不是送与她的。可……

万宵轻笑出声，暗道他家主子实在是"奸"。

"属下知晓该如何做了，主子只管静候佳音。"

耗费半日，万宵才将名单上的东西收整妥当，第二日刚下朝便去了宋府。

宋蓝安见他上门，满面笑容地上前迎接。

"今日来是为了正事，宋大人无须如此客气。"

万宵一脸诚敬："殿下有谕，宋家女勤勉柔顺，性情温良，今日赐艳霞色百蝶穿花纹蜀锦六匹，吉祥如意云纹罗纱六匹，百福……"

将沈千聿赐下的物件一一念出，万宵指使着身后的太监抬进宋府院中。

宋蓝安的神色不显，仍带着一脸笑意谢过太子。

待将万宵送出去后，他眼中的客套方慢慢淡去。

太子派人赐下不少物品一事传入后宅，宋夫人早就一脸喜色地等在旁边，如今见宋蓝安的脸色难看，不由上前询问："老爷这是不高兴？"

宋蓝安瞥了她一眼，没有言语。

又讨个没趣，宋夫人的脸皮一抽，险些将手中的帕子扯断。

"这些东西……"

宋蓝安将所有东西一一打开，看着琳琅满目的物件沉默不语。

宋夫人见到那一堆好东西却眼睛一亮。

"这……都是赐给摇儿的？"

宋蓝安冷冷地"哼"了一声："你怎知是赐给摇儿的？"

"这……这些东西的花色、样式，除了摇儿还有谁适合？难不成太子赐下东西之时，没说过是赐予谁的？"

宋蓝安又冷冷地"哼"了一声，仍未回答。

宋夫人被他这副模样折磨得心神俱疲，每一次他的冷哼、他的无视都让她感到痛苦万分。

只是以前她不敢亦不想问，今日却不知是不是被太子亲手筑下的美梦，养足了勇气。她终于忍不住问道："若老爷觉得妾身愚笨，便多同妾身说说您心中所想，老爷不说，妾身又如何能猜到？妾身知晓，我不如姐姐聪慧……"

刚提起宋扶、宋挽的生母，她便见宋蓝安的脸色一沉。

宋夫人忍着愤怒，红着眼道："妾身只不过是问问老爷为何瞧见太子赐下这些物品仍心头不快，这也不能说？"

宋蓝安看了她一眼，语气淡漠地道："太子赐下这么多闺中玩意儿，你瞧不出是什么意思？"

宋夫人本想说是太子看重宋府、看重宋家女的意思，可见宋蓝安的脸色便知然不是，她不安地摇摇头，望向宋蓝安。

"罢了。"宋蓝安道，"私下赐礼，说明太子并没有让宋家女做太子妃之意。"说完，宋蓝安大步离去，再没有心思搭理宋夫人。

既不是太子妃之位，这些东西是赐给谁的，都不是那么重要了。

太子的心思缜密，太子妃之位悬而未决，定是因太子的心中早有人选。以他对太子的了解，太子妃定下后，这皇后之位便不会轻易更改，宋家怕是无缘皇后母族了。

宋蓝安匆匆而去，只留下一脸惊愕的宋夫人愣在原地。

宋夫人苦着脸，心里觉得委屈。是了，若是太子有意让她的女儿做太子妃，怎么会私下赏赐东西？太子大婚必由宗人府操办，纳采、问名、下聘之事，根本不可能私下进行。如今这样送了东西来，给的位份怕是不会高了。太子良娣的位份已满，如今最高的位份也只剩下个太子良媛……

宋夫人的心中觉得万分不舒服。太子妃之母尚能得太子礼待三分，这太子良媛之母，都还不如她的诰命夫人的身份来得值银钱。

想到宋摇、宋拈如今还在后院同嬷嬷学规矩，宋夫人便觉得眼前一黑，头晕得厉害。

第十五章　入宫

众人本以为太子赐下闺中物件只是给宋府一个表态,哪想第二日罗大人便上门拜访。好在宋蓝安不是个傻的,一见罗大人便知晓他今日的来意。

二人刚坐下,宋蓝安便道:"昨日太子殿下赐了些东西给府中女眷,今日罗大人便过来……罗大人不妨直说,太子想要接微臣哪位女儿入东宫?"

罗大人轻咳一声,一脸的褶子都挡不住他脸上的羞愧。

"是……府上嫡长女。"

"哪一位?"

"府上嫡长女。"

宋蓝安的眉心紧皱,大喝一声:"这成何体统?她乃二嫁之身,如何能入得东宫?罗大人莫不是糊涂了?竟然纵着太子如此行事?您同黄大人难道就没劝过不成?"

罗大人道:"老夫同宋大人同朝为官多年,亦知晓宋大人清廉正直,但……"长叹一声,罗大人望向他,"令爱虽是二嫁之身,的确不符合入东宫的条件,但老夫便同宋大人说句交心话。您同太子相识于微时,太子得您助益,必会给宋家女在宫中留一个位置。不瞒您说,老夫同黄大人原本择了贵府二小姐,可贵府二小姐……"

宋摇私见太子一事东厂知晓、宋蓝安知晓,罗大人亦同样知晓,只略略提及,宋蓝安便露出满脸教女不严的愧疚,将此事揭过。罗大人亦没兴趣去说一个比他家嫡孙女还年幼的女儿家,二人不再提起此事。

"府中三姑娘的年岁不符,二房之女的话,太子又觉得不够有诚意,这方择了府上的嫡长女来问询我们几个。同宋大人说句实话,老夫也觉得于礼不合,但的确没有比她更加合适的人选了。虽令爱曾与城阳侯府结亲,但如今只是个承徽身份,应没什么大碍。"

让宋家嫡女入宫,做个还不如宫中女官地位高的承徽,罗大人便是说出口心也是虚着的。他说完,见宋蓝安的脸色不好,又急忙道:"太子东宫良娣、良媛众多,令爱也不差什么。"

宋蓝安抬眸瞥了罗大人一眼,罗大人转过头去,不忍再看。

可事实也是如此,太子良娣有恶疾的有恶疾,面容半毁的半毁,如今一个二嫁之身的承徽,好似也没什么值得说道的。

罗大人想想,继续劝道:"太子行事虽无章法,但心中却有成算,宋大人不必担忧朝中众臣之言。"

自商良娣同吴良娣入了东宫后,朝中重臣已知晓太子的野心同品味。如今除了太子妃之位他们还看得紧些,其余位份太子要如何折腾,他们都懒得再管了。二嫁总比患恶疾的强上不少。

"宋大人好生考虑考虑,太子说了,若您不愿,亦不会勉强。"

宋蓝安的眉头紧锁，犹豫着道："让本官想想……让本官想想。"

"那老夫便不打扰宋大人了，若是宋大人有了决断，还望告知老夫，老夫让宗人府来办此事。"

见宋蓝安满脸烦闷，罗大人贴心地告辞。

直到罗大人走出院子，宋蓝安才"哼"了一声笑了出来。

"倒难为他如此为挽儿铺路了。"

到了今日，再回想沈千聿所作所为，他不得不赞一句此子心奸。眉眼含笑走到宋挽的院门口，宋蓝安收敛笑意方进院子。

宋挽正在房中看书，见他前来，忙出来迎接。

"挽儿见过父亲。"

"自家人不必多礼。"

宋蓝安略微一顿："你可知太子要接你入东宫之事？"

"挽儿知晓。"

"哦，你何时知晓的？"

宋挽道："父亲让姑母接挽儿入宫见太子那日。"

她哪里晓得沈千聿两头瞒着，自己一个人上蹿下跳便将她入宫一事定了下来？如今宋蓝安这般问，宋挽便如实回答。

宋蓝安闻言看了她一眼，见她还被蒙在鼓里，不得不赞叹太子这一出独角戏唱得妙。

"可需府里为你备些什么？"

"挽儿不缺什么，谢父亲关心。"

怕宋蓝安担忧自己，宋挽柔声开口："姑母在宫中会照顾挽儿，父亲不必担忧。"

宋蓝安轻轻答应一声，本想提点两句，但宋挽的性子他尚算了解，话到嘴边，又咽了回去。沉默许久他方说了句："若遇见什么难事，可去钟阳宫寻袁公公。"

"挽儿知晓。"

父女二人又沉默下来，但宋蓝安没有要离开的意思，宋挽便候在一旁。

"宫中多有要打点之处，为父让宋嬷嬷送些银票予你。"

"谢过父亲。"

宋蓝安点点头，这才幽幽离去。

东宫催得急切，且承徽之位又低，入宫不必大操大办。从沈千聿动心动念起，不过三两日宋挽便被无声无息地接入东宫。

宋挽虽自幼便常入宫探望宋芸宁，但也从未有过今日这般心境。

第十五章 入宫

跟随太监自宫门走入东宫，宋挽在迈进东宫大门的那一刻，忽然停顿了一下。

"宋承徽？"

"公公请。"

来接她的太监满面恭敬，宋挽淡淡地一笑，跟了上去。

方进东宫，她便见沈千聿站在不远处。

那人见到她温和地一笑，眉眼中带着令宋挽安心的熟稔。

也不知怎的，她忽然就放松下来。大概是笃定她所熟悉的那个"吉荣"，的确毫无坑害她之心。

"宋姑娘……"

沈千聿急忙上前几步，刚一开口又觉得实在生疏，他想了想，又唤了一声宋承徽。可这承徽的份位让沈千聿觉得好似在羞辱宋挽一般。他皱着眉，一时很是不舒服。

想了想，他试探着开口："挽儿？"

宋挽微微抿唇，只觉得这声挽儿太过亲昵，让她颇为不适。可她好似也无法反驳太子，总不能说太子不可唤她闺名。说来，她如今已是他的房中人。

忽略心头的不适，宋挽点头应下。

见她并未反感，沈千聿唇角勾起的弧度愈发明显，若非担心宋挽瞧出些什么，他怕是要大声喊上两句以表示心中的激动。

"本宫让人为你安排好了院子，本宫带你去瞧瞧。"也不管宋挽有何反应，沈千聿侧身站在她的身旁示意要为宋挽领路。

宋挽却朝着他微微一福身，向后落了半步。宋家虽同太子有旧在先，可宋挽亦不敢逾矩。人心易变，如今太子感念她先前帮扶，可日后未必不会因为她曾经看过他狼狈落魄的模样，而心生厌恶。若她一味拿大，只会让太子猜忌是否宋家曾因龙困浅滩，而心有鄙薄不敬。入了宫，虽她不怕"吉荣"有戕害之心，但她亦绝不可逾矩，惹帝王疑心。

将身子落在沈千聿后面两步，宋挽恭恭敬敬地等着对方先行。

宋挽这小心谨慎的模样，好似有根针扑哧一声扎进他的心尖，疼得沈千聿浑身一凛。

越同宋挽相处，他便越是爱重此人，如今他恨不得能将自己的一颗心剖出来给她瞧瞧，让她放下戒备，让她可放肆些，再放肆些。

他心疼她步步紧逼自己，小心于后宫中探索生存的模样。

可惜他如今什么都不能做。

沈千聿的目光朝周围的太监点头示意，众人都退下，他方领着宋挽去了日后所居的院子。

"此处名为来仪阁。"

宋挽微微皱眉，只觉得这个地方实在不妥。

沈千聿在此事上却不愿遂她的意。他自信在后宫之中完全可护她周全，且一个来仪阁而已，她当得起。更重要的是此处离他的居所最近，待过几日挽儿住得熟悉，他再将寝宫后头的那堵墙拆了，如此他便等同跟挽儿住在一个院子。日后再徐徐图之，说不得便能住到一起去了。

沈千聿越想越欢快，带着满身的炫耀之意邀着宋挽进入来仪阁。

"小姐……"

刚进入自己日后的寝宫，宋挽便见蘅芷、蘅芜、锦书和鸾笺四个人穿着宫装站在里头，她眼中一热，险些落泪。承徽的位份低，以往多是给突然受宠的宫女，抑或出身低微秀女的封号，因此根本没有从宫外带人的资格。

宋挽虽然知道姑母定会派可信之人到她身边，但那些人到底不如蘅芷、蘅芜她们得她心意。

"多谢太子殿下。"

入宫大半日，她脸上的神色终于有一点放松之意，沈千聿心下宽慰不少。

"本宫知晓你与她们情同姐妹，入了宫有她们在你身边陪着，本宫亦放心。"

几句话贴心话说得宋挽双颊晕红，不知该如何反应。

沈千聿见她有些羞涩，不由得咧嘴一笑。

"本宫已将她们上了宫女名册，待年满二十五若你有心，也可将她们放出宫去。"脑袋晕乎乎的沈千聿说完，又指着锦书道，"这姑娘是把子耍缸的好手，有她在，你必定不会遭人欺辱。"

锦书的脸上还带着突然见到宋挽的喜色，听闻这句话，脸上的笑容突然就垮了下来。想了想，锦书略微向后退了一步，站到鸾笺身后去了。她咬着唇心中满是担忧。也不知来日太子会不会突然记恨起她，报当日她用缸砸人之仇。

屋中人都没瞧出锦书的害怕，沈千聿正忙着为宋挽介绍来仪阁里面各种物件的用处。大到耳房，小到屋中桌几都被他细细地介绍个遍，宋挽只静静地听着，也不出言打扰。

当将房中的物品看全，实在没什么好说的之后，沈千聿才恋恋不舍地准备离开来仪阁。若不是见她有些疲累，他还能再讲上两个时辰。

"挽儿……你多歇歇，本宫晚间再来。"

宋挽一愣，忽而觉得有些拘谨窘迫。虽是进了宫，她亦早知晓自己的身份，但听沈千聿谈及此仍有些不适。捏紧了帕子，宋挽惶惶地点头。

第十五章 入宫

391

沈千聿哪里晓得她的心思，满脸喜色地回去了。

见到万宵又在东宫中，沈千聿道："东厂真如此闲？"

虽这副口气带着不耐烦，但沈千聿的脸上却并无不满，万宵见状道："那些个千户百户并非摆设，属下自然忙不到哪里去。倒是殿下，可接了宋承徽？"

"你打听这些做什么？她又无须东厂监管。"想了想，沈千聿道，"派几个人到其他人那里，免得她们生出什么异心对挽儿下手。"

万宵道："若殿下想护着宋姑娘，直接送人到她身边不是更为方便？"

沈千聿斜睨他一眼："你懂个什么？挽儿的性子素来害羞内敛，若去了生人她必会不适，而且万一她误会本宫有猜忌她或宋家之心，又如何是好？"

"倒不如将所有危险扼杀在萌芽中，如此方可绝后患。再则，她的身边有个力气出奇大的姑娘，保护她的安危应该不成问题。"

力气出奇大？

万宵皱着眉头，想起一位故人来。

"江曼那边也派人看着些，虽她自从五皇子夭折后便沉寂下来，但也不得不防。"

沈千聿道："若她有异动告知芸妃便可，本宫不能夺了芸妃一番慈爱之心。"

将方方面面都想了一遍，沈千聿这才觉得心中安稳些。

吉荣见他已处理起国事来，便上前道："殿下，昭武将军之女要如何……"

话还没说完，沈千聿打断他："你随意找个地方给她，此女不是个安分的，让人多看着些。"

吉荣应是，刚准备退下，就听自家主子开口喊住自己："你且等等。"

上下打量吉荣一眼，沈千聿道："你若无事不要往来仪阁附近去，另外你这名字……若在挽儿面前，你便改叫吉祥，待日后本宫同挽儿之间的嫌隙说开，你再改回来。"

免得挽儿见了吉荣，总想起他欺瞒身份之事。

哀怨地看了沈千聿一眼，吉荣终于应了句是。

自从沈千聿离开后，宋挽方放松几分。她同太子若说陌生也不至于，可若说熟识也谈不上。但无论如何能在宫中见到蘅芷、蘅芙等人，她还是十分感激太子的。

来仪阁并不算宽敞，甚至都不如宋挽先前的宅子大，但也有个好处，不会有太多来路不明的人。如今房内有蘅芷等四人，屋外有芸妃派来的四个太监同四个宫女，都是宋挽曾经在长信宫见过的，倒不会让她觉得如何陌生。

"今儿怕是有人会来此处，咱们快些收拾。"

蘅芷点点头，将从宋府带来的箱笼一一打开，一件件往寝房中的衣橱里放。

宋挽看着从箱笼中拿出的那些个纹样繁复、花色鲜亮的布匹微微有些出神。

离开家中的时候，父亲将这些东西从库房里拿出，很是惹了宋摇不快。虽她刚从院中冲出来便被宋拍带离，她仍看见对方一双眼红肿得厉害。莫说宋摇没想到入宫的人是她，便是她自己也是没想到的。

将香几上的铜胎掐丝珐琅香鼎打开，宋挽让锦书把香点燃。袅袅青烟随风而上，屋中立刻弥漫起淡淡的木质香。

宋挽坐在放着粉青相间的厚毡靠背枕的圈椅上，静静地看着来仪阁中的情景。

入了宫，前尘往事皆如云烟，红墙黄瓦内自成天地，而墙外，已同她再无关系。

"小姐……"蘅芜刚开口就见宋挽摇了摇头，她微微抿唇低低地唤了声承徽。

"李承徽……便是今日同主子一起进宫的昭武将军之女，想要见主子，如今正在外头候着。"

宋挽起身道："我去见她。"

走出寝宫，宋挽就见门口站了位身形高挑，眉眼略带傲气的姑娘。她身穿一件蝙蝠银纹袄子，见到宋挽的时候，眉眼冷淡："你同我一起去拜见几位良娣、良媛。"说完，她便转身离开，丝毫没有想要等宋挽回复的意思。

蘅芷挑眉，宋挽却朝她摇摇头。初来乍到，尚未摸清众人性子，实在不宜逞能强出头。

二人一前一后走到商良娣的寝宫，刚进去便见里头坐着六位女子，燕瘦环肥，姿容各异。

李笙的目光扫过众人，不屑地勾起唇角。

坐在首位的两个女子，一个面容憔悴，脸上敷了厚粉都遮不住蜡黄，而且她一脸老态，瞧着便知道是常年在府中养病，身有恶疾的商家嫡女商蓉。她身边的女子脸上带着巴掌大的黑红色胎记，眼神温和得有些怯懦。这是吴御史的独女，吴喜香吴良娣。

下方的四位太子良媛便更有意思了，一个袖口长长，举止畏缩，不敢露出手掌的，定是身残生有六指的齐家长女齐卿铃。一个是如今三十有五，因接连守孝耽搁花期的赵南璋。

李笙的视线瞥过坐在绣墩上的痴肥女子，眼中不屑的神色更甚。这是相看时曾吓退男方的陆幼筠。

余下一个，长相勉强能称一句齐全的是上京里头有名的恨嫁女张宝桢。

李笙的目光瞥向宋挽，心头更恼。忘了身边还有个二嫁的残花败柳。李笙"哼"了出来。也不知太子如何想的，为了名声竟将上京里头所有四角不全的东西，都收进了东宫。

长出一口气，李笙的面皮抽动，只觉得自己被这些人都拉低了身价。更让她难以承受的是，她的位份竟比这些个奇形怪状的东西还低下。

她站在门口不进不退，宋挽直接越过了她进屋拜见几个人。

"见过商良娣、吴良娣。"

还要给几位良媛行礼时，身形圆胖的陆幼筠笑着道："无须客气，日后咱们都是一个宫里的姐妹，整日拜来拜去的倒显得生疏。"

宋、李二人进门的时候，她一眼就瞧见了宋挽。

商良娣说太子会将她们收进东宫，必不只是为了名声，定是在为某人铺路。若只是为了名声，根本无须娶这么多个世人眼中有瑕的女子。

今日见到宋挽，再看看其他几位姐妹的眼神，她一下便知晓是这个人了。平章政事府的嫡出千金，跟夫婿义绝的前城阳侯夫人，定不会错。

按着太子的心思，她们进了东宫便等同守活寡没什么区别，但别人如何想的她不知，她自己可是很愿意入宫的。宫中御膳房好吃的东西多，太子又懒得搭理她们，每日唯一需要做的，便是跟其他同处困境的姐妹聊天赏景，日子实在是再舒坦不过了。自从入了东宫，再无人咒骂她痴蠢如猪，父亲母亲也不必日日拴着房门想要饿死她，更不用听家中姐妹的冷言酸语。到了东宫，陆幼筠只觉得自己的呼吸都顺畅了七八分，心情也好得不得了。

如今便是瞧见了李笙眼中的鄙夷轻视，她亦不觉得如何难受。左右她的位份比李笙高，也不怕李笙欺负她。

端着桌上御膳房新烤的羊肉酥皮包子，陆幼筠递到宋挽面前："你便当在自家府里一样就行。"

宋挽还是头一遭遇到这等被人送包子的事，她睁圆了眼睛，一时也不知该不该接。待目光扫过屋中的其他人，见她们的眼中都带着温和包容的善意时，她才微微一笑准备接过来。

只是还未等动手，李笙便道："陆良媛赏赐的，你怎么不接？"

她的语气中满是嘲讽，正想再说什么的时候，坐在主位的商蓉突然病恹恹地道："李承徽言辞不敬，将她拖出去送回家中。"

李笙立刻瞪大了眼睛，刚张嘴想要讽刺几句，就见身边站出来两个太监，捂着她的嘴将她拖了出去。

入东宫不过半日，张狂之人便被送了出去。

"吃吧，味道属实不错。"

商蓉一脸温和的表情，看着宋挽，又笑着抬手在虚空中点了点陆幼筠。

明眼人都瞧得出那个李笙是为了给宋挽做衬才收入东宫的，她打发出去只会为太子解忧，而不会惹太子厌弃。

"我知晓你。"商蓉抬手招了招宋挽，"你过来让我瞧瞧。"

宋挽走上前让商蓉仔细看着她。

"你许是不记得我了，但我幼年时还曾抱过你，我同你母亲是旧识。"

宋挽惊讶得睁圆了眸子，可转念一想倒也寻常。商家嫡女身份显赫，又同母亲年龄相差无几，往日相识也不奇怪。

商蓉摸了摸宋挽的头，推了推她："陪幼筠吃包子去吧，她一时不吃些东西便不舒坦。"

虽话是如此说，但她的语气中满是长者对小辈的宠爱和喜欢。

赵南璋亦温和地出声："我去沏些好茶来。"

见此情形，宋挽终于放下所有担忧，学着陆幼筠的样子安心吃了起来。

几个女子就这般在商蓉的寝宫内，聊到日头落山。

这些女子虽无娇媚的容颜，但大多温柔平和，且还有如商蓉这样通透饱览群书之人，同她们在一处宋挽只得觉前所未有的轻松。她甚至破天荒的，忘了沈千聿白日里说得那句，晚间去来仪阁寻她。

等宋挽想起沈千聿的话时，太阳已落了山。

她从商蓉的寝宫出来，便急着往来仪阁赶。

蘅芷见她焦急，便轻声道："承徽不必急着赶回去，这会儿还未到晚间，太子殿下应当不会来得这般早，且若是殿下到了来仪阁未见到承徽，也定会派人来寻。"

白日太子并未说要在来仪阁用膳，想必不会这样早便到。

轻声安慰宋挽几句，二人才渐渐放缓了步子。

宋挽慢下脚步时也觉得自己有些过于小心，这时辰怕是太子还未忙完政事。她朝蘅芷淡淡地一笑，二人往仪阁走。哪儿想到，刚走到来仪阁附近，就见里头灯火通明，分明是太子已经到了的模样。

宋挽一惊，忙走了进去。

沈千聿正坐在屋中的美人榻上批折子，不远处便是遮了帷幔的拔步床，但他并不敢多看一眼。将身子背对着那令人遐想颇多的地方，他百无聊赖地翻着手中的折子。这上头大多都是些没用的东西，看得多了难免让人心生火气。

"宋承徽。"

见宋挽进屋，鸳笺轻轻唤了一声，沈千聿抬起头急忙下榻将又要跪拜的宋挽扶了起来。

"你们都退下吧。"屏退众人，他指着自己对面空出的位置道，"坐。"

"不知殿下来得这般早，若妾身知晓下次定……"

沈千聿摇头，语气温柔地道："挽儿，你不必如此。你莫要将我当作天子看待，你将我……当寻常男子看待便成。"

沈千聿的耳尖微热，见宋挽听了他这话眸子瞪得圆圆的，他不由得略微有些腼腆："先前我隐瞒身份在先确实不对，可我很喜欢你那般平常心对我。"

他自幼为质，无人教他洒扫应对等事。沈千聿自觉能活到今日，一来凭借得是他命够硬，二来便是他向来凭借本能行事。在还未知晓自己心慕宋挽的时候，他便已经生了将此人护在身边的心思，如今他看清自己的内心，更是希望二人早日情意相通。

他的挽儿是个聪慧的女子，若一味欺瞒哄骗，只会让她心生戒备，倒不如将自己所有心思倾吐个干净。以他对挽儿的了解，便是对方如今不中意他，也不会因此而对他心生反感。以宋挽为人，他待她以诚，必会收获她的真心。

沈千聿从身后拿出一包刘记酥糖，缓缓推到宋挽面前："这……一位友人知晓你爱吃，我今日买了送你。"

宋挽看着眼前的刘记酥糖，有些不解他话中含糊糊的意思。知晓她喜欢吃这酥糖的，不就是她的阿兄？

"我帮你打开。"伸手剥开酥糖外面的油纸，沈千聿继续道，"你我二人先前也算相识，你知晓我的性子，我对你亦有所了解，既你如今已经入了东宫，日后我也必会以后位待之，那我们……便做对寻常夫妻好不好？"

宋挽猛地抬头，实在是……从未听过这种话。

"你不必急着回复我，你先听我说。"沈千聿抿着唇，略微思索后道，"自古以来，帝后情感多半不合，是因其掺杂了太多算计，可我知挽儿的心性，你必不喜这些。我自幼生长于外，见识过太多人心险恶，终不想往后余生还要在睡梦中提防枕边人。

"挽儿，你我二人都知道真心难得，可真心这东西总要有一人先展露出来，若我能以真心换得你心，那我愿意先将其抛出任你察验。"

从油纸包中拿出一块酥糖递给宋挽，宋挽愣愣地接过去，捏在手中。

沈千聿也不急着让她表态，只默默地等着。他的挽儿又聪慧又善良，若知晓了他人的善意，她也定会报之以歌。

果然，宋挽垂着眸，许久后方柔声道："其实我不是很中意这酥糖。"她的笑容温柔缱绻，语气也淡淡的，"小时候总爱吃这些东西，阿兄下了学常会给我带一些，可后来我……"

宋挽抬头，目光平静地看着沈千聿："后来我嫁去城阳侯府，便许久未曾吃过了。"

沈千聿道："挽儿不必如此小心试探，若我有低看你二嫁之心，便不会接你入东宫。"

他的直白让宋挽有些招架不住，忍不住带着些羞窘转过了脸。

沈千聿也不急，只正襟危坐在她对面，静静地等待宋挽对他敞开心扉。

"侯府孀居的时候吃得大多清淡，少肉无酒，时日久了，便也连带着觉得这酥糖过于甜腻。"

这是沈千聿第一次听宋挽说出她不喜、不愿这种话。他喜得甚至一时有些坐不住，只得不停调整地坐姿。他的挽儿对他说不喜这酥糖！

"你若是不喜什么，日后要同我说。"

宋挽看着沈千聿，笑着点头。

往日她不说这些，是因为她实在觉得这等无关痛痒的小事不值得一提，说一句喜欢能让送礼的人开怀，她亦高兴，有何不好？可不知为何，听沈千聿说那句想同她做一对寻常夫妻时，她实在是忍不住心生神往。

做一对寻常夫妻……她曾也生起过这念头，只是不知这样的心思何时淹没在人心难测中。

宋挽想了想，低声道："我不知寻常夫妻是个什么样子。"

无论她同江行简抑或沈千聿，都注定做不得寻常夫妻。

可她想试试。不论日后她二人如何离心离德，眼下，她想试试。

寻常夫妻大概就是过着男耕女织，有商有量的日子。她不必防备他会坑害于她，她亦不用时时谋划要如何在他身上寻求好处。

若是此刻开始，她二人可携手同心真诚以待，说不得他们就可以像市井中寻常夫妻一样，相互扶持度过碌碌一生。

"我亦不知。"

沈千聿一手按着跳动如雷的心口，一边强行控制着快要咧到耳边的唇角道："便先从你一点点告诉我你不喜什么如何？"

宋挽的唇边带着点点笑意，轻轻点了点头。

沈千聿见状，哆哆嗦嗦地伸出一只手，磕巴着道："我……我要拉你的手了，若是你不喜便告诉我。"

男人骨节分明的手掌覆在宋挽柔软、白皙的手上，原本日日使用脂膏护手的手背伤疤已经淡去很多，但眼下两只手在一起，沈千聿仍旧觉得自己那因常年受伤而骨节略有变形的手，难看得刺眼。难看得抚在宋挽掌心上，好似亵渎了她一般。

沈千聿心中颤抖了一下，生怕宋挽嫌弃他，他急忙将手抽回，却被人重新拉住。

宋挽的双颊自耳尖再到脖颈，都染了一片薄红，淡淡的绯色看得沈千聿心中又酸又疼。能遇见她真好。得见此人，他方知柔情绕指多么令人心醉。反手将宋挽的手握进掌心，沈千聿沉默不语。

宋挽垂着眸，思绪繁杂。她也曾主动牵过他人之手，可遗憾的是她未曾获得同等回报。那日被人拒绝的羞愧同后悔，曾折磨她许多个日日夜夜。

可今日也有人主动握了她的手。她体会到求而不得的嗔痴怨恨，自然不舍得再让他人体验。

抬眸看向沈千聿，宋挽抿唇淡淡地一笑。

不沉湎旧事，不困于悲悔，有人向她伸手，她必然会去接。韶华短暂，世事无常，她向来只看前路，从不回头。

二人双手紧握，都不敢再动弹一下，沈千聿只觉得耳边寂静无声，唯能听见的是胸中咚咚巨响。有一瞬间，他甚至觉得眼前的景象扭曲变形，而自己仿佛沉浸在一场不敢想象的黄粱美梦中。

过了许久，他才望向宋挽。

"挽儿之好，并非我一人见到。"

宋挽眼带疑惑看向他，沈千聿却笑道："江行简不懂你的好，我往日也不懂，可我如今懂了。"

时过境迁，那样热烈赤忱的爱意，那样无法扼制的情感，他懂了。

宋挽不知他在说些什么，也不知如何应对这种近乎亲昵无间的话，便只低着头不言语。知晓她面皮薄，沈千聿只略略提及便不再多说。

屋中好似染了层淡淡的暧昧，直到宋挽觉得手都酸了对方才放开她。

"你晚间还未用膳，我让人传膳，你用些东西。"

宋挽道："在商良娣宫里吃了些点心，如今还不饿。"

"那挽儿帮我诵读折子可好？"

"这不合规矩。"

沈千聿一笑："你便读吧，这一摞全都是些废话。"

能送到他这里来的本也没什么大事，虽然他如今稳坐东宫，但也无心惹顺隆帝猜忌，倒不如躲一阵清闲。

宋挽见他这样说，正要再坚持时，忽然想起林葭玥曾说她如木头一样无趣。想了想，她拿起桌上的折子轻声诵读起来。

沈千聿静静地听着，先前那些请安、报喜、上供、汇报各地雨水冰雹等无聊的折子，如今听起来都显得有趣了许多。

二人在此静静地享受温情时光，却不知外头已经因为宋挽入宫之事炸开了锅。

自从宋挽被接入东宫，宋夫人便一病不起。哪怕对方的位份只是个承徽，她也觉得无法忍受。

"母亲不若往好地方想想。"

宋拈站在床榻旁，一边服侍宋夫人，一边柔声劝慰："大姐姐入宫，府里便由母亲做主，若母亲上心，这中馈还是可重新握回手中的。且不日兄长的婚事便需提上议程，母亲此时重病，只会让父亲以为您对大姐姐入宫一事不满，借此使性子。女儿说句不体贴的，如今母亲便是病得再厉害，也需做个样子给父亲瞧瞧……"

宋拈谆谆劝导，却只得了宋夫人的满腔抱怨。

"扶儿大婚，他想起我是府中主母了？他根本就只在乎宋扶宋挽，他可在意过摇儿？"

宋夫人哭得厉害："这府里什么好东西不是给了宋扶、宋挽，你们姐弟三人有个什么？什么都没有！摇儿本是要做太子妃的……你父亲偏心，方送了宋挽入宫。"

宋拈长叹一声，实在不知该如何劝了。

听宋夫人哭哭啼啼许久，她方喃喃着道："母亲可是想拿兄长的婚事威胁父亲？"

英国公府比宋府地位高出太多，若两府婚事不是主母操持必然惹人说嘴，亦会惹得英国公府不满。

宋拈低着头，声音轻飘飘的："母亲还是不要用此来试探您在父亲心中的地位……"

"你胡说八道什么？"宋夫人扶着抹额，瞪着一双眼，"你如今是瞧你阿姐不中用了，还是怕我在你父亲那里丢了脸面，连累了你？如何说我也是宋扶、宋挽的长辈，如今我身子不适，难不成还要拖着病体去给小辈操持婚事不成？天下哪里有这样的道理？你不必在此，去瞧你姐姐吧。"

宋拈从宋夫人房中出来，心头却像是压着块大石一般。

那边宋蓝安得知宋夫人说自己身体抱恙，恐无法操持宋扶的婚事后，他只是淡淡地"哼"了一声。

"你明日同我去英国公府拜见大长公主。"

"老奴知晓了。"

"另外你让宋婆子去夫人那里将库房钥匙同对牌拿回来，后宅不可无人打理，既然她身体不适，日后便不必再操劳这些琐事了。"

管家闻言恭敬地点点头，却在心中暗叹继夫人同原夫人犹若天渊之别，也不怪他家主子待她如此不耐烦。

继夫人……实在是立不起来啊。

第二日一大早，宋蓝安便带着宋府管家去了英国公府拜见大长公主。

大长公主已年过古稀，但身子骨尚算硬朗，宋蓝安一见到对方，便恭恭敬敬地行了个大礼，倒是让老人家很是惊讶。

两府如今正谈婚论嫁，他今日这副模样定是有什么大事相求。

大长公主拄着手中的鎏金拐杖，面色严肃，瞧不出喜怒。

宋蓝安起身笑着道："今日前来拜见，实是晚辈有一事相求。"

"你且说来听听。"

"眼下正是两府孩子要结亲的紧要时候,怎奈拙荆近日病重,为不影响二府结秦晋之好,在下想请大长公主为两个孩子操持婚事。且今日也受犬子之托,不知可否麻烦英国公府先遣几个人去寒舍帮着打点一二?"

听闻此言,大长公主的眼中渐渐浮现出笑意。

宋夫人病重是真是假,她不得而知,亦不想知道。但如今宋蓝安的态度很明显,让英国公府的人提前去宋府帮着打点,便是在做出让步。新妇还未入府,便让手下人帮着打理夫家事务,这是宋蓝安在告诉她,日后明湘进门可直接接掌中馈的意思。

大长公主很满意宋蓝安的诚意,三两句应承下来,便让人准备去了。

办妥此事,宋蓝安走出英国公府。

马车上,宋府管家道:"将府中掌事交给明家姑娘,可会……"

宋蓝安摆摆手,漫不经心地道:"苏宜早年安排妥当,这么多年来,府中亦未出过乱子,如今也不怕什么。那明九虽是个不中用的,但英国公府之人可不是,我相信她日后管得好府里。且宜儿必会给宋扶留下后手,你我无须担忧。"

提起发妻,宋蓝安的语气倒是多了一丝人气。

"再则,日后府里总要交给扶儿,便是明九扶不起来,也是他要头痛之事,能为他铺的路都已铺好,若如此再走不顺当,我这个做人爹的也没法子。"

"大少爷沉稳睿智,必可青出于蓝。"

宋蓝安一笑,眼中带着几分难以察觉的骄傲。他同苏宜的孩儿,怎么会不优秀?

微微垂眸,宋蓝安半敛着眼皮休息起来。

春日已到,宋扶同明湘的婚期愈发接近,可宋夫人却越来越慌。只因为她发现如今自己整日待在房中,也无一人来寻她。

整整三日,她能听见府中的下人嘈杂的忙乱、交谈的声音,却仍无一人来请她出门操持府务。

"外头这样吵,可是在为扶儿的婚事做准备?"

檀竹点头:"府中正在准备后日祭祖事宜,可是吵到夫人了?"

"祭祖?"

宋夫人猛地起身:"为何府中祭祖无人通知我?拜祖宗天地一府主母不出面,成何体统?"

将头上的抹额扯了下来,宋夫人正起身准备更衣,却听檀竹道:"夫人不必忧心,老爷说让您多多休息,养好身子为要。"

"你这是什么意思?"

"老爷交代奴婢陪着夫人静养,将身子彻底养好再思虑其他,夫人如今体弱,还是回床上继续歇着吧。"

宋夫人一脸不可置信的表情。宋蓝安这是什么意思？想要禁足她不成？

"我要去找老爷。"她披着外衫便想要离开，刚走到门口就被檀竹拦了下来："夫人还是回榻上歇着吧，老爷今日不在府中，您出去也寻不到老爷。"

宋夫人的眼眶一红，心中又慌又怕。她哪里晓得自己兢兢业业伺候了宋蓝安十几年，不过因为他偏心宋挽便借口装病两日，他便就这样将她禁足了？这些年她没有功劳也有苦劳，他就不能跟她说一句半句的软话？宁愿让宋府嫡长子大婚时主母空缺，宋蓝安都不愿稍稍哄她一次？

眼前一黑，宋夫人猛地向后倒去。这几日她推脱身体有恙，几乎不曾吃喝，如今怒急攻心，竟是直接晕了过去。

檀竹上前扶起宋夫人，在她舌下放了参片。浓重的参味自舌底蔓延至口中，宋夫人只觉得舌根发麻，整个胸腔，甚至于喘息时都透着苦味。

两府大喜之日，明湘身穿正红色对襟宽袖长衫，头戴凤冠，身披霞帔，静静地等着宋扶来接。她本是个略有些怯懦的性子，可自从上次在宋挽的宅子见过宋扶后，她便一直在等着今日。

每次想到宋扶那句"你慢慢说，说与我听"，明湘便觉得一颗心像是浸了蜜一般，甜得不行。

"小姐，姑爷来接亲了。"

明湘的陪嫁丫鬟凑到她的身边轻声提点，她红着一张脸缓缓地点头，静静地等宋扶来接。

轿子在城中绕了许久，方从宋府大门进入。

咚的一声轿子落地，一只骨节分明，五指纤长的男子手掌撩起轿帘，喧嚣中她却一下便听清了宋扶的声音。

"我扶你。"

明湘将手覆上去，一颗女儿心酸甜忧虑，却又充满着对未来的期许。

夜色渐黑，屋外的喧嚣越来越近，明湘咬着唇绞着手指坐在喜房中，满心的娇羞与害怕。

"见过姑爷。"

屋中的声音此起彼伏，明湘就听一个温和的男声缓缓地开口："今日辛苦。"

同明湘一起陪嫁来的嬷嬷笑着说不辛苦，正想同姑爷讨个彩时，就见宋扶脸色严肃下来。

"我有一事想问。"

第十五章　入宫

401

见他的脸色严肃，屋中人包括明湘也都将一颗心提了起来。

"在英国公府时，府里可有不让你们家小姐说话的规矩？"

那个婆子一愣，仔细思索一番才道："小姐她……因为不合世家体统，在外头时确实有会拘着小姐说话的情况。"

宋扶道："我不知英国公府的规矩，但到了我宋府，日后不必，也不可再拘着她说话。"

她本就说不利落，再三番五次地打断，岂不更是雪上加霜？

宋扶早先便不喜英国公府的规矩，只是以前虽知晓，但他无法开口指摘罢了。如今明湘嫁予他为妻，他自然不愿再让对方受此委屈。

"你们都退下吧，不必伺候了。"

宋扶不愿喜婆在一旁候着，将人都打发了方走到明湘面前。

感觉到宋扶站在她身边，却迟迟没有动静，明湘不免紧张、担忧起来。

"夫君……"

少女细细甜甜的声音自盖头下传出，宋扶闻言一愣，语气立刻温软了七八分。

"我身上染了些酒气，怕熏着你。"

他伸出手，挑起秤杆，掀开盖头，盖头下的少女睁着一双圆圆的笑眼呆呆地望着他。

宋扶也不知怎的，忽然也跟着笑了起来。

少女两颊晕红，好似羞涩，又好似不知羞似的痴痴地看着他。

"你……"被她瞧得有些拘谨，宋扶轻声道："实在……拿你无法。"

说完，他把手轻轻覆上明湘那双勾他心弦的乌黑眸子，将唇覆在少女点了浅浅胭脂、微微张开的口上。

"唔。"她一惊讶，下意识地"啊"了一声，却正给了宋扶攻城略地一点点将她蚕食殆尽的机会。

一手勾了床上大红色喜帐，宋扶将明湘圈在怀中揽了人向后倒去。

"夫君……"

一声夫君不知被少女偷偷唤过多少次，宋扶丝毫听不出口齿不利的痕迹。他支着手臂撑在明湘面前，低声道："你可多唤几声，唤与我听。"说完，便轻柔地覆身上去。

春宵苦短，稍纵即逝。

宋扶只觉得刚刚闭上眼睛，便听见屋外丫鬟放轻了的脚步声。

"大爷，到时辰给老爷、夫人奉茶请安了。"

说话的是明湘带来的陪嫁婆子，她的语气轻缓，却不得不唤二人起身。新妇第一次给婆母、公爹奉茶，是无论如何都不能迟到的。她说完，又让身旁的丫鬟去备热水。

宋扶睁开眼，轻轻把怀中人额头凌乱的发丝拢在耳后，低声唤道："明湘……"

他轻轻出声，明湘却无意识地伸出手，将自己拱进了宋扶的怀中。

"呵呵。"宋扶轻笑出声，将人抱起。

明湘一脸疲惫，眼睛半睁不睁，惺忪迷惘的模样，惹得宋扶心头温软一片。他起身将二人昨日的衣裳一一捡起，收整妥当，又去衣橱中拿了他夫妻的内衫等衣物。

待宋扶走回床前，明湘还趴在床上睡得安稳，半点没有起身的意思。

屋外的婆子又敲了敲房门，宋扶道："你们先去将今日入宫的东西准备妥当，其余洗漱、更衣不必你们搭手了。"

笑着把睡成软软一团的小媳妇从被子中捞起，宋扶扯了小衣帮她一点点穿上。

直到他逗弄还睡得傻乎乎的人儿时，明湘才愣怔着睁开眼睛。

只是方见到赤身的宋扶，她便噌地一下整个人从头红到了脚。

"夫夫……夫……我……"她想抬手去抢宋扶手里的内衫，刚伸出手，又羞得急忙缩回了被子里。昨日二人交颈缠绵的景象悉数回笼，明湘只觉得自己的一张脸皮都要烧着了。

"你慢些说。"

宋扶低低地一笑，低沉的声音仿佛带着魔力一般，让明湘听后整个脑袋昏沉沉的。

连人带被抱入怀中，宋扶扯了柔软的内衫为她穿上。

"我……我……"

宋扶眼中满是笑意："我记得昨日你夫君夫君，喊得很是利落。"

本就说不明白，再被宋扶这般调笑，明湘更是一个字都说不出口。宋扶也不急，只如同摆弄小娃一样一一为她穿好衣物鞋袜。

被人拉着出房门的时候，明湘的脑中还晕着，恍恍然不知东南西北。

"奴婢为奶奶上妆梳发。"

丫鬟上前给明湘净手净面，又好生梳了个妇人髻，点了胭脂水粉后，方领着她去到宋扶面前。

"你可好些了？若不适我让府中婆子为你抬轿。"

明湘闻言连忙摇头："自己……自己……"她指了指自己，示意无须人抬轿。

本来嫁入宋府，她带的丫鬟、婆子数量便很不合规矩，可祖母心疼她，又怕她日后无掌家之力。这才安排了许多可以给她帮忙的管事。她感念祖母的疼爱，但也怕引得宋府人不满。若如今再坐轿去给公婆奉茶，传出去怕要被人说新妇拿大。

明湘越是焦急便越说不出话，屋中各个婆子、丫鬟都屏着气不敢出声，生怕新婚第一日自家小姐便惹了夫君嫌弃。

哪儿想到宋扶只是笑着点头："那一会儿我扶着你。"

明湘脸的一红，抿着嘴唇甜甜地笑了出来。

拜过公婆先祖，宋扶同明湘还需入宫拜见芸妃，芸妃留了二人在长信宫用晚膳，宋挽自然需得作陪。

万宵就见自家主子盯着手里的折子，一会儿眉头紧皱，一会儿不耐烦地叹气，先前他还以为朝中又出了什么大纰漏，或是东宁要亡了。直到见沈千聿拿着一张请安的红折亦是同样神色，方知晓朝中无事，国土尚安。

想了想，万宵道："快要过酉时了，想来不多会儿宋郎中夫妻便要出宫。"

"哦，已经快酉时了？"

沈千聿抬头，面上明显多了几分喜色。

"吉荣，帮本宫梳发。"

吉荣走上前，帮沈千聿重新梳了头发，又戴了玉冠。

待将自家主子拾掇得整整齐齐，吉荣道："殿下，白玉池中已放了水，太医调配的润肌膏也已备好。"他说完，又抬头看了看沈千聿。也不知他家主子突然寻太医做了一堆后宫妃嫔用的润肌膏要做什么。听太医讲那些东西有祛疤生肌同润肤养颜的作用，原本他还以为是给宋承徽备着的，哪儿想到他家主子却在东宫留了一大箱笼这些东西。

"做好了？"

沈千聿伸出手，看着上头暗沉的伤痕微微挑眉。

太医将那东西夸赞得天上有地下无，也不知到底得用不得用。若是得用，待他去掉一身伤痕便可同挽儿……

面上一热，沈千聿微有羞意，然后又敛了敛神色。他可并无唐突挽儿抑或……有什么不敬的想法，他只是知晓挽儿心善，若真有坦诚相见的那日，挽儿见他一身伤痕定是要心疼的。他怎舍自己放在心尖上的人为这等小事牵神动魄？且便是挽儿不心疼，也定会害怕。她那般娇,怕是见不得那样明显的伤痕。沈千聿为此竟是生出好些忧虑来。

"先备着，待本宫晚间回来再用。"说完，他便准备去来仪阁等宋挽。

刚迈出步子，就听身后的万宵道："属下护送您去来仪阁。"

万宵笑着起身，跟在沈千聿的身后，沈千聿本想推脱，可转念一想，挽儿还不知要多久才能从长信宫中回来，若他等得无趣也可同万宵说说话。

"可。"

二人到了来仪阁，万宵的目光自屋中扫过，见上前拜见的两个丫头中的确有个面相相熟的，不由得皱了皱眉。

锦书同鸾笺拜见过沈千聿，便静静地退到一旁，万宵微微沉思着，看着锦书道："给太子上茶。"

沈千聿闻言挑眉看着他，万宵朝他无辜地眨眨眼，很是莫名其妙的模样。

锦书不懂他二人的你来我往，恭敬地应是后便走了出去，万宵略一思索，也跟了上去。

正把玩着宋挽放在桌上的压襟，沈千聿的手一顿，看向万宵的背影。

锦书的心思浅显，虽有一把子力气，但她不仅心肠实，又是个没什么心眼的，听万宵让自己给太子沏茶，便老老实实地端着茶盘走了出来，压根没注意身后还跟着个行路无声的东厂头子。

走进茶房，锦书正低头摆弄茶叶，万宵却倚着门，手抱双臂盯着她不言语。

直到锦书选好了准备泡的茶叶，他才三两步走到锦书的身后，抬手便将手掌伸进人家的衣领子里。

"啊……"锦书吓了一跳，抓着衣衫猛地转身，只是眼角的余光，万宵仍看清她颈下靠肩头处的一块圆形粉色胎记。

"你你你……登徒子！"紧紧地拉着衣裳，小丫头瞪起一双的眸子愤怒地看着万宵。

"我不是……"

"你你……你不准说话！"

茶房角落中放着两个又高又粗而且装满了水的木桶，锦书想也没想，上前拎起便向万宵追去。

"你听我说，我不是……"

"登徒子，你别走。"

锦书的眼睛红红的，盛满水的木桶在她手上却显得轻飘飘的。可惜万宵遁逃有术，无论如何锦书都追不上他。哪怕有时候眼看一伸手便能将人抓在手里，却一眨眼的工夫又被他逃了过去。

二人在来仪阁中你追我赶，沈千聿杵着下巴看得一脸惊奇。

"奴婢去教训锦书。"

"不必。"淡淡地拒绝，沈千聿饶有兴味地看着一脸狼狈的万宵。真是想不到他也有今日？

想到自己曾被那个蛮牛一样的姑娘用缸砸出内伤之事，沈千聿笑了出来，竟是看起热闹来。

宋挽送兄嫂二人离开，听她阿兄说还要带着嫂嫂去一趟家庙。她问过缘由，宋扶说是去给友人敬香上供。知晓他说得是江家二爷，宋挽正心头沉重，怜惜对方英年早逝时，便被来仪阁内的情景吓了一跳。

只因她刚同蘅芷、蘅芜踏进院子，就见锦书扑通一声跪在她的面前，手中还捧着一个好大个的木桶。

锦书眼睛通红地指着万宵，朝宋挽道："小姐，他……他意图对奴婢行不轨之事。"

宋挽见状愣愣地看向万宵，一时不知是怎么回事。但她了解锦书，锦书是个实心

第十五章 入宫

405

眼的丫头，断不会生出冤枉万宵的歪心来。秀眉微皱，宋挽上前将锦书扶了起来："怎么回事？"

见自家小姐信任她，锦书哭着道："奴婢正在茶房烧水泡茶，他……他上前将手……"说到一半，锦书羞愤难当地停止。

宋挽见她身上衣衫的确被扯了开，不由得抬眸望向万宵。她的神色平静，既没有贴身女侍被扰的愤怒，也没有想要息事宁人的求全。

"宋承徽，这是个误会。"万宵欣赏宋挽护下的举动，不由得耐心地解释："其实是这位姑姑误会了。这位姑姑在茶房沏茶，我只是想问问这茶沏好没有，哪想忽然从棚上落下只蟑螂……"

将手掌摊开，上头果然有一只被捏死的蟑螂。

"瞧瞧，我也是好心办了坏事。"他边说边满眼无辜地看向锦书，"姑姑方才转身太猛，想必是自己钩坏了衣衫。不过这事倒也怨我，虽是好心但到底惊扰了人……"

宋挽虽觉得万宵这个借口着实站不住，但也想不出他说谎的必要，她转头看向锦书，无声地询问对方。

锦书那边还扯着衣襟，听闻万宵这样说自己也糊涂起来，好似……好似也是这样一回事？当时一切发生得太快，她也闹不清是怎么一回事，如今想想，也许是她真的误会了万督主也说不定。

锦书眨着眼睛，一脸羞愧不安。

"无事，我让蘅芷送你回房。"

宋挽轻声安慰锦书，锦书欲哭不哭地道："对不住承徽，奴婢给承徽惹麻烦了。"

"没有的事。"

让蘅芷带了锦书回房，宋挽站在万宵面前微微抿唇。

正欲开口，沈千聿走了过来。

他先是一脸欢喜地看着宋挽，小声询问几句今日在长信宫可有用好晚膳，晚间都吃了什么，可有积食等问题，见宋挽一一答了，他才有工夫看向万宵。

"你方才做什么呢？好好的你去招惹人家姑娘做什么？"

"主子冤枉，属下乃一介侍人，无端端青天白日招惹姑娘家做什么？"

他一脸无辜，反倒是让宋挽和沈千聿没了言语答对。沈千聿微微皱眉，看向宋挽道："好似说得也有道理。"

"……"

万宵一脸无奈，向二人请安后离了来仪阁。

沈千聿看向宋挽，宋挽眨眨眼睛也搞不清眼前的状况。

"不必理会他。"扭捏着将宋挽的手捞进掌心,沈千聿道,"等挽儿许久,你方回来,本宫如今亦算是体会到何为独守空……"

宋挽的耳尖一红,忙摆手打断他的话。

"不说便不说,挽儿抽手做什么。"嘟嘟囔囔地重新牵回宋挽的手,沈千聿拉着她在院中慢慢散步。

二人牵着手在院中走了半晌,直到宋挽的步子慢了几步,沈千聿才停了下来。他低头看着宋挽脚上的绣鞋,抿着嘴唇一脸严肃。

"我不记得了。"

"殿下不记得什么?"

不记得她娇。沈千聿在心中暗暗回答,却知晓此话绝不能说出口。挽儿的面皮薄,若提起她怕是要羞。

想了想,沈千聿道:"绣鞋的底薄,走多了脚痛。"

说完,他便半蹲下身,想要去看宋挽的脚。

他往日哪里见过娇成那般的姑娘家?

他活至今日也不知姑娘家随意走走,会走出流血的伤口来。

沈千聿一脸认真地伸手去捏宋挽的脚踝,宋挽被他吓了一跳,正往后躲的时候被他一手抓在脚踝上,险些摔到地上去。

"啊……"

宋挽惊呼一声,沈千聿连忙将人抱在怀中。

"殿下又在做什么?"

将人小心地放在地上,沈千聿面色微窘:"瞧瞧你的脚。"

宋挽的双颊绯红,一时无话,也实在是不知道该说些什么好。

从沈千聿以吉荣身份与她交往时,她便有些看不懂对方的心思,如今二人相处,她越发看不透太子了。宋挽道:"殿下晚间可用过膳了?"

沈千聿摇头。

拉着人回了寝宫,宋挽又让蘅芜和鸾笺去小厨房做了些简单的吃食。沈千聿不是个重口腹之欲的,于他来说能吃饱便好了。不多会儿,蘅芜便端了小银锭馒头一碟、煎香酥鱼一盘、切好的卤拌鸭半只,以及焚羊肉同猪肉竹节汤一碗。

将玉箸递给沈千聿,宋挽又执起一双为他布菜。

有佳人陪伴,沈千聿方觉得腹中空荡荡的,接过宋挽盛好的汤食大口吃了起来。

在朝臣面前他还能装出几分龙子的威仪,可在宋挽面前沈千聿便装不住了,他大口吃得开怀,亦不讲究什么筷不动多的规矩。

见他吃得豪爽，宋挽便在一旁温和地笑着，时不时帮他夹菜，抑或帮他挽了衣袖上去。

一餐饭用完，男人才后知后觉，今日的菜色十分对他的胃口。

他呆呆看地向宋挽："挽儿。"

"嗯？"

宋挽的手中拿着沾过温水的帕子，正低头帮他净手，她的动作轻缓，举止温柔，便是简简单单一个擦手的动作，亦能让人感受到她的认真和不敷衍。

沈千聿愣愣地瞧着她的动作，看似平静，耳中却是嗡嗡轰鸣。

"挽儿？"

宋挽笑着抬头："殿下又怎的了？"

太子很喜欢在她面前说些有的没的，先前宋挽听了总会害羞不适，如今却仿佛习惯了一般，任由他说，她也不被他搅得窘得说不出话来。

为他擦干净手后，宋挽将帕子递给蘅芜。

待她转过头时，就见沈千聿伸着胳膊在她身后上上下下，手足无措地比画着。

宋挽笑道："殿下这又是做什么呢？"

"无事。"沈千聿收回手，心中却痒得厉害，他看着的宋挽背影，终于还是忍不住轻轻抚上她的发。

察觉到背后人的动作，宋挽抿唇一笑，却未曾回头任由他去。

同太子相处久了，她便觉这人的骨子里透着些孩子心性。他好似对一切跟她有关的事都很好奇，吃喝用度、衣衫首饰，甚至她读的书被沈千聿瞧见，他也要拿过去翻看翻看再还给她。有时候宋挽能瞧出他想亲近却又怕唐突失礼，一个人急得手足无措的模样。她的眉眼一弯，心中想笑。

转身将沈千聿的手握在掌心，宋挽道："殿下……"

"挽儿？"

"殿下想说什么？"

沈千聿看着宋挽，眼神诚挚地道："寻常丈夫可能抱抱妻子？"

宋挽笑了出来，向前走了两步环住沈千聿的腰。

"挽儿，我能环你的腰吗？"

"若环了，我不乱动。"

宋挽就听沈千聿胸中如雷动，震得她有些发晕，再听闻此话，她抬手拉住男人的手腕，将对方的手臂环在自己纤细的腰肢上。

"殿下可欢喜了？"

沈千聿抿着唇，既有些害羞又有些欢喜。他不好回答。他怕张口又问出什么挽儿不愿听的。他怎不知挽儿不喜他问来问去？可沈千聿总觉得若是不问，以她的性子就是无端受了委屈也不会说。她只会将那些委屈放在心中，不一定何时，那些失望、痛苦便慢慢发酵，酿成他不能承受的苦果。

他的挽儿看似心软，可有时又带着些世家儿女的凉薄。若她有冷心冻肺的那一日，再任他如何哀求挽留，她都不会再多瞧他一眼。

沈千聿紧紧地抱着人，许久方哼唧一声表示欢喜。

宋挽哭笑不得地揽着男人略显紧张僵硬的腰身，心中却生出几分宠着金丝虎时方有的怜惜。

二人静静地抱着，直至临近亥时，沈千聿才一步三回头地跟宋挽道别。

回到东宫时，他就见万宵一脸木然地躺在院中木椅上不知道在寻思些什么，连他进来都未曾发觉。

沈千聿凑到万宵身边，皱着眉道："你今日去欺负人小姑娘做什么？"

"属下并未欺负小姑娘。"

沈千聿"啧"了一声："你那点子把戏，骗骗那耍缸的姑娘家还成。"

万宵坐起身，苦笑着道："属下今日去查了锦书的档子，她来自保定府。"

"同你有关？"

"算是吧。"说完，万宵又躺了回去，一副生无可恋的模样。

万宵本家亦来自保定府，且他家中自幼富贵，是有名的一方豪绅。

沈千聿只知晓万宵家中得罪了段宜亭，一大家子被段宜亭抄没。对方贪了他家中的银钱不说，还将万宵同几个堂兄弟丢入宫中。万宵本也不姓万，这万姓还是他当年刚进宫时为求保命拜了一个管事太监做干爹方得来的。

沈千聿在他身边站了片刻，抬手拍了拍万宵的肩。

男儿大丈夫，再苦的苦楚也吞得下，他无须安慰，亦无有可安慰之处。若万宵想说自会开口，沈千聿起身回了寝宫。

回房后，吉荣过来伺候他更衣，待剩了最后一件内衫时吉荣恭敬地退下。

见人离开，沈千聿脱了衣裳一头扎进白玉池中。

往日身上的伤痕只让沈千聿觉得碍眼，如今便说得上是憎恨了，若无这一身伤，他今日便可留宿来仪阁，也不必同挽儿分开。越想越觉得烦躁，沈千聿匆匆洗漱后，扯了块明黄软禁披在腰间出了池子。

吉荣早已将润肌膏备好放在一旁，沈千聿拿起，拔了上头的瓷塞微微皱眉。

这东西该用多少？略一思索，他伸手直接舀了大半罐出来涂抹在身上。

厚厚一层黏腻的膏体粘在肌肤上，沈千聿皱着眉坐在池边烦躁地等待着。膏体清润，且散发一股淡淡的茶香，沈千聿闻久了却觉得头疼不已。

直到一池温水凉个透彻，他才重新洗干净走到铜镜前。

"啧，沽名钓誉。"什么润肌膏，丝毫未见半点效用。

略为气闷地将手中的东西放在一旁，沈千聿扯了被子蒙头大睡。

第二日一早，万宵已恢复正常，仿似昨日从未有过萎靡。

"有人给殿下送了东西去翠微楼，昨日东厂的人送入宫中的。"

接过密信，沈千聿看着上头独有的印花微微挑眉。

他打开信笺只见唯有"泞河"二字。

"烧了吧。"

将手中的信笺递给万宵，万宵扫了一眼，不解地问道："这是何意？"

沈千聿道："南庆使团已经到了泞河。"

"南庆使团？南庆要来访？"

万宵皱眉："怎会如此突然？朝中并未收到消息。"

"不知。"

淡淡地答了一句，沈千聿便上朝去了。一整日他都一副神色恹恹的模样，直到晚间去长信宫见到宋挽时，方露出些笑意。

"殿下今日心情不爽利？"

"发生何事了？"

二人手牵着手走在宫中，宋挽几次欲抽回都未能如愿，最后也只好随着他去。只是偶尔见到太监、宫女的时候，她仍然忍不住下意识地想要收手。可越是这样，沈千聿握得越紧，闹得宋挽着实无奈得很。

沈千聿正在心里琢磨着要不要将南庆来访一事说给她听，就见有人急急忙忙地往衍庆宫方向走去。

待停下脚步，三个人正走个面对面。

沈千聿的面色严肃，江行简却目光愕然地看着眼前二人相牵的手。

三个人成对立之势，沈千聿同江行简都没有言语，宋挽轻轻动了动还被太子紧紧地握在掌心的手，从中抽了出来。

"见过城阳侯。"她福身行礼，语气平静淡漠，甚至没有过多的起伏，可听在江行简心中却如平地起惊雷般令人措手不及。

怎么会？宋挽怎会入宫？且还同太子厮混在一处？

"你……"他刚刚出声，便看见宋挽头上戴着象征承徽之位的青鸟簪。

"宋家送你入了宫？"江行简艰难地开口，脑中、心中却茫然一片，一时片刻丝毫再想不起其他。

这几日整个城阳侯府都在为五皇子夭折之事奔忙，他根本无心管外界发生何事。回想这几日朝臣似笑非笑的打量他的目光，抑或有人欲言又止的模样，江行简突然生出一股怒意。

天下人皆知，却唯独他不知晓。

江行简抬眸盯着沈千聿，眼中尽是寒芒。如今想想，江晏丧仪太子曾用化名到府上香，他是否认识江晏真假难说，但对方那时盯上宋挽才是真的！若他对宋挽无心，又怎会说出让他善待新夫人的话？

紧握双拳，江行简切齿愤盈。他缓了许久，才吐出一句："那日你在京郊宅子，藏于厨房的可是太子？"

这话一出，沈千聿同宋挽的脸色都有些不自然。虽那时他二人未曾有过其他心思，亦是再清白不过。可世事便是如此，瓜田李下惹人生疑窦之事想要解释是解释不通的，尤其如江行简这般已有定论之人。再说，于他人眼中也不过是巧言善辩，越描越黑罢了。

宋挽未说其他的，只是大大方方地承认了下来："确是太子无疑。"

喉间涌上一股腥甜，江行简死死地抿着嘴唇不愿开口，许久后，他将一口混了酸与恨的心头血咽下，冷嗤一声"寡廉鲜耻，无耻之徒"。

"你……"沈千聿刚开口，宋挽便拉住他的手。

朝江行简再次福身行礼，宋挽示意沈千聿离开。

再大的火也抵不过宋挽的心思，沈千聿沉默一下，瞪了江行简一眼，揽着宋挽离开。

二人走出好远，沈千聿仍然闷闷不乐。

"委屈你了。"

宋挽不解地问道："殿下怎突然说起这个？"

沈千聿摇头，心中却想要尽快将他的挽儿送上后位。

见他面色不霁，宋挽柔声道："不必理会他人，殿下知晓妾身是何性子便成，何必为他人所言心伤动怒。"轻轻拍了拍沈千聿的手背，二人缓缓往来仪阁的方向走去。

而江行简在二人离开后愣了许久，都未能回过神，仍旧僵直地站在原地。

"侯爷，侯爷在这儿站着做什么？您快去劝劝娘娘吧，娘娘不好了。"

衍庆宫中的小太监急着上前催促他，江行简假借整理衣衫的动作强压怒火，许久后才走进衍庆宫。

寝宫中，江曼正跪坐在地上，周围放着十数个酒壶酒坛。满屋子的酒臭熏得江行简更加烦躁。

"娘娘莫再自伤贵体了。"

第十五章 入宫

411

夺走江曼手中的酒盏，江行简甩到一旁。

"呵呵……"暗哑粗粝的声音响起，江曼嘶吼道，"那贱人的命呢！本宫让你将那个贱人的头颅砍下，你胆敢抗命不从？"

"江易，你好大的胆子。"屈起已经破碎、折断多片指甲的手指，江曼鼓足满身恨意朝江行简的双眼抠去。

"你疯了不成？"一把将她推开，江行简眸中猩红，"千沭夭折我同阿姐一样心痛，但阿姐憎恶自己，悔恨自己未尽人母之责，又何必迁怒他人？五皇子的确因林氏送入宫中的物件而亡，可归根结底，千沭之死难道同您就没了关系？阿姐，你便是疯，也给城阳侯府留条后路罢。"

先前有沈千沭在，城阳侯府便等同拥有一条可直入青云的康庄大道。而如今这条通天路半路夭折，他便必须重新为城阳侯府想其他的去路。

林葭玥不能死。

江行简将江曼从地上拉起，沉声道："城阳侯府往昔为给千沭同阿姐铺路，已呈百业萧条、西风残照之相，恕易儿无能，不能再由着阿姐拖累侯府下去。您总要给母亲同家中上千口留下条活路。"

江行简说完，转身拂袖而去。

江曼看着他的背影，癫狂地哭了起来。

踩着哀痛的哭音，江行简离开了皇宫。

第四卷

国泰民安

第十六章
使 团

　　回到城阳侯府,江行简鬼使神差地走到了宋挽孀居时候住的拢香斋。

　　拢香斋的佛龛前跪着一个人,那人的背影纤细窈窕、腰身笔直,未见面容便可窥其虔诚之意。

　　江行简倚在门边,只觉眼前人的身影化作宋挽,朝他回头淡淡地一笑。

　　"行简哥哥。"

　　林葭玥转身,眉眼间带着淡淡的哀愁同悲悯。

　　江行简的心尖一抖,只觉得她如今愈发让人感到陌生了。

　　林葭玥莲步轻移,脊背挺直,迈出的步子犹如丈量过一般。

　　"你回来了?玥儿先前给你炖了补汤,我端来给你。"

　　转身走出拢香斋,林葭玥淡淡地笑着往小厨房的方向去。不多时浅碧、轻红二人帮她端了羹汤、菜肴回来。

　　"行简哥哥,你入宫这么久定是饿了,快来用些热汤。虽是春日,但夜风尚凉,暖暖身子也好。"

　　江行简坐下,从林葭玥手中接过汤碗。只是他毫无胃口,胸中无来由的憋闷同愤怒饱肚胀腹,顶得他五脏六腑都是痛的。

　　林葭玥坐在他的身边,小心翼翼地问道:"可是不合你胃口?若是不合,我让人再换了来。"

　　江行简摇头,屏退浅碧二人。

　　"今日……我入宫时遇见了宋挽。"

　　林葭玥圆眸微张:"怪道你这般神色。"

　　"她入宫做了太子承徽。"

　　这句话落下,方让林葭玥瞪圆了眸子。

　　宋挽那人……竟是入了宫?

"呵……"

她仰头娇笑，竟是笑出点点泪花来。宋挽那等一身清高孤傲之人，竟也只能委身宫中，做个地位低下的承徽，这倒霉的世道实在是不给女人留活路。

她笑着笑着，眼中柔光流转。瞪着一双媚意十足的眸子，林葭玥道："行简哥哥，玥儿要告诉你一个好消息。"

将脸凑近对方，林葭玥的声音甜腻："行简哥哥，这个月玥儿未来癸水，白日我让府医给玥儿把过脉，他说玥儿有了。行简哥哥，你高兴吗？我们的孩儿又回来了。"

江行简看着林葭玥似哭似笑、眉眼间既含克制又隐隐透出癫狂的模样抬手摸了上去。

"对不住！对不住！葭玥。"

林葭玥听闻这几句，痴痴地笑了出来："行简哥哥，你没有什么对不起我的。"握住江行简抚在她脸上的手，林葭玥道，"是玥儿爱你啊。行简哥哥，我又有了你的孩儿。"

她伸出纤细的手掌细细地摩挲着江行简的脸，眼中带着令人看不懂的狂热。因压抑许久变得麻木而疯癫的心脏此刻疯地跳动，林葭玥期望着江行简说，乖，我们不要这个孩子，她要他再次亲手打掉自己的骨肉，打掉他今生唯一的孩儿。

"行简哥哥，我们的孩儿来寻我们了。"将男人的手掌贴在自己的小腹上，语气幽幽地道，"府医说你现在还感受不到他的存在，可是再过两个月，他就跟我们第一个孩儿一样大了。行简哥哥，你说他会是男孩还是女孩？"

江行简看着她，目光深幽。他似乎在林葭玥的身上看见了宋挽当年毫不犹豫地捅伤他愤然义绝的模样。他们本是青梅竹马的少年恋人啊，究竟何处出了差错，让宋挽如此，让林葭玥也如此？

江行简只觉得心尖抽痛，拉起林葭玥的手温和地道："我希望他是男儿。城阳侯府子嗣不丰，若是男孩我可以教他学祖父那般上阵杀敌，建功立业。若是男孩，你可教他奇技淫巧，火器良方。"

林葭玥闻言面容有一瞬间的扭曲，却很快又笑起来："行简哥哥，说得没错，我们的孩儿定然优秀，定可所向披靡。"

她将头埋在男人的怀中，遮掩眸中的不屑。他说得真是好听，可她不怕，她等着江行简再使阴招那日。她这次一定要让他亲眼看着自己的子嗣断绝在他面前，她要让他痛，她要让江行简这辈子见到婴孩都会心疼如刀绞般难以喘息。

二人相拥在一起，看似甜蜜。江行简轻轻抚着林葭玥单薄柔弱的脊背，心思却不知飘至何处。

"行简哥哥先忙，玥儿去拢香斋看看书静静心。"

收拾好碗筷，林葭玥走出屋子。

方一出门，她脸上的笑意便渐渐变得僵硬，面无表情地去了拢香斋的小佛堂。

"一切邪执皆依我见，若离于我则无邪执……"她拿起宋挽留下的经书，一遍遍地诵读，直至读到声音嘶哑，再难说出半句话。小佛堂的佛龛后放着四个无字牌位，最新的那一个前头还供奉着一个巴掌大的瓷玩偶，林葭玥将它握在掌心，泣不成声。

"我不是有意的……不，我是有意的。是我对不住你……"

瓷器握在掌心渐渐被体温焐得发热，林葭玥咬着牙跪在小佛堂前时而狞笑，时而痛哭。她想过害沈千沭的性命，可她又下不去狠手。她送了许多危险的东西入宫，也曾想过或许小小的五皇子会有一日因那些东西丧命，可是……可是她……

林葭玥咬着嘴唇，既痛恨自己，又自我厌恶至极致。她恨自己既做不到至善，可原谅江行简亲手逼她杀掉骨肉之仇，又厌恶自己无法拥有大奸大恶之心，可以无视无辜的人命。她恨她平庸，亦恨自己无能。

林葭玥仰躺在地上，死死地咬着嘴唇，默默地流泪。她日日都能感受到灵魂剥离肉体的痛苦，以及贪嗔五蕴郁结无法纾解的绝望。

江星坐在拢香斋的檐廊上，未曾紧闭的房门随风透出点点痛苦的哀鸣，她满眼悲伤，看着却无能为力。她知晓林姨娘不愿她看见对方疯魔的模样，可她又着实不放心留林姨娘一个人挣扎在苦楚之中。

夜风习习，江星拢了拢被风吹散的头发，温婉端庄地继续坐在原处。

"小星星，你来陪我了？"

"玥儿姐。"

江星站起身，把手伸到一脸笑意的林葭玥面前。林葭玥握住她的手，轻轻搓了搓："这么凉呀，可冻着了？"

"星儿不冷，倒是您穿得单薄了些。"

"瞧着单薄，可我里头还有件加了棉的里衣呢。"

牵着江星从拢香斋走回绣烟阁，二人还一起打了会儿络子，才各自回房。

天色渐晚，城阳侯府各房陆续熄了灯。沈千聿却还在来仪阁中坐如磐石，半点没有想要离开的意思。倒不是他今日存了什么歪心，而是南庆使团来访一事让他不知道应该如何开口。

宋挽似乎也瞧出他有事想说，便静静地坐在一边等沈千聿开口。她不催促也不询问，温和的模样却让沈千聿那颗躁动的心奇异的平静下来。

想了片刻，他将宋挽的手握在掌心中，闷闷地道："我收到密信，南庆使团要来东宁。"

"南庆？"

宋挽皱眉，实在对这嗜杀好掠之国没什么好印象。

南庆兵力强悍，而且无论男人女人皆可上战场。他们不仅好战，更好嗜杀抢掠。据闻可以逼退南庆边军的，唯有早早死于夺嫡之战的肃成王。

四十年前东宁、南庆交战，两国皆元气大伤，更令东宁人所不齿的是那一战直接抽走了顺隆帝的骨头。这些年顺隆帝几乎到了谈南庆色变的地步，若非如此当年他也不会做出将太子送与南庆为质的决定。

"怪道殿下今日心情烦躁，原是如此。"轻轻捏了捏沈千圭的掌心，宋挽轻声安慰，"殿下可是对南庆有什么顾虑？若殿下愿意，可说与挽儿听听。"

"倒没什么不愿的。"沈千圭语气平缓地道，"南庆皇族多嗜淫好色，上至国君下至郡王公主皆是如此。南庆老国君有一子一女，倒并非他只生下这二人，而是唯有这二人他承认是他的种。南庆新任国君秦湛乃老国君同皇后所生，而公主则是老国君同南庆涟漪夫人所生。"

宋挽瞪大了眸子，过了半晌才皱着眉道："若挽儿没记错，涟漪夫人是南庆老国君的……"

沈千圭道："寡婶。"

因为过于惊讶，沈千圭就见她眼中的神色慢慢涣散，似乎想努力找回神志，来说些什么回应他。

将人揽在怀中，沈千圭"哼"了一声："不说这些，亦是怕脏了你的耳朵。"

他的挽儿人虽然聪慧，但太守规矩，她根本不知这世上还有如南庆皇族那般可笑至极，可恶至极的人间炼狱。

想了想，沈千圭道："秦娆，便是这二人的亲生女，她……"

思及秦娆，男人的话一停，似乎是在琢磨该从何处说起。

想了片刻，沈千圭才缓缓地开口："不知是否因为秦娆乃不伦之物，所以才惹了天罚，让她自幼无知无觉。我曾亲眼见她赤脚走在碎了满地琉璃片的宫殿中，一路鲜血横流，她都毫无反应。"

宋挽闻言有些惊讶，她从未听闻过有这种人。

不知想起什么，沈千圭嗤笑一声："秦湛也是个疯子，暴虐成性，却对这个嫡亲妹妹宠爱有加，秦娆因为生来有缺陷，便常以折磨他人为乐，我方到南庆不久，就曾见过她将铁凳烧红强迫宫中的宫女去坐。我如今还记得那些宫女坐下后响起的阵阵皮肉焦灼的声音。"

见宋挽的眉头紧锁，沈千圭抬起手，轻轻捂住她的耳朵："罢了，何必将这些东西说与你听。"

"我想听。"宋挽抚上他的手掌，笑着道，"我想听，亦想知道殿下去南庆的那几年，过着什么样的日子。无论是苦的还是甜的，挽儿都想知道。"

她的脸上带着温和的笑意，如水一般柔和温润的声音，让沈千聿忍不住轻轻哼了一声。

"若挽儿想听，我便说。"被宋挽那句想知道他的过去打动了满腔深情，沈千聿将人揽在怀中，语气不自觉地软了下来。

"秦湛十分疼爱这个妹妹，亦从来不管她所作所为。南庆宫中的女官、宫女等，原本都是些官家子女，但后期死伤太多，逐渐无人肯送女儿入宫，这些宫女便由民间选进。民间女子……境况更为恶劣。坐铁板、躺烙铁、沸水烫人等事日日在南庆后宫上演，我那时觉得南庆皇宫之上弥漫的尽是枉死之人的怨气。"

宋挽抿唇，许久后才道："怕是那秦娆想要以此感受他人痛苦，看着别人痛不欲生，好似她也感受到了一般。"

沈千聿点头："许是如此。"

"她可曾伤害过你？"太子以吉荣的身份苟且求存时，她便见过对方手脚之上那深入骨的伤痕，如今想来八成同这个秦娆有关。宋挽垂眸，遮住眼中的厌恶。无恻隐之心非人也，秦娆此人猪鼠弗如。

再抬头时，她环住沈千聿的腰低声喃喃着道："她也伤害殿下了，对吗？"

沈千聿有一瞬间的犹疑。他不知自己该不该同宋挽说那些曾经受过的苦楚。他一个大男人本也不觉得如何，且早已过去的事他都记不得太多了。只是宋挽想要了解他，他也想将全部的自己都展露给她。有些事，她早晚会知道的。

沈千聿将人抱起，走到屋中那张他从不敢多看一眼的拔步床前。宋挽有些惊诧，还顾不得羞，便见他将蘅芷、蘅芜等人都屏退了去。

"有一件事，你应当知晓。"

她坐在床沿边，沈千聿半蹲在宋挽的面前，握着她的手放入自己的衣衫内。

男人的肌肤带着灼热温度，宋挽的指尖微动，感受着指腹下凹凸不平的伤痕起伏，她摸着摸着忽而一顿。

"你想看看吗？"

宋挽抿唇，片刻后点点头。沈千聿站起身，高大的身躯将她笼罩在阴影里，宋挽就见他将手伸至腰间，解开明黄色的绦带。衣衫滑落，男人劲瘦的身体上满是伤痕。

左肩至腰腹处长长一条，不知是被什么东西勾出的疤痕，细密整齐，长短相似。而肩头上还烙有一个硕大的奴字。宋挽只觉得心尖仿佛被人死死地掐住一般，疼得她下意识地捂住了心口。

"挽儿……"

沈千聿背对着她，带着淡淡的鼻音："你怕吗？"

宋挽摇头，却发不出一点声音。

听不见她的回应，沈千聿不由得慌张地转头，蹲下来时才发现宋挽的眼中似乎有泪意。

"疼吗？"

宋挽伸出柔软的掌心，一下又一下地抚摸在他肩头的疤痕上。细细的酥痒自心底蔓延全身，沈千聿的身子猛地一抖，险些腿软跪倒在地上。

"别……别这样。"他红着脸，支吾着。

宋挽也没管他，正全神贯注地细细抚看他身上的伤痕，从肩头至腰身一寸寸小心地抚摸过去，她的心越来越疼，甚至恨上了从未见过的秦娆。

柔软的指尖划过男人劲瘦的脊背，沈千聿身子越来越僵，直至紧绷的皮肉如铁板一般，宋挽方微微回过神。她收回手，从心疼与愤怒交杂的情绪中脱离出来，脸上才慢慢爬上几分灼热。

"对不住。"理智回笼，多年的教养让她羞于面对眼前的情形，宋挽捂着脸挣扎着起身。

"别。"沈千聿翻身将她圈于手臂下，又把人拉进怀中，二人紧密相贴，沈千聿咕哝着道："挽儿再摸摸。"

宋挽红了一张脸，也跟着手足无措起来。她想要起身，沈千聿不愿放弃二人的亲密时刻，可手臂刚本能地一动作，便又很快克制地放开了。他怕宋挽不喜。

宋挽坐起身，不敢回身去看赤身的人。

"挽儿不再摸摸了吗？"趴在衾被上，沈千聿的语气里满是遗憾、不舍。

宋挽回头，见他的双眸满是哀求，实在忍不住扑哧一声笑了出来。

"殿下……"

"唔。"意味不明地"哼"了一声，沈千聿睁着眼睛一瞬不瞬地瞧着宋挽。

她无奈地叹息着，眼露几分宠溺，俯身轻轻摸了摸太子的脸颊。想了片刻，又低下头轻轻在那刺眼的奴字烙印上，浅浅地落下一吻。

沈千聿猛地一抖，忽然翻身将宋挽压在身下。

"挽儿……"

"嗯？"

沈千聿盯着宋挽的眸子，只见当中满是柔情，他觉得心头甜蜜。也低下头将吻印在那肖想已久的唇上。

他们紧紧地相拥在一起，咚咚的心跳声羞得二人丢了气力，软了手脚。

"挽儿……"

沈千聿低着头，睁着一双满是殷切的眼嘟囔着道："当年秦娆还曾将我丢入斗獒场……那獒犬抓伤了这里。"

他握着宋挽的手放在腰后，轻轻划过已经愈合多年的伤痕。宋挽满脸了然的笑意："挽儿帮殿下吹吹，吹吹便不痛了。"

"哼。"沈千聿轻轻哼了一声，似乎是在抗议她太过敷衍。他将头埋在宋挽的颈边，语气中带着委屈，"我还曾被她拴在马厩中，在雪地里躺了一夜。"

宋挽摸着他的耳朵，轻轻揉了揉："殿下那时一定很冷吧？"

"倒是还成，男儿大丈夫在雪地中过一夜算得了什么？再困苦的环境我亦是经历过的。"

抬手抱了抱满腔委屈的太子，宋挽的心早化成了一摊水，越同太子相处，她便越是心疼这个人，甚至恨不得能时时将人焐热了揽在怀中。

天下无人知晓他经历过什么，宋挽想，若是她今日不问，许是他今生都不会再提起这些。她忍不住抱着他的脖颈，凑上前轻轻吻在他的面颊。

"挽儿……"

沈千聿将人牢牢地困在怀中，眼中的委屈渐渐被野心取代，他眸中的欲色渐浓，低头声音喑哑着在宋挽耳边道："你可嫌弃？"她可嫌弃他的身体、他的经历，甚至他曾为活命而挣扎求存的卑微低劣？他想问，却一时不知该如何开口，最终只淡淡地化为四个字。

话虽未尽，但宋挽已窥其真意，她捏了捏沈千聿红得灼人指尖的耳郭轻轻一笑："不嫌。"

"那我……那我……"颤颤巍巍地伸出手，沈千聿从宋挽的头上摘下一支金簪。见她不拦不躲，他盯着她的眼睛又将对方头上戴着的鬓钗也摘了下来。

宋挽仍不言语，只是笑意盈盈看着沈千聿的动作。

小心地将她的发饰全部摘下，沈千聿凑到她的耳边道："你若不嫌，本宫可要欺师灭祖了。"男人低沉地"哼"了一声，又将人揽在身下。

宋挽的肌肤细腻白皙，沈千聿低下头，凑上前去。

宋挽羞得闭上了眼睛。

温热的液体滴落在她的脸上，宋挽愣愣地睁开眼，只见沈千聿的鼻子正汩汩地冒着血。

"殿下？"她吓了一跳，忙推开呆愣愣地捂着口鼻的人，拿了放在床边的巾帕为他擦拭。

"可要传御医？"

沈千聿慌忙摇头："不必不必。"

挽儿九成不知这事,他却是懂得的,若让御医知晓,他日后还有什么颜面?

"无碍,我无碍。"

正说着,宋挽的帕子被一点点氲红,她心里惊慌,正欲下床,却被二人绑在一起的头发扯得一痛。

"挽儿别忙,别忙。"

囫囵擦了擦鼻端,沈千聿一脸恢恢的表情,他将人重新搂在怀里,面上却臊得厉害。

"殿下真的无事?"

"挽儿勿问。"他着实羞于回答。

宋挽拿了帕子轻轻为他擦拭,见平缓了好一会儿不曾流血,才放下心来。沈千聿抱着她去盥洗架旁净手洗面,又将人重新抱回拔步床上。

"挽儿,我今日宿在来仪阁可成?"

"殿下想宿在何处,便宿在何处。"

"那挽儿你可愿意?"

沈千聿闷闷地道:"若挽儿不愿,我便回……"

"挽儿愿意。"她轻笑一声,满心的疼惜和包容。

将人塞进被子中,沈千聿也利落地钻了进去。他抱着宋挽,忍不住再次心猿意马起来。

以指尖细细描摹宋挽脸庞的轮廓,沈千聿只觉得如何都不足以表达心中的爱意。二人交颈相拥,沈千聿扯掉她身上的外衫正欲再进一步的时候,只听宫中自远而近传来一阵阵嘈杂之声。

蘅芷站在门外轻轻敲响房门:"殿下、承徽,宫中出事了。"

沈千聿的眉头紧蹙,一声不吭地趴在被子里一动不动,宋挽连忙推了推他。

"殿下莫耽误了正事。"

恢恢地抬头,沈千聿乖乖地起身,不敢露出半点不愿。拿了针线笸箩里的银剪剪下二人缠在一起的头发小心地收进怀中,他这才转身想帮宋挽穿外衫。

正动作时,门外蘅芷急忙道:"太子殿下,皇后崩了。"

"皇后崩了?"

宋挽微微皱眉,沈千聿却是如遭雷劈。皇后崩了!他才刚同挽儿亲近亲近,皇后早不崩晚不崩,现在崩了?

仿佛瞧出他的心思,宋挽微微摇头:"皇后崩了,殿下身为太子需祭告太庙,赴几筵殿祭祀。且后三日缀朝,还需有人遣百官祭祀午门、钟山,所忙之事尚有许多,殿下快去。"

宋挽抬手，在他肩上的奴字烙印处轻轻抚了抚："皮肉而已，殿下莫要在意。"皮肉之苦尚可承担，若烙在他心中便不成了。

不多时，蘅芷禀报说吉荣求见，宋挽推了推还在闷闷不乐的沈千聿："定是吉荣送丧服来了，我为殿下更衣。"

从吉荣的手中接过丧服，宋挽帮他穿上，又不忘细细地叮嘱："丧服需穿二十七日，除服后还需着素服百日，殿下记得多注意内衫鞋袜，不要在这上头落人口实。"

"殿下记得……"宋挽小心地叮嘱，沈千聿静静地听着，仿似真如寻常夫妻一般恩爱相守，有商有量。

太子穿戴好后很快离开，宋挽也让蘅芷、蘅芜换下来仪阁中的红色灯笼。第二日，天色将亮，沈千聿便接到圣旨，代替顺隆帝祭告午门、钟山等神。

好不容易忙完皇后的丧礼，南庆使团便正式给顺隆帝递了折子说要来访。

一时间朝堂震动，都不知南庆所行有何企图，还不等沈千聿从钟山归来，又一道圣旨降下。

南庆使团钦点了沈千聿之名，请他前去相迎。

"那老东西听见南庆之名，骨头都吓酥了。"将圣旨丢到一旁，沈千聿眸中杀意浮动，且还带了三分烦躁。

南庆使团还未到东宁国境，让他现在去接岂不是要离开上京几个月之久？他怎么舍得此时跟宋挽分开？二人方情意相通，正是浓情之时，让他这时候离开，与要他的命也没什么区别了。

"殿下息怒。"

万宵上前将圣旨重新捡起来："宋承徽若是知道殿下在皇后丧期动怒……"

沈千聿瞪了他一眼，万宵耸耸肩："怕是要觉得殿下不识礼数。"

"可笑，本宫岂会为这点小事动怒。"他冷冷地"哼"了一声，"你今日随我先行，让迎接南庆使团的仪仗在后头跟着。"若他以太子之名出行，怕是磨蹭半年也走不到两国交界处。

"属下与太子同行？"

"你整日无所事事，不如与本宫一起。"

沈千聿说完，已经让身边的太监收拾东西准备启程了。

宋挽在宫中收到沈千聿要离开的消息，心中亦颇为不舍。但她不是个会将情绪宣之于口的人，只让蘅芷、蘅芜连夜收拾了不少东西送到钟山别宫。

"挽儿,你快来迎迎我。"

刚忙完太子出行一事,陆幼筠便穿着一身丧服同丫鬟走进来仪阁,宋挽上前迎接,就见她的手里拎着一个硕大的竹篮。

"陆良媛今日怎的来了?"

宋挽让锦书接下东西后,又忙给气喘吁吁的陆幼筠斟茶。

陆幼筠喝下一大口,这才小声道:"太子不是领旨要去迎接南庆使团吗?这一路舟车劳顿,怕是吃不好、睡不好。咱们几个姐妹收拢了些东西,想着让你一起送到太子那儿。"

宋挽点头:"我这儿准备了些,届时一起送去。"

陆幼筠开口附和着,却神色恹恹的。皇后丧期,京城内外百日内都不能宰杀牲畜,这意思就是她要许久都不能吃肉、不可饮酒,甚至不能听齐良媛弹琴唱曲儿。这对她来说实在是个不小的折磨。

宋挽见陆幼筠满心愁楚,不由得安慰道:"殿下出行有万宵和吉荣照看,必不会出什么岔子。而且殿下虽在南庆为质多年,如今已今非昔比,再遇南庆之人亦不会如往日那般任人欺凌。你不必太过忧心。"

"啊……确是如此。"

陆幼筠怔怔地点头,不好意思地顺着宋挽的话点了点头。

见陆幼筠仍忧心忡忡、闷闷不乐的模样,宋挽道:"前几日蘅芷做得蜜渍山楂应该是好了,我让她给你取两罐来。"

"这怎么好意思呢?"陆幼筠圆圆胖胖的脸蛋儿一红,羞涩地抿唇一笑:"不麻烦吧?"

宋挽见她嫩生生的小脸上染上一层红晕,不由得心生欢喜。东宫之中唯有陆幼筠同张宝桢年岁小些,两个小姑娘性情温顺又和善,十分得宋挽的心,是以她总忍不住多照顾一二。

且听闻前段时日陆幼筠的母亲同亲妹入宫,张口便向她要三千两银子,陆幼筠拿不出来,她们便强逼她留陆府四小姐留宿东宫。陆家打的什么主意再明显不过,只是这做法实在难看了些。

听蘅芷说,陆家很是闹腾了一段时日,最后还是商良娣出手方将陆家人打发出去。

宋挽轻叹一声,莫名觉得唏嘘。陆家笃定陆幼筠无法得宠,便急急忙忙地将其弃之,实在是过于凉薄。

"这蜜渍山楂你拿了回去,可不能贪嘴多食。"

把东西好生装在红木雕漆提盒中,宋挽又细细地叮嘱:"山楂化食积,行结气,又可健脾益胃,但多食损齿且嘈烦易饥。你往日容易积食,若脾胃不舒服便含用或者冲服几颗。"

陆幼筠点头，心中欢喜。她入了东宫后才有人这般温柔地同她说话，实在不知比在陆府好上多少。要知她在陆府的时候，便是下人也多爱于背后嚼她舌根，骂她粗笨愚蠢。

陆幼筠一脸感激地道："我同映红说，让映红瞧着我，我不多食。"

名为映红的宫女点头记下，二人这才离开来仪阁。

宋挽目送她们离开后，便回书房看书去了。她的位份低，并没有给皇后上香的资格，若平时无事还可以去商良娣的寝宫同众人饮茶闲聊，如今却不能随处行走以免触犯忌讳。

后宫之中的所有人都如宋挽这般生生憋了二十七日，方可身穿素服出自己的寝宫与他人相聚。

初初去到商蓉寝宫的第一日，商、吴两位良娣，齐、赵、张、陆四位良媛，外加宋挽七人方一见面，便齐齐地在心中长叹一口气。也不知怎的，不过几个月的相处，众人竟然生出不少深情厚谊。

"商良娣可是最近未休息好？"

吴喜香温柔地询问，时日久了，大家对她脸上的印记已经看惯，她如今便也不再遮遮掩掩的，倒是比在家中自在不少。

商蓉抚着胸口，艰难地点了点头。

皇后崩，宫中时有诵经声传出，她听得心烦，很难静养，是以这段时日心浮气躁，反倒是病得更重了些。

齐卿铃见状，心中十分忧虑，上前轻声道："家中的祖母亦时常头痛，我学了套按摩的手法，若商良娣不嫌弃，我帮您捏捏？"

众人都知道当年商蓉乃在寺中被狼扑倒咬伤，如今这诵经声定是引起她许多不好的回忆，影响了她休息方会如此。

但齐卿铃虽是心中担忧，却因她六指不敢轻易上前。

商蓉却道："好孩子，你快些罢，这头疼得将我折磨坏了。"她虚弱地一笑，躺在了美人榻上。

见商蓉没有嫌弃之色，齐卿铃伸出手，上前轻轻为她揉按额头。屋中的几个人悄悄退了出去，却不舍离开，都坐在了院中。

她们中有人中是识字的，也有未曾读过书的，是以几个人凑在一处多是闲谈。

陆幼筠讲说自己幼年吃过一处巷子里的油饼，那油饼外酥里糯，又香又甜，是她吃过的最好吃的东西。

吴喜香道："我是家中独女，却生来面带恶印，实在是给父亲添了不少麻烦。入东宫那日，我头一次见父亲哭得那般厉害。"

宋挽微微摇头："胎中带来的印记如何便成了恶印？世人多爱寻些由头来恶意曲解，抑或编排些无稽之谈来宣泄心中的恶念，实在是可笑。"

身形瘦弱枯干的张宝桢闻言道："自是、自是，难不成吴良娣那印记夜里从脸上跳下去，扇了那说浑话之人的嘴巴不成？"

扑哧几声，众人齐齐捂着嘴发笑。

赵南璋也笑着道："确实如此。"她及笄之时母亲难产，一尸两命，守丧三年后家中祖父、祖母又接连过世。她耽搁几年花期便被世人传成妖魔，如今也未见她嫁入东宫刑克了谁。

几个女子对视一圈，皆会心一笑。她们只知世人茫昧，若听着他人之言过活，哪儿还能如今日这般舒坦？

几个人正交谈间，锦书来报，说是宋家大奶奶入了宫，如今正准备去来仪阁寻宋挽，宋挽闻言起身去长信宫接了明湘。

见到宋挽，明湘抿着嘴唇温和地一笑。她如今愈发显得娇媚，眉眼间尽是享尽疼宠的娇憨和柔情。宋挽一瞧便知她同阿兄生活得十分愉悦，不免打心里为二人高兴。

"见过嫂嫂。"

二人走至无人处，她眨着眼睛笑着调侃。

明湘双颊晕红："取笑……嫂嫂，该打。"

她一开口，宋挽便发现明湘的口齿利落了许多，更重要的是她如今行事落落大方，端庄中透着女儿家独有的柔媚，再无未出阁时候的娇羞怯懦。

宋挽凑近她的身边，轻声道："想来阿兄很是疼爱嫂嫂。"

"你……入了东宫，比往日……活泼许多。太子，也疼你。"

眼前的明湘眨着眼睛满眼都是打趣，宋挽却倏地红了脸别过头去。猜她思夫心切，明湘不忍再揶揄下去，进入来仪阁，二人方轻松地交谈起来。

"我如今日日……同府中下人还有……夫君讲话，已是……熟练许多。"

宋挽道："嫂嫂的声音甜美，应多说话，悦悦大家的耳，不知嫂嫂管家可还顺利？"

明湘点头："父亲将府中中馈……交于我手后，底下的管事嬷嬷……便是信服的，且有宋嬷嬷从旁协助……也算得心应手。"

原本她还以为自己会被宋夫人为难一二，却未承想宋夫人一直到皇后崩前都未出过屋。皇后丧仪，她才满面憔悴地入宫敬送皇后。

而宋夫人自"病愈"后，便整日沉默寡言，且从不插手府务，好像彻底失了生趣一般,让明湘省心不少,只是这些话她不好同宋挽说。她们二人到底是晚辈,没有指摘长辈的道理,只略略提及便不多说此事。

二人又交谈几句,明湘借口要走,宋挽想了想,开口挽留:"东宫之中有几位奇女子,不知嫂嫂想不想认识一番?"

未出阁前,明湘被英国公府拘得厉害,身边既无手帕交,也没有可以说话谈心之人。宋挽如今虽能称得上她一句半友,但她本身性子略闷,并不足以让明湘开怀。

"她们性情良善,且为人风趣,若是嫂嫂见了定会喜欢。"

"挽儿……喜欢,我便喜欢。"明湘笑得眉眼弯弯,"见。"

东宫良娣良媛各有奇异之处,明湘也有耳闻,虽市井传其尽是侮辱之言,但明湘知晓宋挽不是无的放矢之人,她说此话必是因为那些女子有过人之处。心中生起一点好奇,明湘跟随宋挽一起去了商蓉的寝宫,二人进去时,几个姑娘家还在叽叽咕咕交谈。

"见过……商良娣、吴良娣……"

"你是宋扶的夫人?"

明湘点头,不知商良娣怎会知道宋扶。待听闻宋挽解释过后,她才有些惊讶地看了商蓉一眼。

"方才幼筠说饿了,我让小厨房做了些糕点,你们一起去吃。"

知道商蓉易疲惫,明湘点头应下,跟着宋挽坐在陆幼筠身边。

陆幼筠的性子活泼,见明湘口齿不利,也不在意,拉着她便开始讲自己吃过的油饼、金丝糕等物。吴喜香在一旁听着,笑着骂道:"幼筠一道吃食一个故事,也不知是真是假。说得人都馋了,也吃不到。"

明湘道:"我亦想吃。"

"自然是真的。"陆幼筠用手比画着,"那金丝糕有这般大一块,外头是油炸得金黄酥脆的面丝儿,里头裹着蜜枣泥馅料,一口咬下去,外头的面丝儿咔嚓咔嚓地掉,哎哟……那酥得咧……蜜枣泥要提前用上好的蜜浸着。待浸得整个枣子都是蜜香,再一点点蒸熟碾成泥裹在熟面里……哎……啊!"

陆幼筠正说得流口水,忽然不知从何处飞来一只指甲大的蝼蛄落在她手上。她吓得猛地一甩,下一瞬间便死死地捂住自己的嘴蹲在一旁。

明湘离她最近,见她反应这般大,忙从桌上拿起只茶碗丢了出去。

那只茶碗丢出后,正巧将蝼蛄扣中。

"幼筠,你没事吧?"

宋挽上前扶起陆幼筠,她吓得瑟瑟发抖,魂儿都不知飞到何处去了,见齐卿铃将那茶碗处理掉时方堪堪回过神。

"我最怕蛇虫鼠蚁……"她面色惨白,方才一见蝼蛄便捂着唇的样子让宋挽心疼不已。

"莫怕，已经处理了。"

宋挽安慰着陆幼筠，张宝桢却惊讶地看着明湘："宋夫人好生厉害，方才那一手当真漂亮。"

明湘面上有些羞涩："君子六艺……我……射术最强。"

商蓉闻言笑着道："国公之后果然名不虚传。"

经过这一场闹剧，明湘与众人快速熟络起来，交谈得更为起劲。直到天色渐暗她不得不出宫，几个人方依依不舍地各回寝宫。

宋挽回了来仪阁，瞧着静悄悄的模样，竟是思念起沈千聿来。原本她以为自己早已习惯日复一日的孤寂同枯燥，哪晓得身边没了那人反复催问琐事的絮叨，她竟然如此不能适应。想了想，宋挽抿唇笑了出声。

却哪知，沈千聿思她更甚，甚至在秦娆呼唤他的时候仍在走神，心心念念地想着他的挽儿可否吃饱睡好以及可有念着他……

"东宁太子，许久未见。"

沈千聿骑于马上，丝毫未发觉秦娆已经走到他面前。

秦娆年岁同他相差无几，二人同长于南庆皇宫之中，说来实能称上一句旧相识。但如今多年已过，再度相见一个人眼中满是厌恶，另一个人的眼中却饶有兴味。

女子的薄唇染了大红口脂，眉眼慵懒恣意，满是妖娆魅态。

"殿下，南庆公主已到。"

万宵仰头提醒，沈千聿听闻这话方转过头。

"既然公主已到，今日便启程回京。"

进入东宁国境，秦娆便提出要在驿站休憩几日再出发，沈千聿虽是不愿但拗不过鸿胪寺一众官员只能应承下来。只是他实在不耐烦同秦娆共住一处，当夜便自驿站搬到山脚下的空地扎营。

万宵见他一副焦躁的模样，便知他家主子这是又想起宋承徽来了。万宵在一旁偷笑，只觉得他家主子这副模样着实得趣。

二人随意闲聊，他忽然提起了秦娆："那南庆公主姿容妖媚，便是在东宁亦寻不出这样绝色，世间传闻南庆公主美艳非常勾魂动魄，果真所言非虚。看来那涟漪夫人天下第一的美名，亦非南庆吹嘘而来。"

沈千聿闻言嗤笑一声："勾魂恶鬼的美名，她倒称得上。"

二人于帐中交谈，不多时吉荣来报说是南庆公主求见。

"不见。"话音刚落，秦娆的娇媚之声传出："蛮奴好狠的心，便是不念你我二人往日情谊,那闫太医同闫蜻你总归不会忘吧?"

抬手掀开帐帘,秦娆一进帐子便坐在木榻上。她的乌发披散着,肌肤胜雪,身上穿着件极衬她美色的蓝色纱裙。只是那纱裙在人行走时瞧不出什么,如今她一坐下,只要微微一动便会露出裙下若隐若现的白皙的裸腿。

万宵眉头微微一挑,心下鄙夷。

沈千聿却道:"错把风骚作风情,东宁娼门中怕也未有公主这般浪荡自贱之人。"

一直面带媚惑笑意的秦娆闻言,脸色立刻沉了下来。

说完,沈千聿扭头离开,万宵也紧跟着走了出去,二人出帐,沈千聿道:"这几日你派人探查一下南庆使团中可有一对姓闫的父女。若有发现,寻机会将二人救出来。"

"属下知晓。"

待到傍晚的时候,万宵回禀说南庆使团的确有一对闫姓父女,只是秦娆的手下看管严厉不好接近。沈千聿知晓秦娆必会以他二人威胁自己,听闻此话倒也不算意外。

"罢了,不必妄动。既然她特意带了闫叔父女来东宁,那必会以这二人为饵同本宫交涉,本宫只需等她开口便可。"

万宵道:"这二人于殿下有恩?"

沈千聿点头。离开东宁时他的年岁尚小,身边没了自幼伺候的太监、宫女,他心中惶恐不安,日日哭闹。到南庆时已经病得厉害,只堪堪留下一条命在。他虽为质子,但也不可丧命于南庆,是以刚到南庆皇宫便被送入太医院由闫太医照顾。

"这么多年来,本宫未死于南庆皇族之手,多亏了闫叔。"

思及为质十二载,沈千聿微微勾唇。闫太医实在是救他多次,若无对方,便没有今日的东宁太子。说来他可以成功离开南庆回到东宁也是闫太医之恩,只是这一点除了他同闫太医知道,世间再无第二人知晓。

万宵闻言微微皱眉:"若是这般,那南庆公主怕是不会轻易放手。"

"不肯轻易放手也总是要放的,端看她提个什么条件罢了。"

万宵想想也是这个道理,二人便抛过不提,静静地等待秦娆开口。

也不知秦娆是否看出沈千聿急着回京,故意跟他作对,第二非要在驿站办劳什子洗尘宴,左正延无法,只能来寻太子求他帮着出个主意。

"这点子事还需来询问本宫?皇后崩,百日内不可奏乐享乐、官民不得祭祀嫁娶你不知?"

沈千聿眉眼冷厉:"左正延,你身为鸿胪寺少卿,可知道自己的职责所在?下次开口前先过过你那没用的脑子。"

今日若是让秦娆在皇后丧期内,于东宁国境他的眼皮之下饮酒奏乐、寻欢作乐,他怕是明日就能让百姓将脊梁骨戳断。这左正延不敢得罪南庆又不想担那骂名,竟是将主意打到他的头上来了。

沈千聿掂了掂指尖，只觉得怕是自己往日做出的那副礼贤下士的模样，太过深入人心。竟是让朝中这些个软骨头的家伙，当成可以任意拿捏之人。

"别让本宫觉得你那项上人头是长来好看的，若真无用便丢了吧。"

大步走出万宵的帐子，沈千聿对外头随行的南庆官员道："今日拔营启程，若谁有异议，让他来寻本宫。"

"太子好大的威风。"走到沈千聿面前，秦娆微抿着鲜红的薄唇，"本公主倦了，今日不想赶路，除非蛮奴你哄得本公主高兴。"

"你不愿赶路？"

秦娆撩起乌黑的长发，眼中透着三分慵懒："怪到你如今都未有太子妃，不懂风情。"她看着沈千聿，眸中波光流转，"不若小娆儿给你做太子妃如何？你我二人也算青梅竹马，你是东宁太子，我是南庆公主，无论于公于私你我都称得上天赐良缘……你不若考虑一二？"

"呵呵。"沈千聿闻言忽而一笑。他抱着双臂上上下下地打量秦娆，"南庆要亡了？哦，本宫猜错了，应该是秦湛要败了。"

秦湛虽然是南庆国君，但南庆内斗向来厉害，且婳嫚夫人同宁王都不是个安分的，秦湛没了老国君的支持，又有秦娆这么一个得罪南庆上下官员的胞妹……

狼前虎后环伺，他怕是已无出路，才让秦娆来东宁。

怪道柳长阙说本该冬日才到的南庆使团如今却提早了这些时候，应是秦湛那边不容乐观。若非如此，秦娆也不会说出要嫁入东宁之事，毕竟她向来以南庆皇族血统为贵，今日如此说必是秦湛危矣。

果然，此话一出，秦娆的脸色立刻一变。

片刻后秦娆娇笑着道："蛮奴心中果真有小娆儿，时隔多年竟仍将本公主……摸得一清二楚。"最后几个字她咬得暧昧不清，媚意十足。

沈千聿冷笑着看着她，片刻后喊了声"拔营"便转身离开。

"本公主不想今日出发。"

"若不想，便滚回南庆去。"头都未回，沈千聿大步回万宵的帐子收拾东西去了。

出发前挽儿曾给他送来几身衣衫，虽知晓并非挽儿亲手所做，但他亦不愿被人随意收拾到不知何处。

左正延在旁边听见二人交谈，心中暗道原是南庆此次存了求助太子之心。他顿时有了底气，面对秦娆时腰杆子也直了许多。

"公主也请通知南庆使团，若动作迟了寻不到适合扎营之地，便得连夜赶路了。"

"这位大人……"秦娆微微歪着头看向左正延，"您贵姓？"

左正延被她问得一愣，犹豫片刻道："本官姓左，乃东宁鸿胪寺少……"卿字还未出口，他便觉脸上一痛。

　　原是秦娆不知从何处甩出一只软鞭，鞭尾带了密密麻麻一排刺眼的金属钩，若非万宵在他的身后拉了一把，这鞭下去非要他的半条命不可。便是如此，那软鞭也扫过他的脸上，左正延被打得眼冒金星，没来得及反应。

　　万宵道："此乃东宁并非南庆，公主行事未免癫狂了些。"他说完，示意身后二人送秦娆出东宁营地，秦娆还想动手，却被东厂的人架住手臂送回驿站。

　　"公主。"先前与秦娆同行、身穿玄色银胄的男子见此情形忙上前，正要动手之时却被秦娆拦了下来。

　　"淮珏，回来。"秦娆满眼阴毒地看着东厂的人离开，却没让任何人追上前去。

　　"这群东宁贱贼竟敢不敬公主，让本将……"

　　"罢了。"既被沈千聿看穿，她便在那个人面前失去了主动，再多的纠缠也不过自取其辱罢了。秦娆将脚勾进淮珏的腰间，气吐如兰："本公主的心情不好，赏你个好生伺候的机会。"

　　秦娆同淮珏于驿站内共度春宵，闫蜻却木然着一张脸等在外头，待听见屋中窸窸窣窣穿衣服的声音，淮珏推开房门走了出来。

　　"去侍奉公主沐浴。"

　　"是。"

　　闫蜻走进屋，秦娆神色空洞地望着窗外，听见声音她转过头来。

　　"过来为本公主穿衣。"

　　秦娆起身展露出一身血红色的牙印。

　　视线扫过那些带着浅浅血痕的痕迹，闫蜻快速转过头去。

　　"你怕？"

　　"奴婢不敢。"

　　秦娆仰起纤细的颈子，似笑非地笑看着闫蜻："兄长说这是欢快事，可是为何本公主感受不到？你感受过吗？"

　　闫蜻惊慌地摇摇头，惹得秦娆咯咯娇笑。笑声还未落，她便猛地拿起榻上掉落的发簪狠狠地刺入闫蜻手臂。

　　"啊。"

　　一声惊呼出口却又很快被人压了回去，闫蜻死死地咬着嘴唇不让自己呼痛出声。她并非第一日伺候秦娆，反应越强烈秦娆下手越狠，她绷紧面皮不让自己露出半分痛苦之色。

"无趣。"丢掉沾了血的簪子，秦娆道，"本公主见到了蛮奴……"见闫蜻的动作微微一顿，她嗤笑一声，"本公主记得你二人甚是熟稔。"

闫蜻既不敢回答也不敢动作，秦娆喜怒不定，一句话不得她心意便会引起她的猜忌，届时免不了一阵折磨，轻则重伤几日，重则怕要将命丢在东宁。

想了想，闫蜻扑通一声跪了下来。

秦娆见她这副模样顿时没了兴致，她坐在榻上用脚尖抬起闫蜻的下巴。

"姿色平平，倒是那股子纤弱可怜劲儿有些看头。滚吧，去寻蛮奴，告诉他本公主不想今日启程，你想办法让他留下，明日再出发。"

"奴婢知晓。"

忍着心中的愤恨，闫蜻咬着牙退出屋中。可想到马上就能见到沈千聿，她的眼睛一红竟然忍不住直接落泪。

淮珏将她送至东宁营地时，沈千聿正在给宋挽写信。

若今日启程，快些的话他便可以在下月中旬见到宋挽，届时距皇后丧期已过百日，他回京便可同挽儿……红着脸隐隐一笑，沈千聿将信笺收整妥当，仔细封口。

"殿下，南庆婢女求见。"

沈千聿正琢磨如何快马加鞭赶路之下又能给挽儿带回些地方的特有吃食，听闻此话，不由得皱眉说不见。

不多会儿，吉荣进帐子，说那个婢女姓闫。

"闫蜻？"

沈千聿挑眉："让她进来。"

闫蜻进入帐中，只见沈千聿正低头摆弄笔墨。

他当年离开南庆时不过十六七岁，面容虽出众却远不如今日这般慑人。她认识的沈千聿青涩稚嫩，虽偶尔会露出几分幽暗同不甘，但却从未有过如今这种气势。权势养人，当真不假。

看着已今非昔比，不再如她一般需要挣扎求存、满身傲然之气的沈千聿，闫蜻再度落下泪来。她身形瘦弱，面色苍白，痴痴地望着沈千聿落泪的模样显得十分楚楚可怜。知晓如今的沈千聿已不是她所熟悉的蛮奴，闫蜻心中不安，两只手拘谨地抓着衣摆不敢言语。

"你哭什么？"

沈千聿抬头，见闫蜻眼眶微红，面颊带泪，不由得微微皱眉。

"我……"讷讷出声，她好似忽然反应过来二人如今的身份，连忙跪了下来，"奴婢见过东宁太子，太子万安。"

沈千聿点头:"秦娆让你来寻我,是有事?"

闫蜻咬着唇,眼中含泪道:"公主说不想今日启程,让奴婢来求太子殿下。不知太子殿下可否暂缓一日?"

沈千聿的眉头紧锁:"一日二日有何区别?她若不想今日出发,那便明日出发,这又有何可值得说的?"

他今日先行,南庆明日也可以赶上,不知秦娆又要什么公主威风特意来说这一趟,沈千聿语气不屑,懒得猜秦娆的心思。

见自己开口沈千聿便应下,闫蜻咬着唇偷觑他,暗中欢喜。

"太子殿下……"

"如何?"

闫蜻鼓起勇气,睁着满是水雾的眸子低声喃喃着:"看在往日的情分上,不知殿下可否帮帮爹爹?"

沈千聿闻言道:"我原本也有此意,你无须忧心。"

"多谢太子。"闫蜻说完捂着手臂面露羞赧,她没想到沈千聿竟还记挂着她,还对她父女二人如此关心。

见闫蜻处理完伤口也没有要离开的意思,沈千聿微微蹙眉,心下烦闷,只是他也不好开口驱赶,只能面色严肃地坐在那里。

待闫蜻发觉对方无意同她交谈后,不由得满心失落地告辞离开。

她刚走出万宵的帐子,沈千聿便让人拔营启程,不过一个时辰就已将营地收拾得干干净净,待秦娆午歇后起身,东宁之人竟走得一个不剩。

"不过见了一次东宁太子,你的胆子便大了许多,竟敢哄骗本公主?"

闫蜻也不知是怎么回事,明明沈千聿已经答应她明日出发,哪晓得她回屋换完衣裳再出来时,东宁人已经连人带马走得一干二净。

"奴婢不敢哄骗公主,东宁太子的确同奴婢说公主今日不想出发,便明日出发……"

闫蜻咬着牙,因恐惧而不停地战栗。

"蠢货。"本以为她又要挨一顿折磨,却哪想秦娆骂完这一句竟咯咯笑了起来。

"罢了,今日启程便今日启程,你去告诉淮珏即刻出发。"

"奴婢……奴婢知晓。"闫蜻跪地行礼,正准备退出去的时候又被秦娆喊住。

"等等,抬起头来。"

她上前抓住闫蜻的下颌,左右打量着,冷冷地嗤笑一声后又猛地将人推开。尖尖的指甲刮在她的脸上,很快便浮现出一道血痕。

"滚。"

"奴婢告退。"

离开时，她的身后传来低低地哼曲儿的声音，闫蜻只觉得脊背后面浮现出阵阵冷汗，手脚也变得酸软无力。

这三日沈千聿马不停蹄地赶路，若非南庆的马力比东宁壮上不知多少倍，怕是到上京了也追赶不及。

长时间赶路，就连闫蜻这等惯能吃苦的人都有些受不住，莫说向来养尊处优的秦娆。两方人马刚一汇合，秦娆便瘫软在淮珪的怀中没了力气再去找他人的麻烦。

闫蜻则趁此机会偷偷寻沈千聿去了。

见沈千聿之前她从头上拆下金簪在自己的手臂上猛戳几下，立刻浮现出几个血洞，闫蜻忍着疼将衣袖放下。

"请问这位公公，太子可在？"

万宵看着脸色苍白，显得虚弱、可怜、娇柔的闫蜻淡淡地一笑："殿下今日外出，闫姑娘可以进入帐中等殿下。"

闫蜻微微一愣，眼露挣扎挣扎后方扶着手臂走了进去，不多时万宵便带了上次给闫蜻包扎过的太医过来。

袖子方撸上去，万宵便微微挑眉，且看了看闫蜻头上戴着的金簪。

"不知殿下今日去了何处？"

万宵同那个太医都未回答，闫蜻讪讪地闭上了嘴。

沈千聿还不知有人在等自己，他此时正在城中为宋挽挑选物品。可他不知女子都钟情些什么东西，便将所看见的奇巧玩意都买了些，直到途经书肆，他方有些犹豫地站在门口。

挽儿喜好看书他是知晓的，但他从未送过挽儿书籍。一来他腹中墨水有限，实在不知该如何挑选，二来他亦怕送得太过浅显，让挽儿记起他胸无点墨之事。

沈千聿站在那里琢磨许久，直到书肆掌柜从店中走出来朝他招了招手："客官要的我这儿都有，您进来瞧瞧吧。"

待走进书肆，沈千聿疑惑地开口："你知道我要什么？"

那个书肆掌柜从案台下捧出半人高的一捆册子。

"《合欢秘戏图》《春宫谱》《鸳鸯册》老夫这里都有，端看客官需要些什么。"

沈千聿自城中回到营地时，闫蜻已经在此等了快一个时辰。就在她快要耗不下去之时，沈千聿大步走进帐中。

"殿下今日所获颇丰。"

万宵笑着上前接他手中的东西，却被沈千聿拒绝。

"不必,本宫自行处置。"

闫蜻就见他自从进了帐子后便开始摆弄手中的物件,那里头并没有什么名贵的东西,大多都是些街头寻常可见的东西。可大至绣鞋布匹,小至水粉胭脂皆是女子所用。

还去不等想这些东西是太子准备送给谁的,便听对方开口:"秦娆让你来寻本宫,又有何事?"

"并非公主遣奴婢前来。"她声如蚊蚋,细细软软的,沈千聿竖着耳朵方才听清楚。

万宵识趣地退到帐外,沈千聿道:"你有何事?"

"并没有什么事,只是想到太子这里讨个清闲。"闫蜻苦笑着将太医刚为她包扎好的手臂展露出来,语似哀泣,"殿下莫怪奴婢叨扰。"

沈千聿淡淡地点头,手却一直放在一个被靛蓝绸子包裹得严严实实的方形匣子上,不知在想些什么。

"奴婢可是耽误了殿下忙正事?若是妨碍了殿下,奴婢这便离开。"她说完,便红着眼往帐子外走,只是步子踩得极缓,留足了让沈千聿唤她的余地。却未承想她一只手都已经抓在了明黄色的帐帘上,沈千聿也未曾吭一声。

闫蜻眼皮的微垂,想了想,转头扑通一声跪在地上。

"奴婢求殿下看在往昔的情分上,怜惜奴婢一二,奴婢实在是没有生路了。"女子本就娇柔,尤其如闫蜻这般自带三分羸弱,眸中含泪,苦苦哀求的女子更惹人心疼。

"不会。"

闫蜻正哭得动情,听闻此言愣愣地抬起了头:"奴婢不懂殿下的意思。"

"本宫说你不会没有活路。"

瞥了一眼那个靛蓝色的包裹,沈千聿道:"在秦娆未同本宫达成合作之前,闫叔同你都不会有性命之忧。"

"是无性命之忧,但亦要受皮肉之苦。"闫蜻抿着唇,眸中满含忧愁继续道,"殿下也知晓奴婢身处何种境况,奴婢……"

"你且忍忍。"

指尖在那个靛蓝色的包裹上轻轻点了点,想到那日的窘境,沈千聿下意识地摸了摸鼻尖。

闫蜻好似也发现他根本心不在焉,心底渐渐浮上一层不甘。

"看在当年爹爹对您多有照顾的份上,殿下可否救救蜻儿同爹爹?"

"本宫说过,你且忍忍,眼下还不是时候。"于将手从那个包裹上移开,沈千聿转头看向闫蜻。

秦娆将她父女二人带至东宁,便说明对方笃定他看重这对父女,此时他但凡展露出半点在意之色,便会让秦娆变本加厉。

"时机到了，本宫自然会出手。"

闫蜻紧抿着唇，再三逼问："殿下难不成忘了昔日……"

沈千聿不耐烦地制止了她。

"想让本宫如何做？本宫自认是个有恩必报之人，你且说来听听。"

闫蜻闻言终是放下一直悬着的心，她红着眼道："奴婢并不求殿下什么，只求殿下可同公主要了奴婢，奴婢愿给殿下当牛做马，以求殿下的庇护。"

"不可。"

"为……为何？"闫蜻不可置信地看向他，眼中满是震惊，"殿下真不能念些旧日情谊？爹爹他……"

沈千聿抬手打断闫蜻的话："本宫不做外出带回女子之事，无论是何身份。婢女也好，妾室也罢，本宫不做此事。"

有江行简这块"珠玉"在前，他岂敢再戳挽儿的心窝？若他外出，回朝后也带个旧相识放在身边，定会恶心得挽儿三日吃不下饭食。

沈千聿的视线瞟过手边的匣子，微微垂眸。真带回这么个东西，届时莫说想跟挽儿睡一个被窝，怕是想再让挽儿亲亲摸摸都难了。

拨弄着给宋挽买的瓷人，沈千聿淡淡地开口："你须知于本宫有恩的是闫太医，而并非你闫蜻。若非看在闫叔的面子上，本宫实在懒得同你废话。"

男人站起身，满眼的不耐："你三番五次提起往日恩情，可你须知往昔的种种本宫认，方是恩，你挟恩求报，便是仇。你回去吧，必要的时候本宫会出手救你同闫叔离开。"

本以为自己仗着旧时相识可在沈千聿这里谋个后路，哪想他如此冷心绝情？

闫蜻瞪着双眸，满眼不甘。她不甘心啊！

人的一生不该蹉跎至此，但凡有一丝上位的可能，她都需抓住机会。若是错过沈千聿，她今生再无脱离秦姽之手的可能了。

"蛮奴，你莫气。"眼中的泪缓缓落下，闫蜻道，"我只是太念着你我二人当日的言语。"

"犀光殿檐廊下，你曾说过，若有朝一日重返东宁，定会救我同爹爹于水火，这么多年我等着、盼着都只是为了今日。是我逾矩，是我不该奢想那些不能想的。是我不该傻傻地抱着那些念头，让你生了我挟恩图报的误会。我只是等你等得太久了……我以为只要我心诚意笃，便可以如愿以偿。"

闫蜻哭得十分可怜，口中不停地念着往日旧情。

或许是见过太多次宋挽于困境中仍怡然自得，从不以卑弱的模样示人的气节，乍见闫蜻这般矫揉造作的姿态，沈千聿便觉得十分不适。但他并无落井下石之心，想了想，仍依了三分旧情开口劝慰："若心诚意笃便可如愿以偿，那本宫早登基为皇了。"

被沈千聿一句话说得面红耳赤，闫蜻再不想承认，也知对方讽刺她异想天开。话说到如此份上亦不能打动沈千聿，她也没脸再纠缠下去。至少她没有资格。

"是奴婢僭越，望太子殿下莫放在心上。"闫蜻捂着唇满脸羞愧，失落地离开。

"闫姑娘走了？"万宵扯了帘子大步走进帐中，他看着沈千聿道，"这恩人之女，不知殿下想如何处置？说来那话本子里写到此种情形，对方多是会以身相许，便不知主子是个什么心思了。"

"什么话本子，你少看些没用的。"

也不知怎的，万宵在他家主子的上瞧出几分心虚来。万宵微微抿唇："殿下不是真的有意收此女入东宫吧？"

沈千聿冷冷地"哼"了一声："你当我是谁？江行简那等心瞎眼瞎随处捡人的物件吗？"

愤怒地瞪了万宵一眼，沈千聿很不喜欢他将自己与江行简相提并论。且别人不知便算了，万宵明知东宫之人尽是他精挑细选选入宫中，如今又怎会放一个不知是何心思的人去接近挽儿？

想到宋挽，沈千聿的脸色柔和下来，又摆弄起先前买来的东西。

万宵见状道："殿下若无心思也好，属下方才见那位闫姑娘手臂上的伤口乃自右向左、自下由上使力，伤口右深上浅，多是自己右手持簪所为。"他出身东厂，刑讯之事无人比他更为娴熟，什么伤、什么东西造成的伤口，他瞧上一眼便看得七七八八。他家主子的恩人之女实在不是个心思浅的。

"她自己所为也好，秦娆所为也罢，本宫都会救闫叔同她脱离南庆，至于其他的，实在是她想得多了。"

小心地将今日所买的东西收拢到一处，沈千聿蹲下身在箱笼之上贴上东宫的封印。

万宵见状不解："什么东西？若是隐秘的，殿下可由东厂暗线送入宫中。"

沈千聿的动作一顿："不必，本宫自己带回去。"

自家主子少见这等鬼鬼祟祟的模样，万宵眨眨眼睛，只觉得多半又同宋承徽脱不开关系。

他二人闲话家常，好不自在，闫蜻却被沈千聿一番绝情之言说得又羞又愤。她的心头愈发觉得憋闷，实是憋不住，再次去找了闫太医。

她知晓父亲的性子，她的父亲虽然性情软弱，但心性极为善良，只要她求父亲，父亲必然会帮助她。走到闫太医帐中，闫蜻强露出浅浅的笑意："爹爹今日未饮酒？"

闫太医呵呵一笑："总不能日日都饮。"

"蜻儿瞧今日无人守着您老。"

"都累了，且我一个老头子又跑不了，何需日日看守着？"

闫蜻抿唇，笑容愈发勉强。

闫太医轻声叹息："你可是在东宁太子那碰了钉子？"

见闫蜻面露惊诧，闫太医道："你总把东宁太子当作蛮奴看待，却不想他回到东宁已过九载，且他如今能稳坐东宁太子之位，这如何是以前那个性情直白的蛮奴所能达到的？于南庆他是蛮奴，于东宁他是一人之下、万人之上的东宫太子，他怎么会由你搓圆捏扁？若东宁太子是个能被人以区区恩情牵着鼻子走的软弱之人，便压根坐不稳如今的位置。"

闫太医从药匣中拿出一个绿色的瓷瓶递给闫蜻，摇头道："你我二人来日能得他拉扯走出这吃人的牢笼便已算天大的幸事，其余的莫再奢想。"

"父亲说得真是轻巧。"闫蜻冷冷地一笑，"父亲对他有恩，且为他得罪了公主，我们凭什么不能多奢求一步？父亲本是太医，如今却因当年对他伸出援手变得如阶下囚一般，女儿为何不能求他补偿？这本就是他欠我们的。"

闫太医摇头："当日施恩出自我一人意愿，又并非太子所求，你如今挟恩图报，也非君子所为。"

"父亲清高，女儿实在不及。"闫蜻将双袖撸上去，又抬高了下巴凑近闫太医，"父亲不在后宫亦不必每日对着那个人，父亲这话便说得再轻松不过。可您睁开眼瞧瞧，瞧瞧女儿这一身伤、一身痛，您怎么不瞧瞧呢？您不施恩图报，可您也别报他人之恩啊！您为了报恩，将恩人之女换出宫中，送女儿入宫做那劳什子的女官，害得女儿生不如死，一生惨淡，您真的不曾悔过、不曾恨过？如今女儿有机会过轻松日子，只要您为女儿说几句话，说几句求太子的话，便可让女儿后半生脱离苦海，您为何就不能成全女儿呢？难道父亲就是要亲眼看着女儿受尽折磨，心中方舒坦？"

闫太医被闫蜻逼问得老脸通红，嗟叹不已。他的确愧对闫蜻，可他亦不愿违背君子之道去强迫沈千聿做自己不愿做之事。更为重要的是，他看出闫蜻野心不小，所图非智。

"爹爹，就当女儿求求您了。"闫蜻哭着跪地恳求，"女儿实在不想再在公主身边提心吊胆地苟活于世，您帮帮女儿吧。只要父亲开口，太子定会应承下来。女儿也不求其他，您只要让太子开口收下女儿便可，便是在蛮奴身边为奴为婢，女儿亦心甘情愿。"

闫太医被闫蜻哭得心痛难忍，只能忍痛点头答应下来。

"待有机会见到东宁太子，我自会求他收留于你。"

闫蜻听见此话这才不再哭泣，笑着询问闫太医可用了午膳，闫太医兀自叹息着，无奈地摇着头。

沈千聿不知二人的算计，只觉得归心似箭。

一路上只要马匹休息得当，他便不停赶路，饶是秦娆喊破了嗓子，甚至要威胁他将闫太医同闫蜻挂在马后拖行致死，亦未能让他改变主意。

路途行至一多半时，秦娆终于忍受不住，让淮珏锁着闫太医同闫蜻去沈千聿的帐中。

"本公主说过，不想再赶路了。"

沈千聿挑着眉，看向多年未见的于他有再造之恩的闫太医。在他的心中，闫太医还是当年处处护着他，给他伤药，为他医治的伟岸男子。

记忆中如父亲一般的人如今已佝偻成白发苍苍的老头，时光荏苒，着实令人唏嘘。视线自二人身上转开，沈千聿看向秦娆道："兴师动众，有何贵干？"

秦娆脸色阴沉："本公主无心再陪你玩下去了，我此次来东宁有要事，只要你答应我的条件，这二人便交予你。"

"说来听听。"

沈千聿看向秦娆，脸色平淡。

"既然你已知皇兄势危，本公主便也痛快些。"

秦娆媚笑着道，"本公主要你助皇兄坐稳帝位，以东宁之力予他帮助。"

"嗤。"沈千聿嗤笑出声，看向秦娆，满眼嘲讽："想拿箩筐换玉冠，公主莫不是癫病未愈，青天白日便说起了胡话？"

秦娆抿唇，正欲说话，沈千聿又道："世间万物皆有其重量，公主以为拿捏着本宫的两位故人，便可对本宫为所欲为？"

"本宫不妨实话告诉你，闫太医的确对本宫有恩，但你想用这二人换本宫背上个通敌叛国的罪名，怕是秦湛的骨头凉了，也等不到那日。"

说完，沈千聿似笑非笑地看着秦娆，一副瞧蠢货的稀奇模样。

"既求人就拿出个求人的样子，这里并非南庆，我亦不是秦湛那等残暴昏聩、无耻淫秽之物。"

"你敢辱骂南庆国君？"

"便骂了，你奈我何？"

淮珏自腰间拔刀而出，万宵上前一步，秦娆死死地按着巾帕，眼中满是阴毒愤恨。片刻后，她低声道，"将闫菖蒲父女挂于本宫马后，何时到上京，何时将二人的尸骨取下送与东宁太子。"

"公主饶命。"

闫蜻哭着哀求，淮珏示意将二人带下去，沈千聿转头对万宵道："将公主丧心病狂虐死南庆官民之事宣扬出去，必要让南庆百姓人人皆知当朝公主乃是个刁天厥地，残暴不仁之物。"

沈千聿似笑非笑地道："再加一句，便说公主为震慑东宁，虐杀南庆太医给自己做威风。想来婀嫚夫人与宁王都十分喜欢公主这拖累秦湛、臭他名声的做法。"

秦娆闻言怒视着沈千聿，却生来头一次敢怒不敢言，沈千聿处处扼住她的要害，打得她毫无还手之力。

淮珏看向秦娆，一时不敢动作。

"蛮奴真的同以前不一样了。"秦娆微眯着眼睛，笑得娇艳。

随手扯了帐中的木椅拉到身边，沈千聿潇洒地落座，他半倚在椅上自下而上看着秦娆："秦湛并非蠢货，不会让你单单领着两个人来与本宫谈合作之事。但公主如今很没有诚意，本宫十分不喜。"

沈千聿勾唇淡淡地一笑，笑意却未及眼底："本宫无心陪你玩那些个上不得台面的把戏。秦娆，错过今日，无论你再拿出何种条件，本宫都不会助秦湛一力。"

秦娆咬着牙，至如今都在悔恨当日一言不备被眼前这个男人抓了把柄，威胁至此。

沈千聿"哼"了一声："滚吧，既无诚意，又何必浪费本宫心力。"

"你要何诚意？"

沈千聿瞥向闫太医，何种意思不言而喻。

许久后，秦娆死死地抓着软鞭，垂下眼皮道："放了他二人。"

"公主。"

淮珏还想再劝慰几句，秦娆却一鞭抽在他的背上："本公主说放人，你敢抗命不遵？"

"放人。"

淮珏低低地开口，身边护卫将闫太医父女松绑放开。

沈千聿见状，冷笑着道："公主识趣。"

他看着秦娆死死地抓着软鞭，恨不能抽到他脸上的手，咧嘴一笑："公主出发前，秦湛定给过公主求本宫出力的底线。"

秦娆微微皱眉，沈千聿便知自己的猜测没错。他看着秦娆一字一句地道："让本宫猜猜秦湛有几分诚意。"

"金银珠宝……"

秦娆面无表情，沈千聿摇头："他不会蠢到认为这等身外之物可打动本宫。"轻轻掂了掂手指，他抬起头，"难不成是南庆城池？"

秦娆转头看向沈千聿，沈千聿笑着道："到底是南庆国君，出手当真大方。"

秦娆死死地咬着嘴唇，殷红的血自她的唇边流下，看得沈千聿心生嫌恶。

淮珏再次掏出随身携带的止血药粉，轻轻抹在秦娆的唇上，便是秦娆的巴掌落在他的脸上，亦无动于衷。

万宵皱眉，怪道他家主子提起南庆便一副嗤之以鼻的模样，实在是这几日所接触的南庆人中无一人健全。

上上下下地打量着秦娆，万宵只觉得南庆皇族实在不知道如何形容，竟出了这么些个凤毛麟角、举世莫比的干才。

"只是不知几座城池，能换得秦湛帝位稳固。"

秦娆如今知他擅长洞察人心，敏锐异常，闻言低下头沉默不语。

沈千聿"哼"了一声："大约还有月余便可到达上京，公主可在回京前给本宫答复。万宵，送客。本宫还要跟恩人谈谈心，便不留公主在此了。"

秦娆愤怒地剜了他一眼，拂袖离去。

淮珏连忙跟上，待南庆人都退出去，万宵朝吉荣示意，二人也退了出去。帐中一时只剩下沈千聿同闫菖蒲父女二人，闫蜻红着眼睛扶着父亲站到一旁。

她未曾想到自己同父亲，如此轻易便脱离了秦娆的魔爪。更让她没想到的还在后头，沈千聿站起身撩起下摆直接跪在闫菖蒲面前。

"承蒙您老照顾多年，实在无以为报，这一拜还望闫叔应下。"说完，沈千聿两手拱合，叩首一拜。

闫菖蒲一惊，慌忙上前搀扶："太子莫如此，老夫受不起啊。"

闫蜻在一旁紧紧抓着衣摆，只觉得心跳如雷，激动得面色赤红。

"太子如此大礼，老夫当不得，当不得啊。"

沈千聿借势起身，笑着道："若无闫叔，本宫不知死过多少回了，您自然当得起本宫的一拜。"

老爷子宽慰地一笑，拍了拍已经比自己高出许多的孩子。

"比往日健硕许多，确实有男儿模样。"

沈千聿也磊落地一笑，拍了拍闫太医的手。

男子不若女子情感细腻，只简单的一个动作便将这忘年之交往日的情分勾了回来。

"爹爹……"

闫蜻一脸忐忑地拉了拉闫菖蒲的衣袖，闫菖蒲忙道："这是小女，不知殿下可还记得？"

"自是记得。"

闫菖蒲的老脸一红，面皮微微抽动。他并非挟恩图报之人，此时面对沈千聿颇有种赶鸭子上架的窘迫。但闫菖蒲心中亦觉得愧对女儿，思来想去还是讪讪地开口。

"老夫……老夫的年岁渐大，唯有一事常挂心头，便是我的女儿。若太子……方便，还望日后多多照拂小女。"

沈千聿看向双颊晕红的闫蜻，利落地道："自然。"

"不知闫叔日后有何打算？若您还想行医，本宫可安排您入太医院，如闫叔不想再同皇族之人打交道，本宫亦可在东宁为您开药堂，引学徒。"

闫菖蒲闻言眸中一亮："太子竟还记得此事。"

闫蜻见二人交谈，转移了话题，不由得有些心急。

"爹爹这些年一直念着太子殿下，想必殿下也是如此。"

闫菖蒲干笑一声，心头微窒。

闫蜻未入宫前并非如今这种急功近利的性子，十几年后宫生活的浸染，竟让她也生出几分贪婪之心。她哪里知晓富贵逼人命，如今有机会安安全全、清清白白地做个富家翁又有何不好？抛家舍业到他国求存，可以顺利地安家便非易事，再多的实在不该求啊……

闫菖蒲抿着嘴唇不语，闫蜻拉着他的衣袖面露焦急。衣袖被越扯越紧，闫菖蒲的脸色发红，终是拗不过血缘亲情。

"说来惭愧，老夫有一个不情之请不知殿下可否应下？"

"闫叔请讲。"

闫菖蒲道："殿下也知老夫就蜻儿一个牵挂，若殿下不弃，可否给蜻儿一个容身之所？"

"这等小事自无须闫叔开口，待回了东宁本宫可为闫蜻亲自指一门婚事。"

"老夫不是此意。"

闫菖蒲的一张老脸越来越臊，他不知沈千聿是故作不懂还是如何，沉思半晌，勉强道："老夫可否求太子给蜻儿一个身份？"

"不知闫叔说的是何种身份？"

时至此时此刻，闫菖蒲终于明白沈千聿对闫蜻根本无意。他心中觉得失落，可为了让闫蜻死心，闫菖蒲还是继续开口："若太子不嫌，可收蜻儿入房。她下半生有殿下照看，老夫也放心。"

"哦……"沈千聿仿似刚刚反应过来一般，拉长了音感叹一句，"原来闫蜻想入东宫为妃。"

这一句，说得闫蜻面色爆红。

闫菖蒲却长叹一声。

此言一出，往日他对沈千聿的各种恩情，他二人之间的情谊算是一夕倾塌。

"本宫想想。"

沈千聿垂眸道："闫蜻乃本宫恩人之女，位份低了实有羞辱之嫌，如今东宫之中唯有太子妃之位空悬,倒不算辱没了她。"

这话中的讽刺之意让闫菖蒲忍不住弯下了腰,闫蜻亦是面色惨白。东宁太子怎可能娶南庆宫女为妃?此话说出口,作践之意甚是明显。

闫菖蒲再也说不出一句话,闫蜻却鼓足勇气道:"闫蜻钟情殿下,多年来一直盼望能与殿下有再聚之缘。还望殿下给蜻儿一个随侍在侧的机会。"

沈千聿摇头:"怕是不成。"他看着闫蜻道,"东宁宫规甚严,女子无貌无才入不得宫。"

闫菖蒲臊得一张老脸都要缩进腔子里,闫蜻还欲说什么,却被他一把拉开,死死地捏住手腕:"多年未见,实在给殿下添了不少麻烦,老夫不多叨扰了。"

二人离开,沈千聿的心情大好,见万宵进来懒懒地开口:"让人看着他们些,若有异动告知本宫。"

闫蜻那点子心思在他面前哪里够看?若非看在闫叔的面子上他早将人丢出营外任其自生自灭去了,何苦浪费他的气力纠缠多日。

将此事抛在脑后,沈千聿拿起笔墨,向宋挽邀功去了。他好生将秦娆如何纠缠,他如何聪明地应对,反制其要害以及闫蜻挟恩求报,甚至肖想他之事洋洋洒洒地写了数页。当中着墨最多的便是他如何意志坚定,说出自己绝做不出外出一趟,便带回一二心存不轨女子之事。看着潦草字迹,沈千聿写完后轻轻掸平,又重新誊抄一份。待抄至他意志坚定一段时,沈千聿想了想又加了几句隐含贬踩江行简之言。

"本宫文采斐然,情真意切跃然纸上,挽儿必可重新寻回对本宫的钟爱之心。"

正欲让人送回上京时,万宵自外进来禀告:"主子,闫太医往东面的阑河去了。"

沈千聿轻叹一声:"你随本宫去看看。"

闫菖蒲此人善良有余魄力不足,他心存善念,是以当年会对身处困境的他伸出援手,但也因魄力不足惯容易受人裹挟,尤其是如闫蜻这种亲近之人。

怕是方才父女二人离开后闫蜻又逼迫他做了什么,闫菖蒲未免晚节不保,亦有强行留下遗孤逼他照看之意,这才生了死志。

沈千聿觉得惋惜,未承想本该真诚无垢的一段昔日旧情,竟因沾染世俗沦落至蝇粪点玉的地步。

"如此也好。"

大步向前,他走出帐外,追上闫菖蒲,却只瞧见对方走到河边,没有任何犹豫地纵身而起,直接跳落河中。

第十七章
立誓

见此情形，沈千聿也跟着跳了下去。

太子落水并非小事，一时间河岸两边接连传来落水声。闫蜻听闻父亲同太子同时落水，吓得手脚酸软，跌跌撞撞地跑到河边，好在她到的时候沈千聿已将闫菖蒲自河中救了出来。

"爹爹，爹爹你没事吧？"

将气若游丝的闫菖蒲扶起，闫蜻落泪不止。

闫菖蒲面色惨白，说不出一句话，沈千聿却浑身湿透，站起身神色淡淡地道："闫叔，这救命之恩本宫便算是还了。"

他的话音刚落，闫蜻便满眼震惊地抬起头。闫菖蒲却暗自舒了一口气，看向沈千聿时带着几分不可察觉的感激。这份恩情于他来说实在是份负担，而如今他终于可将这个担子卸下。

"太子殿下……"

闫蜻呆呆地起身，沈千聿却头也不回地往自己的帐中走。

"爹爹……"

万宵上前将闫菖蒲扶起，看都未看闫蜻一眼："殿下给您老安排了车马，今日便送您老离开。"

闫蜻跟在二人身后，不解地询问："离开？离开去往何处？太子殿下曾说过会救我父女……"

万宵笑道："离开营中，至于去何处我们殿下不理。"

"我要见殿下……"

闫蜻转身朝沈千聿的帐中走去，走至门口却被万宵拦了下来："送闫太医的车马已经备好，闫姑娘若是不走，一会儿便追不上自己的爹爹了。"

"我要见太子殿下。"

万宵"哼"了一声："太子岂是你想见便能见的？闫姑娘还是早日认清自己的身份为好。殿下有话，若闫姑娘今日不离开，晚间可回南庆营中，公主看重闫姑娘，想来一直在等你。"

"太子真的半分旧情不念？一点活路不留？"

万宵双手插袖，语带讥诮："若让本督主说，殿下与闫姑娘怕是没什么旧情可言，同闫太医的那点子旧情今日也已经还清，至于闫姑娘所谓的活路……"

万宵耸肩："你是死是活无人在意。"

闫蜻满目绝望，泫然欲泣地看着万宵，正想再辩白一二，万宵却道："南庆已来人接闫姑娘，您请回吧。"

终于知晓沈千聿对她没有半点情愫，闫蜻彻底死心，慌忙去追送闫菖蒲离开的那辆马车。

将人打发走，万宵进帐回复沈千聿。

"你来得正好，帮本宫动手。"

帐中水气弥漫，沈千聿赤着上身从浴桶中出来。

他手中执起烧红的烙铁随意递给万宵。

"这里。"

万宵看着那刺眼的奴字狠狠地皱眉。

"殿下是想将这烙印……破坏？"

沈千聿道："不能回宫动手。"

若挽儿知道他受伤怕会心疼不已，他不愿见挽儿因他伤神。以往他将南庆种种存于心中难以释怀，苦难也好，闫叔曾给予过的微薄善意也罢，都萦绕于内多年未能释然。而经过今日的事他方发现，旧日种种实在没有他所想的那般重要。那些恨意、那些不甘随时间流逝变得微不足道，他如今不在意这奴字烙印，可挽儿必然在意。

思及此，沈千聿勾唇浅笑，他的挽儿最守规矩，却会主动将吻落在这烙印上，想必那日她心里定是疼他……肩上一阵剧痛传来，沈千聿猛地抓紧椅子，怒视万宵。

"你怎的突然便动了手？"竟是让人半点防备都没有！

万宵一手拿开烧红的烙铁，一手将药粉洒在伤口上头，无辜地道："殿下满面笑意，怎会知疼？"

随手扯了一旁准备好的软巾，万宵利落地将伤口包扎上："好了。"

沈千聿木着一张脸，略微停顿了一下顿才将内衫和外袍穿上。

肩上的疼痛引得浑身不适，他这时只想回到宋挽身边，若挽儿在他身边定会温柔地哄着他，有人轻声细语的陪着他，他哪还会这般疼呢？越想越急，将衣裳整理妥当，沈千聿下令拔营。

自从秦娆被他拿捏得死死的之后，便也安分下来，只一路跟着死命往上京赶，本该月底才能到的路程，硬是整整提前了十几日。

秦娆先前还能维持一身媚态，如今却连眼皮子都睁不开。

"公主，东宁太子求见。"

"他来做什么？"

淮珏道："属下不知。"

秦娆疲倦地摆手，让人放行。

沈千聿甫一进帐，便开口直言："本宫要入宫，今日是你最后的期限。"

秦娆冷眼看着他，正想吊他几句胃口，却不想沈千聿转身便走。

沈千聿归心似箭，毫无心思同秦娆扯那些有的没的，他眼下只想回宫，回宫好生抱抱挽儿，也让挽儿可以同他亲近亲近。

秦娆本以为沈千聿是故作姿态，哪知她一个不留神，人都要走出营帐去了。

"你慢着。"秦娆蹙眉，"你如此急着回东宁皇宫，为什么？"

沈千聿不答，转身又要走，秦娆被他气得连脾气都发不起来，只能急忙掏出秦湛割让城池的手书给他。

"邑都？"沈千聿嗤笑一声，"孤璧荒凉、赤地千里之地，不要。"

随手将秦湛的手书丢出，沈千聿面无表情地要离开却又被秦娆狠狠地拉住。满脸迟疑地从怀中掏出另外一份手书，还未等秦娆送到沈千聿面前便被他夺走。

"奉郡？"沈千聿淡淡地一笑，"好地方。"

秦娆挡在他面前，一脸凝重："你收了皇兄的奉郡，便要助皇兄一力。"

"自是如此，天下岂有白收他人之物的道理？本宫会助秦湛一力。"

秦娆咬着牙："你立誓。"

"我沈千聿立誓若违背此言，今生于皇位无缘，如何？"

"不够，我要你娶我为妃，直至皇兄稳固朝堂为止。"

"娶你？"沈千聿好似听见什么笑话一般，两根指头一甩，将秦湛的手书丢了出去。

这次任秦娆如何喊他，都未曾回头。

将万宵留下等待圣旨，沈千聿自己急忙回了宫中。给顺隆帝请安后，他便奔着来仪阁而去。

宋挽接到太子回宫的消息已早早地等在院中，她虽神色不显，但心中却颇有些急切。

她，已思念那人许久。

沈千聿从外头走进来，就见宋挽身穿鹅黄色的宫装翘首以盼，见到他时也只是淡淡地红着脸温柔地浅笑。可只是这一个笑容，便安定了沈千聿自离开后一直患得患失的心。他的挽儿还中意他。

沈千聿走上前，抬起手想要摸宋挽的脸，只是方伸到她面前又觉不妥。他的挽儿面皮薄，最是不喜他在外有任何亲昵的举动，正准备收回手，却被宋挽握住。

二人牵着手走进仪阁，沈千聿褪下衣衫去寝殿后面的浴房。刚走出去两步，他便回过头低声道："挽儿可否在一旁陪陪我？我念你念得紧，只想瞧着你。"

宋挽闻言面带笑意走上前。她的怀中还揣着沈千聿前段时日派人送来的信笺，虽已对上头的每一句话都牢记在心，但再读，仍能生出八九分欢喜。想到沈千聿暗含在信中的贬踩之语，宋挽便觉得他可爱至极。大抵这便是爱屋及乌，中意了那人，便觉得他做什么都惹人心喜。

拉着沈千聿走进浴房，男人扭捏着脱衣，宋挽在一旁捂着脸微笑不已。二人对视许久，直至宋挽面红耳赤，转头方瞧见沈千聿肩上的伤疤，她走上前伸出手指反复地摩挲查看。

沈千聿僵着身子任她肆意地动作。

"殿下动的手？"

沈千聿道："万宵动手的，他乃掌刑千户出身，对这等事儿拿手得很。他想让人疼便疼，不想让人疼便不疼。"

将宋挽的手掌贴在脸上，沈千聿道："所以不疼。"

"胡说。"宋挽抬起手，用指尖轻轻描摹他的眉眼，眼中柔情满溢，但不知该从何处说起。

沈千聿心中激动，却不敢唐突宋挽，生怕自己露出些急色的模样让他的挽儿心生厌恶。想了许久，他也只是抻长了脖子暗示宋挽。

男人仰着头，宋挽瞧着他只觉得对方眸中清清楚楚地写着挽儿亲亲四个大字，她轻声一笑，扶着沈千聿的脸低头一吻。

"殿下日后莫要如此，不可再为挽儿做伤身之事。"

"不是为挽儿，是为我自己，是我自己瞧不得那东西。"

"殿下骗人。"

"没骗挽儿。"

沐浴后，沈千聿换了衣衫，躺在榻上，他一手环着她的腰身将人牢牢困在怀里。二人你一言我一语好不亲昵，丝毫没有多日未见的生疏同隔阂。

多日赶路令他疲惫不堪，可一见到他的挽儿，他又觉得亢奋异常，实难安歇。

"我便这样一路吊着秦娆，将她唬得云中雾里。秦娆本以为可用闫叔父女牵制我，未想我始终不接招，她便乱了阵脚。我本就知南庆内乱一事，所以从一开始便不停地赶路，累得她头昏脑涨，来不及细想。再加上我一路不断地激怒她，以秦娆的性子必会因怒急攻心而做下错事。"

指尖勾着宋挽的发尾，男人爱不释手。

宋挽道："那奉郡殿下当真不要？"

沈千聿点头："要娶她的话莫说奉郡，整个南庆给我，我都不要，瞧着她烦。"

撒娇似的紧了紧手臂，沈千聿哼唧着："且奉郡地处南庆要地，看似是块肥肉，实则东宁根本啃不下，想要将奉郡拿在手中便需派兵到南庆，而我若派兵，秦湛必会以此做文章。"

宋挽点头："便是不借你之势，也会以此为借口暂缓南庆内乱。"

而无论秦湛借势也好，南庆内乱休战以缓生息也罢，对东宁都不是一件好事。将奉郡拿出，既有求助之意，也有迷惑东宁不让东宁在此时对南庆下手，形成内忧外患之境的目的。

"秦湛虽残暴不仁，但帝王心术不可小觑。"

不愿听宋挽夸奖别人，沈千聿"哼"了一声："他这招对顺隆帝许是能使一使，对我怕是不好用的。"

"若殿下不接奉郡，圣上那边怕是不好交代，圣上若知晓奉郡一事，定会让殿下娶南庆公主为妃。"

毕竟顺隆帝畏惧南庆国力许久，若南庆示好他必然会接受。

沈千聿道："奉郡不接，手书却是要接的，至于秦娆我有办法。"

宋挽闻言略微一思索，很快便明白了他的意思。

二人在屋中诉说衷肠，吉荣同三个小太监抬进来一个硕大的箱笼。

宋挽疑惑地开口问道："这是何物？"

沈千聿笑着答道："是我在外搜集来送给挽儿的好物。"

宋挽正觉得有些好奇，沈千聿却突然想起什么，坐了起来："挽儿莫开，莫开。"

慌忙下榻，沈千聿按着箱笼垂眸不语。

"这……有些东西，不方便。"

"那妾身让人帮殿下送至寝宫？"

宋挽退后一步，离那箱笼远了些。

"不必，这些东西就是送与挽儿的。"

沈千聿一手按着箱笼，一手伸到宋挽面前，方才她轻轻退后的一步，便让沈千聿觉得刺眼。他的挽儿太过小心敏感，也不知要什么时候才能对他放肆些。

想到箱笼里的东西，沈千聿的脸一红。

宋挽就见他的脸上一会儿焦急一会儿有些羞涩，实在让人无法看透他心中所想。

"那妾身让蘅芷将这个箱笼先收起来,待殿下何时方便,再打开如何?"

沈千聿摇头:"要打开的,我自己来。"说罢,他抬手将箱子上的封印条子解开,又掀开箱笼。

里面的东西展露在宋挽面前,宋挽低头去看,只见都是些寻常物件,并没什么不能让她瞧的。

"这是我途经阑河附近,为挽儿选的草鞋。据当地老妪说这草鞋轻便实用,几乎人人都穿。我知你用不上,可我想让你瞧瞧。"

将那双编得精巧的草鞋递到宋挽面前,宋挽接过,当真惊讶且好奇地摆弄了一会儿。

"挽儿未见过。"

沈千聿勾唇一笑:"我见过了,便想让挽儿也见见,如此也好知晓我都去了何处,做了什么。"

世家里便是最低等的洒扫粗使也没有穿草鞋的,她自然从不曾见过。再从箱笼中翻出一匹粗布,沈千聿道:"阑河便是闫叔跳河的那处。"

边说,他边将手中的布匹抖落开:"你瞧瞧。"

"这花色实有些奇特。"

宋挽轻轻摸了摸那布匹,只觉得粗糙刺手,但上头带着些花卉纹路看着别有一番乡野志趣。

"听卖布的人说,这花纹是以新鲜花草一锤锤敲上去的,我未见过,便买回来给你瞧瞧。"

将箱笼里的东西一件件翻找出来,每一样沈千聿都给宋挽讲了来历和用处,宋挽好奇地摸着、看着,开怀不已。

这些东西,她从未见过。

"这泥人,实在是稀奇得很。"

巴掌大的泥人做得憨态可掬,她把玩着,眼中满是新奇的笑意。

"并不稀奇,街头上满是这些东西。"

宋挽抿着唇,淡淡地笑着不语。

沈千聿瞧着心疼:"挽儿莫怕,日后在宫中都有我同你一起。困着两个人,不会无趣。"

他说得诚挚,宋挽先是一愣,随后笑着轻轻点头。箱笼里头只剩下一个靛蓝色的包裹,沈千聿见到这包东西突然支吾起来。

"这……这并非送与挽儿的,这……这是万宵的东西。"

将那个靛蓝色的包裹从箱笼里拿出拉,沈千聿又让蘅芷寻了个带锁的匣子,放进去锁了起来。

"这个东西先放在挽儿这儿,待来日万宵得空,我让他拿走。"

宋挽点头,也不细思他那反常的模样,只是笑着让蘅芷收起来,她信任太子,无伤大雅的小事她不会追根刨底地去问。二人交谈间,吉荣来报说是秦娆寻他有急事。宋挽见状道:"殿下去吧,莫引公主徒生疑窦。"

"无妨,我越是拖着不接奉郡,她越是着急想要把东西推给我。"

秦娆虽然喜怒不定,但心思还算好猜,越是骄纵之人越不能忍受他人悖逆,好在秦湛生性多疑,让秦娆来同他交涉,方让他寻得先机。

"且拖着,拖到晚间她入宫之前。"

南庆使团刚到,如今还住在上京驿站,待安顿好必会入宫拜见顺隆帝。而沈千聿就是要在对方入宫见到顺隆帝之前让一切尘埃落定,让顺隆帝不能在南庆之事上胡作非为。

沈千聿低下头把人紧紧拥在怀中,仿似要将他的心尖儿重新融进骨血一般。

抱了许久,宋挽才低低地道:"殿下该去寻南庆公主了,晚了怕误事。"

"误不得,再抱片刻。不,再抱一刻。"

知晓宋挽宠他,沈千聿哼唧着同她谈条件。

二人也确实许久未见,宋挽的思念之情不比沈千聿轻多少,闻言便也静静地揽着意中人忙中偷闲,直到吉荣再次来催,沈千聿方恋恋不舍地松开。

"我要出宫了,今晚不回,你早些睡,莫等我。"

晚间还要跟南庆众人一起拜见顺隆帝,朝中会设宴,杂七杂八的事不知要忙到几时。他若深夜来扰,挽儿必然休息不好。

"明日宫中应会设大宴款待南庆使团,我明日怕也不能来见你……"

男人语气的愈发哀怨,宋挽听着微笑着哄他:"设宴过后殿下便可以来陪挽儿,挽儿会一直在来仪阁等着殿下。"

"嗯……"沈千聿长长地应了一声,当中的缠绵不舍之意听得宋挽的耳朵都红了。待他走出来仪阁已是大半日以后,秦娆早已被晾得心烦意乱。她从未受过此等侮辱,越想越觉得愤懑。

"公主,东宁太子已到。"

沈千聿走进驿站正堂,看着咬牙切齿的秦娆淡淡地道:"你三番五次寻本宫,到底要做什么?"

秦娆将手中割地手书递给沈千聿:"本公主希望你一言九鼎,来日助皇兄稳固皇位。"

沈千聿接过那手书,看过两眼后递给万宵。

"婉嫚夫人已死，你可知晓？"

"你说什么？"秦娆瞪大了眼睛，她还不知皇姑母身死的消息。

"宫里有你的人？"

沈千聿"哼"了一声："你以为就秦湛聪明，其余人都是蠢货？虽然如今婉嫚夫人已死，但宁王还在，秦湛之位仍不稳妥，所以……求人的态度，公主还是摆得端正些罢。"说完，沈千聿走出驿站。

甫一出来，他便将秦湛的割地手书递给万宵："拿去鸿胪寺再送到宋大人处，秦娆入宫之前，务必让朝中上下所有人全都知晓南庆国君为本宫敬上奉郡一事。"

"殿下好计谋。"

万宵将割地手书小心地折起放入袖中，笑着道："若属下未猜错，殿下一路戏耍南庆公主为的便是今日吧？"

他家主子一路压着秦娆，将秦娆拱得满肚子火气早丢了理智。事到如今，对方满脑子只想同主子作对再无其他想法，这手书如此轻易给了出来，怕是公主晚间见了顺隆帝便要后悔。

沈千聿嗤笑一声："若圣上知晓有这等东西，莫说让本宫娶秦娆，便是给本宫赐婚御膳房里头的肉猪他也做得出来，本宫不早做打算怎能成事？"

送子至南庆为质，是顺隆帝终其一生都难洗脱的耻辱，而南庆国君送上奉郡这种功绩他怎么会轻易放弃？沈千聿就是要先下手为强，将奉郡捏在手中，并踩着秦湛将这个威名扣在自己身上。

奉郡到手，顺隆帝便不会被秦娆要挟让她成为太子妃，他也可借此收服众朝臣立下威名。如此一石数鸟之计，沈千聿自己都忍不住想赞叹一声。

万宵见状道："婉嫚夫人真的死了？"

"本宫哪里知晓她是死是活。"

他不过是仗着两国距离遥远，消息传递不便诈秦娆罢了，以他对秦娆的了解，若对方知晓婉嫚夫人已死，只剩下宁王一人同秦湛争夺南庆帝位，她必会以为秦湛胜于二人，重新捡回三分张狂。而他就是要秦娆狂，如此日后栽些罪名到她头上方不算突兀。

万宵点头，暗道一个奸。

"有一事……"

沈千聿摸了摸鼻子轻咳一声："我在挽儿那放了些东西，她应当不会过问，可万一她或她身边丫鬟问起，便说是你的。"

万宵疑惑地问道："什么东西？"

"你少管，总之是有用的东西。"

万宵就见他家主子说完便大步离去，没有半点迟疑，他无奈地"啧啧"两声方办正事去。

今日虽不设大宴，但秦娆进宫拜见顺隆帝时也换了一身相对端庄的宫装，且极为罕见地将脸上的浓妆擦去，只浅浅地敷了一层薄粉。

正欲外出乘轿进宫时，淮珏突然自外头走了进来，慌张地道："公主，那东宁太子将国君出让奉郡一事吵嚷得人人皆知，使团中……也都知晓了。"

"你慌什么？既给了他，本公主就不怕别人知晓。"

秦娆的脸色虽不好看但也猜到沈千聿必会用此事做文章，为自己揽不世功名。

"可那东宁太子说国君送上奉郡手书，是为答谢东宁帮他暗杀老国君一事。"

"放肆，他在胡言乱语些什么？"

秦娆一双眼睛立刻变得赤红，不多时双眼便因愤怒而染上点点血丝。她此次出使东宁，打得本就是来东宁兴师问罪的幌子。只因前段时日有传说，她的父皇乃东宁皇帝同太子暗中刺杀，皇兄才以此为借口安排她出使东宁。她明着为兴师问罪，实则是来为皇兄求取一线生机。却未想如今……

"那个贱人竟敢摆本公主一道？"联合敌国太子弑父夺权之名若传到南庆，宁王定会拿此事作筏子弹劾皇兄。

"公主，眼下如何是好？"淮珏皱着眉，丝毫不敢提割地手书交得太过草率一事。

如今想来，那东宁太子一路都在激怒公主，他欲擒故纵，让公主中了他的奸计，如今割地手书已经交出，无论对方如何编造，他们也只有强行认下的份。

秦娆咬着牙，面颊抽动得厉害，直到双颊近乎痉挛，淮珏轻轻抚摸为她舒络许久后，秦娆才双眼猩红地道："你觉得婀嫚夫人可会如蛮奴所言，败落身亡？"

淮珏摇头看向秦娆，若婀嫚夫人真如此容易应付，她也不会跟宁王同国君成鼎立之势多年。

"本公主也觉得不会。"秦娆的脸色十分狰狞，"他一路都在骗我，甚至不惜以东宁帝位为誓。"

将手一伸，秦娆道："将本公主的蝎尾鞭拿来，本公主要入宫好好问问蛮奴，何至于此。"

淮珏点点头，跟秦娆一起走了出去。

刚走到屋外，便有南庆使团的随行官员前来询问公主出行一事，那个人刚刚开口，就被秦娆一鞭子抽在胸膛。

"啊……"

男子胸膛上的皮肉被生生刮落一大块，周围的人顿时噤声，再不敢言语一句。

"识相的就不要惹本公主晦气，其余的待我从东宁皇宫回来再说。"长袖一甩，秦娆将蝎尾鞭收入袖中，上了宫中来接人的轿辇。

宋挽等人正在东宫院中赏花对弈，众人正玩闹着，秦娆在太监的通传声下带着几个人面带笑意走了进来，而且还颇为和煦地同商蓉打了招呼。

商蓉并不了解秦娆的性情，见她出现在东宫十分诧异，倒是坐在院门口正在抚琴的齐卿铃有些莫名觉得胆寒，不由得向后退了两步。

"你的琴弹得不错。"

秦娆笑嘻嘻地看着齐卿铃，齐卿铃讷讷地说了句多谢公主。

"你说什么？"

"多谢公主夸……"

话音还未落，众人毫无反应之际，秦娆便十分突然地从袖中甩出一根长鞭，直直地甩向齐卿铃的脸上。

周围立刻蹿出三四个太监，可无人来得及阻止。秦娆的动作太突然，从她走进院子到对齐卿铃出手不过一瞬间，宋挽还坐在琴前不曾起身。她自秦娆进门便抬眸打量，还没等琢磨出是否要对秦娆起身行礼之时，便觉得一股温热的血喷了自己满脸。

"啊……"陆幼筠大声呼喊，宋挽茫然地抬手抹掉脸上鲜红的血液，刚睁开眼便见秦娆手中的长鞭尾处挂着一大片皮肉，而齐卿铃早已倒在地上挣扎、哀号。

"卿铃……"张宝桢同赵南璋慌张上前搀扶，宋挽愣在当场，还未从惊恐中走出来。

"你……你……"商蓉猛地起身，正要说些什么，却因身体的原因刚吐出两个字便突然口吐白沫，倒地抽搐，宋挽这才回神，慌张地推翻琴台，向商蓉走去。

她一动作，秦娆便瞧见了她。宋挽于东宫这群女子中实在出众，也不管她的身份，秦娆手中的长鞭再次甩了出去。鞭子甩到一半，却被锦书一把抓住鞭尾。

这鞭尾尽是金属钩刺，锦书吃痛，猛地一拽，将秦娆拽飞出去，东厂的人紧忙上前将秦娆团团围住。所有人都没想到这位南庆公主竟然会疯癫地到他国东宫之中大开杀戒。

鸾笺、蘅芷与其他宫女都在忙着处理眼前的乱况，蘅芜见此，忙让人去前朝寻太子。

东宫之中哀号、痛哭之声不止，秦娆从地上缓缓地爬起，看着围住自己的几个人娇媚地笑道："还不扶本公主起身？"

秦娆身边的宫女走上前将秦娆扶了起来。东宫侍人的脸色都十分难看，可她的身份特殊，便是东厂的人一时也不知应拿她如何

"矫揉造作，本公主瞧着十分不喜，且见到本公主不知行礼，死有余辜。"

秦娆眯着眼睛，面色不善地看着锦书。

"将本公主的蝎尾鞭还来。"她那长鞭尾部都是暗钩，锦书出手抓鞭尾其实是出于本能，如今钩刺扎透她的骨肉，若非锦书有一把子力气恐怕半只手都要被秦娆刮成白

骨。如今那条长鞭还挂在她的手上十分疼痛，锦书只能吧嗒吧嗒地落泪，半分不敢动。

秦娆正准备上前，宋挽却突然站了起来。

"公主可闹够了？"

"你是个什么东西，竟敢如此跟本公主说话？"

秦娆咯咯一笑，伸手便想去抓宋挽。

宋挽不动不躲，她的目光看向鸾笺，二人准备在秦娆动手之际折断她手臂，对方的手却突然被一只飞来的木刺贯穿。那根木刺从宋挽的面前飞过，直直地穿透秦娆的手掌。

木刺的贯穿力将秦娆手掌打偏，她却只是低头看了一眼，便毫不在意地伸手将穿透骨血的东西拔了出去。

"公主过分了。"

万宵脸色阴沉，大步而至，转头便看见了捧着一只手将长鞭一头挂在肩上哭得鼻涕一把泪一把的锦书。万宵紧紧地皱着眉对宋挽道："劳烦宋承徽照顾其他几位主子，先将受伤的两位主子安顿一番。"

陆幼筠也哭着道："挽儿姐，怎么……怎么办……"

宋挽一脸严肃的表情："别慌，抓住卿铃的手，不要让她触碰脸上的伤口。"

她拉住吴喜香，声音微微发抖："按住卿铃的双脚……"

"万督主，请公主赐药。"

宋挽半蹲着扶住齐卿铃的头，强忍着泪提醒万宵。

南庆公主无知无觉，必定时常受伤，她的身上必有止血生肌的药物，且多是上品。万宵也反应过来，直接伸手探向秦娆的腰间，打开瓷瓶放到鼻尖闻了闻，发觉并无问题后，这方递给了宋挽。

宋挽忙接过来将所有药粉都倒在齐卿铃的脸上。或许是药物刺痛了伤口，齐卿铃立刻拱起腰身，猛地将宋挽和吴喜香掀翻在地。

万宵垂眸站在秦娆的面前，心中却不知道该如何处置，只能等沈千聿下朝赶来。

过了好一会儿，沈千聿才脸色阴冷、满眼急切地进入东宫。他一进来，就见宋挽趴在地上满脸鲜血，顿时吓得一愣。宋挽抬起头，朝他微微摇头示意自己无事后，沈千聿才张嘴将胸口的慌乱缓缓地吐出。

"将公主送回朝霞殿，其余人杖刑至死。"

沈千聿冷冷地开口，背在身后的手却因为愤怒而紧握成拳。

他看向秦娆，一字一句地道："将陪同公主入宫的人全部杖毙，让公主亲眼看看她做下的蠢事，害死了多少南庆子民。"

万宵示意东厂的人照做，自己则跟沈千聿留了下来。

四位太医姗姗来迟，万宵看着所有人都在为商蓉、齐卿铃等人察验伤口，想了想，走到锦书身边。

看着锦书，万宵将她的手拉到自己面前。

太医将商蓉和齐卿铃送入殿中，其余人则被沈千聿打发回各自的寝殿，宋挽也被他拉回了来仪阁。蘅芷红着眼睛端来铜盆，沈千聿从蘅芷的手中接过铜盆和巾帕，半蹲在宋挽面前为她小心地擦拭脸上的血渍。

"可是吓着了？"沈千聿低声开口，仿佛怕吓到宋挽一般。

温热帕子将她脸上凝固的血渍一点点擦干净，宋挽握住他的手，轻轻摇头。

"秦娆今日……她是故意的。"

"一切都太突兀了。"

宋挽喃喃着道："从她见到齐良媛到出手伤人都太过突兀，迅速，就好似她今日原本就是打定主意来害人的。可是没有道理。"

宋挽红着眼睛，心中发苦。

"秦娆便是再疯癫，也不应该在南庆国君腹背受敌之时这样做，她今日在试探什么？"

"无须担心其他，秦娆我自会处置。"

"齐良媛那里……"

将宋挽的手握在掌心，沈千聿喃喃着道："若她真有不测，我会补偿齐家。"

伸手将宋挽脸上泪珠拭去，沈千聿让蘅芷给她沏了安神茶，自己则抱着人走到美人榻边。

"你睡一会儿，莫要胡思乱想，我在这儿陪着你。"

将宋挽抱在怀中，沈千聿并不知该如何劝解她，只能一下一下地轻柔顺着她的背。

"往日若我觉得痛苦煎熬，便会小憩一番。"

为宋挽拆了发，他伸手将人圈在怀中，小声哄着。蘅芷、蘅芜等人也都吓坏了，可锦书还伤着，她们不敢懈怠。

"你们也去歇着吧，此处有我。"

万宵扶着锦书的手，打发走了蘅芷二人。

锦书还在默默地哭泣，万宵瞥她一眼低声道："你这伤不好处理，唯有一个个将那金钩摘下你可能忍？"

"能……能忍。"

小姑娘哭哭啼啼的，十分可怜的模样，万宵自怀中抽出块帕子，伸出一只手囫囵抹在她的脸上："别哭了，丑死了。"

锦书还疼着呢，可再疼姑娘家被人说丑也是不爱听的，她将万宵的手拨开，怒目瞪着他。还不等锦书开口反驳，万宵便将手边的褐色药液全部倒在锦书的手上。

"啊……"锦书张大了嘴，刚想哀号，万宵又将桌上的点心整个塞入她口中。

"唔……"

"你且吃着，我将这金钩为你挑开。"

方才的药液有止痛的功效，待锦书将嘴里点心咽下，手上的伤口便不若最初那般疼痛。万宵低头摘得认真，锦书啜泣着道："上次，上次是奴婢误会了万督主。"

"你今岁多大了？"

锦书不知他为何问这个问题，呆呆地回答道："一十七岁了。"

万宵头也不抬："虽宫女任职十年可外放出宫，但你若不想在宫中，我可向太子求情放你出去。"

"奴婢不想出宫。"

万宵的手一顿："为何？早日出宫嫁人生子亦是人生乐事，何必在此蹉跎。今日的事未必是第一次，也不会是最后一次，外头哪里不比宫中快活？"

"奴婢有夫婿了，不必出去嫁人生子。"

万宵皱眉："既有夫婿为何不早早成婚？"

锦书叹息着道："我夫婿族中遭了难，人亦不知死活。这些年来有人说他还活着，也有人说他死了的。我想着找一找，说不得可以找到。"

万宵垂眸："天大地大，到何处去寻？"

"我二人定了亲，这夫妻缘分总归是有的，说不得哪日便寻到了。万督主，你继续摘啊，这东西挂在手上很疼……"

见万宵停了手，锦书瞪着湿漉漉的大眼睛，眨巴着眼睛催促让，他的动作利落些。万宵的眉心紧锁，继续手上的动作。

终于将所有金钩自肉皮上摘下来，万宵这才道："你怎会突然入宫？你爹娘呢？"

他话中的深意锦书没来得及细想，只有问必答道："爹爹为寻我夫家这些年四处奔走，将家底都搭了进去，娘亲生了重病，已经过世。娘亲过世后爹爹也没找到奴婢夫婿一家的消息，他既觉得愧对旧友，又觉得愧对母亲，也早早跟着去了。后来我被接到外祖家，过了几年，外祖母去世后，舅母便把奴婢同鸾笺姐卖到了宋大人府上。"

锦书笑眯眯地道："小姐待奴婢极好，也曾说过若寻到夫婿便让奴婢出宫，且还会给奴婢一笔嫁妆。"

万宵抬眸看着锦书，眉头皱得厉害，张伯一家为他族中奔忙至此，他并不知情。

"太子殿下。"

沈千聿从屋中走出来，就见万宵看着锦书怔怔地出神，待锦书开口他才起身。

"你随本宫来。"

二人走出来仪阁,沈千聿道:"挽儿说今日秦娆的举动十分不智,应该有所图。"

万宵答:"属下并不知先前发生了什么,但宋承徽向来聪颖敏锐,她既如此说应不会假。"

沈千聿点头:"秦湛式微是真,秦娆已收敛性子许久,今日突然发疯应是想试探圣上对南庆的态度。"

今日之事,顺隆帝必不会处置秦娆,而秦娆的举止反常很可能是入上京后听闻当今圣上的怯懦性子以此来试探些什么。

"另外,宫中的人换一批。"沈千聿皱眉道,"今日虽事出突然,但亦不应毫无反应。"

万宵点头,心中将那些个没有眼力的暗骂一通。自从太子的地位稳固后,东宫甚少出现什么问题,他也知晓那些人不知秦娆性情,未将她放在眼中,可渎职便是不敬,这些人确实不能留在宫中了。

万宵应下,处理妥当后去太极殿等沈千聿。

"圣上仍要放人?"

见自家主子一脸阴沉,万宵的脸色也难看起来。

"不仅如此,圣上还赏了不少东西给秦娆以做安抚。"

沈千聿的脸色铁青,胸中憋闷得厉害。任他和一众大臣在顺隆帝面前阻拦大半日,将南庆眼下的局势掰开揉碎了讲,顺隆帝也只是减了三成御赐之物来堵他们的嘴。还呵斥众臣,若两国因此交战,他们便是害他遗臭万年的罪魁祸首。

顺隆帝对南庆自骨子里的畏惧,怕是今生都无法洗刷干净。

"罢了,遂她的愿又如何?"沈千聿的眉眼阴沉着,"若她不闹,本宫后手亦不好施展。"

处理完此事,沈千聿回到来仪阁,却被蘅芜告知宋挽去了商蓉的寝宫。

"本宫在此等她,你们自忙自的去。"

将人打发走,沈千聿便在来仪阁处理起正事。

宋挽则坐在商蓉身旁,面色凝重。

商蓉已许久未犯旧疾,今日突然受到惊吓,竟是一病不起,宋挽既担心她,又担心齐卿铃。

正垂眸思索间,商蓉幽幽地开口:"我知你在想些什么,但是不可以。"

宋挽抬头,微微捏紧了帕子。

商蓉虚弱地道:"南庆虽是内乱,但国力比东宁强出数倍乃不争的事实。秦娆敢在东宁如此张狂,倚仗的并非只是圣上对南庆的畏惧,更有故意挑起两国交战的意思。"

宋挽双眸微敛,轻叹一声:"她轻易失了奉郡,太子又将南庆献上奉郡一事说成是秦湛弑父的酬谢,若此谣言真的传到南庆,秦湛必输无疑。秦娆也知晓此事,方有今日的试探。"

商蓉点头:"你继续。"

"若圣上果真如秦娆预想畏惧南庆良多,挽儿猜她下一步应会逼迫圣上出兵以助秦湛。奉郡是名,亦是饵,圣上对南庆有畏惧又有执念,若想拿捏并不算难。"

商蓉盯着头上的帷幔,目光空洞地道:"即使圣上不畏惧南庆,她也会出手故意挑起两国的争端。秦湛不能背负通敌弑父之名,可若两国交战,他这罪名便不成立了。两国交战,南庆会暂缓内乱以应外敌,如此,秦湛可休养生息,若再将宁王推出对抗东宁他更能获渔翁之利。"

商蓉继续道:"秦湛获胜就会追究秦娆在东宁所受的屈辱,所以太子不会让秦湛胜。我猜太子已准备好在秦湛同南庆宁王斗得两败俱伤时,对南庆出兵。"

以顺隆帝的性子决计不会同意对抗南庆,所以商蓉猜测沈千聿对顺隆帝另有安排,只是这等话她不可以轻易说出口。如今见宋挽的脸色平静,没有惊诧之意,她便知对方应也明白太子所想。

"所以我们不能轻易出手,莫坏了太子的大计。"

宋挽捏着帕子,沉思许久,缓缓地点头。

"秦娆不会安分的。"

商蓉喃喃着开口,宋挽抿唇不语,却知晓她说得没错。

若秦娆知晓顺隆帝的心思必会得寸进尺,而哪怕顺隆帝的态度强硬,她也会故意做出些能挑起两国争端之事,所以无论如何,有些事都避不开。

宋挽同商蓉心有不甘,可她们无能为力。

莫说二人在这后宫之中地位低下,着实不够看,便是身居高位也无法参与前朝之事。

"挽儿知晓了。"

低低地说出此话,宋挽见商蓉满脸疲惫之色,帮她整理好被子这才轻手轻脚地退出去。待离开商蓉的寝宫,她又去了听月馆看望齐卿铃。

吴喜香和张宝桢也在,陆幼筠的胆子最小,经历今日的事吓得高热不退,赵南璋在照顾她二人,并不在此。

宋挽进来时,张宝桢正按着眼角偷偷落泪。

三个人无话,对视一眼,沉默地坐在一旁。

宋挽垂眸,视线扫过桌几,正看见上头摆放着的南庆秘药。

"这是秦娆随身带的伤药?"

张宝桢点点头:"问过太医,说是极好的药物,给卿铃用亦无碍。"

宋挽捏着那形状模样都十分别致的瓷瓶，微微凝神。

许久后，她让蘅芷将药物倒出来，只留下少许在瓶中。

"这东西，我有些用处。"

张宝桢见状突然道："我的外祖乃前太医院院判，我虽然不曾学医，但家中有不少医书。"

宋挽闻言眼中泛红，浅浅地一笑。

宋挽拿着带有南庆独有印记的瓷瓶回了来仪阁，沈千聿见她有些心不在焉，上前问询。

"挽儿可有不适？"

宋挽摇头，将掌心摊开。

沈千聿将东西从她的手中拿走，柔声道："有人曾说你是个再干净不过的水晶人儿，你不该做这些，一切有我。"

宋挽虽不知谁人这般说过她，但她此刻无心询问这些无关紧要之事。抬手从沈千聿的掌心拿回那个瓷瓶，宋挽捏在手中，眼皮微垂："此无谓干净与否。人活于世坦荡为要，我自幼敬重君子之道，可君子并非唾面自干，亦非一味软弱可欺。寻常事无有计较之意乃是因为不足记挂于心，可卿铃……"

宋挽抬眸："卿铃不该白白受此劫难，你……"将手轻轻抚在沈千聿的肩上，"你亦不应受此羞辱。"她拿着那个瓷瓶，目光平静道，"有些事，可做不成，却不得不做。"

商蓉说得没错，秦娆不能死在东宁，可既然东宁、南庆必有一战，她便并不能让秦娆如此平静地过完在东宁出使的日子，仿似一切都不曾发生过，那些因她而伤因她而死的人应该得到慰藉。她也有她想护着的人，为那些人，她需要做些什么。

宋挽紧紧地抓着那瓶伤药："妾身不会误殿下的大事，所以今日来问问此事可以做到何种程度？"

沈千聿温和地道："她不能死在东宁宫中，其余挽儿可随心所欲。"

将人拉到怀中，沈千聿闷闷地出声："对不住！是我没护住你，亦让齐良媛受了伤。"

"没人想到的。"没有人会想到秦娆能张狂成这般样子，也无人猜到她存了心想要挑起两国的争端。

"秦娆这段时日不会出现在宫中，若挽儿想动手，只能等七月七宫中设宴，在此期间你需要什么都可寻万宵帮忙。"

"多谢殿下。"

"你我二人何须言谢？"

将人抱在怀中，沈千聿轻声叹息着："往后一段时日怕是不会安闲了。"

宋挽道："不知东宁、南庆之间的平静可撑到何时。"

"应当不会很久。"

二人相拥片刻，万宵便来寻沈千聿，沈千聿离开，宋挽则捏着手中的瓷瓶暗自思索。

第二日一早，她便拿着几本书去商蓉的寝宫寻张宝桢。将自己的想法说与几人听后，吴喜香道："这钉耙虽然易得，但着实便宜了她，我倒是有个好物件。我的表兄乃御马司监官，他那儿有挽儿能用上的东西。"

张宝桢道："那些药粉我昨日细细闻过，当中有一味药物东宁少有，我已经托表兄去寻，想来需得三五日。"

赵南璋的双眼微红，淡淡地笑着开口："那日总要有人亲自动手，我要做那个为卿铃亲手报仇的人。"

宋挽摇摇头："无须亲自动手，我自有办法，若处理不当，圣上日后怕要追责。"

"便是再缜密的计谋也不能保证没有意外，我们只有这一次动手的机会，若想做到万无一失，总需有人来托底。往日我同卿铃最好，她受伤我最不能忍。"

赵南璋擦去眼角的泪水："咱们都是艰难处一路走来，最珍惜这段姐妹情不过。挽儿，你往日言语寡淡，从不是个好热闹的，可就连你这个性子都压不住那股子火气，我又如何能忍得下？"

"我知咱们姐妹都想为卿铃做些什么，你便让我去，让我亲自动手。"赵南璋冷笑着，眸中迸发三分狠劲，"我年轻的时候射御俱佳，挽儿，你体弱，挥不动那东西，届时莫报仇不成反受其害。"

赵南璋说完，撩起裙摆做了个拉弓的姿势，只三两下众人便知她所言非虚，并非只有个花架子。

宋挽红着眼，即便是在宋府，她同宋摇、宋拈之间也从未生过今日这番相互扶持之情。

陆幼筠今儿早上才刚退了热，可她不耐在自己的寝宫中养病，一大早便跟映红抱着被卷枕头来商蓉的寝宫，如今她还在榻上躺着，闻言亦哭哭啼啼地询问自己能帮上些什么。

宋挽想了想道："你陪我一起，那日我去做饵。"秦娆伤了卿铃后第二鞭抽得便是她，可见秦娆对她已生敌意，那日若她出现，应会引得秦娆上当。

商蓉见她们几个商议起事来，无奈地摇了摇头。宋挽这样做怕是太子已有同南庆交战之意，她思索片刻，只能随众人而去。

将一切商议妥当后，宋挽日日跟张宝桢研制南庆秘药的方子，而赵南璋则每日去御花园来回走动。如此忙碌四五日，宋挽终被沈千聿堵在来仪阁中。

"我已许久未见挽儿,挽儿这几日都在忙些什么?"他的语气中带着淡淡的抱怨,宋挽闻言微微一笑。将自己跟吴喜香等人的计划同沈千聿说了一遍,交代后宋挽道:"此事一出,秦娆必会震怒,只是不知她会不会忍不住气,对东宁出手。"

"会。"沈千聿道,"秦娆此次出行东宁,手中有支七千余人的精锐,这是秦湛给她保命用的。"

"秦湛虽癫狂,但对秦娆无话可说,此次他将这支精锐留给秦娆带出南庆,我猜测他应是无力支撑同宁王以及婳嫚夫人之间的斗争。让秦娆来东宁亦有为她留最后一条活路之心。"

前日他刚收到柳长阙的来信,知晓秦娆暗中带兵出行,想来这支精锐化整为零,不知守在何处。两国相距遥远,他收到这个消息时不知秦湛如何,若运气不好,说不得如今南庆已经改朝换代。

若秦湛真的被逼至绝境,以他的性格,死前必然反扑,南庆如今应如风中残烛,不堪一击。他如今正在等柳长阙的第二封信,若他猜想是真,便绝不能给南庆以休养生息的机会。

"届时哪怕秦娆半路反悔,我亦有法子逼她亮出兵力。"

"南庆兵力强悍,七千精锐亦不好对付,殿下可想好应对之策了?"

沈千聿道:"挽儿可记得严同甫严大人?"

宋挽点头:"自然,严大人乃我阿兄的妻舅,亦是兵部侍郎。"

"英国公府第六子明淳乃武节将军,虽我的手中无兵权,但届时我上奏领兵亲征,严大人以及岳丈大人都会上折支持,明淳亦会随本宫一起南下。待我掌有虎符,所能做的便多了。"

"殿下要亲征……"宋挽有所担忧,却也知道沈千聿身为太子迟早要走这一步。话刚出口,她便闭口不言。便是说,也不过徒增烦恼罢了。

"挽儿无须担忧,我对南庆将领多有了解,对上他们也有胜算。且如今南庆内斗得厉害,终归要伤些元气,眼下正是极好的时机。"

当年顺隆帝不仅送质子去南庆,更是答应每年给南庆送去价值近百万两白银的贡物,东宁国库原本尚算充盈,可这几年愈发捉襟见肘。

在南庆时候,沈千聿每次见到后宫之人挥霍无度,都会觉他们是在吸东宁之髓。如今有机会亲手将属于东宁的东西一一夺回,他虽死无悔。

宋挽知他心中的抱负,虽忧心却也为对方的男儿热血折服。二人将万般情愫化为浅浅一笑,将之融进骨血中。

宋挽虽喜至情至圣之人,但人之一生必是以家国为先,情爱为后,她纵有万般不舍,也绝不会阻拦沈千聿。两个人心意相通,便是一言不发也不觉得疏离,相对无言时更有一丝缱绻温情。

握住沈千聿伸过来的手，宋挽轻轻攥了攥他的手掌。

秦娆徒生事端导致宫中人人自危，直至七月七乞巧节时宫中方见到几分欢欣之意。

宋挽一大早便去了商蓉的寝宫，今日她们几个人很有些大动作。

"今儿巧节会，咱们就让南庆公主瞧瞧咱们东宁女儿的手究竟够不够巧。"

赵南璋的袖子中藏着个精巧的弹弓，这段时日她白日练晚上练，几个人的寝宫里头所有的茶盏都被她崩得稀烂。若不是万宵重新送了几套来，她们今日饮茶还得一人捧着个茶壶。

陆幼筠正往绣囊里头装西瓜子，一边装一边嘟囔着："这可是商良娣让小厨房特意给我做的，新鲜的西瓜子加细盐小火焙出来的……"

宋挽坐在商蓉的妆台前，赵南璋正给她盘头上妆。宋挽甚少以这种浓艳妆容出现在人前，今日却是尽可能地往富贵娇艳里拾掇。

商蓉的身子不适留，在齐卿铃的寝宫陪她，陆幼筠、张宝桢以及赵南璋准备好之后先行离开，而吴喜香跟宋挽则落后一步。

巧节会宫中设了九引台，高台之上挂着一个硕大的五彩丝线组成的绣球，丝线四面垂落以供今日登台的后妃女眷等穿七孔针。

无身份登楼的姑娘家则会在九引台下放置水碗，待午时烈阳暴晒过后，放针入碗以乞巧。

今年的乞巧节因南庆使团在，故办得格外盛大，不仅京中三品以上官员家中的女眷皆入宫参宴，未出阁的小姐们也可以向芸妃禀报以登台。九引台下，绣布小桌摆了近百数，上头放的尽是瓜果肉脯、茶酒点心。

顺隆帝身体不适，今日并未出席，女眷中宋芸宁同江曼本应坐在主位，可江曼自沈千沭夭折后整日颓丧得不见人，顺隆帝不闻不问，宋芸宁更是懒得理会，她不出席也无人去管。

同宋芸宁并列的是秦娆的座位，自她伤人又大摇大摆地出宫后，秦娆的举止更为张狂了。今日便是连件正经的衣衫都未穿，一双白皙的腿隐隐显于酡红纱裙下，显得十分浪荡。

宋芸宁看过一眼，便瞥过头去，眼中满是轻蔑。

东宫的人来得晚了些，但她们身份贵重，无人置喙。吴喜香带着几个人向太子和宋芸宁见过礼后方一一落座，而宋挽出现时，很让人觉得惊艳。

沈千聿从未见宋挽如此装扮，他的挽儿平素多以轻巧简约为要，如今日这样浓妆艳抹还是头一次见。目光受其吸引，沈千聿不由自主地勾唇浅笑，眼中亦满是未尽的情愫，便是不开口也让人面颊生晕。

吴喜香瞧着朝宋挽挑眉一笑，转身想跟陆幼筠打趣时，只见陆幼筠双目炯炯有神地盯着眼前的肉脯瓜果，好似在琢磨一会儿先抓哪个。

宋挽未曾理会这些，只是静静地看着秦娆。脸色平静地将目光自上而下，又自左而右打量着她，待见她隐隐露出的双腿时，淡淡地一笑，神色饱含不屑。

那副清高淡漠模样彻底惹怒了秦娆，秦娆正欲说话，宋芸宁突然道："南庆公主也要登九引台穿七孔针？"

秦娆回过神，见宋挽已落座，太监正高唱乞巧祝词。

"穿针又有何难？"

秦娆站起身，满面笑意地指着宋挽："我要她跟我一起。"

"承蒙公主厚爱。"

宋挽起身，眉目冷淡地看向秦娆。

沈千聿见状紧握双拳，随后又缓缓松开。他的挽儿聪敏机智，他相信她可以轻松应对。

宋芸宁以及其他几个皇妃登台祈福后，方轮到东宫女眷，吴喜香与陆幼筠等人的位份比宋挽高，是以先登台穿针取好彩头。宋挽见几个人上去，伸手作势邀请秦娆。

"你先行。"

秦娆一脸媚笑，指着九引台示意宋挽先行。

宋挽也不礼让，转身走了上去，秦娆紧跟其后，待到九引台之上，秦娆刚走到宋挽的身边，便猛地抬手冲她而去。

"你……"

陆幼筠上前一步，正巧挡在宋挽面前。她身形丰腴，便是秦娆用力一推，也纹丝不动。

"公主手巧，妾身认输。"

刚走到九引台上，宋挽就转身离开，陆幼筠则一脚踩在秦娆的脚面上，狠狠地自她的脚上踏过。口中也跟着嘟囔一句："妾身也认输。"

吴喜香和张宝桢见状，齐齐开口说了句"妾身也认输"，接连下了台。

几个人好似戏耍一般的举动让秦娆大发雷霆，她阴沉着脸回到自己的座位，心中的怒火却许久未能平静。

"公主……"秦娆身边的南庆宫女低声开口，还未说出后半句便被她一巴掌抽在面上。

宋挽一直盯着秦娆，见此情境捂着嘴轻笑，笑得眉眼间满是鄙夷、轻蔑。

东宫的几个人一而再、再而三地故意挑衅，秦娆早已绷不住心中的怒火，好不容易等到巧节会结束，她便一脸阴毒地跟在宋挽身后，也跟着走向御花园。

"挽儿姐，她可跟上来了？"

陆幼筠抓着西瓜子，偶尔从指缝中漏出几个。

"若是没跟上，可要我再多丢些？"

宋挽摇头："秦娆不曾受过他人羞辱，尤其是我们这些她眼中低下卑贱之物的鄙薄轻视。她受不得这等气，定会中计。"说完，宋挽又道，"南璋姐那边如何了？"

又漏出三五个西瓜子，陆幼筠也放低了声音："炭盆已经烧好，那烙铁也准备得当，修假山的木架子昨日便搭建完成。"

"只差南庆公主这阵东风了。"想了想，陆幼筠有些担心，"挽儿姐，待会儿你到那木架下定要寻好位置，记得将南璋姐的位置让出，莫让她误伤了你。前些日子我同宝桢试验过，那东西落在肉皮上便是垫着粗布也会被灼伤，你待会儿定要小心。"

宋挽点头，拉着陆幼筠的手轻拍着安慰。她不怕，甚至连沈千聿提出要万霄帮忙都被她拒绝了，因为宋挽知晓东宫的几个人为卿铃讨回公道的心有多么坚决。她们是为卿铃，亦是为了自己。

"挽儿姐，那炭盆子放在木架上，你可莫要同那南庆公主走得太近，以免炭盆子掉落殃及池鱼。"陆幼筠一路小声嘟囔着，宋挽瞧出她心中害怕却强作镇定，心中不由得一暖。

几个人当中唯有陆幼筠胆小又怕疼，如今她却在强迫自己做伤人之事，可见卿铃对她多么重要。宋挽抿唇浅笑，拉着对方肉乎乎的手无声地安慰着。

"挽儿姐，那药粉子可备好了？"

"备好了，秦娆进宫时万督主以怕她再携伤人为由搜了几个宫女的身，药粉已经换了。"

"这便好。"陆幼筠想了想又道，"南璋姐也已经备好，她会确保让那东西准确掉地落在南庆公主的身上。"

二人一路往御花园的方向走去，一路压低声盘算那些个细枝末节，她二人先前走得快，如今陆幼筠却渐渐放缓了脚步，只等秦娆跟上。

身后传来脚步声，宋挽同陆幼筠对视一眼，忽然加快了脚步，往搭建好了的木架处而去。

哪晓得二人刚转过垂花门便愣在当场。

她们搭建好的木架正被几个太监拆除，而烧红的炭盆子也已经熄灭，唯有上头的烙铁还透着几分红。

江曼站在御花园中眉目冷漠地看着宋挽。

宋挽双拳一紧，垂眸不语。

第十七章 立誓

目光扫视过一旁的炭盆子，江曼轻声嗤笑，一瞬间便猜到这几个人要做什么。可她今日无心管这些，只瞪了二人一眼，便转过头沉默地看着御花园中一朵新栽的美人菊。

栽种美人菊的土壤颜色较深，一见便是有人刚动手栽上去的，宋挽看着身穿佛青色绣银团福褙子、满头素钗的江曼，忽然想到今儿既是乞巧节也是沈千沭的生辰。往日在侯府，乞巧这日，侯府都会给沈千沭多送一份生辰礼。

宋挽抓着帕子，心有不甘。

"见过江妃娘娘。"向江妃福身行礼后，宋挽看着陆幼筠微微摇头。便是再不愿，她也不能让江曼这个变数出现在秦娆面前。

示意陆幼筠给江曼行礼后，二人正准备离开，却被刚刚跟上的秦娆出声拦住。

"站住。"她大喝一声，制止二人。

娆穿着一身红衣，身姿曼妙，她走到宋挽面前，行动间白皙的肌肤若隐若现，引得江曼眯了着眼睛。

"滚出去，本宫不想看着你们。"江曼呵斥出声，却惹得秦娆转头挑眉怒视："你敢这般同本公主说话？"

被一群东宁贱贼处处戏耍、欺辱，如今一个没什么名号的嫔妃也敢跟她说一个滚字？

秦娆的视线扫过江曼面前孤零零的美人菊，嬉笑着道："你死了孩儿？"

见江曼的神色阴沉，秦娆捂着嘴笑弯了腰："无福的崽子早死方是他的福气。"说完，秦娆踮起脚尖，用力踏上那棵美人菊。

花瓣凋零，被秦娆踩在脚下，碾入泥土中再不见一丝颜色。宋挽和陆幼筠死死地皱眉，二人正犹豫该不该上前时，便见江曼抬起手啪的一巴掌狠狠地扇在秦娆的脸上。

秦娆被这一巴掌抽得踉跄几步，退后时将土带出正露出土中埋着的物件。美人菊下，浅浅地埋着一艘木雕船。

"沭儿！"江曼的眼睛血红，蹲下身去捡那艘木船。

"你找死。"便是南庆国君也从未对秦娆说过一句重话，更遑论有人敢打她的脸？秦娆站稳身子，刚稳住，便上前一脚踢在江曼的胸口，江曼被踢后，她捡起那木船，猛地向地上一砸。

木船应声碎裂，细微处的木屑迸碎零落得到处都是。

江曼目眦欲裂，见手边放着一个炭火盆子，抬手抄起当中的烙铁便扑向秦娆。

陆幼筠见状猛地上前一步，将秦娆的退路死死地堵住。

秦娆身后的宫女正要上前，却被暗中扑出来的赵南璋和宋挽挡住。

宋挽只见秦娆退后未果，被气急败坏的江曼抄着已看不出是否还有温度的方形烙铁死死地按压在脸上。

江曼心狠手狠，下手时从未犹豫过半分，宋挽看不见秦娆脸上的状况，却闻见一阵皮肉焦灼的味道。

"娘娘……娘娘三思啊……"衍庆宫的宫女急忙上前，江曼被人拉开，手中的烙铁掉落在地上，衍庆宫的宫女看着一脸烧伤的秦娆吓得面如土色。

便是江曼亦狠狠地皱眉，眼中带着几分惊惧。

宋挽闻着那股焦糊味，出声道："为公主敷药。"

赵南璋松开先前死死地拉着南庆宫女衣衫的手，也跟着附和道："公主受了伤，还不给公主……"

她的话还未说完，众人就见秦娆转过身来，所有人都立刻屏住呼吸，不敢喘息。

陆幼筠结结巴巴地道："药……药粉。"

那个南庆宫女颤抖着从怀中拿出止血粉，帮秦娆一点点撒在脸上。

药粉落在伤口上，秦娆微微侧头，只觉得今日的药粉与往日不同。她皱着眉头接过来，放在鼻子下一闻，又丢出去。

"本公主的脸怎么了？受伤可重？"

方才的局面乱成一团，她只知江曼不知用什么打了她，如今见众人这般反应，方觉得不妙。

"说话！"跟秦娆来的南庆宫女扑通一声跪在地上，都哭着低下了头。她们根本不敢开口，开口必然会没了活路。

秦娆的脸上，被人清清楚楚地烙上了"东宁战马"四个字。

周围无人说话，秦娆伸手摸着凹凸不平的脸怒喝一声拿铜镜来。

南庆宫女早已吓得跪在地上，江曼见状却学着先前秦娆的疯癫模样，捂着嘴弯腰大笑："无福的贱人，做我东宁战马方是你的福气。"

秦娆闻言大惊，慌忙摸向脸上。随着她的动作脸上有血流下来，视线变得模糊不清。

陆幼筠瞧着心中害怕，侧着身子走到宋挽身边。

江曼收敛起脸上的笑意，视线瞥过宋挽，冷笑一声，利落地离开。

秦娆还想再继续纠缠，万宵同吉荣从远处走来，二人瞧见秦娆的惨状时，也不禁沉默下来。

许久后，万宵道："公主受伤，可需要本督主帮您传太医？"

"今日的屈辱本公主必铭记于心，你们只管等我南庆踏平东宁那日！"

秦娆以手捂脸，已是怒极，唇齿难开。她转身大步离开，竟连身边的南庆宫女都未曾理会。

"赵良媛、陆良媛、宋承徽，今日宫中人多事杂，还请三位早些回寝宫安歇。"

"多谢万督主提点。"

宋挽同陆幼筠以及赵南璋行礼过后，一起去了齐卿铃的听月馆。

这几日齐卿铃一直高热不退，商蓉片刻不离，而张宝桢和吴喜香早已等在此处，就等宋挽等人回来告知可否事成。

"什么？你说那印被江妃盖在了公主的脸上？"

陆幼筠打着哆嗦道："我们也没想到会在那儿遇见江妃，江妃今日也不知怎的了，好生吓人。"

商蓉闻言低声开口："秦娆的伤过重，并不在你的计划之内，那些东西你可收好尾了？"

宋挽也微微皱眉："确实未在我的预料之中。"

二人对视一眼，都略有担忧。

"罢了，事已发生，不必再琢磨这些。"

宋挽点头："修葺假山是宫中许久之前便上报过的，那烙铁也经由多人转手带入宫中，本是给修葺山石的匠人烫皮子搅胶用，虽牵强但总归寻不到咱们身上。且还有万督主善后，定然无碍。"

虽这样说，宋挽却还是有些担心。圣上对南庆忌惮已久，如今秦娆受此重伤，怕是会追究，以平南庆的怒火，届时不知是否会旁生枝节。

商蓉亦知晓她的担忧，轻轻拍了拍宋挽的手以作安慰。

几个人正交谈间，来人报说陆家人求见陆幼筠，陆幼筠一脸沮丧地离开，众人便也跟着散去，让齐卿铃好生休养。

回到来仪阁时，宋挽就见沈千聿已等着她。见她回来，沈千聿双眸微亮，眼中闪过一丝惊艳。

宋挽忽而有几分羞涩，不安地抹了抹脸。

"挽儿莫擦。"

沈千聿上前拉开宋挽的手，将人拥进怀中，细细密密地吻在她面颊、耳后。二人耳鬓厮磨许久，沈千聿方将从头羞红至脚的宋挽放开。

"殿下……"

宋挽撑着男人的胸膛不让他近身，想说他怎的突然……突然对此事如此娴熟、热衷，可话到嘴边还是羞得未能开口。

沈千聿却仿佛知晓她想说什么，眉眼间尽是春风得意的喜气。

"挽儿莫问，我是不会说的。"

他将人拉到盥洗架前，亲手浸湿了帕子，帮宋挽一点点净面，待将她脸上妆容擦拭干净，又拉着人走到妆台前，帮她卸下钗环。

"这等小事有蘅芷，无须劳烦殿下。"

沈千聿温和地道："我想做，给挽儿做任何小事我都甘之如饴。"

忍不住爱怜地摸着宋挽的长发，沈千聿小心而轻柔地帮她将一头乌发梳得柔顺后，又拿了长丝帕子为她将头发绑起来。

"秦娆伤得很重，刚回驿站便下令返回南庆，想来是气急了。"

宋挽道："今日的事妾身未曾想到。"

"无妨。"

"便是没有此事，她也总会寻出些其他由头。"

二人不再管秦娆如何，只静静地依偎在一处，谈着与乞巧有关的事。

沈千聿说南庆并不重视乞巧节，宫中只有宫女会在这日穿针引线，缝些简单的香囊等。宋挽说她也许久未参与过乞巧节，往日这天侯府的老太太会给拢香斋送去染红了的鸡蛋。提起往昔，想到老太太同沈千沭，宋挽微微叹息着。

"挽儿莫想别处，想着我便好。"

二人嬉笑着，吉荣却踏着夜色而来。

"禀殿下，南庆公主上书要求东宁出银三千万两并将涑河以北的荪城和赤羊两地交予南庆以作赔偿，圣上如今大发雷霆，宋大人以及黄大人、罗大人等都在太极殿，圣上召殿下前去，以商对策。"

沈千聿微微皱眉。莫说三千万两，便是秦娆要二两银子他都不会应允，更何况荪城和赤羊。而且顺隆帝的反应也让他所料未及。

想了想，沈千聿道："我去瞧瞧，挽儿不必等我。"

宋挽点头，目送沈千聿离开。

沈千聿到达太极殿时，顺隆帝正在气头上，见到他来亦没有好脸色。

"无知妇孺，真当朕怯他南庆？三千万两白银她如何说得出口？"便是将东宁国库掏空，也凑不出三千万两。

"狂妄小儿，不知死活。"

殿内站着数位大臣，闻言都一副老怀安慰之色。

虽南庆的兵力强于东宁，但也没有一味避让的道理。且往昔一退再退，不仅未得安宁，反养大了南庆的野心。如今一个不知所谓的公主也敢开此巨口，怕是真当他们东宁男儿都死绝了？

几位老臣面露愤然，顺隆帝双眼赤红，一副怒极的模样。

沈千聿上前跪地道："秦娆手中有支七千人的精锐，儿臣猜想这些人应集结于涑河一带，如此她方提出索要荪城与赤羊。儿臣愿请兵亲征，望父皇应允。"

听闻秦娆手中有支近万人的精锐，顺隆帝微微眯着眼睛，有一瞬间的沉默。沉默半晌，他才道："南庆兵力强于东宁数倍，你可有把握？"

"儿臣无把握，但男儿马革裹尸，九死无悔。"

"好，好一句九死无悔。朕允了，朕等我儿得胜回朝那日。"

沈千聿长长地呼出一口气，未承想此事如此顺利。

殿中的其他大臣虽然觉得太子亲征不妥，但涑河乃东宁要地，又设有都司。辖内涵五个千户所，这便足近六千人，而且太子亲征，京城中亦会设总兵官调兵前往，保证太子的安全总不是难事。

更重要的是，他们都看出了太子的野心，是以众人缄口不语，唯有宋蓝安看向沈千聿时眉心微皱。

从太极殿回到东宫已是夜深，沈千聿如往日一般先去来仪阁瞧一眼宋挽。往日若他让宋挽早些歇息，宋挽都会乖乖地听话，哪承想，今日这个时辰了，她的寝中仍点有一盏烛火。

沈千聿有些惊讶，想了想，轻手轻脚地走了进去。

宋挽正趴在窗前的烛火下，她的长发微散，目光柔和地看向窗外。二人一内一外，对视良久。

许久后，沈千聿打发了吉荣，撑着窗沿跳进屋中。

宋挽起身轻声笑道："破窗而入，宵小之徒。"

"何曾破窗？不是挽儿正等着我？"

沈千聿也不知为何，忽然想起郊外宅子那日他二人月下相送时的情景。

抬起手为宋挽将散落在耳边的长发轻轻挽至耳后："那时我不知自己已动心，虽整日惦念着你，但总以尊你为师做借口，如今想来我定是可笑得厉害。不知挽儿那时觉得我如何？"

宋挽垂眸想了想："殿下那时以吉荣之名自称，挽儿只觉得这位公公着实怪异得很。"

想起沈千聿在她面前吃酥糖的模样，宋挽扑哧一声笑了出来："殿下那时既不像东厂的人，也不像东宫的储君，总之惹人生疑却也足够鲜活。"

往日她瞧着林葭玥，虽纳罕对方不知礼教，但她不得不承认曾几何时她不知多羡慕对方那般鲜活的模样。

"殿下可会觉得挽儿无趣？"

沈千聿道："挽儿说什么傻话？于我心中挽儿再有趣不过。无论一颦一笑，抑或一举一动都让我瞧不够。"

宋挽双颊染红，眼露羞涩。

沈千聿抬手摸着她小巧嫣红的耳朵，低声道："那日你与'吉荣'分别，我曾祝挽儿得遇良人，终未能如愿。"

"挽儿已遇良人，殿下便是挽儿的良人。"

沈千聿的眼睛微红："若我不姓沈抑或未投身帝王家，定是挽儿的良人。"

"此言差矣。良人与否何曾以身份、地位而论？无论殿下是太子还是乞儿，都是挽儿的良人。真心待我，便是良人。"

宋挽笑着拥进沈千聿怀中："殿下何时出征？"

"应是后日。"

"与谁同行？"

"武节将军明淳与兵部崔成栋崔大人。"

宋挽沉默不语，只是手臂越勒越紧。

"若是我……"

沈千聿讷讷出声，话未说完便被宋挽打断："亦是挽儿的良人。世人常说举案齐眉，白头偕老，可挽儿觉得白头易偕老难，自从殿下说出先付予真心给挽儿察验之时，挽儿便觉此真情足矣。殿下心有抱负，身负家国，挽儿与有荣焉。"

宋挽眼眶一热，纵然有千言万语也只能强行忍下，终于低低地化为一句："大义为先。"

沈千聿只觉得愧对宋挽，一时无法言语。

宋挽紧贴在他的胸口喃喃着道："殿下今夜可要歇在来仪阁？"

沈千聿闻言一愣，有些不理解宋挽的意思。

"殿下……"

"你何须至此？"

宋挽沉默不语，却带着一双如水眸子直直地看向沈千聿。她也知晓此次与秦娆之精锐交战并非难事，可纵然如此，总没人敢保一个万全。

沈千聿的声音颤抖着，支支吾吾许久，才红着脸问出一句可以吗。

宋挽眉眼见笑，未曾回答，只是静静地看着他。

"我……我去洗漱一番。"

浴房中，除了偶尔响起的哗啦水声便是沈千聿心如擂鼓的咚咚之音，他将帕子打湿，敷在脸上。许久都未能降低脸上的热度。待好生洗漱后，他才捂着心口走出浴房。

临要入寝时，还微微摸了摸鼻子。

"挽儿……"

宋挽坐在床榻上笑得温柔，沈千聿一见忽而也跟着傻笑起来。他凑上前，半蹲在

第十七章 立誓

地上揽住宋挽的腰。

"挽儿,我怕。"

沈千聿一个人嘟嘟囔囔的模样,惹得原本觉得羞涩,而且还带着三分对情事畏惧的宋挽哭笑不得。他这般一揽,倒是让她将扭捏同不安丢得一干二净,只生出满心的柔情蜜意。

"若殿下怕,便早些歇息。"

沈千聿的身子一僵,红着脸抬起头来。他本就生得俊秀,如今双眼含情,将往日眸子里的心思算计洗刷得澄净无垢,瞧着倒似个孩子一般。他呆呆地看着宋挽,眼中有哀求,也有挣扎。

两个人都顶着一张大红脸,浑似刚从戏台子上走下来的模样。

扑哧一声,也不知道谁先笑了出来,下一刻宋挽便被沈千聿揽着腰抱入帷幔中。

帐中胭脂染春色,美人髻鬟偏脱。

春宵尽,情却长,一夜而过二人情深缠绵更胜寻常。

天色已亮,宋挽睡得还沉,沈千聿以指尖细细地描摹怀中人的眉眼,只觉得如何都喜不够爱不够。他也不知自己何德何能,能遇见宋挽这般女子。

直至日上三竿,二人都未起身,蘅芷、蘅芜在屋外等候,直到万宵过来。

"殿下还未起?"

蘅芷点点头:"万督主可要奴婢去……"

"不必,我今日是来寻锦书的。"

蘅芷虽有些惊讶,却将锦书寻了过来,且还贴心地离开,为二人留下交谈的场所。

"督主寻奴婢可是有事?"

锦书睁着一双大眼睛,眉眼中带着淡淡的笑意。万宵见状浅浅地一笑:"上次你曾说要寻找夫婿,你可知东厂是做什么的?"

锦书不解地眨眨眼睛,万宵道:"你若想寻他,我可以帮忙,你可要寻?"

"自是要的。"

"寻来作何?"

眨了眨眼睛,锦书垂眸好似在思考,万宵沉默地等着,未有半分不耐。

片刻后锦书道:"我爹爹寻他们许久,他好与不好,我总要告诉爹爹以慰他在天之灵。且我二人有婚约在身,若是他还活着,我总要问问这些年他为何不来寻我?若他未曾娶妻,我二人总要成婚的,若是他已娶妻生子,也要先退了婚事我方能另嫁他人。"

万宵闻言淡淡地道:"若是他死了呢?"

第十八章
告 急

"好生的，万督主咒我未来夫婿做什么？"

锦书瞪着眉眼看向万宵，万宵平静地与她对视，许久后锦书方喃喃着道："其实奴婢也想过他或许已不在人世。"

"所以，若他死了呢？"万宵一再追问，惹得锦书生了三分火气。

"若是死了我自然要为他守节，我二人可是有婚约的。"

"你见过你那夫婿不曾？便大言不惭地要为他守节？"

不知为何，万宵也生了几分火气："待你年岁到了，便让你家主子放你出宫，好生选户老实人家嫁了，寻一安稳的营生平静度日不好？"

"要你管。"锦书掐着腰，怒气冲冲地看向万宵，"你怎知我未见过我的夫婿，我爹爹说，我幼时是在我夫婿的背上长大的，他去哪里都会背着我，他不知多喜欢我。我爹爹说，我自幼生了一身蛮力，常常误伤身边的人，唯有我的夫婿不嫌弃，整日陪着我，我都记得的。"

她虽然年幼，但牙牙学语至孩提之时，也总有些影影绰绰的记忆。她就是知道，若寻到她的夫婿，那个人定会待她很好。

万宵半低着头，不知在想些什么，半晌才轻笑一声："那么多年过去，可值得？"

"要你管？"

哪有人一直咒人家的夫婿早死的？锦书听着心中有气，憋了许久，她方恨恨地道："劝他人之妻改嫁，你不要脸皮。"

便是他的官大，也没有这般咒人的道理！锦书皱着眉，转身大步离开。

万宵被她骂得一愣，见小姑娘气得直打战的背影，无奈地笑了出来。

苦笑过后，万宵回了东宫。

吉荣正在为沈千聿收拾随身用物，万宵坐在椅子上沉默良久，忽然道："此行若我不能归来，你寻个年二十三岁上下，无双亲氏族的男子。"

"作何用处？"

"选那人品心性俱佳，且身体康健的。"

从袖中掏出一封小笺，万宵懒懒地递给吉荣："上头有身份安排，你帮他照着这个身份做份户籍。"

吉荣不解："此人作何用？"

"东宫宋承徽身边有个丫头叫锦书，这……"捏了捏眉心，万宵的话里带疲惫，"选好了人，让他娶锦书为妻。"

吉荣看着万宵，捏着手中小笺微微用力，许久后方缓缓松开。他二人同船合命，只简单几句吉荣便知晓了万宵的难处。沉默许久，吉荣道："若你回来，这人可还要接着寻？"

"自然。"

"或许那个姑娘不介……"

话音未落，万宵嗤笑一声："我欠她一家良多，再不能作孽至此。"

二人无言，万宵拍了拍吉荣的肩膀，转身走出东宫。

随太子亲征，他亦有些东西需整理，如今回东厂还来得及。

吉荣捏着那张小笺颇有种物伤其类之感。

东宫的人连着忙碌两日，临别时，沈千聿没有去见宋挽。他怕自己见了那个人，便再生不出什么雄心壮志，而只想一心沉溺于温柔乡中。

宋挽知他的心思，他离宫那日，一个人静静地坐在来仪阁中望向宫门的方向。

"殿下，印信。"将领兵印信交给沈千聿，万宵走到他的身后翻身上马。

此次出兵，顺隆帝自上京神枢营中拨出千人，另携火器三百件，若至涑河都司也足七千数，可与秦娆手中的精锐抗衡。

沈千聿手握缰绳，回头望了宫门一眼方策马离开。

昨日点兵，众人集于京郊守备营处，如今只等沈千聿以及明淳等人到来便可出发。

"殿下，到了。"

万宵下马将顺隆帝的手书交予守营之人过目，待进入中军帐，方发现明淳与崔成栋都未出现。

"怎么回事？明淳并非目无军纪之人，怎么会此时还未到？"

万宵摇头，正不解时，江行简自远处而来，见到沈千聿，两个人的脸色都有些难看。

"怎会是你？"

江行简神色冷淡："微臣昨日夜里方接到圣上的圣旨，陕中遇急，武节将军明淳急调陕中，此行由微臣率神枢营随殿下而行。"

沈千聿狠狠地皱眉，片刻后才开口："崔成栋呢？"

"崔大人带粮草先行，昨日便已经出发。"

说完，二人皆沉默下来。

沈千聿并不知道明淳被急调是否真的因为陕中出了问题，且江行简此人同他有夺妻之恨，也不知可否会阵前生乱。但如今箭在弦上，他已无回头路可走。

明淳虽不在，此行副总兵、把总、提调官等皆是东宫的人，沈千聿思索片刻，还是决定今日出发。

由于南庆内斗，他已许久未收到柳长阙传来的消息，是福是祸尚且不知，可眼下，淮珵、秦娆等人必在病中，若对方一路人困马乏拖至涑河，说不定他可以不战而胜。

几个人商议一二，皆无异议，当日便拔营出发。

一路艰辛，行至涑河已是三个月后，众人一路劳顿，终只慢秦娆一步抵达。

一河之遥便是秦娆手中的精锐驻扎之处。

沈千聿方下马，崔成栋便急忙来报。

"禀殿下，涑河都指挥使方邢礼接到圣上密令，已于半个月前将所辖五个千户所的兵丁全数带至陕中，如今都司只剩下五个百户所，不足六百数。"

"你说什么？"

沈千聿与江行简齐齐惊呼出声，崔成栋哭丧着一张老脸，手足无措，不知该如何是好。

刚走到中军帐，沈千聿便将身上的印信猛地摔了出去。

"他怎么敢？他怎么敢！"身为一国之君，顺隆帝怎么敢拿家国疆土如此儿戏？

江行简也是一脸凝重之色，他阴沉着脸低头许久，方缓缓道："圣上是何意思？他希望你这一国太子葬身于此？"

烦躁地抹了把脸，沈千聿道："不对，朝中已无人可用，便是他再不喜我的出身，亦不会推我送死。"

"那圣上究竟是何意思？"

沈千聿咬着牙，气愤地道："他怕是私下允了秦娆什么，方故意撤走兵力，不让我二人与南庆发生冲突。"

江行简的面皮猛地抽动："所以圣上出兵，只是做给朝中的重臣看……私下却暗度陈仓，与南庆暗通款曲，允了秦娆所求？"

江行的简声音提高："东宁根本拿不出白银三千万两，所以圣上打算将荪城与赤羊拱手相让？"

"荪城易守难攻，过之便可进入陇东，届时若南庆真有异心，直达关中也非难事，而赤羊土地肥沃，乃我朝产粮要地，他……他怎么敢！他难道就不怕史笔挞伐，书这万般罪状？"

沈千聿的眼中生起三分杀意，咬牙切齿地道："史笔？史笔怎会知晓今日之事？"

"你乃总兵，若真丢了苏城与赤羊，你当你还有命回上京？"说完，沈千聿看向崔成栋，"让你先行必有其他目的，他究竟让你传何话给南庆？"

除他之外，顺隆帝压根没打算留此行任何活口，所以崔成栋定有其必死理由！

"殿下……殿下是何意思，微臣不懂。"崔成栋瑟缩着，不敢直视沈千聿。

"不懂？"沈千聿站起身，忽而伸手掐住崔成栋的脖子狠命用力。男人的手掌如铁钳一般死死勒紧，崔成栋很快便面色泛红，难以呼吸。

朝中重臣都道太子乃文雅君子，竟从不知他还有此种面目。江行简也没反应过来，被沈千聿这个突兀的动作吓了一跳。只是他心知太子所言有理，便不曾出言阻拦。

"还是不懂？"

崔成栋狠命地挣扎着，不多时便抵不住濒死的恐惧，慌乱地点头。

沈千聿将人放下，厉声问道："你所行为何？"

被伤了嗓子的人跪趴在地上大口地喘息着，沈千聿正欲再问，却被进帐的万宵打断。

"殿下，秦娆求见。"

江行简皱眉："恐防有诈。"

沈千聿垂眸思索片刻，还是大步走了出去。

顺隆帝根本没有同南庆交战的意思，江行简虽有侯爷之名，但城阳侯府早已败落，沈千沭死后他更是毫无用处，是以此人是死是活都掀不起任何风浪。而他却不会丧命于此，并非顺隆帝对他有什么父子情意，怕只是需要他这个储君来帮自己背负痛失两座要地的千古罪名。

顺隆帝年岁已大，自知早晚守不住这江山，只想要敌国亲手奉上割地手书的功绩。至于家国疆土，至于臣子百姓，他根本丝毫不在意！

怕是顺隆帝当他亦是软骨头一副，见都司兵力被撤，便会束手就擒，窝囊地回京，为皇位听从差遣。

怪道秦娆一路畅通无阻，原是早有依仗。

沈千聿紧握双拳，大步走出军营。

"许久未见。"

秦娆的声音如被粗粝砂石打磨过一般，粗哑得令人难以置信。江行简同万宵站在沈千聿身后，二人齐齐挑眉看向她。

秋风劲爽，一阵风袭来，秦娆面上的帷幔被轻轻扬起，沈千聿眉心紧锁，心头一震。

她脸上"东宁战马"四个字清晰可见，不仅如此，或许是宋挽同张宝桢当日研制的药物生了效，如今几个月过去，秦娆脸上伤口仍未愈合，说话时面皮微动，便会流下一道乌黑的血痕。

沈千聿站在下风口，秋风吹过，带来一阵难以言喻的恶臭。

万宵皱眉看向秦娆，只见她的脸色泛红，显然还在发高热。

秦娆见自己说话，沈千聿不曾开口，不由得冷冷地"哼"了一声。

"你应该知我本无意与你为敌。"将帷帽撩起，秦娆的眼中满是恶毒之色，"可如今，皆是你们自找的。"

沈千聿冷冷地嗤笑一声："你没有与东宁交战的打算，我并非顺隆帝，能被你这区区不足万数兵力吓得要将两处要地拱手奉上。"

秦娆心系秦湛，不会愿意在涑河耽搁时间，她以七千兵力便吓破了顺隆帝的一颗鼠胆，怕也出乎她的意料。她多为秦湛考虑，而秦湛如今却未必有多少时间等她攻下涑河。

"蛮奴还是如此聪慧。"秦娆淡淡地开口，"我在东宁浪费了太多时间，若早知东宁皇帝生了这么一副软骨头，本公主根本不会入上京。"

她看向沈千聿，一字一句地道："东宁皇帝不值得你为他效忠。不若你与本公主合作如何？"

秦娆缓步走到沈千聿身边，沈千聿与万宵、江行简齐齐退后一步。

怒火蔓延至秦娆的双眸，她却死命忍下："你与本公主联手，本公主可以帮你除掉东宁皇帝，扶你上位。"

"不必。"沈千聿拒绝得十分干脆，"秦湛其人暴戾恣睢，他在位只会令南庆生灵涂炭，百姓流离失所，本宫不屑与此等人为伍。"

"笑话。"秦娆冷笑一声，粗哑嗓音十分刺耳，"你说皇兄暴戾恣睢，那你且说说东宁皇帝又是个什么货色？你还不知晓他为本公主奉上什么大礼吧？"

秦娆抬手一挥，身后两个南庆士兵离开。

"七千兵力，本公主只不过随意诈诈那老东西，他便私下里送来三百万两以及苏城同赤羊的割让书，这种没骨头的东西可为东宁国君，你又有什么脸面说本公主的皇兄不堪为君？简直贻笑大方。"

沈千聿等几个人被说得面色青红，就连身后跟随而来的上京神枢营之人也面露愤懑。

"本公主予你两条路，要么你答应与我合作，我帮你取那窝囊皇帝的项上人头，你以东宁之力助我皇兄稳固帝位，要么你将苏城、赤羊拱手奉上迎我南庆驻军进城，我带着这两城回南庆为皇兄收复民心。本公主无意做那老东西手中的利刃，白费力气收你们的脑袋。"

秦娆说话时，视线扫过万宵和江行简，目中无人之态摆得十足。东宁皇帝让她留沈千聿一条命在，其余人都送与南庆祭旗，她却没那个善心给老东西善后，她更想看见东宁皇族父子相残，以让南庆可获渔翁之利。

轻轻将面上帷帽整理妥当，秦娆道："本公主给你一日时间，你可以好生想想。"

"另外，东宁皇帝送与本公主的大礼，本公主今日奉还。"

众人只见秦娆侧身望向身后军营方向，方才离开的两个男子拖来一个人。先前几个人还未看清是谁，待那些人走得近了，他们才发现是一个披头散发的女子。

那个女子浑身是伤，无一处好皮肉，身上只堪堪围着块破布，待二人拖至沈千聿等人面前，江行简心头巨震，惊呼一声："阿姐。"

秦娆闻言眉眼一冷："原来这个贱人是你阿姐。如此也好，你正好为她收尸。"

江曼浑身被人用烙马印烫得无一处好肉，从头至脚便连头皮都被焦烫得脱落大半，江行简脱下衣衫将人裹在其中，咬牙怒视着秦娆。

秦娆嗤笑一声："瞧本公主做什么？她一个东宁皇妃若无皇帝的应允，本公主能将她从深宫带出来不成？说来本公主还未离开上京，东宁皇帝便急忙将此人连夜送来，也实在惊扰了本公主好几日。真是难以想象，东宁皇帝的骨头都没这贱妇的千分之一硬。"

秦娆掸了掸衣袖："明日此时，本公主等你的回复，至于这个贱妇，便当本公主敬她三分，留她一条贱命。"

说完，秦娆笑着大步离开。

"阿姐。"江行简轻轻抱着江曼，双眼血红。怀中的人狼狈不堪，脸上青肿不堪，甚至看不清五官。

他的阿姐一生清高孤傲，何曾有过这般模样？

江行简只觉胸口被憎恨烧灼，恨不能立刻回京，将顺隆帝斩杀于九间朝殿之上，让天下人瞧瞧他那颗心究竟是何颜色。

男儿悲怆隐忍的哭声响起，东宁兵将见状一个个不由得心生怨怼。听那南庆公主所言，他们这些人根本就是被顺隆帝推出来白白牺牲的。他们虽为军籍，可也有人出身商贾，抑或书香门第。只因他们身为男儿，唯恐一身热血不能报国方投身军中，为的正是有一日可与南庆堂堂正正一战。

从上京出发的那一刻，他们便做好埋骨荒凉处、赤沙掩铁衣的准备。他们能死、敢死，可他们不能折于如此可笑荒诞的理由！

跟随沈千聿前来的兵将一个两个抓紧了手中的武器，愤怒却又无能为力。学成文武艺,货于帝王家。他们无处怨,亦无处悔!

沈千聿回头,只见身后众人的脸上写尽荒唐二字。他咬紧牙关,纵然心有万般言,却发不出一语。许久后,他才沉沉地道:"本宫与你们同生死。若要战,本宫必位前线,若要亡,本宫先以皇族血脉祭东宁军将。"

沈千聿挺直脊背,走回军营。中军帐中,他的脸色青黑,垂眸不语。帐外,是东宁将士们窸窸窣窣的交谈之声。他听不真切,却能猜出十之八九。

万宵道:"秦娆留江妃一条命在,为的便是今日,往日倒是小看她了。"

沈千聿囫囵抹了把脸,低声道:"明日……"他的话音未落,便听帐外传来一阵骚动。二人走出帐中,只见江行简手持长枪,将崔成栋刺死在营前。

"助纣为虐之徒,不配为我东宁男儿。"

温热的鲜血喷溅在江行简的脸上,他的眼中猩红,犹如索命的恶鬼,可满营的将士却无一人出言制止。

崔成栋,该死!

见沈千聿出营,江行简丢下手的中长枪,撩起衣摆跪地道:"臣违抗军令,理应……"

沈千聿摆手:"本宫说过,崔成栋有其必死的理由。"如今军心不稳,他同江行简再不能内中生乱。

沈千聿寒声道:"保家卫国,护东宁妇孺,守一方平安乃本宫身上责、心中愿。偷将朝中皇妃私送敌国虐辱,折损的是东宁万千男儿风骨,寒的是天下万民之心,崔成栋死得不冤。"

营中将领道:"守我东宁河山,护我东宁百姓,我们死而无憾,可我们不能因……懦弱便来送死。"

"本宫知晓。"沈千聿口中发苦,却无力再承诺什么。

众将领也知他的难处,无人言语,可一股低迷之气弥漫在东宁军中。愤懑不甘,怨恨憎恶萦绕在每个人的心头。

如今莫说南庆兵强马壮,七千精锐对一千神枢营,便是东宁如今有万人也未必能应下南庆一击。

沈千聿回了帐中,将万宵同江行简也喊了进去。

"江妃如何了?"

江行简抿唇不语,只眸中的血红泄露出几分濒临绝望的意味。

万宵道:"军中有随行的医者……他们多精通外伤。"

此话说得并无底气,江行简咬紧两腮想说些什么,最终是沉默不语。

三个人正准备商议明日应对南庆之事,却突然有人来报东厂有信送到,传信人要亲手送到太子手中。万宵让人进帐,沈千聿接过密信打开。他快速扫了几眼,随后便皱紧眉头。

"秦湛半个月前死于南庆寝宫。"

万宵挑眉："那宁王和婳嫚夫人？"

"宁王已登基，婳嫚夫人下落未明，不知死活。"

沈千聿咬着牙："宁王的野心不小，对东宁向来虎视眈眈，若让他知晓涑河都司全部兵力被撤走，他必会趁此机会攻下荪城同赤羊。"

"涑河一战，必要速战速决，秦娆此行人一个都不可放回南庆！"

江行简抬头看向沈千聿，又很快移开视线。

"本宫要去信京中，此事宜急不宜缓。"

万宵摇头："若圣上打定主意将此事隐瞒，殿下怕是很难将消息传出去。"

顺隆帝再胆小、怯懦，也是至高无上的君王，他若是想，便可以将上京封锁，任所有消息都入不得京，并非难事。

"总要试试。"

"秦娆手中的人咱们拼上性命或许还可抵挡一二，可若宁王知晓涑河消息，不出半个月就能直接攻入关中，取下上京也不过是几日工夫罢了。"

"本宫要将涑河发生的事告知朝中重臣。"起码，他若不能抵挡，总要有人继他而后抵御外敌，不至将整个东宁拱手让人。

"微臣有法子传消息入京。"江行简道，"微臣府中……"他略微停顿一下，垂眸开口，"有一妾室，她曾教微臣一种秘言，当今世上除我二人外，再无第三个人知晓。"

江行简找来笔墨，迅速写下几团意味不明的符号。

"殿下可将信息书写下，由微臣传入京中。"

沈千聿没有犹豫，亦没有任何怀疑，快速将寥寥数语写在纸上递给江行简。

如今的处境已不适合再互相猜忌，想来江行简也不会视整个东宁的安危为儿戏。

接过书信，江行简转身回了自己的帐中。

一夜过去，他方将所需之言拓于布上，交由沈千聿的亲信加急送回京中。

待昨晚这一切，江行简走到榻前看望江曼。

哪知江曼早已苏醒，正眯着眼睛呆呆地看向帐子顶。她的眼睛肿着，想要张开已是难事，江行简看着记忆中待他最好的阿姐，终是忍不住痛哭出声。

若早知再见是今日这番情景，他那日于宫中必好生劝慰，与她好好说话，而不是因宋挽入宫迁怒于她。

逢此际，他方知除却生死皆非大事。

他的阿姐最是清高，遭逢此难……

江行简不敢再想，跪于地上含悲饮泣。

"哭什么。"

江曼淡淡地出声，语气中带着不屑。

"你过来，我有要事同你说，与父亲有关。"

江行简不解地抬头，江曼道："过来。"

江曼眯着眼看向江行简许久，这方缓缓地开口："父亲之死并非宋蓝安所为。"

江行简眼露惊诧，不可置信地看着江曼。他十分震惊，一时竟不知该从何问起。许久后，他哑着嗓子："是谁所为？而阿姐……又是何时知道的？"

"是圣上所为，你同父亲自边关传来死讯后的三个月，我便知晓了。"江曼冷冷地嗤笑一声，"沈丛邑这个窝囊废不仅生了一身软骨头，心胸更是狭窄得可怜。我入宫第一日，他便生了这个心思。宋家送女入宫，宋芸宁诞下沈千柏，江、宋二府联姻，他怕啊。他怕江、宋二府联手，对他的帝位有威胁，他那雀儿肠肚的斗筲小人怎能容得下皇子母族文武勾结？"

那时宫中多年没有子嗣出生，顺隆帝未想过会出现日后的局面，又抑或是他想过，但仍怕。是以那个阴险小人自她入宫便开始布局，哪怕她后来怀有千沭，他亦怕千沭不能顺利诞生，做了手脚。

她也是同顺隆帝处了多年，才慢慢猜测到此事。江曼看着江行简，闭上眼道："同宋家无关，你莫认错了仇人。"

江行简的脸上仍旧带泪，喉咙中却好似被什么堵住一般，发不出一丝半点的声音。许久许久，他方挤出一句为何。

"为何告诉我？"

若他不知，他便可在心中安慰自己未能与宋挽白头乃二人的宿命，为了父仇，他可放下心中的情爱，一心与林葭玥厮守。若他不知，他便可死心，哪怕看着宋挽与太子相知相守。

为何，为何阿姐要告诉他此事？

他宁愿一辈子都不知。

如今知晓，他却要背负一生的悔，他为了至亲之人的寥寥言语放弃了挚爱之人，生生活成了一个笑话。他宁愿不知，他宁愿一辈子都不知！

江行简猛地站起身，他想指责江曼，他想说江曼害得他错过今生的挚爱，他想说江曼害得他在最爱之人的心中留下最不堪的印象。

可是他不能。他的阿姐不成了啊！此时此刻，他如何去指责眼前这个孤傲了一辈子，张扬了一辈子的人？江行简泣不成声，终是跪趴在地，再直不起腰身。他这一生，究竟算得什么？

听着江行简号啕痛哭，江曼于被子下面死死地握紧了拳。许久后，她艰难地起身，撑着一口气坐了起来。

江曼看向帐外士气颓丧的士兵，裸足缓缓地走了出去。

军中人皆知晓她的身份，见她满身烙印留下的疤痕不由得噤声。

"本宫乃衍庆宫之主，已故五皇子生母江曼。"

江曼立于军营中央，语气平静淡漠："南庆公主的脸上被本宫烙下东宁战马的烙印，圣上将本宫送到敌营，本宫虽恨，但本宫不悔。本宫虽为女子，但亦是东宁女儿，我东宁女儿风骨虽死不折。帝王昏聩，乃万民之殃，我东宁君王窝囊，但东宁儿女皆有铮铮铁骨。"

"本宫今日愿以热血祭东宁战旗，只望诸君来日护东宁安，守国门抵外敌，知我东宁女儿不屈不折，值得东宁男儿以命相护。"说完，江曼忽然抽出身边将士腰间的佩刀置于颈间。

"阿姐，不要……"

江行简从营帐中追出，却只见江曼面带笑意，缓缓倒下。她已经没有生路，只盼自己临终时可重振士气，为她这唯一亏欠的弟弟拼出一条活路来，让他可重回上京。

他已为人父，她只希望他可以抚养儿孙，顺遂安康。她也盼他恨她，如此方不会惦记她，亦不会对她所做之事生愧疚之心，背心魔于身。

眼前红色的血雾弥漫，临终前，江曼方觉人之一生当真可笑。她求了一辈子权力、富贵，到头来皆如浮云一场。她望子成龙，推着她的沭儿去争那把椅子，却只沦落得个亲手将沭儿推开，害得他孤单地死于池塘中的下场。

江曼闭上眼睛。若有来生，她定会好好待沭儿，陪他做任何他喜欢的事……

"阿姐！"

殷红的鲜血喷溅得到处都是，东宁众兵将只觉得目之所及尽是刺眼的鲜红。

不知为何，人群中突然有人发出一声悲鸣，随后而来的是东宁将士齐齐卸下兵刃跪地之声。

沈千聿的喉咙一动，心头凄凉。世人多俯视闺阁女儿，却哪知闺中出英雄，便是江曼亦不知强于一国君主多少。

江行简跪地痛哭。一夕间，他失了至亲，亦失了存活于世的信念。

万宵站在沈千聿的身边，轻声道："殿下，城阳侯的那支私兵……"

沈千聿抬手制止万宵的话。他确实自从知晓顺隆帝将涑河都司之人调离后，所言所行都在图谋江行简手中的那支私兵，可事到如今，他也只能听天由命。若江行简因此痛恨皇室，抑或一蹶不振，生了死志，他亦无法。

二人站在帐前，静静地听着军营中传来的男子哭声，思绪复杂。

众将领沉默地上前帮江行简处理江曼的尸身，期间虽然没有一个人说话，但众人皆知江曼的死犹如狠狠地敲在他们心头上的重锤，将昨日低迷之气敲散。

江曼说得对，他们为的并非金銮殿那苟且求生的九五之尊，他们为的是东宁百姓，是在京中等待自己归来的家中女眷。

涑河不可破，他们就算死也要将尸身堵在南庆攻入上京的每一条路前，便是拖得粉身碎骨，他们也要拖到朝中支援。

顺隆帝窝囊，可他们深信东宁的满朝文武不全是顺隆帝那般的窝囊废！

营边的荒地又添孤坟，孤零零的土包让人如何都想不出黄土之下埋葬的曾是万人之上，矜贵的一国皇妃。

或许是有人生了几分怜惜，不知从何处寻来一块巴掌见方的粗麻花布用石子压在坟上，充作祭物。再其他的，便是连炷香及数张黄纸也没有。

江行简站在坟前许久，眸中带着恍惚，直到沈千聿站在他的身后，江行简方低低地开口："我知殿下在等什么。"他转过身，一字一句地道，"当年父亲死于边关，我于边关六年未回的确是在屯练私兵。若殿下信得过，我今日离营十日后便可带人增援。"

沈千聿并未讲话，直接从怀中掏出印信丢出。

江行简抬手接过，低头垂眸许久才轻笑道："殿下信我？殿下就不怕我临阵脱逃？"

"你不会。"

沈千聿道："抛家弃国？你没有那份胆魄。"

江行简没有，他亦没有。人皆有私欲，可人人心中亦有大义。他们生于东宁，哪怕未长于东宁，但他们身上永远流着东宁的血。他们所爱、所珍惜的人皆在身后。所以沈千聿信江行简，信他会跟自己一样为身后百姓，为身后所爱之人，战至最后一刻。

"主帅印信交予你，本宫今日便会出兵，望能杀秦娆个措手不及。若本宫未能等到你回来，你替本宫坚守此处，守到京中援兵赶到。"

江行简捏着手中的印信，缓缓地点头。

十一月初，上京各家已开始为入冬做准备，城阳侯府却显得格外寂静。

自从江行简再次披甲出征，府里从上至下便各个提心吊胆，生怕多年前的情景再次上演。

江母日日在小佛堂念佛，林葭玥只在房中安胎，哪里都不去。便是偶尔怀素想瞧瞧她，她也懒得见，整日只无所事事地困在拢香斋随手翻看宋挽留下的那些书。

江行简不在府中，她便好似失了斗志，提不起任何精神，唯有江星在的时候，她才会强撑着陪她读书识字，抑或刺绣打络子等。江母原先还十分不待见她腹中胎儿，近日却时常派了府医来为她把平安脉，倒惹得林葭玥心烦不已。

第十八章　告急

481

若江行简不曾离京，这腹中的小东西怕是早就没了。林葭玥轻轻摸着隆起的小腹，眼中闪过一丝挣扎和温柔。

"林姨娘，杂货铺的许掌柜求见。"

"见我？"

齐顺家的点头道："老奴也觉得奇怪，问出了何事也不说，老奴陪您去见见？"

"见吧，许是铺子出了什么问题。"

她神色淡漠地走了出去，齐顺家的看着她的言行举止，只觉得异常熟悉。

许掌柜乃侯府在上京的杂货铺总管事，是个年过花甲的精瘦老人，林葭玥只在刚开铺子时随江行简见过一次，如今他来寻自己实令人纳罕。

出了澜庭院，林葭玥缓步走向垂花门附近的小榭，如今虽未入冬也会觉得有几分寒凉。将身上的大氅紧了紧，她一脸无趣地看着面前的老人。

许掌柜也没说什么，只将手中的一个包裹递给她："有客人说铺中的货物出了问题，让老奴必要将这东西亲手交给东家。侯爷不在，老奴想着这东西理应交给林姨娘。"

林葭玥皱着眉，将东西接过，随手打开，只见里头杂七杂八的物件有好几个，也瞧不出什么问题，倒是最底下那件破破烂烂的衣衫引起她的注意。

"什么东西……"将那件衣服抖落开，林葭玥扫了一眼，突然脸色一变。

许掌柜看见她的反应，知晓对方心中了然，行礼后留下一句有何事都可吩咐他后便转身离开。

"这些物件有何问题？老奴怎得未瞧出来？"

林葭玥将那些东西收拢在一处，脸色淡淡地道："匠人制作的模子出了纰漏，我拿回屋中瞧瞧。"

回到屋中，林葭玥将那件衣服平铺在桌上，又找来纸笔将上头内容一一抄下，待看清江行简所传的信息后，她颓然坐在椅子上，兀自出神。

这些东西便是八百里加急，送到上京只怕也得十几日，如今江行简和太子的人说不定早已全军覆没。

林葭玥将手中的纸笔丢在桌子上，轻蔑地嗤笑一声。可笑着笑着，她又忍不住落下泪来。

若是……若是他们还没死，还在苦苦支撑呢？

想到上头所说的江曼已死去，林葭玥咬着唇，许久未能平静下来。

她以为自己恨江行简，也恨江曼，甚至痛恨整个城阳侯府的所有人事，她以为哪怕是城阳侯府里头的一块石，一株草她都是恨的。

可为何……

为何得知江行简被困在涑河，得知江曼死于如此荒诞的理由，她却只觉得惊讶而并无半点快慰？

林葭玥摸着小腹，眼中满是痛苦的挣扎。

"玥儿姐。"

江星推开房门，刚微微探头，就被突然起身大步走向门口的林葭玥吓了一跳，她刚想开口询问，便见林葭玥已捧着肚子跑了出去。

"您仔细身子……"

刚出拢香斋，林葭玥便被青薇拦住。

"林姨娘这是做什么？小心身子。"

"快，我要入宫见宋挽。"

得知林葭玥突然入宫求见自己，宋挽颇为诧异："你今儿怎么来了？"

林葭玥比上次见丰腴了不少，再没有先前病态纤弱的模样。她二人许久未见，再见时宋挽心中竟生出几分偶见故友的欢欣。

林葭玥见到宋挽，连忙站起来拉住她的手腕死死地用力，她的力道很重，宋挽就见林葭玥看似笑着，但实则眸中带泪，满是祈求。

"你可是出了什么事？"

林葭玥摇头缓了片刻："不是我，是太子和江行简。"将今日收到边关消息一事说给宋挽听，林葭玥继续道，"信上说秦湛已死，宁王登基……"

"我们如今该怎么办？眼下已过去这么久，他们可还活着？"

宋挽闻言只觉得好似被人用冷水从头淋到了脚，寒意自心底泛至指尖。她抓着裙摆深吸一口气，强迫自己镇定下来。片刻后，宋挽沉声道："应当无事，起码现在宁王不知涑河的情况，说明秦娆手中的兵力被拖住。"她知道江行简手中有一支私兵，如今看来定是这支私兵拖住了秦娆。

宋挽道："此事，需尽快闹得天下皆知。"

两个人红着眼眶，却知晓如今不是哭的时候，都强忍着不让泪落下。

"唯有人尽皆知，圣上才会迫于朝中的压力出兵支援。若不将他逼至绝境，他决计不会有任何动作，反而会倾其所有抹去此事痕迹，以求史笔书写莫须有的功绩。"

"葭玥……"

宋挽的目光坚定："我需要你的帮助。"

"你说，只要我做得到，我定会尽力去做。"

宋挽道："你可有法子在最短的时间内让上京所有人都知晓此事？"

"有！"

"我身处宫中，传讯不便，另再劳烦你帮我将此事告知我兄嫂。"

林葭玥点头："我今日回府便让人刻印传单，明日之前我定将狗皇帝做的烂事，传得街头巷尾人尽皆知。"

宋挽不知她话中的意思，但她同林葭玥相识不只一二日，知晓她手中的确有些剑走偏锋，又格外有用的法子。

"至于你阿兄，我回府便派铺子的人去寻他，你可有信物？"

宋挽将珍珠项圈自颈间摘下，挂在林葭玥的脖颈上。

"你入宫容易，出宫未必方便，这个物件不会引人怀疑，且我阿兄见了也会相信你。其余的交给我，你好生在府中安胎，莫要多想。"

林葭玥红着眼，轻笑一声："你难道不曾怀疑我的话？若我撒谎，你今日所作所为皆会变成催命符。"

宋挽坚定地道："不曾怀疑。"她见过林葭玥天真烂漫、乐天达观的模样，也见过林葭玥因背负人命追悔莫及、痛不欲生的样子。林葭玥不曾害人，更没有理由害她。

"圣上的精力应都放在隔绝涑河入京的消息上，这几日上京不会戒严，若你有想做的，动作快些。"

林葭玥忽然就听懂了宋挽话中的意思，她终于只是淡淡地摇头。她已不是初入上京时无畏无惧的林葭玥了，如今的她的心中生了畏惧，反倒还不如宋挽心有魄力，敢于走出困住自己的那座牢笼。

说完正事，二人告别。

"你……多保重，我先回了。"

宋挽点头送走林葭玥，自己则加快了步子去了商蓉的寝宫。

商蓉乃商崇的嫡亲孙女，商大人是朝中出名的清正之人，世人皆知他无偏无党、堂皇正大，此事若他知晓，定不会袖手旁观。

到商蓉的寝宫时，商蓉正坐在榻上看书，见宋挽进门，十分高兴地朝她招了招手。

宋挽让她屏退身边的人后，将涑河一事尽数说给她听。

"这……"

商蓉咬着牙低声道："岂有此理！"

宋挽闻言语带哽咽："挽儿觉得南庆国君暴毙一事圣上定然知晓。"

顺隆帝虽软弱但并非蠢货，这样大的事他岂会不知？可到如今朝中都没有传出任何消息，只可能是他将全部消息扣下不表。

商蓉蹙眉道："若是他知晓，为何不派兵增援涑河？难不成他真的想让南庆攻入东宁，将这江山拱手让人？这说不通。他虽无能，但这江山是姓沈的，他肯让出苏城同赤羊不代表他可以将全部江山都送给南庆。"

宋挽抓着帕子，心中慌乱不堪。

"圣上懦弱不假，但帝王该有的手段他并不比谁弱上几分。"

在来商蓉寝宫的路上，她有一个猜测。

"明家六子同涞河都司全部兵力都被调入陕中，我猜圣上对南庆局势已有判断，等的就是南庆攻破涞河夺下两处。"

商蓉张大了嘴，只觉心口憋闷，难以喘息。她身患重疾，情绪不可大起大落，如今宋挽方一提点她便想到是什么原因，立时气得头脑昏沉，四肢止不住地发抖。

宋挽忙帮她顺气，半晌后，商蓉缓过来，咬紧牙关脸色狰狞地道："秦娆手中有支精锐，他未想到，但太子请兵，他为洗刷软弱之名只能欣然应允。太子临行前，他突然将全部兵力提前调入陕中，一来是向南庆示好，想暗中平息秦娆的怒火，二来则是他早猜到，无论秦湛与宁王最后谁上位，都会借此机会攻下涞河。所以他提前将兵力布置在陕中，这样一来，哪怕太子守不住涞河，让南庆夺下荪城和赤羊，他在陕中也有布置，南庆不会轻易攻入京中。而无论陕中一战是胜是败，他都不会留下任何污名。若陕中胜，他甚至还会得史笔一句雄才大略，功盖春秋之赞。"

"太子，则会成为好大喜功，急功近利的愚蠢之徒！他为那莫须有的赞许将江山百姓全数抛之脑后，这一切的一切，都只是他后世流传寥寥数笔的祭物！他疯了，顺隆帝疯了。"商蓉咬紧牙关，咬得牙根又疼又木。

宋挽眼眶发红，眸中满是恨意地点头。

不过是几句虚名，顺隆帝却想要为此颠覆天下，颠覆江山，以东宁军将之血为毯，以百姓累累白骨为梯。而为的只是几句莫须有的虚名！

身为太子的枕边人，身为东宁百姓，她们怎会不恨？她们怎会甘心？

"你要尽快将此事宣扬出去，我今夜便去信家中告知祖父。另外，你将东宫所有人都找来。"

东宫之女皆出身官家，除陆幼筠、张宝桢外，其余的总能在家中说上一句半句话。

"吴喜香乃吴御史独女，让她告知吴御史。"

"如今宫中可能传出消息？"

商蓉点头："我有办法，你当我这年岁是白长的吗？"

宋挽抿着嘴唇淡淡地一笑，商蓉却只瞧出几分苦意，她眸中发狠："如今难的并非传消息出宫，怕得是……"

宋挽道："怕得是朝堂之上百官求情，圣上也不会改变自己部署。"

"若圣上执意不出兵，朝臣又逼迫的情况下他定会封锁宫中。届时只要拖个三五日，怕就能让南庆攻入涞河。他敢拖，我们却不敢。"商蓉一把抓住宋挽的手，"无论前朝后宫皆要有所准备，若真到那一步，我们必须要留有应对之策。"

宋挽眸中的慌乱散去，看着商蓉缓缓地点头。

同商蓉交谈后,东宫的几个人凑到一处,把事情始末及自己跟商蓉的猜想一一告知。

"若太子不能回京,我们这群东宫之人亦落不得什么好下场。"

"先将消息传出宫中,其余的我们慢慢想办法。"

吴喜香拿了纸笔,快速写下一封意味不明的信笺,那封信便是商蓉瞧着亦看不出其中的深意。赵南璋也有样学样,很快将想要传到家中的消息交给商蓉。

几个人都有动作,唯有陆幼筠面色发红,不一会儿竟是眸中带泪,张宝桢在一旁瞧着,上前无声地安慰。她二人都是家中不得宠的,又因各种原因,以至于这些大事上半点忙都帮不上。

莫说她们根本无法传递消息,便是传回家中,怕也无人会理。二人咬着唇,都因不能帮助大家而显得异常失落。

"你二人无须如此,后续有得是需要帮忙的地方。"商蓉淡淡地开口,一如既往地令人感到信服。

"此事,宋承徽可曾告知芸妃娘娘?"

宋挽摇头:"还未来得及,正准备现在去告知姑母。"

长信宫中,宋芸宁正攥着绣福巾帕死死抿着唇。她的脸色青白,胸中怒意翻涌,听宋挽说到江曼被偷偷地送到秦娆手中折磨致死时,忍不住眼皮狠狠地一抽。

她入宫时只是个刚及笄的小丫头,虽然知晓自己入宫是为族中铺路,可在与沈从邑相处时也曾动过一片真心。那时候她还只是个十几岁又未经世事的天真的人,且沈从邑惯会在闺中做小伏低,哄女人开怀,她怎么会不动心?他是她的夫,她为他诞下千柏,她怎会无动于衷?

便是如今,二人之间已无情爱,宋芸宁也从未想过有朝一日她会如此嫌恶沈从邑。往日虽知他懦弱,但她也不过当那个人被吓破了胆,生性怯弱罢了,未承想此人如此不堪!

"挽儿,你回东宫去。"

宋芸宁净口后,唤来彩笋,让她护送宋挽回去,宋挽不愿却被宋芸宁强行送离。

待宋挽离开,宋芸宁道:"昌平,你去将千柏寻来,我有事同他说。"

沈千柏出现时脸上还带着银质遮面,宋芸宁朝他招手:"过来让母妃瞧瞧。"

"母妃怎的了?"

沈千柏站在宋芸宁身旁,已同她差不多高,沈家人的皮相都好,沈千柏若是容貌未毁,如今必定也是个风姿绰约的翩翩少年。

慈爱地将手伸至沈千柏面颊,宋芸宁道:"江妃没了,被你父皇偷偷送到秦娆手上,听闻死状凄惨。"

"父皇……"沈千柏一脸不可置信的表情。

朝中所有皇子,唯有沈千柏最得顺隆帝喜爱。他自幼便被顺隆帝当作储君教养,也是唯一一个曾被顺隆帝抱在怀中教他学习帝王之术的皇子。

在沈千柏的心中,他的父皇虽谈不上至圣至明,但亦是个内政修明、勤政爱民之君。他如何能相信自己的父皇竟做出这等下作事?

沈千柏还怔愣着,宋芸宁却将宋挽所言尽数告知。

"母妃需要你今日出宫,去宋府寻宋蓝安,你替母妃将所有的事告诉他,并留在宋府不要回宫。"

"母妃想做什么?"

"做母妃该做的事。"说完,宋芸宁唤来昌平,让他带着沈千柏离开长信宫,而她自己则寻了小厨房,将晚间给三皇子煨了许久的温补汤端了出来。

今日过后,顺隆帝定会受万民唾弃,而朝中重臣弹劾的折子也可生生压弯他的脊背。过了今晚,以他性情必会龟缩壳中,再不出后宫。所以她没有时间了,她不能让顺隆帝犯下滔天大错,以整个东宁去赌他的流芳百世之名。

拎着捧盒,宋芸宁来到皇帝的寝宫等太监通传。

"你怎的来了?"

见到宋芸宁,顺隆帝面露笑容,瞧着十分愉悦的模样。

"千柏今儿提起圣上,臣妾便来瞧瞧您。"

她的语气不咸不淡,瞧着不甚欢喜的模样,顺隆帝却见怪不怪。如今他上了年纪,反倒愈发喜爱宋芸宁的性情。

"千柏脸上的伤好些了?"

宋芸宁闻言动作一顿,瞪他一眼,没什么好气地将捧盒里头的饭食摆在桌上。

"圣上可用过餐食了?若是用过,臣妾这便收走,免得碍您的眼。"说着,她正要将手里汤盅往捧盒中收,见顺隆帝未答,宋芸宁淡淡地道,"瞧着是同江妃一起用过了。"

"何曾用过?朕正饿着。"他最近心情不错,是以愿意哄着后宫这些个女人三分。

"辛苦你了。"从宋芸宁的手中接过汤碗,顺隆帝同她一起坐下用膳。

见她自汤盅舀出一羹匙热汤,如往常一样先喝了下去,顺隆帝方一口口喝起来。

看着他的动作,宋芸宁垂眸遮挡住眼中鄙夷的神色。她对顺隆帝那短暂升起的情爱之心,就消散在这些个令人瞧不上眼的细枝末节中。

腹中隐有痛意,宋芸宁夹起糟笋放到顺隆帝面前的白瓷小碟上。

"难为你还记得朕钟情之物。"

第十八章 告急

487

宋芸宁淡淡地笑着道："千柏刚出生的时候，圣上十分疼爱他，将他整日抱在怀中，也从未讲究过什么抱孙不抱子之言。那时圣上便是想吃这糟笋了也会忍住，说是怕身上沾染了酒气惹千柏不适。"

顺隆帝心中一软，长叹一声："朕是真心想让千柏……罢了罢了，不提这些。"

宋芸宁抚着小腹，眼中似有痛苦，她抬起头刚想说话，却噗的一声喷出一口黑褐色的淤血。

"你……"

顺隆帝大惊失色，正欲让人传太医之时，突然腹中剧痛，他猛地弯下腰。

"圣上。"

屋中的随侍太监上前，见顺隆帝骤然倒地，慌忙去传太医，而阴暗处则走出一个身形佝偻的人，他走到顺隆帝身边，从怀中掏出一个两指宽的瓷瓶，倒出一颗赤丸后送入顺隆帝口中。

宋芸宁见此心下大恨，她心知今日事败，必会连累宋挽以及宋府，不由得绝望地开口："圣上，随臣妾一同走吧，不要再犯那滔天大错了。"

"你是何意？"顺隆帝眯着眸子，眼中尽是阴狠。

宋芸宁道："圣上在千柏心中乃千古明君，他尊你敬你，对他而言，圣上是圣帝明王，是自幼将他抱在怀中长大的慈父，臣妾不想您毁了千柏心中父皇的模样。"

一边说，宋芸宁一边大口地向外呕着鲜血。她二人之间到底有几分夫妻情分，更有千柏在其中。且顺隆帝在意声名，不会愿意将这种事闹得人尽皆知。哪怕她今日必死，他也会如处置皇后同江妃那般静悄悄地寻个借口，以粉饰太平。

宋芸宁看向顺隆帝，低声喃喃着："千柏已经够苦了，臣妾不能让圣上毁去他心中的父亲。"她跟在顺隆帝身边十几年，从未见过今日这个老太监，更不知顺隆帝手中还有如此的保命手段。

顺隆帝道："你如何知晓南庆一事？"

宋芸宁苦笑一声："你将江曼送出宫中，瞒得了臣妾一时，又哪里能瞒得了臣妾一辈子？"

顺隆帝微微眯起眸子，一双浑浊的老眼中满是审视。看在沈千柏的份上，他待宋芸宁向来不同，却未承想她生了这般恶毒的心思。

宋芸宁脸上血泪横流，满眼恳切，顺隆帝瞧着她，终是叹息道："朕向来敬重慈母，你待千柏又从来真心。只可惜朕的母妃并非如此，她自幼便教朕韬光养晦、趋利避害，方著得朕养成了这般性子。"踉跄着起身，他居高临下地看着宋芸宁，"千柏受伤后，你未曾强迫他同太子争位，朕很欣慰。朕不想伤了千柏的心，今日便留你一具全尸。"

先前殿中的小太监上前扶起顺隆帝，那个佝偻老者早已不知躲到何处去，再没了踪迹。可宋芸宁知晓他必定随时守在顺隆帝身边，以护他安危。

殿外走进两个人，来人将宋芸宁以衾被裹起，抬出顺隆帝所在的朝晖殿。

直到走到宫中偏僻处的甘泉井，两个人才停下脚步。

其中一个人放下宋芸宁，塞入一颗吊命的丸药到她的口中。

"娘娘今日太过冲动，此事应徐徐图之。"

宋芸宁浑身被汗水打透，如今被冷风一吹，忍不住重重地打了个寒战："便是即刻下圣旨，朝中调兵遣将亦需得三五日，圣旨抵达陕中，明家六子出兵至涑河亦需得十来日，边关事不容缓，哪里容得我徐徐图之？"

她不忍太子兵败，让挽儿再度守寡，更不想让千柏接手顺隆帝留下的这片江山。若南庆真的攻破涑河、闯过陕中，她的千柏要如何收拾那满地疮痍？是如他父亲这般做个软弱无能、龟缩在后方的窝囊君王，还是如太子这般到两军阵前以身试险？所以沈丛邑这个绊脚石必须死，且必须尽快死！

"芸宁有一事相求……"

沈千柏尚不知宫中发生的事，他正站在宫门处，许久都未能下定决心是否要出宫去寻宋蓝安。身边自幼伺候他的太监见自家主子犹豫不决，不由得怯怯地道："主子……"

沈千柏抬眸，银质遮面下是一双明亮而澄净的眸子。

那个太监瑟缩着身子，支支吾吾地道："主子，若是……若是太子他回不来，这皇位、这江山便是您的了。"

沈千柏闻言微微蹙眉，但不过片刻，他便笑着摇头："出宫，去宋府。"

"主子。"

那个小太监似有不解，沈千柏大步向前，将令牌交给稽查出入的宫中守卫。

待二人走出宫门，沈千柏方道："我信母妃。"若那位置是个好的母妃定会为他筹谋，如今她的母妃再没提过那把椅子，便说明那椅子已经不适合他去抢了。想明白此事，沈千柏快速赶往宋府。

"主子，您看。"二人走出不远，那个小太监仰头指着天上。

沈千柏顺着他的动作抬头去看，只见天上不知从何处飘来数以千计的白色纸笺，上头洋洋洒洒地将太子被困涑河，顺隆帝按兵不发以及将宫中皇妃送给南庆，苏城赤羊拱手让人等事尽数写上。

"别看了，赶紧回家。"

"这事儿可是真的？"

"真假也不是我们这种平头百姓可管的……"

第十八章 告急

街上的百姓匆匆而过，一些方才还开着的酒肆铺子，见了那纸笺所书写的内容后也已经匆忙关闭铺子，沈千柏从地上捡起一张，眉心紧锁。

"主子，是谁一夜之间写了这么多东西？可是不要命了？"

"不是写的。"纸笺上的笔迹如出一辙，一看便知是有人做了木模拓印出来的。

"上京要乱了。"沈千柏暗暗叹息后急忙往宋府而去。

今夜宋府灯火通明，宋蓝安、宋扶以及英国公明华新和英国公府第五子明河皆在正堂中。沈千柏进堂时众人起身行礼。

"现下不是讲究这些虚礼的时候，母妃让我来寻舅舅，但如今看来，您已知晓发生何事。"

宋蓝安点头，沈千柏从未见过他的脸色如此难看。

众人还不等说什么，宋府的管家来报说是兵部侍郎严同甫、吏部左侍郎郭清、鸿胪寺少卿左正延等几位大人皆向府中递了帖。

这几句话还未说完，又有人来报说径山书院那边苏家三少爷带着一群同窗往皇宫的方向去，苏家主母李蓁想求他家公子劝慰一二，莫在今日犯了忌讳。

宋扶皱眉，只听这接二连三的来报便知上京已经乱了起来，只是不知会乱到何种程度罢了。可他现下哪里有闲力去管苏榭的事？只能让府中管家派些人手去照看那些学子。

"老爷，郑大人去了宫中。"

沈千柏闻言皱眉不语。郑云山乃中书省左丞，郑老大人年过古稀，前段时日抱恙，已许久未上朝。那针对他父皇铺天盖地的罪状撒得到处都是，可朝中重臣同天下百姓，甚至是径山书院的那些学子，竟无一人质疑真假。他的父皇啊……于这天下人心中，究竟是个什么样子？

"罢了，我二人不入也直接入宫，想是众位同僚都在宫中。"

宋蓝安开口，英国公点头二人一起往宫中方向去。

他二人离开，留下英国公府第五子明河，明河对宋扶道："家中祖母手里有三千精兵，乃先皇留给她老人家的，这支精兵如今在京营，英国公府有一半印信。"

宋扶抬眸，知晓他的意思。无旨出兵等同谋逆，且无圣上手谕，便是大长公主亲临京营亦不会出兵。只是明河这话并非说给他听，而是说给沈千柏听的。

沈千柏这方知晓宋芸宁今夜让他来宋府的目的，他从怀中掏出三皇子的金印递给明河。

"持此金印再加大长公主印信，应可调兵出京。"

宋扶道："明小将军何时启程？我府中还有数百护卫……"

"我手中有三千虎贲军。"沈千柏淡淡地开口,"明小将军持此金印,可去虎贲营寻虎贲中郎将许莫山。"

宋扶和明河都感到惊讶不已,沈千柏垂眸,心下酸涩。

父皇待他人如何,他不知晓,但待他向来亲厚。这三千虎贲军乃他受伤以后顺隆帝亲自交予他手中,跟那虎贲军印一起的,还有一道皇帝遗诏。他父皇将东宁最好的地方划予他做番地,他怕日后太子生了削藩之心,连几十年后的事都为他打点到了。

沈千柏咬着牙,久久未能言语。

明河接过三皇子印,行了武将之礼,随后便转身离去。

"微臣要去宫门前,殿下可要随行?"

"我同表兄一起。"

二人相顾无言,皆忧心忡忡地往府外走去。宋扶刚出宋府大门,就见街头停着一辆鼠毛褐色粗布马车,他方站定,马车上便下来一人。

"兰九?"

兰云鹤身穿一件松霜绿宽松直裰,身上还带着淡淡的酒气,瞧这模样应该是不知在何处应酬,急忙抽身赶到这里的。

"是真是假?"他的话语含糊,声音却十分沉稳。

宋扶与他乃昔日同窗,二人很有些交情,若非如此,当年兰家也不会经由宋挽做媒让兰云鹤与白家小姐成婚。

"是真的。"

兰云鹤点头:"我已让家中奴仆准备粟米、草料各三千石,另备金疮药等伤药、物品送与涑河,若宋府有何物想带到边关,可送到京郊兰家庄子。"

宋扶双手作揖,已说不出什么感激之言。

兰家虽是巨富之族,但也没有蹚这浑水的必要,能做到此已令人敬佩不已。

"英国公府明小将军今夜会带兵赶往涑河,若赶得及可让兰家人随他们一起。"

"圣上下旨?"

宋扶摇头,兰云鹤了然,想了想道:"让他们先行,我在城中再备些东西。"

既然顺隆帝能将江妃私下送与南庆,怕是他毫无出兵之心,若如此,那些个粮草根本就是杯水车薪,他还要再备些才是。

"你二人先忙,若有事我会来寻你。"

兰云鹤说完向,宋扶、沈千柏二人一抬手,利落地回了马车。

他为人洒脱,也不管眼前一个是当朝皇子一个是朝廷命官,上了马车后从车帘内伸出一只手随意挥动,示意二人不必相送后便潇洒离去。

宋扶无声地叹息着,沈千柏以手遮面,不知在想些什么。

"走吧,咱们一起去宫门前瞧瞧。"

二人一起前往宫门处,只见宫门紧锁,而宫门外跪了满地的人,为首的是一身白衣素服的城阳侯府老夫人。

江母穿着一身白,披着麻衣跪在宫门前,她眼前放着一个黄铜盆子,当中正燃烧着数张黄纸。

粗糙的黄纸被火舌吞噬,卷着冷风盘旋而上,跪在宫门处的众人鼻尖都被那股子烧纸钱独有的味道刺得鼻眼发酸。

"城阳侯府已故老侯爷江卿舟之妻,求见圣上。"将手中一摞黄纸丢入黄铜盆中,江母声嘶力竭地道,"城阳侯江易之母,求见圣上。"

宫门外已闹了一阵,先前宫门还开着,可等待入宫觐见皇帝的人越来越多,宫中下令将宫门紧闭,且派八百御林军在此严守。

江母眼中带泪,每次往铜盆子中丢入一摞纸钱,便要大声呼一句求见圣上。

宫门处的人越聚越多,林葭玥拉扯着江星缩在街头一处门面半开半合的杂货铺子中。她身后,是城阳侯府中正在不停印刷传单的下人。

"葭玥姐,那位可是宋扶宋大人?"

林葭玥伸着脖子望向铺外,只见果真是与她有过几面之缘的宋扶。

"是他,看来方才入宫之人确有宋蓝安。"

林葭玥刚从宫中出来,就赶忙支使铺子中的人去宋府寻找明湘,并将宋挽的信物同涞河一事告知。

如今看来,宋府已有动作。

江星自出生后便从未出过城阳侯府,今日第一次出门,便遇见这等场面,心中不由得有些怯意。怀素站在她的身后,轻轻抚摸着江星的头发,小声说了句五小姐莫怕。

"怀素,你去告诉老夫人让她莫如此声嘶力竭地喊,做做样子便可,我们还需要引来更多的百姓。"她怕江母的身子撑不住,未到天明便倒下。

怀素轻轻点头,想了想拿起林葭玥先前准备好的麻衣、孝帽穿在身上。

正准备走出铺子的时候,怀素站在门槛下回眸看着她:"林姨娘,你同侯爷于涞河相识,可否告知怀素那是个什么地方?"

"什么地方?"林葭玥将视线自宫门处收回,看着怀素,眉心紧锁,"是个荒凉的穷地方,吃不好、睡不好,照比上京差得远了。"

也不知怀素怎么突然问起了这个,她觉得不耐烦,继续抻着脖子看向外头。

随后她朝身后管事道:"去,去给我找上京给人做白事的班子,将那些个哭丧、吹号、吹唢呐、奏哀乐的都给我喊来。皇帝一日不出兵增援涞河,整个上京就别想有一个人睡得着！"她一脸严肃，誓要将狗皇帝逼出来给城阳侯府一个交代。

"林姨娘这是要……"

"问那么多做什么？江妃娘娘惨死敌手，咱们府上还不能祭奠了？"

一只手抚着肚子，林葭玥的另一只手将已经干硬的点心死命地往口里塞。

她如今饿得快，却吃不下，正噎得难受时，江星递来一杯温茶，轻轻抚着她的背。

怀素皱眉道："你如今身子重，还是早日回府中歇着为好。"

"管不得那些了。"

将口中的点心咽下，林葭玥又开始指着那拓印传单的下人将东西都收拢进竹筐，趁着天色黑正好可寻个高处撒向上京。如今风大，她希望明日一早便将狗皇帝罪状书铺满所有街道。

怀素见林葭玥忙得抽不开身，微微勾唇转身走向宫门处。

"老夫人累了，让奴婢来。"她跪在江母身边，接过江母手中的纸钱一点点丢入黄铜盆子里。

怀素道："林姨娘说得对，若不闹出些什么来，圣上不会重视，亦不会派兵去涑河救侯爷的。"

江母声音嘶哑，因哭喊了一夜而显得异常苍老。

"圣上这是要绝了我城阳侯府的根啊！"

"不会的。"怀素语气温柔，轻声安慰江母。

"总归有办法的。"

宫门前聚集的人越来越多，先前还有些人对那纸笺之上的言辞有所怀疑，可宫中始终没有任何响动，有那晚来未能入宫的臣子，一直在宫外求见江妃娘娘也无人出来应。

宫门处的人越来越多，渐渐的众人都知传言怕是为真。

远处巷子里忽而传来刺耳的诵经声和送葬声，怀素见那嘈杂之音离得越来越近，转身道："城阳侯府待怀素有恩，怀素无以为报，今儿……便算成全奴婢了。"

江母愕然地抬头，怀素微微一笑："若侯爷回来，老夫人可能帮奴婢带句话给侯爷？"

"你说。"

二人都已落泪，怀素看着江母，心中有万般言语，此刻却不知应从哪一句说起，许久后才低声道："望夫人帮奴婢转告侯爷，怀素……不悔。"

怀素站起身，走向守城将领身边大声道，"城阳侯府妾江门于氏，求见圣上！"

那禁军头领大喝一声："宫门禁地，无关人等不得靠近。"

"城阳侯府妾江门于氏，求见圣上！"

每说一句，怀素便向前逼近一步，守门将领抽出腰间的佩刀，寒光映在怀素的脸上，却未能阻止她半分。

"城阳侯府妾江门于氏,求见圣上!"

"站住。"

"我城阳侯府效忠朝廷百年,已故老侯爷边关对敌战死沙场,妾身夫君与敌国对战,生死不知,圣上为书虚名,绝我忠臣良将满门,我城阳侯府……"

"冤!"女子的凄厉之声划破长空,宫门前的众人瞬时哑然。

怀素说完这句,猛地向宫门冲去,那守城将领手起刀落,怀素瞬间人头落地,只余下满地热血。

夜风袭来,一阵浓重的血腥味传来,挤在宫门前的人群中突然爆发一阵声响。

"怀素!"

江母痛哭流涕,跪爬到怀素尸首前哀号不止。

"皇帝昏庸无道,寒天下学子赤诚之心,惹天怒人怨,沈丛邑他不堪为君。"

径山书院的一众学子里,不知是谁率先喊出一句大逆不道之言。这一声好似泼入滚沸油锅中的一盆冷水,瞬间噼里啪啦炸得宫门前的众人再忍不住心中的愤懑。

苏榭看着江母跪地磕头,头破血流的模样亦心生不忍。他喉间一动,又暴喝一声:"我们乃天子门生,宫中禁卫不敢对我们动手,冲,今日便是横尸于此,咱们也势要见到圣上。咱们代天下学子问问圣上,我东宁百姓的命,于他心中到底算得个什么?"

苏榭说完,一群学子向前拥去,挤得守宫门的众多禁军齐齐后退。

宫外闹得人仰马翻,而宫内,顺隆帝正竭尽所能想要粉饰太平,奈何今日无人顺应他之所想。

顺隆帝脸色阴沉着,坐在雕龙髹金宝座上,居高临下地看着跪了满地的重臣。

宋蓝安道:"还望圣上出兵增援涑河。今日的事闹得天下皆知,苏城、赤羊无人镇守之事不出十日定会被宁王知晓,届时便是朝中派兵也鞭长莫及。"

顺隆帝面目狰狞地道:"朕说了,此乃无稽之谈,你们这一群蠢物听不懂朕所言不成?"

"圣上。"

宋蓝安起身,高声道:"若是传言,还望圣上将江妃娘娘请出让众臣见上一见。"

"宋蓝安!"一道请兵的折子丢在宋蓝安脚下,顺隆帝愤怒地拍桌而起,一双眸子因怒极而变得猩红。

吴喜香之父吴御史跪地大声道:"请圣上出兵。"

"请圣上出兵。"

众臣随声附和,顺隆帝只觉得腹胃烧灼,疼得他趔趄着跌入龙椅之中。

只是眼下无人关心他的龙体是否康健。

吴御史自地上而起:"圣上想垂范百世,名留青史,竟妄以这等卑劣之举成事,实为奇想天开。"

"圣上可知举头三尺有神明,不畏人知畏己知?您今日折损我无数东宁兵将,来日待您宾天之时,如何有颜面见我东宁列祖列宗?圣上以东宁国土、太子及万将之躯为祭,便是将这清名留给圣上,圣上又如何背负得起?圣上当天下万民都如您一般心瞎眼瞎,鬼迷心窍了不成?"

"放肆。"顺隆帝猛地打在御案之上,抬起眼死死地瞪着吴御史。

"来人,将吴仕良拖出去杖五十,今日殿上四品之上官员,夺俸……"

"圣上三思。"

郑云山颤颤巍巍地开口,大声道不可。

吴仕良却道:"郑公莫为下官求情。为臣者谏诤辅佐方为本道,今日未能致圣上心阔眼明,乃老臣无能。可老臣知晓何为忠君。臣不愿圣上遗臭万年,成为那与桀、纣齐名之流,唯愿速死以荐青天,敲圣上心门。"说完,吴仕良三两步跑到云龙柱前,一头狠狠地撞在了鎏金大柱上。

"你……你……"

顺隆帝死死地抓着胸口,发不出一丝声音。

宋蓝安的视线自吴仕良的尸首上扫过,微微皱眉,不忍再看,他甩袖跪地:"请圣上出兵。"

"请圣上出兵。"

众朝臣高声请求,顺隆帝抓着胸口,身子猛地一抽搐,直直地自龙椅之上摔落到地上。

"圣上……"

随侍的太监上前将顺隆帝扶起,众朝臣却长跪在地,一直不起。

宫中太监将顺隆帝抬回寝宫,由太医诊治。待到天色微亮时,他方幽幽转醒。

"那群逆贼可还在……"

"禀圣上,郑老同宋大人他们仍跪在寝宫外。"

顺隆帝抓住胸口,气急至险些再度晕厥。

他昨日被宋芸宁那贱妇伤了心肺,虽用宫中秘药强护性命,但定于寿数有碍。从昨日起,他便觉得五脏六腑灼痛难忍,饮水吞咽皆如受刑。思及此,顺隆帝的手一挥,招来那个身形佝偻的老太监,又自瓷瓶中取出一粒赤丸。

吃下那粒赤丸,顺隆帝的脸上添了几分红润。待舒缓后,顺隆帝按住胸口,沉声道:"传旨下去,便说朕龙体欠安,即日起罢朝十日,封锁宫门,任何人不得出入。既他们愿跪,便让他们跪。"

说完，顺隆帝随太监出了皇帝寝宫。

待罢朝的圣旨一下，宋蓝安等人彻底对顺隆帝失望，有年岁大的朝臣当场失声痛哭起来。

郑云山更是抓着圣旨颓然瘫坐在地，一脸家国将破的绝望和悔恨。

英国公长叹一声："眼下如何是好？"

宋蓝安起身走至郑云山面前："劳烦郑大人。"

将罢朝圣旨接过，他随手递给明华新："圣上下令封锁宫门，还望英国公宣旨。"

"宋大人所言极是。"

将圣旨捧在手中，明华新眸中带出三分狠劲。郑云山看着二人的动作，嘴唇张合，终是未将阻拦之言说出口。

昨夜宫外吵闹一夜，无数人跪地祈求以见顺隆帝一面，那些个学子更是直冲到宫门下，若非宋扶等朝中众臣阻拦相护，怕是早已被斩于守城将领的刀下。

怀素的尸首还横在宫门前，江母早已支撑不住，哭晕在地。

林葭玥的身子不便，被青薇护在杂货铺中。

昨日夜里，送葬人吹吹打打了一夜，直敲到如今，以至于上京街头巷尾挤满了百姓。

本来还有那先前还想着莫犯皇家忌讳，惹了圣上不悦怕掉脑袋的，如今一夜过去，众人皆被昨日未能入宫跪在宫门前的文武百官所打动。

"早年将太子送去南庆，便不是那带把儿的男人所为，如今又将皇妃送给南庆人折磨，这皇帝老儿骨头软成这个样，怎不将那颗脑袋塞入裤裆里去？"

穿一身粗布衣裳身挑货担的男子在人群中大喝一声，有那与他相识的忙拉扯着他的衣袖："你不要命了？快卖你的货去，在这处凑什么热闹？"

"这小哥儿说得没错，你没见那满地纸笺都写了什么？皇帝老儿将自己的女人送出去不说，便连苏城和赤羊也拱手让人。"

"这可不就是昏君所为？"

"别说了，小心你的脑袋。"

先前那个货郎嗤笑一声："可不见得那皇帝老儿有敢要人脑袋的魄力。"

百姓越说越气愤，见咒骂皇帝前头跪着的百官同守城的禁军也无动于衷，一个两个都跟着骂了起来。

沈千柏听着耳边的百姓之言，心中憋闷得厉害。

不多时，宫门微开，明华新从宫中走出来，宣读顺隆帝的圣旨。

正当百官以为至暗的一夜已经过去，顺隆帝终于顶不住文武百官相求时，那罢朝十日之言一出，众人方知顺隆帝打定了主意要将他轻易得来的江山祸害到底。

"我呸。"原先本还在压抑怒气的径山学子，有一人闻言竟是抄起地上的砖石猛地砸向守宫门的禁军。

这一下，仿似两军对垒中放出的第一支冷箭，那禁军"啊"了一声刚抽出佩刀便被一群学子同百姓猛扑上去。

"报……"

宫门被堵得严严实实，从城外策马而来的传令兵呼啸而至。可来到宫门前，马匹再踏不出半步。

那传令兵不知发生了什么事，但他手中拿着军情紧急，来到人群前，只能朝身穿英国公朝服的明华新大喊一声道："报，涑河告急……"

第十八章 告急

第十九章
报 国

　　街头的百姓听闻此事，皆自行散开，给那个传令兵让出位置，有性子急的高声向前方大喊涑河告急。一时间，上京的街头此起彼伏地响着尽是告急之声。
　　"哎，你倒是说说涑河如何了？难不成是太子殿下……"
　　货郎大喊一声，在提到太子时，身后的人嫌他说的话不吉利，狠命地向前推搡一把。
　　"是啊，你倒是说说涑河怎样了？那苏城和赤羊又如何？可是南庆新皇知道涑河之事了？"
　　上京地杰人灵，便是百姓也对朝中政事略知一二。有那头脑灵活的，甚至不比朝中官员差上多少。众人你一言我一语，倒是让那传令兵说得满眼惊诧。这军情密令怎么就闹得人尽皆知了？
　　"哎，你倒是说啊，涑河怎样了？"
　　百姓推搡、拉扯着他，那传令兵面色惨白，被人来回推搡得头脑发晕，再加上他不停地赶路未得休息，如今便昏昏沉沉地开口道："南庆新君登基后，便率六万精兵往涑河方向而去……"
　　"啊"的一声，百姓口中一片哀鸣。
　　"那是几日前的消息了？"
　　"六日……"他一路未曾停歇，途经十一个驿站方自涑河赶到上京，如今涑河的情况如何，他亦不知。
　　"咱们朝廷在涑河有多少兵马？"
　　"不知……"
　　"不足两千。"
　　"两千如何对抗南庆六万大军？"
　　"不知……"
　　上京的百姓又哭又骂，心中对朝廷万分失望。南庆都要打到家门口了，他们的皇帝却还龟缩在宫中不知在做些什么。

"听说英国公府明小将军在京郊点兵，可能会带些人手过去。"

"那亦不足万数，能做得了什么？"

"在何处？"

货郎挑着担抻长脖子道："我去，我跟明小将军一起到涑河去。咱爷儿们上无父母下无妻儿，只有一把子力气，说不定到了涑河还能帮太子殿下杀一二南庆狗贼。"他将身上的担子一丢，对身后一个熟悉的人道，"劳烦这位嫂子将扁担送到我家中。若来日我有命自涑河回来，还得指望它养家娶媳。"

"哎……哎。"那妇人先是有些怔愣，随后上前小心地扶起货郎的担子放在身前护着。

"我……我同你一起。"人群中一个身形瘦弱的少年急忙开口，他身穿跑堂的衣衫，跳着脚想要往前去，却被身后掌柜模样的男人一把拉住："不要命了你？皇帝都不管的事儿，你去做什么？"

那跑堂的小二将头上的布巾摘了下来，言语稚嫩地道："正是因为皇帝不管，我才要去涑河支援，若我去了能为朝中多争取一日，哪怕一个时辰，说不得便有援军可到。承蒙师父照顾多年，您之大恩，来惠唯有下世相报。"

那名为来惠的小少年说完，三两步追着货郎而去。

"我去……"

"我也……"

有那身高体壮的爷们伸头举手，却被身后或是妻女，或是父母狠狠地拉住。可也有那心意已决的紧随货郎、跑堂的二人脚步。

至有一手持布幡，看模样已过半百的游医亦摇摇晃晃地背着药匣跟在众人身后。

宫门前，有朝中百官，有东宁百姓，亦有哭声有叫喊声，却唯独没有退缩之声。

明华新站在宫门下，看着零零散散往京郊跑去的百姓，眸中带泪。他转身对宋扶道："今日你便传书给明淳，让他带兵赶去涑河。"

宋扶眉心微皱，却很快点头。

事到如今，已无人在意顺隆帝的旨意了。

明华新看着自发地从家中拿出银钱米粮的百姓，淡淡地一笑。他想，便是来日英国公府因抗旨被满门抄斩，到了黄泉之下他也能、也敢说一声不曾愧对明家列祖列宗。

径山书院的众多学子亦蠢蠢欲动，几位白发苍苍的老者正低声安抚。可邦国殄瘁浇不灭男儿热血，刀枪剑戟抹不去凌云之志，当下便有人褪去文人长衫，奔京郊而去。

苏榭亦想上前，却被宋府跟来的下人抽了腰带困在身前。

东宁因兵力、因顺隆帝之故软弱了数十年，此刻众人却皆挺直了腰杆。

"伯父。"

明湘搀扶着大长公主由远而近，宋扶见她淡淡地勾唇。夫妻二人相视一笑，将情意隐在心中。

大长公主从怀中掏出一面金牌，递给明华新，明华新又交给守城的将领。

"开门。"

守在宫门前的将领闻言皱眉："圣上有旨……"

大长公主把手一挥："有什么老身也是他的皇姑母，老身要入宫，先帝都拦不住，莫说他沈丛邑的一道圣旨了。"

"开宫门。"那将领还在犹豫，身后的副将却已走到宫门处，将宫门打开。

大长公主转身看着宋扶："你让他们跟我一起进宫。"

身后齐刷刷地站起数十位臣子，江母亦赶忙站起身，跟在大长公主的身后。径山书院的一群学子也想进宫，却被禁军阻挡在外。

明湘扶着大长公主走在最前面，而身边则是禁军随行。众人浩浩荡荡地往宫中走去，宋挽则跟陆幼筠等人坐在商蓉的寝宫里焦急地等着什么。

"朝臣随大长公主进宫了。"

吉荣进入商蓉的寝宫低声禀报，又将南庆新皇率六万精兵赶往涑河一事告知。

齐卿铃坐不住，焦急地起身在屋中来回踱步："南庆异动，大长公主进宫，圣上可会改变主意出兵？"

商蓉摇头："不知。"

"所以他还是……"

齐卿铃咬着牙，心中愤恨。

陆幼筠和张宝桢的年纪最小，二人在一旁帮不上什么忙，便只能去到小厨房给几个人烧水沏茶，刚出院子，就见东厂太监急匆匆地从外头跑了进来。

她们心里觉得诧异，跟着那个小太监进了屋。

"各位主子，圣上带着十几个禁军往后宫来了。"

赵南璋皱眉道："他这是何意？"

宋挽捏着帕子绝望地道："圣上这是打定了主意不见众人，怕是非要拖到山河破碎，东宁国破家亡才算甘心。"

宋挽思索片刻，站起身向外走去。

"挽儿姐，你作何去？"

宋挽道："能逼迫帝王出兵的唯有百官和天下百姓，可若圣上真的进入后宫罢朝十日，涑河之战怕再无翻身可能。不能让圣上进到这后宫来。"

"我同你一起。"

商蓉站起身走到宋挽身边："以你之力怕是难以抵挡帝王的脚步，我商府愿尽绵薄之力。"

"我也去。"

"我同你们一起。"

几个人皆急忙开口，陆幼筠道："我们去求圣上，能拖一时是一时。"

宋挽点头，对身边的吉荣道："劳烦你派几个人去迎大长公主，若是方便让他们动作快一些。"

吉荣点头，又让东宫几个宫女太监随行以护着几个人。

"我们几个人各带一个贴身宫女便可。"

商蓉附和："让东厂的人撤了吧，若是一群人去拦圣驾，怕是还没到，便会被禁军斩于刀下。"

几个人整理了一下衣衫，向外走去，蘅芷轻轻地拉扯宋挽："小姐，您身子……"

宋挽摇摇头，轻轻拍了拍蘅芷的手，同她一起走了出去。

东宫众人急匆匆地走到乾清门附近，刚停下脚步，便见顺隆帝带着禁军匆匆而来。商蓉与吴喜香二人跪在最前，身后是东宫的四位良媛，而宋挽跪在最后面。

顺隆帝一脚刚迈入乾清门，便见几个人跪在自己面前。他立刻便觉得满心烦躁，想要大步离去。

"请圣上出兵增援涑河。"商蓉大声开口，其余几个人皆齐齐附和。

再度听见出兵以及涑河二字，顺隆帝怒从心起，目光狰狞、恶毒地看着东宫的这几个人。这几日他听够了出兵，也受够了众人将涑河挂在嘴上。

他正要叱责这几个人，却突然抓着胸口，脸上抽搐起来。

"请圣上出兵……"

商蓉刚一开口，顺隆帝突然抬起脚一脚踹在商蓉的肩头。

"商良娣……"

吴喜香上前扶起商蓉，宋挽则道："南庆已经集六万精锐去往涑河，若圣上不出兵，怕会遗臭万载、为人畜所不齿。"

"放肆！"高亢之声震得几个人的身子一缩，顺隆帝双眸瞪到极致，满是猩红的血丝。不知是否宋挽戳中他的痛处，顺隆帝的身子突然趔趄，险些摔倒在地。

身旁的随侍太监赶忙上前搀扶，却被顺隆帝一把推开。他快步走向宋挽，一脚一脚地踢在她身上。

"朕知晓你，你乃宋蓝安之女……女子不得干政，莫不是宋家对朕的江山觊觎多时？"

赵南璋上前将宋挽护在身下，口中却不停地大喊请圣上出兵。陆幼筠同张宝桢吓得边哭边跟着附和，二人口中都来回念叨着请圣上出兵。

"该死，你们都该死。"

盛怒之下，顺隆帝跳起来猛踢几个人，几个女子抱成一团，口中反反复复地念叨着只有一句出兵。

"将她们都拉下去杖毙，死后将尸首交予其府上，朕要让世人瞧瞧忤逆之人的下场。"

宋挽闻言大声道："圣上一生所有的胆气都用在残害后宫女子之上，您夜里可能睡得安稳？"

"你找死。"顺隆帝仰着身子再度嘶吼，这一声却是犹如拉破了的风箱，卸了劲再无气力。

宋挽推开几个人，跪在顺隆帝面前，眼中泛红："请圣上出兵增援涑河，圣上一意孤行，可背负得起亡国之名？"

"你……"

顺隆帝死死地抓着胸口的衣服，周围上来数个禁军，正要拖拽几个人时，商蓉猛地起身："圣上要做败国丧家之犬，你们也要跟着做那助纣为虐的走狗不成？涑河的将领可都是咱东宁男儿，说不得还有你们同出一门的父兄。"

禁军不听商蓉说什么，将她反手按在地下，还有两个人上前将宋挽推倒在地上。宋挽心有不甘，她怕今日不能拖住顺隆帝的脚步，让他躲回后宫，真的罢朝十日。她凄然落泪："亡国之君，死不足惜。"

顺隆帝推开辖制宋挽的禁军，正抬脚要狠狠地踩在她的脸上时，被突然扑过来的陆幼筠紧紧地抱住双腿，她死死地钳制着顺隆帝，无论身旁的禁军上前如何拖拽，她都不松手。

宋挽想要上前帮忙，却被禁军队伍中突然出现的一个佝偻老者抬脚踢出数丈远。

顺隆帝死命地挣扎着，可陆幼筠双手紧扣，咬紧了牙关不曾松手。

那佝偻老者上前，抬起手掌狠狠地拍向陆幼筠的头顶。一阵剧痛袭来，陆幼筠只觉得耳唇鼻端皆有温热的液体缓缓流下。脑中嗡鸣作响时，她只能听见几个朝夕相处的姐姐唤她的名字。

陆幼筠咧嘴一笑，露出已被鲜血染红的一排贝齿，而她的双手双脚却更加用力地抱紧了顺隆帝。

头上再度传来剧痛，她哭着闭上眼，心中却只有一个想法。她不能让顺隆帝踏入后宫，她一定要保护好东宫里面的所有人，包括远在涑河的太子。

唯有太子活下去，其他人才有活着的希望！

耳边传来女子的哭喊声和苍老帝王的咒骂声，这些声音渐渐变得缥缈，陆幼筠好似回到了还在陆府，受尽姐妹兄弟欺凌的时候。

陆府上下有数百人，却是上至父母双亲，下至庶出弟妹皆少有喜爱她的。她自幼便生了副圆润模样，幼年时候尚还好，可长至七八岁年纪时，母亲便日日都要念叨她狼吞虎餐，丝毫没有官家小姐的气度。

可她也不知为何，打小儿便总是觉得腹中饥饿，哪怕刚用餐不久也会感到腹里空荡得难受。年岁小的时候，众人都夸赞她喜庆可人，但大了便再无人说过这样的话。

母亲整日嫌弃她吃得多，身子愈发粗蠢，便让家的中奴仆断了她的点心、间食，又减少了她每日餐数。她本就饿得快，哪里能承受得住如此摧残？不过十几日便饿得头晕眼花，眼前泛白。

她十岁的时候，母亲领她去别府相看，如今她虽早已忘了那户人家姓甚名谁，可她犹记得那户人家主母温柔说话时的样子，在她面上摆放各种小点。

"筠儿尝尝这金丝饼。"

那位夫人摸着她的头，手上还带着淡淡的花香气。

数碟点心摆放在眼前，她那时许久未曾吃饱过，自然忍不住抓着眼前的金丝饼便往口中塞。她也不知自己吃了多少，直到母亲将她眼前碗碟推翻，她方停下手。

她太饿了。陆幼筠想，上京里头的大家小姐，大抵除她之外，再没有一个受过这等苦楚的。

那日发生了什么，她记不得了，只记得母亲将点心推翻在地上，她蹲下身去捡的时候，被母亲强拉着回了府。

自那以后，府中再无人和颜悦色地同她说过一句话。便是嫡亲的妹妹，也宁愿整日同庶出姐妹在一处玩，与她们一起辱骂她，作弄她。

那段时日，她越是饿，母亲越不让府中给她饭食，偶尔陆四、陆七几个姑娘家凑在一处，便是变着法地用吃食欺负她。她们会将蟑螂或者其他什么虫子放入吃食里，再笑着递给她。

思及此，陆幼筠觉得很是委屈。明明，她不曾做错过什么呀。

"阿姐来吃。"她的嫡亲妹妹曾在她面前，笑意盈盈地将蟑螂塞入油饼里。

"阿姐要不要吃？"

她要的呀。陆幼筠忍不住心生委屈，却还是从陆四手中接过那油饼。那油饼是她们托了外院的兄弟们，从府外买来的。油乎乎滚烫烫的，外头酥里头糯，还带着豆儿馅别提多香了。唯独里头被她妹子塞了虫子，瞧着是在糟践东西。

"她真的吃啊！"

陆七叉着腰伸手指着她,笑得眉眼弯弯,陆四却一脸鄙夷地看着她,眼中满是嫌恶。

"蠢如猪的玩意儿,吃得这样狼饕虎咽,简直羞死个人。"

周围站着的下人也捂着嘴偷笑,指指点点的模样让她如今都忘不掉。

可是她也没有办法呀,她整日饿得睡不着,白日里又要被教养嬷嬷打骂,练习贵女娇姿,她是真的饿啊。

未入东宫之前,她吃过最好吃的东西,便是那金丝饼同油饼了。

直到入了东宫以后,她才能日日吃得上饱饭。

想到太子派东厂的人去陆府询问她是否要入宫时,陆四、陆七脸上露出愕然、惊诧同不可思议的神情,陆幼筠便觉得做梦都会笑出声来。

入了东宫,她才知道原来人还可过这样的神仙日子。

每日无人管教她,且小厨房也可随意做吃食给她,不仅不用挨饿,若是想吃些什么新鲜的,她还可去其他人那处转转。

她们知晓她爱吃,便总会给她留各种各样的东西。偶尔商家从宫外送了什么金贵的,商良娣也会留给她一大部分,剩下的才给东宫其他姐妹分上一分。

想到东宫的人,陆幼筠心里疼得厉害。方才狗皇帝对着挽儿姐猛踢了好几脚,也不知她现下如何了。

陆幼筠想要睁开眼去看,却发现眼前红雾雾的一片。罢了,她闭上眼,又想起了商蓉。

商良娣待她比娘亲还好,不知日后再见不着,她是否会伤心,她的身子不好,如果再为她伤心可是不成。

吴良娣性情温和,但她是吴御史的独女,入了东宫后,日日总为见不到父亲而担忧。若是太子从边关回来,说不得能开恩,让她父女二人见上一面。

卿铃面上被那南庆妖女伤了好大一片,也不知日后还会不会长好了,若是不能长好,她怕是要一直消沉下去。

宝桢同她的年岁相当,二人又都是不受家里重视的,日后她怕是再也不能宝桢去摘花染布,制蔻丹了。

南璋姐先前曾说过要教她骑射,如今看来,她怕是也没机会了。

陆幼筠只觉得身子越发软绵,她咬紧了牙,死命地箍住顺隆帝,任由自己的意识一点点涣散,消失在这片给予过她最幸福的日子的地方。

"嗬……嗬……"

陆幼筠的身体重,如今整个人死命地抱住顺隆帝,竟然任凭他如何挣扎都未能挣脱开。

那个佝偻老者一掌掌拍向陆幼筠的后颈,也未能让她松手。

顺隆帝死死地按住心口，只觉得浑身血脉翻涌，心口处胀痛发紧，疼得他眼皮直跳，发不出一点声音。

禁军见此情形，松开几个人，上前帮助顺隆帝。

宋挽先前被那个老者踢出去，竟然躺在地上许久未能起身。

"嗬……"

眼下乱成一团，可众人却不敢发出一点声音，只因为顺隆帝脸色青紫狰狞，正大口地喘息着，一副痛苦难当的模样。

那个佝偻老者从怀中掏出瓷瓶，正想要倒出其中的赤丸喂给顺隆帝时，明湘和宋扶搀扶着大长公主，带着身后浩浩荡荡的文武百官一起走来。

大长公主站在最前，视线从顺隆帝涨紫的脸上扫过，未等众人反应过来，她便高声道："圣上糊涂，你怎可置涞河及太子于不顾？还望圣上你体恤民情，早日出兵增援涞河。还望圣上早日出兵，增援涞河。"

大长公主身后的文武百官一起跪地，高声重复："还望圣上早日出兵，增援涞河……"

顺隆帝望着眼前跪了满地、黑压压一片的文武百官，死死地抓着胸口，大口地喘息着。

那个佝偻老者急忙从瓷瓶中倒出一粒赤丸，想要将它塞入顺隆帝的口中。可他却未能如愿，只因顺隆帝突然僵硬着身子，直直地向后仰去。

赤红色的药丸从他的唇边滚落，骨碌碌地滚在地上。

咚的一声，众人只见顺隆帝直挺挺、重重地摔在了地上。

"圣上……"

大长公主三两步迈进乾清门快速走到顺隆帝身边，四周的禁军同那个佝偻老者皆满眼震惊。

"护驾不利，理应当斩。"抬手指向皇帝身后的禁军，大长公主让人将那个佝偻老者以及先前护在顺隆帝身边的十几个禁军押下去，自己则伸手探向顺隆帝的鼻息。

过了半晌后，她沉声道："圣上驾崩了。"

宋扶同明湘站在大长公主的身后，二人的视线却一直放在蜷缩在不远处，不知生死的宋挽身上。

"圣上驾崩了？"

一个人喃喃出声，好似一时无法理解大长公主的话，又像是不可置信。

待禁军被押下，东宫的几个人脱离桎梏，迅速奔向陆幼筠同宋挽，几个人轻轻将早已没了气息的陆幼筠安放在一旁，哀声痛哭。女人的痛哭声提醒了众臣，乾清门外先是沉默下来，随后传来稀稀疏疏、断断续续的哭声。

不多会儿，太医院院判以及宋蓝安、郑云山等人匆忙赶来，宋蓝安看着顺隆帝横躺在眼前的时候，眼皮几不可查地一抖。

"三殿下……"

郑云山看着眼中似有哀意的沈千柏低声道："圣上驾崩，还请三皇子代为监国，如今涑河之事不可再拖。"

众臣闻言亦跟着附和："请三皇子代为监国，接玉玺下诏书出兵涑河。"

"殿下，事不容缓，万不可再耽搁了。"

沈千柏强忍泪意，银质遮面下一张薄唇张张合合终与未能发出声音，只能强忍着点头。

大长公主看了他一眼，沉声道："大行皇帝停殡之事由老身代为暂管，事急从权，你们以边关战事为要。"

国丧乃大事，大长公主之意分明是要从简，几位老臣面面相觑，一时不知该如何决断。

商蓉的祖父在几位大臣搀扶下，颤颤巍巍地走上前跪地道："圣上体恤臣子，终年励精为治为我东宁河山，如今驾崩，亦不会愿天下万民为此劳心，我等为人臣子的应继圣上遗志，守我东宁江山为要。"

宋蓝安等一众跪在乾清门外，齐齐附和。

大长公主一挥手，按着眼角说了声"准"后，便让人将顺隆帝尸身妥善抬走。

"还请三殿下至太极殿商议正事。"郑云山急忙说出口，其他臣子亦满心焦急，不多时便拥着三皇子去至太极殿。众人离开，东宫的几位女眷同宋扶急忙跑到宋挽身边。

"挽儿？"宋挽的脸色惨白，早已晕厥，没了意识。

宋扶想要将人抱起来，却被大长公主阻止。她指着身边的内侍道："将宋承徽送回东宫。"

那个内侍将人抱起，众人才见她的身下有一摊血迹。

宋扶正欲上前，却被明湘阻拦："后宫不便，夫君去寻爹爹……挽儿，我来照看。"

"劳烦夫人。"

明湘肃着一张小脸，认真地点头："夫君放心，湘儿会好生照顾妹妹。"

大长公主待他夫妻二人说完话，才让身边的宫女陪着明湘去了东宫。

宋挽醒来时天色已黑，她只觉得腹部痛得厉害，半边身子都好似麻木了一般。正要起身时，明湘端着一碗温了许久的汤药过来。刚见她那副虚弱的模样，明湘便红了眼："你醒啦？"

宋挽微微点头，语气虚弱道："幼筠她……"

"国丧期间，陆良媛的丧事只能从简。"

宋挽只觉得鼻子发酸，忍不住落下泪来。

明湘在一旁静静地等着，待哽咽声转轻才开口："你可知……"

宋挽抬起头，眸中似带哀求，明湘于心不忍，再问不出口。

"三皇子可曾出兵增援涑河？"

明湘点头："已调涑河周围五处都司、八十五卫所兵力赶往。"说话时，她的眼中神色似乎略有迟疑，宋挽忍着腹痛道："可有其他纰漏？"

"国库，没银子了，这粮草怕是不好筹备。"

朝廷这一仗打得猝不及防，往日国库里的银子又被顺隆帝掏空一大半送到南庆，便是连内帑钱粮也被他私下送到秦娆的手中。东宁这一战，实在不知后勤怎么办。

微微叹息一声，明湘道："如今夫君正同朝中大臣四处筹备银钱、粮草，还不知……能撑多久。"

宋挽捏着衾被，心下一紧，纵然她往日自诩尚有几分聪慧之处，但遇这等大事她竟然没有半分法子。她的一生都被困在后宅之内，所见所识也只有一方天地。待出了这一方天地外，她一无所知。她未曾见过后宅之外的景色树木，亦未见过庶民百姓的吃穿用度。书上写了许多修身、通理之言，却唯独不曾教人如何赚取银子。

"嫂嫂，挽儿可否求您一件事？"

明湘眨着眼睛，眼中带着淡淡的笑意："我做……做人嫂嫂的……莫说求不求。"明湘有些害羞，许久未曾出现的语阻此时也因为羞赧冒了出来，"我虽比你小了几岁，但做人嫂嫂的……理应疼妹妹。"

身体虚脱、脸色苍白的宋挽听见这话，忍不住笑了起来。

"你说，无论何事嫂嫂定帮你办到。"

"嫂嫂可否帮挽儿接城阳侯府林氏入宫？"

此时此刻，宋挽方知自己远有不如林葭玥之处，她往日觉得对方少条失教，却不承想林葭玥的眼界不知比她宽了多少。那人行事虽让人瞧不清、看不透，可她手中的法子都是再好用不过的。便如那日她应承下一夜间将顺隆帝的行为告知天下，就真的做到了，军饷、粮草等事朝中众臣束手无策，她却不见得没有法子。

"这事儿好办，你好生养身子，嫂嫂明日便将她带来见你。"若是他人在国丧期间怕不好带人入宫，可明湘却能做到。如今大长公主暂居后宫，协理后宫，政务唯有她可说得上话。

将宋挽好生哄着睡下，明湘便寻人去城阳侯府宣林葭玥明日入宫来了。

林葭玥入宫时身穿一身素白常服，身无半点钗环。宋挽则也同样素白一身，寡淡得犹如二人初次相见，因国丧期间不可上妆，她的脸色苍白得刺眼。

二人对视一眼，先是一起露出微笑，然后又双双落泪。泪中有唏嘘，亦有伤感，还有些说不清道不明、仿似劫后余生的庆幸。

林葭玥抹了抹泪，温和地道："你瞧着不太好。"

宋挽微微勾唇，却落下一串泪珠："受了些惊吓，倒是无碍。"

"怀素她……没了。"将怀素那日之举讲给宋挽听，林葭玥说着说着再度落泪。

"东宫之中有位极好的姑娘，为救我也折于昨日。"

二人皆抬头看向对方，面上俱是似哭非笑的模样。

宋挽如今方知沧海桑田、仓皇翻覆几个字的分量。

往日她二人在城阳侯府中的所有嫌隙到如今竟是如经风霜、洗礼百年，变得模糊不堪，若非存心探究实难以触及其半点。

"你今日寻我来可是有事？"

擦掉脸上的泪水，宋挽道："国库空虚，内帑无物，如今朝中无军饷、无粮草，我想问问你可有什么法子？"

林葭玥垂眸沉思片刻，轻声道："有。"

"我便知你有。"宋挽温柔地微笑，眸中似有星光坠落。

"可此事我一个人办不成，你得为我引荐几个朝廷官员，有他们的协助才行。"

"我为你写张帖子，你可去寻我阿兄或者爹爹。"

"成，你在宫里等我的好消息。"

林葭玥利落地应承下来，她的性子急，答应了的事便想立刻去做，可刚走出来仪阁，她又转身对宋挽道："你瞧着虚得厉害，思虑过度多伤身，且看得开些。"

"多谢关心。"

"你回吧，不用送我。"林葭玥转身，大约因焦急，步子显得有几分凌乱，宋挽瞧着却颇为舒心。不知是否因一身所长才得以施展，林葭玥终是恢复了几分往日她最艳羡的鲜活模样。

城阳侯府中，江母身穿丧服站在垂花门前，怀素去后，她竟是将满心依赖托付在林葭玥的身上。齐顺家的陪着林葭玥从外院走回，只见江母殷切地站在影壁下，抬头张望。这几日她仿佛被人抽干了心力血气，满头乌发灰白了一多半，眼皮亦耷拉着，瞧不见一丝往日支撑着她的傲然之气。江曼之死以及在涑河生死不知的江行简让江母受尽煎熬，痛不欲生，如今的她竟然应生生地蹉跎成一个寻常老太。

"宋挽邀你入宫做什么？可是涑河又有什么消息？易儿可还安全？有没有消息说朝中大军几日可到？"

林葭玥摇头："国库空虚，朝中无力支撑军饷以及粮草，宋挽问我可有法子。"

"那你可有法子？"

江母站在林葭玥身前来回踱步，往日从来挺得笔直的腰杆如今微微弯曲。她在园中来回转着圈子，片刻后指着齐顺家的道："府里还有多少银钱？将可抽用的都调出来。将外头几处铺子的账目都拢一拢，印公暴毙后府上应存了不少……"

正说着，江母忽然哭出声来："你可有法子将曼儿的尸骨带回来？她往日最爱干净的一个人，在那等荒凉地不成的啊……她养尊处优惯了，在府中非精细物不吃，非稀世名贵料子不穿，涑河那等穷地方她待不安心。"

战事吃紧，南庆大军又将赶往沭河，大战过后江曼的尸骨如何能寻到？可林葭玥却眸中含泪，淡淡地笑着道："我派人赶往涑河，定将皇妃的尸骨完整地带回。"

带回的尸骨是否为江曼并不重要，能安眼前这为人母的一片慈爱之心方是正道。

"至于军饷同粮草我已有办法，我现下准备去宋府拜访宋大人，母亲莫太过忧心。"

江母瞧林葭玥大着肚子满脸憔悴，唯独一双眸子熠熠发光的模样鼻眼酸涩："我让府中备了餐食给你，吃些再忙。"

林葭玥点头，用过饭后方去宋府。

宋蓝安这几日都宿在中书省，倒是宋扶见了林葭玥。

"你说你有法子解决粮草、军饷等事？"

林葭玥点头："众筹吧。"

"何为众筹？"

林葭玥道："找上京家大业大的世家，让他们捐钱捐物。"

宋扶的眸中一亮，忽而想起那日在宫门处百姓自发捐银捐粮草之事。滴水难成海，可若是积少成多便可以解燃眉之急。

"宋扶代涑河将领谢过夫人。"双手作揖，宋扶郑重地朝林葭玥行了一礼。

"我回府后会将具体事宜写下，你们可以参考具体操作之法。"简单地交代几句，林葭玥便离开了宋府。走出宋府时，她忽然觉得身上一派轻松。看着街头巷尾的百姓匆匆忙忙地为生活奔忙的景象，她缓缓勾起唇角，露出一个轻松笑容。

原来人一生的价值并非自他人口中而得，也并非需要世人皆知她都做了什么。她想，她终于可以放下往日的执念，在这个世界好好地生存，既能保全自己，又可为天下百姓尽绵薄之力。轻轻抚着肚子，林葭玥温柔地一笑，在浅碧的搀扶下缓缓走上马车。

自林葭玥离去不过三五个时辰，朝廷便在宫门处按着林葭玥所言搭建木台，上京的官员在此一字一句地告知百姓朝廷遇到的困境，而宋蓝安及明华新以及郑云山等几位朝中老臣，则在府中广下拜帖。

世家多累积几世之财，不多时便集出一笔巨数。而东宫之中，宋挽亦让吉荣将自己往日嫁妆以及太子可以动用的私产尽数送出。

吉荣看着宋挽，颤抖着道："全数送出？"

宋挽点头："若国破，这些身外之物反而会拱手让于南庆，我信太子在，也会同我做一样的决定。"

"宋承徽此言在理。"

太子的私产着实不少，尤其往日接收段宜亭的财物更是多得惊人。可宋承徽说得没错，若国破这些物件又有何用处？

"小的这便派人收整库中财物，以供粮草军饷。"

东宫的人在行动，其余世家抑或大族同样在尽全族之力筹集军需。有那上京百年药堂购得药材无数送往朝廷，亦有江南布商连夜送信将府库的布匹送往涑河。扬州盐商、徽商以及晋商等三大商帮更是竭尽全力购买粮草马匹等物。

兰云鹤更是以一己之力购得六万石粮食，送到军营。

可众人的心中仍然没有底气，只因他们不知这场仗要打到何时，又要拖到何年何月方能结束。

顺隆帝驾崩，朝中出兵增援涑河后便立刻以八百里加急送信到边关，可最快也需六日的时间，却不知这六日已远超涑河所能撑住的极限。

沈千聿的双唇干裂，绽出深重的血痕。他已在涑河苦撑二十一日，十日前，沈千聿带领不足两千的兵力突袭秦娆的七千精锐，虽因出其不意险胜一场，但余后便被秦娆节节逼退至黔州城。同江行简来涑河的人皆出身上京神枢营。虽然手中有三百火器，但苦撑到第八日时便已弹尽粮绝，再生不出半点法子。最后两日，更是死伤无数，才苦苦等到江行简带领侯府私兵归来。

说是侯府私兵，可也不过是江行简在涑河的时候勉强聚集的一群流民、山匪，且只有五千。但对于那时的沈千聿来说，这五千人是可挽救整个东宁的曙光。

江行简将这些人带来之时，城中的将领与他皆难掩心中的激荡，一个个站在城墙之上抱头痛哭。

那十日，每日都要折损百数，昨日还曾月下交谈的人明日便不知会死于南庆铁蹄还是敌国骑兵的弓箭之下。

见到江行简带增援而来的那一刻，沈千聿瘫坐在城墙之上无声地哽咽着，许久未能发出半点声音。

万宵则仰躺在他的身侧，跟身边的将士一起号啕痛哭。

再多一日，他们便要撑不住了。

万宵甚至早已不去想他们是否能将秦娆抵挡在涑河外，保下苏城同赤羊，他所想的仅仅只有一件事，便是希望自己今日见过的军人还可活过明日。

可他们好不容易盼来了江行简带兵回来，又花费十几日将秦娆手中的人折损大半，却终究未能盼到朝廷增援，反而等到了南庆新君出兵涑河的消息。

沈千聿舔了舔干得皮开肉绽的嘴唇，倚在城墙之上目光迷惘。有一瞬间他不知自己死守涑河究竟有什么意义。

他忍不住想，或许顺隆帝所为也并无错处，他胆小怯懦，却避免了朝中将领的死伤。而他，在眼睁睁地看着与自己并肩作战的人一个个死于敌手时，终是忍不住开始怀疑自己。

"若我不出兵涑河，或许……"

江行简淡淡地道："若殿下不出兵涑河，等待东宁的唯有山河破碎，生民涂炭。殿下，走吧，去陕中，圣上在陕中必有部署。"

将一个硕大的竹筐紧紧地背在身上，江行简喃喃着开口："为今之计，只有放弃这两地，日后再做打算。"

"我与你们一起。"江行简摇头，"太子若死，东宁必乱。届时内忧外患，如何翻盘？"

"我陪侯爷一路。"

"不必。"看着万宵，江行简轻声拒绝，"万督主一定要护送太子回京，将涑河一事说与朝臣听。"

"再等等。"沈千聿开口制止，"再等两日，我相信朝中必会出兵增援涑河，我亦信挽儿，她虽是女子，但绝不会放任朝廷将领轻易折损在此，他们会有办法的，再撑两日。我与你再等两日，若两日后未等到增援，你做任何事我都不会阻拦。"

提到宋挽，江行简的眼中似乎有一瞬间的不舍，可他终究摇了摇头。在后宅之内，宋挽或许有些手腕，可她只是内宅女子，这些朝臣都束手无策的朝堂之事，她能有什么办法？便是有些女子之法，亦不见得会有什么用处。他轻声一笑，眸中带出几分眷恋与温柔。

将手伸进袖内，江行简从中掏出一个小心珍藏许久，细长的且用布巾仔细包裹的东西。将布巾一点点展开，当中渐渐露出一根白玉簪子，只是那根簪子中间有处镶嵌的痕迹，一看便知它曾被摔成两段过。

江行简小心地摩挲那根白玉梅花簪，眸中的神色似喜还悲。他同挽儿指腹为婚，又是青梅竹马，乃是这世上最有缘分不过的夫妻，可他二人却沦落个劳燕分飞的下场，着实令人唏嘘不已。

他悔过，也恨过，可事到如今除却叹息，再无其他。

"劳烦殿下将此物带回，归还宋承徽。"

江行简眸中泛红，低声道："还望殿下帮下官带句话……若是可能，便让她当下官从未再回上京过，只希望她还将下官当作她幼年记忆里的江易。"

将梅花簪递给沈千聿，江行简背着竹筐走下城墙。他身上背着的是使用林葭玥最初的方子制作的火器。

那个火器方子交给朝廷后，虽由神枢营匠人改良变得威力更为强劲，但除却圣上和专管此物的官员外，再无一人可窥其一二，所以他手中只有林葭玥最初哄骗他时可以做出的粗劣之物。

但火器再粗劣，杀人也是好用的。

眼见江行简毅然决然地走下城门，沈千聿想要聿起身，肩头、左腿之上的数个贯穿箭伤疼痛难忍，他挣扎着爬起来，想要阻拦那些悲壮的赴死之人。

"殿下，城阳侯说得没错，您不能……"

万宵哽咽着，咬着牙将沈千聿背在身上，又用布条将人牢牢地绑住，大步走下了城墙。

沈千聿眸中血红，却没有泪水滴落。

城中的人所剩无几，他们不能再留在这里，若宁王赶到，他们必会全军覆没。

可东宁太子不能死，也不可以死。

为了给他留下活路，江行简带最后几个人身背火器，打算以自身为载至敌军脚下与之玉石俱焚。他们所做的一切，只是为给他求一条活路。

江行简走到城门下，身后跟着的是曾经与他同吃同住六年之久的兄弟。虽这些人原为山匪流民，远不抵正规军，但这群汉子心中的血性却未必比谁弱上半分。

"未能兑现当日承诺，还反连累诸君丢了性命，江易死不足惜。"

有一个面色黝黑的汉子嗤笑一声："咱爷们就是没那封侯拜相的福气，怨不得侯爷，这几年若没有侯爷支撑，咱几个怕是早被官府捉拿下狱。"

"上下左右都是个死，死前能拉上几个南庆狗贼垫背，也不算赔。"

"就是，俺们都是贱命一条，倒是侯爷可惜了……"

江行简微微勾唇，将手中火的折子吹燃夹在指间。

"没什么可惜的，跟兄弟们一起上路还可以做个伴，到了下头咱们哥儿几个再把酒言欢。"

站在阵前，江行简手一挥，身后几十个人上前将城门合力推开。他利落地翻身上马，率领身负火器的众人冲了出去。

"一群缩头孬种，舍得出现了？"

秦娆立于阵前，原来的赤身男子以及淮珏等人，早已死在东宁将领的刀下，倒是她身负重伤，却仍旧站得笔直。

只可惜她脸上的伤口一直不曾痊愈，从面颊溃烂到脖颈，再隐入衣衫内。伤口处血脓混合，深处甚至可以隐约看见白骨。即便如此，她也未曾感到半点疼痛，仍旧站在阵前叫嚣得厉害。

皇兄已逝，如今再也回不去南庆，倒不如跟这群东宁贼贼决一死战。

秦娆抬起手掌，示意身后的将领冲入城内。

他们虽只剩下不到千人，但踏平黔州城绝非难事。

江行简一手握紧缰绳，一手将指间的火折子丢入身后竹筐，淡淡的烟火味传来，他冲入南庆阵中时忽然有些恍惚。

自从离开上京，他从未想起过林葭玥，可如今大限将至，脑海中却突然浮现出对方的模样。

战场之上浓烟四起，爆炸声接连不断，万宵忍不住停下马驻足回望，却只瞧见滚滚浓烟与漫天沙尘。

沈千聿死死地咬着牙，眸中血泪混合，无声地眺望着。

"走。"万宵着哽咽出声，众人忍泪转身策马奔向陕中。

一路疾驰，待月落日升，众人就要进入荪城之前，却突然看见不远处尘烟滚滚，而且伴随着震耳的铁蹄声。万宵声音嘶哑，鼻子一酸道："殿下……"

"东宁军队已到。"

"殿下，东宁的军队到了，朝中增援已到，殿下……"

万宵俯在马背上痛哭流涕，沈千聿则僵硬着，死死地按着腿上的伤口。疼痛让他寻回三分理智，许久后，直到明淳下马跪地拜见太子，他才幽幽地转头看向对方。

"主子，涞河有消息了。"

吉荣匆匆赶到商蓉的寝宫，见到商蓉等人后忙将大军已经抵达涞河之事告知。众人虽心中安稳几分，却也不曾全然放下心来。

赵南璋喃喃着开口："战事吃紧，朝中虽不断调兵过去，但想要抵抗南庆大军也并非容易事。"

商蓉闻言道："这些年咱们虽国库中没有银钱，但南庆也没好到哪里去。宁王出兵，东宁也是因为南庆内斗多年伤了根本，想要侵占我东宁以换取生机。若放在十年前，南庆至少可集结十多万兵力，如今却不成了。"

其余人都没有说话，只是望着往日陆幼筠的专属座位怔怔地怔出神。就连宋挽亦有些憔悴地看着那处空荡荡的位置，心下生涩。

"你抱着些，暖暖手。"

从宫女手中将暖手炉塞进宋挽的怀中，吴喜香轻轻抚着她的头发无声地安慰着。众人都提不起精神，直到彩笄来寻宋挽，宋挽方急忙起身跟她一同去了长信宫。

"姑母。"刚见到宋芸宁,宋挽便急忙走上前,将她仔仔细细地从上到下打量一遍,见对方好似并没有受伤的模样,这才放下心来。

"姑母无事。"将宋挽拉到自己身边,宋芸宁揽着她的肩满眼心疼。

"听闻你被那老东西伤得不轻?"

"不过是挨了几下,只是皮肉之痛,没什么,倒是姑母这些时日在何处?可曾受伤?"

几日没收到宋芸宁的消息,宋挽已做了最坏的猜想,如今再见到姑母。她这悬了几日的心才安稳三分。

宋芸宁"哼"了一声道:"藏在江曼的衍庆宫。她的衍庆宫没人了,姑母便在那里躲了几日。"

轻抚着宋挽的背,宋芸宁感受着掌心下明显单薄、瘦弱了许多的脊背,眸中一酸。

那日她被心腹救下后,实则躲在了太监的值房。她虽用吊命之药强压下毒性,留有一条命在,可身子却伤得厉害,但宋芸宁不愿将这些说与宋挽听。

"你可知江易为救太子,带着涑河仅存的兵力与秦娆同归于尽之事?"

宋挽秀眉微蹙,轻轻摇头。方才在商蓉的寝宫吉荣来报告边关传来的消息,她只听到大军已至,便匆匆离开,还没来得及知晓其他。

"到底是老侯爷的种,不是个孬的。"

见宋挽不说话,宋芸宁小心地道:"你二人自幼相识,若伤心也是人之常情,只是不可忧心太过。"

宋挽摇摇头,一时不知该说些什么。

说来她与江行简的渊源不可谓不深,可自从入宫后,她便很少回想城阳侯府的事。如今听说江行简已逝,她所想的竟是林葭玥知晓了不知道会有什么反应。

宋挽觉得唏嘘:"只是有些惋惜罢了。若他平安归来,便可亲眼见自己的孩儿出生,如今却……再无机会。"

宋芸宁闻言长叹一声,久久不语。

从长信宫回到来仪阁,宋挽才发现自己的妆台之上放着一封东厂送来的密信,还有一个巴掌大的木匣。

"方才吉荣公公送来的,奴婢帮您放在妆台上了。"

蘅芷端来一碗温补的热汤给宋挽暖身子,将那热汤放在一旁,宋挽将妆台上的信笺打开。

上头并没写什么特别的,沈千聿只是简单说了几句等到朝中增援时的心情,而且告诉她一切平安,唯有事关江行简,反而多提了三五句。

看过信笺后,宋挽淡淡地笑着提笔给沈千聿回信。她将陆幼筠因顺隆帝而死之事略微提及,又告诉对方自己同东宫的其他人一切安好,只等他平安归来。

写完信后，宋挽小心地将信笺递给蘅芷，待蘅芷去寻吉荣，她方打开那个木匣。木匣中是她曾珍藏多年的白玉梅花簪。宋挽将它拿起来凝视许久，随后又轻轻放入匣中，让锦书收进箱笼。

"鸢笺，我记得你在郊外的宅子里，曾刻过两次木簪，可对？"

鸢笺点点头："奴婢闲来无事，雕着打发时间的，做得并不精细。"

"可能麻烦你为我刻一支简单的？"

"奴婢明日便给小姐。"

宋挽点头，让鸢笺到院子中寻找木料去。

第二日，宋挽收到鸢笺雕刻的木簪后，便寻了个匣子让东厂的人送到城阳侯府林葭玥的手中。

城阳侯府自从收到江行简在涑河阵亡消息后，便一直悄无声息的，大门紧闭。江母将自己锁在绛香院一夜未出，林葭玥则抱着肚子倚在美人榻上，神色木然，眼神空洞地看着屋中的烛台。

"葭玥姐，门房送了东西来，说是从涑河送到东宫，东宫又送到府上来的。"

"送了什么？"

林葭玥接过木匣随手打开，只见里头放着一根崭新的木簪。

"可是侯爷送来的？"

江星小心翼翼地偷觑林葭玥，只见她捂着脸不住地落泪。她捏着那支木簪又哭又笑，疯了好一会儿才缓缓平息下来。担忧她的情绪大起大落对腹中的胎儿会有影响，江星一脸担忧地在旁护着。

"我无事。"擦干眼泪，林葭玥道，"应是他送的，我往日在涑河见过他刻这些小东西，也曾让他刻些给我，他却一直推脱，如今……也算圆我往日心愿了。"轻轻地捏了捏那支木簪，林葭玥随手放进妆匣最下层收藏起来。

"这东西我想要的时候他不给我，我不想要的时候他却送到我的面前，可见我二人的确有缘无分，天注定的。"

虽这样说，林葭玥的神色却比先前释然许多。毕竟她也曾一腔孤勇、全心全意地爱过江行简，也曾恨他恨到夜里辗转反侧，恨不得能啖其肉、饮其血。可如今，那些个恨、那些个爱都随那个人的消逝而消逝。

那个人已经死去，而且死前还曾想过她便足够了，其余的她不在意，也想要放过自己。

轻轻摸了摸肚子，林葭玥转头对江星道："帮我寻些吃食，待吃饱了，你跟我一起去府中寻那些管事。"

江行简一死，城阳侯府突然成为无主之地，定会生些乱子。江母又是个立不住的，如今再逢白发人送黑发人，怕是要遭。若她同青薇不管这些事，这府里不知道会闹出些什么来。

摸着肚子，林葭玥的眼中露出几分慈母的爱意。为了她的孩儿，她一定会将城阳侯府打理妥当，哪怕不惜一切代价。

支撑侯府几个月的林葭玥马上便要临盆，快要生产之前，她入宫见了宋挽。宋挽如今身子也将养得差不多，只是比以往更加沉默。

林葭玥一见到她，便皱着眉头问道："瞧你的脸色不太好，可是边关战事有何变动？这段时日我都在府上忙那琐碎事，倒是未曾留意战事，有什么你且同我说说。"她夹起一块糕点放入口中，轻声嘟囔着，"咱们如今同宁王也打了三四个月了，怎么还没打出个章程来？"

将桌上的点心推到林葭玥面前，宋挽道："是有些困难。几十年前东宁与南庆一战，致使国力大损，这些年国库不丰，亦难以支持长期作战。虽先前的众筹之法得以缓燃眉之急，但却无法抽钉拔楔。且对方如今虽只有六万兵力，但南庆崇尚武力，南庆的人无论男女老少皆以牛羊乳为饮，其肉为食，他们大多生得人高马大，兵强马壮也并非说说而已。"

宋挽的眉心带着点点忧愁："乍看之下，东宁虽兵力比南庆多上不少，可东宁超过半数都是负责辎重事务的辎重营之人，并非真能上阵杀敌之人。而南庆的六万兵力皆可上阵杀敌。不仅如此，南庆的战马亦强于我朝数倍……"

林葭玥闻言，眉头紧皱："可咱们不是还有火器吗？这火器的杀伤力总该很大才是。"

宋挽微微一笑，却没有回答林葭玥。东宁的确有火器不假，可使用火器的条件太过苛刻。一来涑河潮湿，火器受此影响。二来火器需配得一定数量方有效果。且不说它的射程有限，命中率低，便是装弹、清膛等先前准备便需要大量的时间。是以这火器虽有些用处，但却并非致胜的法宝。

"且宁王的手中有一支铁骑，他们身穿重甲，极为擅长骑乘。这支铁骑人人以钩索将自身缠在马上，便是死亦不会落下马匹。对阵之时，南庆就以铁骑打头在前，冲散我朝的布阵……"

宋挽的语气愈发轻柔，说到最后一个字，忍不住轻声叹息。这些事是她这几日日研读兵书，以及从涑河传到上京的消息中琢磨出来的，她只恨自己生就柔弱女儿身，不能亲临涑河为东宁出力。

"这铁骑……"林葭玥杵着下巴，皱着眉不知在思索什么。

宋挽看着她，心下一紧。

林葭玥道："便没有什么办法阻挡战马吗？"

"自是有的，钉板、陷马器等物虽有，但对上南庆铁骑作用却不是很大。"

林葭玥看着宋挽，轻轻挠了挠头："我有个办法，就是腌臜了些。"轻咳一声，林葭玥道，"这南庆铁骑的战马是公马、母马还是骟马，抑或都有？"

"此时应是公马居多，南庆唯有马匹发情时节，才会用骟马。"

"为什么？"

宋挽道："南庆很少阉割战马，只因母马无长力，骟马又不够凶猛好斗，而南庆人自幼在马背上长大，精通驯马之术，又多注重良驹繁衍，他们世代以此为国之根本，自是不会自断良驹血脉。且南庆人最喜性烈的马儿，唯有将马匹送与他国才会阉割，以确保去其灵野之性，又防止他国繁衍战马。"

林葭玥轻咳一声："既然如此，我这有个法子。现在虽然不是发情的季节，但咱们可以强行让母马发情……嗯……用点药。"

看着宋挽瞪大的眼睛，林葭玥感到有些不自在。她知晓这个时代的人对马匹有种奇异的热爱和珍视，往日江行简时常念叨什么马超八尺为龙，抑或是什么马之美者，青龙之匹的，自是不会生出她这样的想法。

不甚自在地直了直身子，林葭玥继续道："将母马发情的气味弄在身上，只要引发南庆战马发情，或许便能破这铁骑。"

宋挽眨着眼睛，一时说不出什么话来。这样剑走偏锋的法子，怕是也唯有眼前的人才可以想出来了。

许久后，宋挽一笑："我让东厂的人告诉朝中大臣和太子。"

林葭玥笑着道："成。"

看着林葭玥言笑着的模样，宋挽只觉得对方跟任何时候都不同。眼下的林葭玥身上虽没有二人初相见时那般恣意跳脱，但也不像兰、白二府大婚时那样心如枯槁。如今的她，沉稳有余，又透着世家妇少见的鲜活。

宋挽淡淡地一笑，只觉得眼下的一切都是刚刚好的模样。

二人又闲谈许久，林葭玥方开口告辞。

"我若是生了，怕有段时日不能进宫来看你了。"

宋挽笑着道："待孩儿大些，你带他一同入宫，我还要给他见面礼的。"

"那是自然，准备些贵重的，我喜欢贵重的。"

这天下间，怕也唯有林葭玥会如此直白地讲话了，宋挽先是一愣，随后扑哧一声笑了出来。也不知为何，听对方这般说她反倒觉得亲近不少。

"你放心，我定准备些你瞧得上眼，又贵重稀奇的。"

"那你给我也准备一份，待日后你生了孩儿，我也回送你个新奇好玩儿的。"

宋挽抿着唇，笑得眉眼弯弯。一边打趣林葭玥用好玩换贵重的，宋挽一边送她往来仪阁外走去。刚送人出了东宫，长信宫的总管太监昌平便来报，说宋蓝安眼下正在长信宫，问宋挽可要见他一面。

"公公稍等片刻。"回到来仪阁中，宋挽提起纸笔将林葭玥方才所说的法子写在纸上，整理妥当后方跟昌平离开。

"公公可知今日父亲入宫所为何事？"她的父亲若无事岂会入宫见姑母？定是朝中出了什么纰漏，且八成跟涑河有关。宋挽捏着帕子的手有些发僵，脸上却不得不带着三分浅浅的笑意。

到长信宫时，院中只有宋蓝安同宋芸宁，二人都沉默不语，脸色十分严肃。

见到宋挽，宋芸宁方带着笑道："过来暖暖手，见见你爹。"

宋蓝安坐在长信宫院中的水榭里，水榭里头架着个黄泥炉子，上头还煮着茶。宋挽见此情景微微皱眉，一时想不到父亲为何事进宫。

"过来坐。"宋蓝安指了指身边的绣墩，让宋挽入座。

"父亲近日身子如何？前些天听姑母说您险些雪中摔伤，可觉得哪里不适？"

"为父身体康健，劳你费心了。"

宋挽垂着头，轻声道："是女儿该做的。"

说完这几句话，父女二人便没了话，宋芸宁暗中叹息，起身道："你二人先聊着，我去屋中再备些茶点。"

宋芸宁离开，水榭中唯有沸腾的水声划破沉默。

"你近日可好？"

"东宫众人和善，大家都十分照顾挽儿，挽儿生活得很好。"

宋蓝安叹息着道："如此便好。"

几句话过后，父女二人再次陷入沉默，半晌后宋挽捏着帕子低声道："父亲今日入宫可是有事？同涑河有关？"

宋蓝安抬手为宋挽斟茶，一边动作一边漫不经心地道："有关，也无关。"将茶盏推到宋挽面前，"也是为父想见见你二人。圣上驾崩时发生太多事，我这为人兄长为人父的，总该来瞧瞧你二人如何。"

宋挽淡淡地一笑，不知该说些什么。将那张薄薄的纸从袖中掏出，宋挽递到宋蓝安身前："孩儿这儿有个法子，或许可破南庆的铁骑。"

"哦？"随手接过，宋蓝安打开扫了一眼，不多时大笑出声，"这法子又阴损又缺德，不像是你想出来的，说吧，谁给你的这法子？"

宋挽的脸一红，满心羞愧。

"这……是孩儿自书上看来的。"

宋蓝安嗤笑一声，随手将那张纸丢入火炉中。

"父亲可是觉得此法不可行？"

宋蓝安道："小儿玩笑之言，毫无可取之处。"

"为何？"

脸上笑意慢慢转淡，宋蓝安道："东宁撑不住了，朝廷决定向南庆投诚，做南庆顺民。"

手中捏着的帕子被猛地抓紧，因太过用力，甚至刮断数道丝线。宋挽微微张着嘴，想说什么却说不出话来。

千言万语堵在喉咙中，一道热泪从脸上滑落，宋挽抬手抹去脸上的泪痕，轻轻皱眉。抹去眼中的泪，宋挽鼻子发酸，道："若非实在没有办法，朝廷亦不会做出这样的决定，可只要能保东宁万民的性命，如此……也好。"

"你不怕？"宋蓝安又将桌上的点心推到宋挽面前。

"孩儿不怕。"

投诚南庆不知是要割地、赔款还是……

"太子可会回来？"

"会。"

宋蓝安道："东宁还没亡。"

"投诚使节谁人去……"

"我，我同商大人还有鸿胪寺几位官员。"

宋挽的话还没说完，宋蓝安便淡淡地打断她："明日启程。"

"为何？"

"商大人清名在外，你爹爹我……在这天下间也算有几分名望，去涑河正合适。"

宋蓝安心中有算计，却未同宋挽说。

"此事让父亲做……"双眸一红，宋挽忙转过头去，待擦干眼睛后她方忍着泪道，"父亲一生最重名声，若做这投诚使节，日后怕要遭天下唾骂，百年不得安生。"

"身外之名罢了。"宋蓝安轻笑一声，听闻宋挽这话，脸上带了些慈爱之意，他长叹道，"就是要连累你同扶儿了。"

宋挽的心中一酸，没想到父亲是为此事方入宫的。他怕自己连累她同姑母、阿兄，这方入宫来向她们告罪。

身外之名……

宋挽的眼眶变红，哽咽着。

她的父亲再重这身外之名不过，如今却要背负天下的骂名，遭后世唾弃，只要想想，宋挽便觉得胸中作痛，于心不忍。

"外人不知父亲乃为天下百姓，女儿却是知晓的，如何有连累一说？太子待女儿极好，且东宫又无歪心之人，女儿日后也会跟现下一样顺遂安稳，父亲不必忧虑挽儿。只是委屈了父亲。"

宋蓝安笑着挥手："商老都不觉得委屈，为父委屈什么？"

"父亲应该提早知会挽儿，如此挽儿也好备些东西给您。"

"府里什么都有，衣食用物都不缺，你尽管放心。"

"父亲何时能回京？"

"处理完正事便回。"

难得的，父女二人说了几句体己话。许久后宋蓝安突然道："当年让你嫁入侯府，你可曾怨过为父？"

"从未怨过。家族为先，此乃父亲身为族长之责，挽儿不曾怨过。"

宋蓝安欣慰地一笑："若我并非宋氏族长，便不会让你嫁入城阳侯府守寡。"

此言一出，宋挽再忍不住眼中的泪，任由它一滴滴滚落。

宋蓝安站起身，掸了掸身上的官服："我走了，府中还有些琐事未交代，就不在这耽搁了。"

"你日后……"

看着宋挽，宋蓝安道："这些年多亏你姑母照看你，是为父亏欠。待此行事毕，为父送你一件大礼，便算恭贺我儿大婚之喜。"说完，宋蓝安丢下一句不必相送，便转身而去。

宋扶已知此事，在府中见到宋蓝安时眸中血红，他站在宋府的院墙下沉默地看着自己的父亲。

"你随我来。"二人走进书房，宋蓝安叹息着道，"若你是我也会如此抉择。"

抬手拉开书案下的暗匣，他从暗匣中拿出数封存信笺递给宋扶："你知晓该如何做。"

宋扶点头，宋蓝安又道："这一份，是给太子和挽儿的。"

"父亲……"

"去吧。"

宋蓝安微微向后一仰，叹息着道："做你该做的去。"

第二日一早，宋蓝安便到京郊等候后方辎重，此次他们所携带的有为前线军队准备的粮草，也有准备送给南庆的金银器具等。

东宁经此一战，元气大伤，可用的真金白银不多，唯有用这些器物来凑。

"东西都准备好了？"

商蓉的祖父颤颤巍巍地走过来，宋蓝安赶忙上前搀扶。

"老大人这年岁不该，不该啊……"

商崇道："臣子之道何来该与不该，上车，不必顾忌我。"

老爷子的年岁大，手扶在马车上却如何都爬不上去，宋蓝安满脸严肃，半跪在地，将商崇半托半扶送上了马车。

"劳烦宋大人好生照顾我曾祖。"

一个脸上还带着几分稚嫩的商家少年，满眼是泪，拉着宋蓝安，宋蓝安看着他，淡淡地点头。

"马车内铺了软垫，这一路……"

说到这里，宋蓝安突然不知该说些什么，那个少年站在马车下，咬着牙，无声地落泪。

身后一个中年男子上前，他的眼中满是鲜红的血丝，朝着宋蓝安缓缓地鞠躬，行了个大礼："这一路，劳烦宋大人照顾家父。"

宋蓝安双手作揖，回敬对方。

商老爷子撩起车帘："十三，你过来。"

那个少年走到马车前，哭着看向他。

商崇抬起手轻轻拍了拍少年的肩膀："好生读书，日后不可做那等贪花恋酒、赌博浪荡的纨绔子。要谨记，心存善念，多帮家境苦难之人，若遇蹇穷之人，你且多多帮扶。犹记不可仗势欺人，不能持富贵而生傲慢之心，谦卑恭谨，方为处事正道。"

商十三哭着点头，商崇道："且回吧，不必记挂。"

说完，商崇朝众人挥手以作告别。

"宋大人，东西都备好了，可要出发？"

宋蓝安转身看向数百个造型粗简别致的木箱，让人将它们都送到队伍的最前方去。他自己则站在原地眺望上京城门许久，这才转身上了马车。

众人一路疾驰，可便是如此，抵达涑河也已是春暖花开之时。

两国交战死伤无数，涑河更是被鲜血白骨浸染，土地都泛着锈红。如今休战，漫天都被焚烧过后的黑烟遮蔽，瞧不见半点蔚蓝的天空。

宋蓝安扶着因连日赶路而生了重病，已形销骨立的商崇下了马车。

"老大人可还撑得住？"

商崇摆摆手，却已经说不出话来。

"两位大人里边请。"

一个身穿甲胄的将领将几位大人领进中军帐，沈千聿见到几个人，眸中血红，艰难地站起身。

"太子辛苦了。"

宋蓝安看着双颊凹陷，浑身是伤，唯有一双眸子熠熠发光的沈千聿笑出了声。

"两国交战俱元气大伤，只是咱们先前耗损多年，不比南庆撑得久罢了。并非太子殿下的过错。"

商崇亦点头，艰难地开口："殿下已做得极好，有太祖皇帝之风。"

几位朝臣皆赞赏、附和，沈千聿走到众人面前伏地叩首。宋蓝安上前把搀扶，沈千聿却跪在地上号啕大哭起来。

左正延笑道："殿下实乃性情中人。"

示意万宵将太子扶起，商崇道："既然已到涑河，今日便做正事吧。"

他的年岁大了，一路劳顿，已消耗不少，再蹉跎怕是要坏事。

将皇帝印信交予沈千聿，众人换上官服，手持归顺国书同圣旨，越过涑河前往南庆驻兵的地方。沈千聿站在涑河以东，一河之遥，望向那支百人队伍，止不住地泪流满面。

万宵则死死地咬着牙，看向队伍末尾的那些个粗简木箱抱头痛哭。

宋蓝安搀扶着商崇，经过层层检验后进入宁王帐中。

宁王立于高座之上，见到几个人忙起身自上走下。

"见过商大人。商大人学子遍天下，我南庆万民亦同样受益匪浅，这一礼您老当得。"

往日的宁王殿下，如今的南庆新君朝商崇作揖行礼，商崇无声地摆摆手，整个人好似脱力一般，随意寻了个位置坐下。宋蓝安心生忧虑，上前小心地问询。

宁王道："召军医来。"

宋蓝安感激地拱手，宁王一笑："二十年前有幸见过宋大人一面，不知宋大人是否还记得？"

"自然。"

宁王也不在意他的态度，若他是战败之人，怕也不会有什么好脸色。满面笑容，坐在高座之上，宁王的眼中满是胜利者的扬扬得意。他本未承想过与东宁一战会僵持这么久，若是知晓，他怕是不会御驾亲征。

可如今，他大获全胜，不仅得东宁十一座城池，更得金银无数。思及此，宁王笑着道："虽几位大人千里迢迢自远处而来，本该我南庆尽地主之谊，可瞧商大人这副模样，咱们还是先将正事办妥，再商议其他如何？"

宋蓝安淡淡地一笑："自然。"

左正延将手中捧着的明黄色锦匣放在宁王的书案前，宁王身边的将领上前接过，一一打开。

"所送物品与名单相符，末将一一察验过并无错漏。"

"仁义礼智乃东宁之魂，他们不屑作假。"宁王一笑，却姿态十足地将清单打开。

"这上头不仅有金银细软，竟还有毛皮、瓷器和药物？"宁王哈哈一笑，"连这种东西都凑了上来，看来这一战东宁的损失不浅呐。"

东宁的众人都未曾言语，他们沉默的模样着实是取悦了宁王。

"这米面桐油等低贱物，还要几位千辛万苦送到涑河，几位大人当真辛苦。"

草草看了眼数量，宁王心满意足地将之折起，同宋蓝安签订起两国百年不犯的协议。

宁王正要动笔时，那位南庆军医却突然道："这位大人……"

众人回头，只见商崇商老爷子坐在原地，已没了气息。宋蓝安一愣，眼露惋惜。

"宋大人。"

左正延上前，低低地唤了宋蓝安一句，宋蓝安淡淡地点头："是时候了。"

沈千聿还呆呆地站在涑河岸边眺望着南庆军营，他同万宵以及强撑这场战役许久的众位将领的脸上都带着热泪。直到轰隆一声巨响传来，沈千聿才无助地跪地，朝南庆军营方向遥遥跪拜。

那一声巨响好似只是个开始，自那之后爆炸声接连不断地传过来，周围地动山摇，烟尘漫天，黑烟仿佛绵延了千里，一眼望不到边。

沈千聿只觉得耳中嗡鸣作响，震得他忍不住呕出一口鲜血。

万宵亦是泪中混着血色，趴地不起。

他心痛啊……

与南庆这一战，东宁折损的何止是那些军人同国库中的银钱？

东宁折损的是支撑他们行走百年的肱骨和脊梁。

许久许久，漫天的黑烟渐渐散去，涑河以东响起震耳的哭声。

沈千聿艰难地从地上站起来，指向南庆方向："随本官攻入南庆，遇降不杀，百姓不杀，妇孺不杀……"

话音刚落，大军越过涑河，肃清障碍后一路前行。

万宵则带领辎重营的人前往爆炸后留下的深坑处，沉默地寻找那些尽举国之力搜集来的金银之物。

有一个约十七八岁的少年，在泥土中寻到一块巴掌大的金银绣仙鹤首碎布，他垂眸看了许久，捏在掌心中无声地落泪。

万宵亦坐在深坑中，捏着已然变了形的半面鸿胪寺腰牌，悲痛欲绝……

第二十章
人安

南庆大败的消息传来时，宋挽正在商蓉的寝宫同其他几个人闲庭对弈。

宋挽、商蓉二人的棋艺相当，吴喜香则拉着齐卿铃碾花做花枕，赵南璋与张宝桢沉默地捏着贡橘，二人将橘皮一点一点收进纱袋中，眼中却没什么笑意。

吉荣从外面进来，手中拿着宋府送来的信笺，心中念着今日传来的消息，站在门廊处许久不曾向前迈一步。

"你站在那里做什么？"

商蓉抬头看见吉荣，招了招手，示意让他过来。

"发生什么事了？你这模样瞧着不太好。"

宋挽抬头，心下一紧。众人只见吉荣的脸色惨白，头上还带着一层薄薄的虚汗。

"涑河传来的消息……"

齐卿铃同吴喜香一起抓紧帕子，咬着牙，不敢大声喘息。吉荣看着商蓉同宋挽，带着哽咽："东宁胜了，可商大人、宋大人，还有同去涑河的所有人，都……都没了。"

将众人带了朝中特意为南庆所准备的火器箱子与敌国同归于尽的事说给几个人听，吉荣道："原来几位大人并非去南庆投诚，几位大人是……是……"

吉荣咬着牙强忍痛苦："殿下已经返京，不日将归，这封信……是宋大人离开前留给承徽的。"

商蓉和宋挽都愣在当场，其他人听闻当时的惨状，各个眼中泛红，却不能落泪。身为后妃，无法为家中亲人披麻戴孝，无法为家中人祭祀、奔丧，她们只能忍着泪将一切苦楚咽回腹中。

商蓉沉默许久，眸中带泪道："祖父毕生的心愿便是希望东宁强盛，如今他老人家的心愿已成，我替他高兴，亦替东宁高兴。"

宋挽却捏着手中的信愣愣地起身。

吴喜香想要上前安慰，却被张宝桢拦住，她轻轻摇了摇头。

回到来仪阁，宋挽一个人坐在榻上，回想起宋蓝安入宫时说的那句"待为父回来，送我儿大礼贺新婚之喜"等言。事到如今，她还有什么不懂的？

父亲所做的事为国为家，亦为了她。

宋挽抓着裙摆，无声地痛哭着。

许久许久，直到天色都暗了下来，她方提起三分精神，将父亲送给她的信笺打开。

那封信不长，言语间亦未说什么重要事，只是略微提了两句让她日后谨言慎行，莫做为族中蒙羞之事等。其余寥寥数语则提起了苏宜同宋挽儿时的事。待宋挽看见那句"我儿肖母，为父甚喜之时"，她再次绷不住，咬牙落泪。

自此日后，朝中接连有好消息传回上京，伴随第一场冬雪落下，沈千聿同万宵以及明河等未驻守南庆的将领终于回到上京。

宋挽站在来仪阁前，见到经万般淬炼后好似脱胎换骨的沈千聿浅浅笑了起来。

沈千聿消瘦了不少，他身穿甲胄，只单单站在宫门处便令人心生畏惧。

或许是在战场厮杀已久，他身上那股子肃杀之气还未消散，看向宋挽的时候眼中还带着淡淡的戒备，直到她淡淡地一笑，沈千聿眸中的血色才逐渐淡去，染上点点柔情。

宋挽的眼中泛红，一时竟不知作何反应。他离开已经十八个月，这当中发生了太多太多的事，不到两年的光景，宋挽却觉得仿佛过了半辈子那般长。

"对不住……"沈千聿走到宋挽面前，哽咽了许久才艰难地挤出这没头没尾的三个字。

可宋挽知晓他所有未尽之言。她微笑着道："这天下并非殿下一个人的天下，我相信无论是爹爹还是商老大人，抑或是那些不知姓名的军人、百姓，甚至是幼筠……都从未怨过殿下。妾身让人给殿下备了水，殿下洗洗，好去尘土。"

沈千聿点头，走进来仪阁。如往日一样，他屏退全部下人，只留下宋挽，待退去一身甲胄，他躺在美人榻上，枕在宋挽的双腿上沉默不语。

宋挽轻轻摸着他枯黄干燥的长发，心下酸涩。

这一仗，胜了，可所有人都无胜利之喜。

将南庆并入东宁疆土，沈千聿之名足以流芳百世，可直到如今他都未曾下任何旨意以宣告万民。即便是宫中人，也是在他将要回京时方知晓东宁大胜。

一点一点用手指拢着沈千聿的长发，宋挽眼露悲戚。

沈千聿第一次背对着宋挽，没让她看见自己脸上的神情，可不过片刻，宋挽便觉得双膝被湿凉打透。她的手指微微停顿一下，也跟着红了眼睛。

"殿下的头发长了，挽儿帮殿下洗洗。"

沈千聿握住她的手，捂在眼前，无声地落泪。

将梳篦捏在手中，宋挽动作轻柔地帮沈千聿梳起头发来。直到水温渐凉，他才在宋挽的催促下进入浴桶，只是沈千聿拉着宋挽的手却未曾松开。

"挽儿就在此陪殿下，哪里都不去。"

抬了木凳来，宋挽坐在沈千聿身旁，以指尖轻轻描绘男人的眉眼。

"水温可还正好？"

他的身上再添无数伤痕，宋挽却只做瞧不见，低声询问。沈千聿拉着她的手贴在脸上，低声道："正好。"

看着宋挽浅笑盈盈的眉眼，沈千聿忍不住将唇吻在她的掌心。

"陆幼筠是如何伤重过世的？那日宫中发生了什么？"

沈千聿担忧许久，却一直不曾写信问宋挽，他知晓对方不会说，也不会让他在边关还担忧宫中的人和事，而如今他回宫，终是能问上一句。

宋挽轻声道："那日先皇下旨罢朝十日，幼筠同我们一起去阻拦先皇，被他身边的人动手重伤。"

"陆家……"

宋挽轻轻摇头："陆家没有一个人待幼筠好。"

沈千聿抿着嘴唇，还有事情想问，最终却没有开口。他知晓宋挽与他一样，从不愿将自己所经历的苦难说出来。就如他不愿对她说沙场之上的尘烟白骨一样。

伤痛不值得为人所铭记，亦不值得歌颂，更不必反复提及。

拉着宋挽的手，沈千聿走出浴房。

今日刚回朝，虽还有许多事要做，可沈千聿却谁都不想见，他只想好生休息一番，再面对其他。

任由宋挽为他轻轻擦着头发，沈千聿躺在她的床榻上，静静地睡着了。

他的睡相极不安稳，时而蹙眉，时而低声喃喃自语，宋挽心中一软，拉住他的手，合衣躺在他身边。二人歇到月上梢头，沈千聿才疲惫地醒过来。

他已经很久没有睡得这般沉，刚一醒来，甚至有种恍惚茫然之感。

宋挽闭着眼伸出手，用双手抚摸他的脸，沈千聿这才寻回些神志清醒过来。

"我让万宵将此行去涞河之人，还有军队中能查出姓名的阵亡军人等立书成册，明日会将此行一战东宁折损的所有人姓名，告知百姓。只是如今国库空虚，发不出抚恤银子，待来日休养生息，我定将这些银钱补上。"

宋挽轻轻点头，温柔地看向沈千聿。

"殿下说到这里，挽儿有一事相告。先前朝庭缺乏军费，挽儿便做主将殿下私库中的银子都送了去。"

她的眼睛睁得圆圆的，带着一丝紧张，沈千聿轻笑出声，刚想说她做得没错，可还没开口，便想起私库中还有他人的财产。

他一瞬间的犹疑让宋挽不安地眨着眼睛，沈千聿将宋挽揽入怀中，说道："私库中有帮友人暂管之物，但是无妨。他已不在，挽儿这样做没错。便是他在，也会同意挽儿的所作所为。"

宋挽见他的眼中带有遗憾，便未再谈及其他。

休息过后，沈千聿起身办理公务，他如今虽然未办登基大典，但皇帝印信却早已在他的手中。

沈千聿拿出纸笔，将回朝后所要做的安排一一书写下来，这才揽着宋挽和衣而睡，直到天明。

第二日一早，他先去找宋芸宁。

长信宫中，宋芸宁正准备起身行礼，却被沈千聿制止："姑母无须多礼，我今日来是有事相商。"

"殿下请说。"

沈千柏站在宋芸宁身后，他的脸上仍带着银质遮面，但自那双眼中却可窥其坚的毅心性及气魄。沈千聿的视线落在他的脸上，却让宋芸宁微微皱眉。

"姑母无须担忧，我不是那等过河拆桥之人。"

"经涑河一役，殿下沉稳了许多。"宋芸宁轻笑一声，想起了当年沈千聿来长信宫求见她的事。

"姑母过奖。"话音刚落，沈千聿又道，"我今日前来，乃是为南庆之事。"

如今他虽将南庆打下来，但没有信任的人坐镇并不能让他安心。而朝中唯有千柏的身份得当，又可以托付。若是可能，他想将南庆暂时划予千柏做封地。

"南庆"二字一出，宋芸宁与沈千柏便知对方的打算。宋芸宁微微垂眸，转头看向沈千柏。

"臣弟愿意。"沈千柏缓缓点头，应承此事。

宋芸宁微微抿唇，忍住眸中的酸涩，她一边欣慰自己的孩儿大了，可独当一面，一边又苦于日后怕是要背井离乡，余生再难见挽儿和宋扶一面。

千柏是皇子身份，必要封王，而封王又需封地，眼下看的确没有比南庆更适合的地方了。

宋扶日后九成要入内阁，瞧太子对挽儿的深情，入主中宫也不会是戏言。如今宋氏一族又盛名在外，若千柏执意留京，抑或在东宁内时日久了怎会不惹帝王猜忌？

无论多么深厚的情谊，都不容得这般试探。

千柏本无野心，去南庆对他来说是最好的安排。只是……

宋芸宁转头看向沈千聿，眼中浮上一层水雾。千柏去封地，她必要跟着的，如此一来，今生怕是再难见到挽儿同宋扶了。她还未曾看见自己的侄孙和小侄外孙，实在是心有不舍。

捏着帕子按在眼角，宋芸宁道："不知殿下想让千柏何时启程？"

沈千聿道："越快越好。"

他知宋芸宁舍不得宋挽，可他担心南庆那边出什么纰漏，只有委屈二人了。

"我知晓了，待这几日收整好，便立即出发。"

向来都知晓宋芸宁是个利落的性子，可听闻此言，沈千聿仍觉得心中一热。他站起身朝着宋芸宁弯下腰，行了一礼："我一定会护挽儿同宋氏一族无忧，姑母放心。"

宋芸宁的鼻子一酸："还望殿下谨记今日所言，好生照看挽儿。"

"我会的。"

虽他不在宫中，可并不代表宫中发生的事他不知晓。可有些事、有些话挽儿不说，他便愿意当作不知。离开长信宫，沈千聿前往太极殿，会见众位臣子。

"太子殿下回京，登基大典也该提上日程。"

罗大人低声开口，沈千聿却道："此事不急。"

将手中的圣旨递给吉荣，吉荣又接过来转交罗大人。

"自今日起，定国丧百日，以慰为东宁牺牲的所有英魂。"

沈千聿说完，将另外一份手书交给几个人，罗大人打开一看，只见上头尽是朝中官员调动，以及如城阳侯府这等降恩加袭一代之令。

"另外，国库空虚，登基大典设在百日后，同封后大典一齐简办。"

"封后？"

"嗯。"

沈千聿道："皇后之位，便从东宫商、宋两府之女选。"

"这……这……这不合适。"

太极殿中一众官员一起开口，沈千聿的目光凌厉，看向几个人道："若此二人不合适，诸卿又觉得何人适合？"

罗大人垂眸不语，却有那心思活络之人暗中心生算计，可刚开口就被沈千聿打断："你若可只身炸死敌国最高将领，你家女眷也可入主中宫。"

那个人刚张开的嘴突然就闭上了，沈千聿的视线扫视着几个人，意兴阑珊地道："那皇后人选便定为宋家女。"

还有那不死心的想再说什么，沈千聿双手握拳，重重地敲了一下御案："你们还能活着站在此处同本宫废话,该谢谁不必本宫多言。想空手捞那滔天富贵,也得看本宫的心气顺不顺。"

众朝臣听闻此言,再不敢多说什么。

若再出言阻拦,岂不真成了太子口中那个想要空手捞富贵的人了?是以他们一个两个虽然万般不满封宋氏女为后,却只能强行将心中的不愿压下。

"既无事,就都散了吧。"说完,沈千聿便起身回了来仪阁,理都未理众人。

涑河一战他又受伤不少,只是平日他从不表现出来,但坐得久了总会双膝发麻,酸痛得厉害。无意让宋挽担心,沈千聿状似不经意地轻轻抚着膝头。

宋挽见状,从妆台上拿来一块长条红绒布,半弯着腰拍了拍沈千聿的腿。

"作何?"

宋挽笑着道:"殿下莫不是以为自己不说,挽儿便瞧不出你不适?"

将那条红绒布捆在沈千聿膝上,宋挽轻声开口:"这里头放了舒经活络的药物,还有一条靛蓝色的内中放了粗盐同驱寒之物,若平时酸痛,殿下便用这条红色的,若是阴雨天不舒服,便用那条靛蓝色的。粗盐的用之前,需先让人炒热了。"

沈千聿看着站在他身前,动作轻柔的宋挽,莫名红了耳尖。也不知为何,哪怕他二人已做了正经夫妻,可只要宋挽温柔待他,他便忍不住心中羞涩与激越。

沈千聿拉住宋挽的手:"我不希望你做这些。"

"为何?"

沈千聿道:"不舍得你这般,哪怕是为我。"

男人的脖颈都染成了红色,一双眼睛柔情满溢,低声嘟囔的模样让宋挽忍不住轻笑出声。她坐在沈千聿的身边,手上的动作却未停,缓慢且轻柔地为他揉按着酸痛处。

一边动作,宋挽一边垂眸道:"殿下不是说要同挽儿做寻常夫妻?挽儿觉得寻常夫妻大概便是这般。"

"寻常夫妻也应是做丈夫的多疼妻子,我应多疼挽儿才是。"话虽然这样说,沈千聿却笑得合不拢嘴。

见他恢复往日傻气的模样,宋挽温柔地一笑:"夫妻同体,各司其责,天下没有丈夫单疼妻子,也没有妻子单疼丈夫的道理。往后那么长的日子,总要相互扶持方不觉得疲惫乏累。"

沈千聿抿着唇,仿似在强忍笑意不让自己过于失态,他轻轻抬起手摸着宋挽的脸。哪怕他二人只是静静地在一处坐着,沈千聿也觉得心中安稳。

国丧期间二人不可同房,沈千聿忙完便在吉荣的陪同下回了自己的寝宫。

万宵仍旧躺在院子中的躺椅上,见到沈千聿进院,正想起身,却被他制止。

"歇着吧。"

涑河一役,万宵数次以命相护,方让他能全须全尾地回京。沈千聿原本以为自己伤得重,却没想到万宵在涑河的时候看似无事,回到上京反而一病不起。

"你可感觉好些了?"

万宵道:"属下好多了。"

沈千聿让他好好回去休息,吉荣却凑到他的身边,低声道:"你让我寻的人,我寻到了。"

万宵有一瞬间的沉默,并未接话。

"若你反悔,我便寻个肥差给他,打发了便是。"

"为何反悔?"

万宵坐起身看向吉荣,神色冷淡:"品性如何?可有恶习、恶疾?"

"并无。"

"长相如何?"

"身高体壮,面容英俊。"

万宵垂眸,许久后道:"明日我见见此人。"

"你想好便成。"说完,吉荣拍拍他的肩,也转身离开。

第二日一早,万宵便出了东宫去见那个男子。

那个男子果然如吉荣所言,除性情木讷外再寻不出其他问题,他随口追问几句,见对方将家中事倒背如流,又能说出三五件锦书幼年时的趣事,便放下心来。他家中遭难时锦书的年纪尚小,应不认得他,如今这个男子的出现也不会引她生了疑心。

从怀中掏出一个雕兔白玉佩,万宵捏在掌心回宫去寻锦书。

"万督主。"

两年不见,锦书出落得更加秀气,往日说话、做事还有几分憨态,如今瞧着却沉稳不少,想来在宫中这两年成长颇多。

抬手将那枚圆形玉佩抛出,锦书下意识地接在手中。

万宵笑着道:"可认得?"

将那枚玉佩放在手中反复查看,不多会儿锦书"啊"了一声。

"万督主,你寻到我的夫婿了?"

"嗯,寻到了。"

锦书的眼眶一红,捏着那枚玉佩喃喃出声:"他可还好?"

"很好。"

"这些年他为何不来寻我?"

"寻了，未曾寻到。"

"他族中人呢？"

"都过世了。"

锦书抹了抹眼泪："那他这些年一定过得很苦，我还有小姐同鸾笺姐在身边，他却什么都没有的。"

万宵垂眸，轻笑着道："也是有些兄弟朋友的，虽说吃过些苦头，但男儿大丈夫谁不是这般过来的？尚有条命在便很好了。"

不知为何，万宵这话说完却莫名戳动了锦书的心，她忍了许久的泪再也绷不住，倏地落了下来。

"那他可曾娶妻成家？"

万宵轻笑："不曾，在等你。"

锦书抬手抹了抹眼泪，缓缓地绽放出一个灿烂的笑容来："那他现下在何处？我想见见他。若他还愿意娶我，待国丧结束后，我便要出宫嫁人了。"

万宵抬眼，静静地看着锦书，许久后他轻声道："他会愿意的。"

锦书红着脸，甜甜地一笑。

"多谢万督主。"

锦书福身行礼，转身离开时脸上满满都是对未来的憧憬和开怀。

回了来仪阁，锦书面上的喜色还未散去，宋挽坐在榻上正与蘅芷、蘅芜交谈，三个人便见她眯着一双眼睛，笑盈盈地走了进来。

"小锦书，何事笑得这般开怀？"

蘅芜站在宋挽的身旁，见状打趣。

"承徽，蘅芜姐……"羞红着一张脸，锦书走到几个人身前，"奴婢找到我那夫婿了。"

"咦？"蘅芷惊喜地出声，就连宋挽的眼中也染上了点点喜意。

"好锦书，你且说说是如何寻到的？"

"是万督主帮奴婢寻到的。"

宋挽闻言笑道："若是东厂帮你寻到的，那定不会有假，如此我也可以安心放你出宫了。"她抬手将锦书招到自己身边，柔声问道，"万督主可说了何日带你去见他？"

"说了，后日奴婢便可以去寻他。万督主给他安排了一个营生，奴婢想着总不好处处麻烦万督主，便寻了个他方便的日子。"

宋挽点头："那日我让蘅芷陪着你。"

"蘅芷行事沉稳，且也可让他知晓你得宫中主子看重，二来蘅芷看人的眼光不会错，也让她帮你掌掌眼。"虽说那个男子是锦书自幼定亲的夫君，但二人这么多年未见，也不知那个人生成了什么心性，若是他的性情不好，还要再想他法。

锦书也知宋挽好意，羞涩地答应下来。

到了约定那日，宋挽一早便给了锦书出宫的腰牌，蘅芜则拉着她，为她梳妆换衣。

"你脸儿圆，我帮你梳个高髻，如此看着显得娇媚些。这衣裳虽素净，但我让司制的女官帮你收了腰身，穿着更显得曼妙婀娜。"

从自己的妆匣中抽出一支海棠鬓簪，蘅芜小心地帮锦书戴在头上。

"如此打扮既不显俗又添少女的娇俏，你那夫君定然喜欢。"

锦书看着铜镜中从未如此漂亮过的自己，忍不住抿着嘴，露出一个羞意满满的笑容。她爹爹活着的时候便一心想找到她夫婿一家，如今她夫婿全族只剩下一个人，她也会好生照顾他，以全儿时旧情。

将两家的订婚信物挂在衣襟前，锦书将那枚白玉雕成的小兔子摆正，抿唇一笑。

"蘅芷姐，我准备好了，咱们走吧。"

将二人送到来仪阁外，蘅芜看着锦书的背影不免眼睛一红。

"小姐，您说锦书出了宫，日后是不是再难见到了？"

宋挽轻轻应了一声，却忽然想到了宋芸宁。

姑母这几日忙着去南庆之事，她几次三番提出要去长信宫帮忙，却都被姑母拒绝。她知晓姑母是怕见了她心中舍不舍，一来二去伤心神不说又会耽误了正事。

宋挽抬头看着锦书，忽然也同蘅芜一样眼眶泛红。无论是锦书还是姑母，待出了这道宫门，日后山高路远，再想相见便不易了。

锦书同那个人约在了翠微楼，二人与宫中几个小太监到的时候屋子中已经坐了个身形高大的男子。看着那个人背影，锦书只觉得陌生无比。

"你可是我李伯伯家的儿子？"

那个男子转过身，露出一张尚算英俊的面孔。

锦书的脸一红，向后退了一步。她对自幼定亲的夫婿已经没什么印象了，仅剩的记忆便是她幼时常被那个人抱在怀中，轻声细语地哄着。记忆中，那个人确实比她高上许多，健壮许多。

"桃芊。"那个男子低声开口，锦书闻言忽然便落下一串泪珠。

"蘅芷姐，他是我自幼定亲的夫君。"自从爹爹过世便再也没人唤她的名字，如今她自己都快忘了她本不叫锦书，而是保定府望春街张家的闺女。

她自幼家中富贵，爹爹与隔壁的李伯伯都是保定府的富户。当年也不知发生了什么，据爹爹说，李伯伯一家被人连夜捉拿下狱，自此全族的人都如人间蒸发一般，再无踪迹。

锦书抹了抹眼泪，忍不住哭着道："当年你家发生了何事？我爹爹寻了你们许久，都未能寻到一次踪迹。"

那个男子淡淡地一笑："当年家中遭了祸，具体我亦不知。"

锦书点点头，知晓或许是他那时年幼不知事，也或许是他不愿再提过去的事。

蘅芷打量着那个人，见这男子眼神清正，不是个有歪心的，便放下戒备让他与锦书交谈。

锦书询问了几句当年家中人姓名同她记得的事，那个男子皆应对如流，不仅如此，他还知晓一些锦书都不知道的事。那个人将昔日旧事说得有声有色，锦书不得不承认他的确是自己寻了许久的未婚夫婿。确认了这个人身份，锦书便再没了言语。

"你如今也到了年岁，可还愿嫁我为妻？"

"我……自是愿意的。"她爹爹找了这个人这么久，她也寻了他这么久，怎么会不愿意嫁他为妻呢？

锦书抬起头看向那个男子，怯怯地笑了起来。

"若你愿意，我今日便回家中准备聘礼，待国丧过后便娶你为妻，你可有想要之物？"

"没有的。"想了想，锦书又道，"如今张、李两家都没了长辈，若是我成婚还需我家主子同意，你可能得等我一段时日？待我将宫中活计打点妥当，便求主子开恩。"

那个男子点点头，应承下来。

不过片刻，婚事便定了下来，锦书同他再寒暄几句，便转身跟着蘅芷回了宫。马车上，蘅芷见她的神色郁郁寡欢，不免担心地问道："你可是有什么忧虑？"

锦书摇头，却捏着衣衫下摆不说话。不知为何，她就是在那个男子的身上寻不到幼时的熟稔感。他处处都很好，但锦书就是觉得有些……别扭。紧张地擦了擦手中的汗，锦书看着蘅芷开口："我听说女子要成亲前都会怕的，我也说不出什么，可就是觉得心头不安。"

将手放在心口，锦书眼中露出迷惘："蘅芷姐，按说我寻了他那般久，可为何我见到他还会怕还会不安呢？"

"许是同近乡情怯一样的原因吧。"蘅芷拉着锦书的手轻声道，"虽他是你自幼定亲的夫婿，可你二人到底许久未见，觉得有些生分也是寻常。"

"许是寻常的吧。"锦书缓缓扬起一个笑脸，"那我便等国丧后嫁他为妻，圆我阿爹的心愿。"

"好锦书，日后好好过日子，小姐会一直照拂你的。"

"嗯。"锦书重重地点头，一颗悬着的心缓缓安定下来。

二人回到宫中时，万宵正倚在东宫的廊柱下不知在盘算什么。吉荣走到他的身边轻声道："锦书见了那个人。"

"可有露馅？"

"应该没有。"

万宵轻笑道："如此便好。"

知晓锦书自从那日回宫后便开始准备起婚事所用之物，万宵思来想去寻了半匣子质地极好的珍珠送到她的手中。锦书收到时十分惊讶，因为这些东西着实贵重，她受用不起。

"小姐，您说万督主为何送奴婢如此贵重的大礼？"这东西她拿在手中总觉得是个烫手山芋，她寻人想要还给万宵，却几次都被送了回来。

"奴婢实在不能收，还请小姐帮奴婢收着。"

宋挽见到那半匣子珍珠的时候也觉得十分不寻常，万宵此人看似容易相处，可实则骨子里透着一股淡漠，她也想不通万宵怎么会突然送锦书这般贵重的物件。想了想，宋挽道："你先收着，待我去问问殿下，若是不妥，我再去寻万督主。"

锦书点头，满脸感激地看着宋挽。

下朝后，沈千聿回了来仪阁。宋挽帮他换了常服，才将白日万宵送了锦书一匣子珍珠的事说了出来。

"万宵处事圆融练达，不会做这等无分寸之事，他怎会突然生了送锦书珍珠的想法？"

为沈千聿斟了茶，宋挽又从他的手中接过皇帝私印，小心地放到一旁。二人一边准备用膳，一边随意交谈。听宋挽此话，沈千聿有一瞬间的犹豫，不知该如何同她说。

"确有内情？"

沈千聿点头："确有内情。"

见宋挽眉头微皱，不知在思索什么，他轻叹一声道："万宵也出自保定府。"

这话一出，再联想到万宵初见锦书时的反应，宋挽立刻便猜到真相。她微微惊讶："所以锦书前些日子见到的男子并非她的夫婿？"

沈千聿点头，眼中带着无可奈何。他亦是男子，自是能理解万宵的做法，若他是万宵，也会做同样选择。

宋挽却摇摇头，并不赞成万宵这样做："锦书一家为寻万宵付出不少，如今这般不够真诚，而且对锦书来说亦十分儿戏。我虽知其出于善意，但若日后锦书知晓真相，又要如何自处？"

"锦书不会知晓。"沈千聿道，"虽我不曾与万宵详聊过当中的内情，但我知他的性子。正是因锦书一家为他付出良多，他才这样做，这已是最好的结果。他二人年幼分开说有情意怕也不多,且万宵族中出事时,锦书还是个连话都说不明白的扒泥孩子,她懂得什么?锦书寻的并非是万宵,而是她自幼定亲的夫婿。只要她的夫婿敬她一生,宠她一生,于锦书来说便足矣。"

"那万宵呢?且若是那个男子待锦书不好,又要如何?"

"万宵……"沈千聿苦笑一声,没有开口。万宵同他的性子最像,若非如此,他二人也不会相互扶持到如今。可也正因为像,沈千聿十分理解万宵的想法与做法。

"万宵不重要,重要的是锦书。"

锦书一家为寻万宵付出太多,万宵又怎么能再耽误她的一生?若处在万宵的角度也会放宋挽离去,哪怕于暗中护她一生顺遂,哪怕她永远不知。就如……江晏。

沈千聿抬起手轻轻抚着宋挽的头发,心下平静而柔软。他们是男儿大丈夫,心中珍惜的人活得快活,他们便快活,其余如何都不重要。

"那个男子会对锦书好的。待她好,万宵可保证他一生高官厚禄,衣食无忧。若不好,便需以他的项上人头来抵。所以他会待锦书好的。"

宋挽握着沈千聿的手,淡淡地摇头:"万宵不能替锦书做决定,无论出于任何目的。此事总该让锦书自己去选,她知道了,未必不会选万宵……"

"不是未必,是一定。"沈千聿轻笑道,"我总觉得锦书那一把子耍缸的气力,乃是用心眼换来的,锦书一家亦是如此。这样的人、这样的人家太可贵,也太令人敬佩。万宵也正是因知道锦书会义无反顾地选择最艰难的那条路,才会如此费尽心力,为她铺垫一条康庄大道。什么都不知道,锦书反而会快活。"

沈千聿将人揽在怀中,温和地开口:"你不必为他二人忧虑,万宵并非冲动无知的小儿,他会将一切打点妥当。"

有万宵和宋挽护航,又有何人敢欺负锦书?

宋挽轻轻点头,再未同沈千聿提起过此事。

第二日见到锦书,小姑娘正摆弄着蘅芜送给她的香囊。那香囊里头缝了些驱虫的药物,可避蚊虫且十分好用。锦书正拿在手中把玩,轻轻嗅着,宋挽见状,走到她的身边淡淡地笑了起来。

"锦书可是喜欢?"

"嗯。"

锦书的脸红了,低声道:"奴婢想问问蘅芜姐这里头放了何物,若是方便,奴婢想给未来的夫君也做一个。"

"里头的方子是我给蘅芜的,我写一份给你。"

宋挽笑着将锦书拉进屋中,自己则拿了笔墨来,正写着的时候她貌似不经意地道:"那日去见了你夫婿,觉得如何?"

锦书红着脸，抿着嘴害羞地笑着："先前是觉得有些别扭的，许是太久未见的关系，可如今想想应该是极好的。"

　　宋挽的手上微微一顿，淡淡地一笑。想了想，宋挽又道："有件事我拿不准主意，想问问你的意思。"

　　锦书瞪大了眸子："奴婢的脑子笨，怕是不能为主子分忧。"

　　"无妨。"将笔放下，宋挽道，"若你发现有人哄骗于你，你会如何？"

　　"为何哄骗奴婢？"

　　"大约是为了不让你伤心，亦是为了让你生活得更好。"

　　锦书不解地问道："为何为了奴婢好，还要哄骗奴婢，不可直说吗？"

　　"若是说了，大概会让你同他都很难过。"

　　"啊……"

　　宋挽将手中的方子递给锦书，见锦书小心地将它折起来放在袖内，宋挽道："若是如此，你会如何？"

　　"小姐，奴婢不懂。"锦书腼腆地一笑，"奴婢也不知道要如何，可是奴婢觉得若有人哄骗奴婢是为了奴婢好，那这个人便是个好人。奴婢不想让好人难过，所以他哄骗了也就哄骗了。他为了奴婢好，奴婢也想为他好。"

　　宋挽闻言温柔地一笑，拉着锦书的手低声道："好锦书。"

　　"这方子上的东西来仪阁都有，你去寻蘅芷，她会帮你准备好的。"

　　"多谢小姐。"笑着给宋挽行了礼，锦书满眼欢快地走了出去。

　　宋挽却坐在屋中长叹一声。说来万宵做的事也并无错处，若真的将当年的真相揭开，除了令锦书伤心外，还会令万宵难堪。而那个男子若真的能做到一辈子将锦书护于羽翼下，怕也就没了哄骗一说。且她先前说万宵不该替锦书做决定之言为实，她亦不该插手锦书二人之间的事。

　　收敛心神，宋挽同蘅芷去了长信宫。

　　长信宫中，宋芸宁正卧在榻上小憩。

　　她最近愈发懒怠，身子也比以往金贵了不少，偶吃一口半口的不好克化之物便会腹痛难忍，严重时甚至还会呕出血丝来。

　　这几日彩筝同昌平都十分担忧，宋芸宁怕耽搁千柏，又怕宋挽担心，竟硬撑着未寻太医。

　　宋挽进来的时候，就见宋芸宁的脸色灰败，瞧着十分不适的模样。

　　"姑母怎的了？可是哪里不舒坦？"

　　宋芸宁一摆手："忙了几日，未曾吃好睡好，可不是憔悴了许多？"她淡淡地一笑，

"这女子啊,无论何时都需得养好了血气,吃与睡半点都耽搁不得。"

"姑母何须如此急切?无论如何也应万物齐备后方能出发。"

"我是不急,可南庆那头急,我总不好拖了千柏的后腿。"宋芸宁坐起身来,摸着宋挽的脸道,"明日让宋扶同明湘入宫,咱们一家人一起用膳可好?姑母想见见他们,见过了方放得下心去南庆。免得姑母总是记挂你们。"

宋挽点头,心中却有些酸楚。

从长信宫离开后,她便让人给明湘送了信去。

虽说是家宴,但到底要入宫,绝不能怠慢。明湘收到消息便寻府上的绣房连夜置了衣物同入宫需准备的东西。

如今还在国丧之中,众人便是入宫也只能身穿素色,且不可饮酒作乐,但都是自家人,本也只是为了小聚一番,便无人在意那般多。

宋挽早早就到了长信宫中陪伴宋芸宁,沈千聿同沈千柏下了朝后,也直接到了长信宫。

明湘坐在宋挽的身边,虽她同宋芸宁相处不多,却十分喜欢这个姑母。

当年刚同宋扶定下婚约之时,明湘因口阻之症十分怯懦,便是芸妃娘娘软言哄慰,她方生了些勇气。如今知晓芸妃要去南庆,她也免不得伤心难过。

南庆太远了,这般山高路远之地,但凡去了,今生便再难相见。

席上众人皆知此事,因此整个席间都弥漫着一股离别的伤感。直到天色已晚,宋扶与明湘不得不出宫时,宋芸宁才道:"我定了明日启程,你们不必相送。"

"姑母。"明湘惊讶地开口,宋芸宁却拉着她的手微笑着道:"姑母不喜欢面对那等场合,你们几个小的哭哭啼啼的,必要引得我也跟着落泪。姑母可不想让你们瞧着我那软弱模样,今儿便当送姑母了。"

宋挽闻言眼眶倏地一红。

第二日一早,宋芸宁与沈千柏利落地离去,俯仰之间,百日转瞬而逝,新皇的登基大典亦来至眼前……

"司设监已将天子御座设于奉天门前,钦天监也已告知天地宗社,太庙已祭,礼部官员也……"

沈千聿摆手打断吉荣的话。他对登基大典之事并不在意,朝中多有能臣,岂会连这点子小事都做不好?

吉荣亦懂得他的心意,想了想,将有关登基大典的折子都放到最后,转而抽出了有关封后之事的折子。

"太常寺已祭告过天地宗庙,奉天殿内册宝案、丹墀内彩舆、香亭等全部设置完毕。

余下只等本月初九大典之日，圣上同皇后共祭天地，宣读诏书……"

"知晓了。"想到那日他会携手宋挽一起走入奉天殿，沈千聿不由得心生期待。

按说登基大典本应先于封后之前，可沈千聿以国库不丰为由将登基、封后并为一日。朝中虽有人上折，直言不符祖制，却尽被沈千聿退回。他如今愈发具有威仪，朝臣知晓新帝不是先帝那等怯懦性子。他性情乖戾，于天下社稷等大事上尚可听众人三分劝诫，其余的他皆不耐众人多辖制话。

偶有性情执拗的人总想以旧制裹挟，却屡次被沈千聿骂得抬不起头来。就如这封后大典，无论是皇后人选抑或仪式都不符朝臣的心意，却硬是无人敢置喙。

只因沈千聿是真的上过战场，且是有不世战功的皇帝。这天下，是他实打实地自己打下来的。时间久了，那些个朝臣自知拿他无法，便也只能随他而去。

初九那日，方至吉时，沈千聿便身穿皇帝衮服，携宋挽随鸿胪寺官员行至奉天殿，朝中百官分文武两列，文官跪在御道东方，武官跪在御道西方，等在殿外。

奉天殿之上，由礼官吟诵唱词，以同上天沟通，请求旨意。

沈千聿听着那庄重而严肃的唱词，心思却飞到宋挽身边。他忽然想起初见宋挽那日，她说的那句"太子乃天子所出，福厚延绵"。沈千聿微笑起来，眼露温柔。为质十二载，险死还生。几番恶劣处境让他从不信天地鬼神，可自从遇见挽儿后，他才信了天子血脉的确乃有福之躯。

"圣上，礼毕。"

沈千聿点头，扶着宋挽的手从奉天门而下。

进入奉天殿，文武百官鱼贯而入，因吉荣已被提为司礼监掌印太监，是以这新皇登基以及册封皇后的诏书便由他宣读。

三日后，新帝改年号为泰安，并大赦天下，免赋税三年。

自从泰安帝登基后，帝后二人如胶似漆。

沈千聿恨不得能昭告天下他的幸福美满，吉荣每日瞧着亦跟着合不拢嘴，可待回到宫中直房见到万宵之时，却难免心中憋闷。

这日日白日喜，夜中悲的情绪恼得他承受不住，终是忍不住寻了个时机去探万宵的口风。

"离了东宫便搬到这里来坐着，怎的不回你那宫外的督公府邸？"

"不耐回。"万宵仰躺在木椅上，悠闲万分地甩着手中的酒葫芦，哼哼呀呀地不知在唱着什么。

吉荣叹息着道："来，咱哥儿俩喝一杯。"

将万宵自从椅子上拉起来，吉荣寻宫女找来酒盏，又从房中搬出一坛满殿香在月下对饮。

知晓吉荣为他担忧，万宵将炒熟了的花生米丢入口中，笑着道："你无须担忧我，何曾有什么大事？"

　　"你若不希望我担忧，便莫要整日做出这等颓然姿态，瞧着让人心里怪不忿的。"

　　"有何不忿？"

　　万宵淡淡地一笑，将手中酒一饮而尽。

　　"我只有快活的份，你又不忿个什么？"

　　是他一心盼望着那人好，如今也正看见她过得越来越好，自是只有高兴的份，又怎么会不忿？想到锦书日后会过上寻常人那种平淡且富足的生活，他便替那个姑娘开心，也替张伯一家开心。

　　吉荣想问他是否真的甘心就这般眼睁睁地看着与自己订亲的人另嫁他人，可话到嘴边，吉荣又觉得问不出口。不甘、不愿又能如何？难不成他们能娶妻？

　　思及此，吉荣露出一个苦笑，举起酒盏，二人相碰，仰头一饮而尽。

　　"若得空，你再去瞧瞧她吧。"待日后锦书成了婚，便不好再相见了。吉荣说完，望着万宵，许久之后，见万宵轻轻点头方叹息一声。

　　新帝登基，后宫亦受其恩泽。年满二十五或入宫十年以上者若想出宫皆可上书皇后，锦书便是那时被宋挽开恩，放出宫去。

　　第二日下值，万宵寻去了皇后赐给锦书的宅子。

　　锦书的宅子并不算奢豪，但位置同方向极佳，出了门不远处便是正街，有种闹中取静之意。

　　万宵站在锦书的宅子门口，望着大门许久不曾动作。

　　站了快半个时辰，他方觉得自己实在唐突，正准备离开时，锦书却正巧推开了门从中走了出来。

　　小姑娘方一抬头，便看见了不远处的万宵。

　　"万督主。"

　　锦书将手上提着的竹篮放在门口，上前几步，走到万宵面前。

　　"万督主今儿怎么会来我这儿？可是寻奴婢有什么事？"

　　万宵笑着道："你已出宫，为何还自称奴婢？"

　　锦书憨然一笑，有些莫名羞赧。她习惯了，一时片刻总改不过来。

　　万宵抬头看着她，只见锦书身穿一身粗布裙，头上也只简简单单地系着块布巾，十足寻常百姓的模样。唯有手上戴着两个纤细素雅的银质手镯，偶尔动作时会响起一两声清脆的叮当声，显得有几分活泼开朗模样。他低头看看，又看向方才锦书放在门口的竹筐，不知在想什么。

"万督主还没说今儿来寻我有何事呢?"

万宵道:"前些日子皇后娘娘让我来瞧瞧你过得如何,今日得空,我便过来看看,没什么正经事。"说完,万宵停顿了片刻又问道,"你这是要做什么去?"

"想去街头买块豆腐,晚间做来吃。"

"可有银钱?"话刚说完,大约是觉得有些不妥,万宵又笑着找补一句:"皇后娘娘怕你初出宫,生活拮据。"

"哪里能呢。"锦书拍了拍腰间鼓鼓的荷包,弯着眉眼回答道,"出宫的时候娘娘给了我不少银钱,鸾笺姐同蘅芷、蘅芜姐姐也给了我不少银子,生活总是够的。且万督主还为我夫婿在京营寻了个营生,他如今大小也做了个把总,每月的俸禄足够我们生活。"

"你的夫婿待你如何?"

"自是好的。"锦书说这话的时候,一张小脸满是羞涩,眸中也好似闪闪发光一般。万宵瞧着微笑起来,低低地叨了一句如此方好。

"你二人可定了婚期?"

"定了的。"

莫名有些紧张地在背后擦了擦手,锦书的语气中满是甜蜜之意:"定了下月初十,我二人家中都没了旁人,婚礼那日应也只有几个街坊同鸾笺姐会来,若那日万督主无事,可来喝杯喜酒。"

也不知万宵这样的身份是否会来,锦书说完便觉得有些后悔。他只是奉了皇后娘娘的命来瞧瞧她过得好不好,她贸然开口邀请,说不得会惹人厌烦。她的心思浅显,所思所想尽显于面上,万宵看着她淡淡地一笑,点头应了下来。

二人一时无话,万宵正要离开时候,只见一个身形高大的男子自街角转来,手上提着数段粗大的木头,瞧着有些费力的模样。

万宵见状有些意外,未承想今日会见到这个男子。

"承祖哥。"一见到那个男子,锦书便露出满面笑容,跑了过去。

"我力气大,我来提着。"

"不成,这东西上头有土,莫脏了你的衣裙。"

锦书甜甜地一笑:"脏了再洗便是。"

"这几日井水冷,我提便好。"

那个男子语气温和,提着几段木头大步往锦书家宅子这边走,在门口见到万宵时他亦是一愣,放下手中的东西愣愣地唤了句万督主。

这个男子看起来仍旧是有些木讷的模样,瞧着并不像机灵的人,可也正因如此,他的目光澄净,毫无算计之心,给人几分老实与坦诚的感觉。

"我承皇后娘娘之命来看看锦书，你这是拿的何物？"

那个男子道："前些日子京营伐了些木头做军中所需之物，这些个不符要求的边角便被丢在京营外，我今日休沐，便想着为锦书挑些回来，劈了给她冬日做柴火用。剩下些好点的，扎几个木凳……"

那个男子恭敬地答道，言谈间的尽是寻常百姓每日所烦心的柴米油盐，人间烟火等言。

万宵听着缓缓地点头，脸上露出笑容来。这个男子并非有大才之人，但过日子倒是一把好手。

看着锦书正弯腰查看那些个木头，又时不时地抬头看着他二人傻傻地一笑，万宵便知这丫头日后的生活不会错。他张了张嘴，一时不知该说些什么。许久后，他才喃喃着道了句很好。

"今儿还有其他事，我便不打扰二位了。"

"万督主尽管去忙，不必担心奴婢。"

锦书看着万宵道："劳烦万督主回禀娘娘，便说奴婢生活得很好，千万莫让娘娘忧心奴婢。"

"我知晓了。"万宵点点头，拜别过二人后转身离去。

走出不远，他便听到身后传来女子和男子的交谈声。

"承祖哥，让我来吧。"

"我来便成，莫扎了你的手。"

"我昨日让孙婆婆给我留了豆腐，早上还在街市上买了些鲜鱼同羊肉，今儿晚间我给你做个鲜鱼豆腐煲和籴羊肉丸子如何？"

"成。"

"你屋子中的衣柜脚有些软烂了，想必是前任主家未养护好，我一会儿帮你寻块好木料替换一下，莫等来日烂大了歪倒下来。"

"多谢承祖哥。承祖哥……"

万宵站定身子却未回头，那座宅子的大门缓缓关上，他仍许久未动弹半分。直到街头巷尾酒肆商贩的吆喝声愈发刺耳，他方淡淡地一笑，大步向宫中走去。

攻下南庆后朝中再无难事，百姓生活也算得上安居乐业。沈千聿知人善用，又是极少见的无猜忌之心的帝王，因此朝廷上下空前齐心，官员皆一心为国为民。哪怕偶有一心钻营的，也多摄于沈千聿那强势的威力之下不敢造次。

朝中无事，万宵便觉得时间过得极快，没多久便到了锦书成婚之时。

初九晚，他便带着宋挽送给锦书的贺礼出了宫去，第二日一早便到了锦书的宅子。

鸾笺也早早就来了锦书家帮忙，这场婚礼由于双方都没有长辈，是以便未遵循旧例。

鸾笺同万宵都未表明身份，因此前来祝贺的街坊便都以为二人是锦书的远方亲眷。席间大伙儿共同举杯欢庆，都十分高兴。

那个男子身穿一身新郎喜服，将整个人衬得英俊帅气。万宵看着他脸上遮掩不住的笑容，也跟着笑了起来。

"这位兄弟，你看着有些面熟。"

席间一个男子看着万宵，微微皱着眉不知道在想什么，万宵见状笑道："或许是不知何处见过，这位兄弟做什么营生的？"

"我乃承祖同僚，我二人都在京营。"

那个男子看着万宵许久，过后又摇了摇头："不过我原先是在上京做货郎的，许是先前走街串巷的时候同你见过，无妨无妨，兄弟，你莫放在心上。"

"我夫君原本是个货郎，前些年众臣在宫门……那日，他听闻太子有难，便丢下扁担跑到涑河去了。"男子身旁坐着一个面容清秀的妇人，她说话时语气十分温柔，带着几分对自家夫君的爱慕和敬仰。

"谁知他临行前将扁担丢给了我母亲，母亲不知如何是好，便一直帮他保存着，且时常去他家中看看有无宵小光顾。待之后我夫君回来，还曾多次上门谢过我母亲。"

鸾笺闻言看向那个女子，称赞其母正直后又继续称赞她的夫君心怀大义，乃真男儿典范。

"男子汉大丈夫该做的，不值一提。"

说完，那个男子小心碰了碰自家媳妇，眼中带着几分不好意思。众人见状哄笑成一团，锦书穿着喜服从屋中走出来，手里还端着两道菜。

市井人家的婚礼没有高门大户讲究得那般多，尤其二人又无父母高堂，因此先前行礼之时拜得都是两家牌位。

行礼后，众人都坐在院中吃席，万宵却寻了个借口走到这座宅子的后堂。

走到一处暗屋前，万宵的脚步微微停顿下来，沉默片刻方抬起手将门推开。

屋中摆放着一座神台，神台之上有十几个先人神主牌位。万宵的视线扫过那些牌位，只见满眼尽是先曾祖考张公神主、先考李公府君之神位、张母许氏、李母王氏、家兄李府承稷、家姐李惠神主等字样。他站在神台前，怔怔地望着那些个他以为早已于脑海中渐渐淡忘，但实则从未褪色半分的名字黯然落泪。

神台之上放着未点燃的香、火，万宵走上前抽出三根香——点燃。他跪在神台前对两府先人行过叩拜之礼，这方缓缓起身。

手中的香火散发着淡淡的青烟，他走到神台前，却是未敢将香插入香碗中。

他身有残缺，实在愧对祖宗天地，今日可为二府先人点香已算圆了他的心愿。小心将手中的香火横放在香碗旁，万宵这方转身离去。

他走出屋的时候正巧见锦书夫妻二人从外院进屋拿木凳，锦书要自己拿，却被她的夫君阻止。万宵见到二人微微点头示意，转身回到正院坐回席位上。

"咦，万督主怎会走到这儿？"

锦书看着万宵的背影，眼露疑惑，那个男子看了看眼前小屋，随后走了进去。

"承祖哥，你做什么？"

锦书跟上前，走入屋中。

二人只见神台之上横放着三根香，香还在燃烧着，青烟盘旋而起，便是无风也莫名游动。

"这……"

"这是万督主做的？他为何……"

那个男子走上前，略微沉默片刻，执起还燃着的香抬手插入香碗中。

"走吧，还需招待客人。"

"那可是万督主做的？"

李承祖道："是。"

"为什么？"

万宵并非那等行事无状之人，怎么会突然做出这般奇怪的事儿？锦书百思不得其解，不由得抬头去问李承祖。

"许是……"

他略微犹豫，片刻后说道，"许是想尽一点孝心。"

这话说得有些奇怪，锦书一时听不明白当中真意。可李承祖平日的话也不算多，大多时都算得上沉默寡言，但待她是极好的，锦书相信他，虽其意不明但也莫名觉得有些道理，便不再纠结此事。

二人婚礼过后，万宵等人尽数离开，锦书这才将众人送来的贺礼一一打开。

宋挽赐了她一副金银翡翠的头面，非常贵重，是可传世之作。蘅芷、蘅芜二人送了她一幅百子千孙绣图，极其喜庆。鸾笺送给她一支金镯，同样十分贵重。

唯有万宵送来的那个锦盒，她瞧着颇为眼熟。锦书微微一愣，捧了过来将其打开。只见里头放着一张小笺，上书贺新婚之喜便再无其他。匣子中，仍是她曾托宋挽还给万宵的那匣子珍珠。

"原来万督主的珍珠是贺我新婚之用。"

李承祖道："应也是护你衣食之用。"

"嗯？"

锦书眼露不解，李承祖笑着开口："这东西名贵，又好出手，若是你来日无银钱度日，这些东西可为你救急。"

看着锦书一双圆圆的眸子，李承祖上前轻轻摸了摸她的头发。

"原来是这样，我未想到万督主瞧着冷漠，却还是个心思细腻的人，他待我当真不错。"

李承祖微微点头，眼中带着几分唯有他自己才懂的动容。

宅子之中熄了烛火，万宵站在翠微楼之上眺望锦书所在的方向，笑得释怀。

过了今夜，世上有万宵，有李承祖，锦书也有了夫婿。过了今夜，他终可放下心中的包袱和对锦书一家的愧疚，俯仰天地间无有愧悔心。

站在高台之上，万宵将手中的酒洒向地面，泪流满面。

今夜之后，数年之后，他保定府张、李二族还可再延血脉，承二府祖志。

再度执起酒壶，万宵自斟一杯，仰头一饮而尽。

今日之后，他总算……总算可对得起锦书，对得起张伯一家，也对得起自家父母。

饮尽壶中酒，万宵笑着将酒壶放在一旁，大步回了宫中。

吉荣已在宫门处等他多时，正准备回自己直房的时候，便见万宵一身轻松地自外头走了过来。

"我以为你今日不会回来。"

"你以为我不会回来，还在这处守个什么？"

"……"吉荣闻言微微耸肩，也不知自己担心个什么劲儿，如今瞧着他，竟是比自己还快活。

"知晓你担忧我，待日后我寻了好酒送与你。"

二人晃晃悠悠地往内宫走去，刚走入乾清门就见太医院的几个太医，被沈千聿身边的太监拖着往长乐宫的方向跑。万宵皱眉，吉荣却抬手抓住一人，忙问道："发生何事？为何跑得这样急？"

被拉住的太医道："禀印公，皇后娘娘不适，圣上召了我们几个人去长乐宫。"

"我同你们一起。"

吉荣说完，也往长乐宫方向而去，万宵随后跟上。

一群人很快到了皇后的寝宫，宋挽正坐在凤榻上，瞧着并没有什么不适的模样。倒是沈千聿的脸色不太好，一副十分严肃的模样。

"圣上……"

几个人正要跪拜，沈千聿大手一挥，让人上前为宋挽诊脉。

"无妨，不必忧心。"

宋挽伸出手腕让那位太医为她把脉，片刻后，太医道："恭贺圣上，皇后娘娘脉象回旋有力，圆润如珠，此乃喜脉。"

"当……当真？"

沈千聿的脸上露出狂喜，他转头看向宋挽，却见她眉眼中的喜色甚淡，似有惆怅之意。

"挽儿不适？"

"只是有些惊讶罢了。"宋挽抬起头看着沈千聿，露出一个温柔的微笑。

"圣上同皇后娘娘不必忧心，娘娘身体康健，此胎怀得极稳。"

"如此我便放心了。"宋挽点头，心中这方安稳些。

沈千聿心中欢喜，却又满怀忧虑。

他自幼在南庆宫中长大，见过不少后宫的有孕女子，可是能平安诞下孩儿的人少之又少，如今宋挽有孕，他狂喜过后，便只余满心担忧。

将人都屏退下去后，沈千聿半蹲在宋挽面前，小心仔细地想要将手放在她的腹部。

"挽儿，我可不可以摸摸？"

"自然。"宋挽抬起手摸着沈千聿的脸，随后握住他的手轻轻贴在自己的腹部，"如今小家伙还小，夫君摸不出什么。"

"我能。"

宋挽垂眸，只见男人一脸严肃，一双英眉挑得老高，正全神贯注地感受着掌心下的触感，宋挽瞧着觉得好笑，微笑着看他。

"挽儿，你可有什么不舒服的？"

"如今月份还小，同平日并无区别。"

"是吗？"沈千聿皱着眉，"若挽儿有何不适，一定要同我说。"

"嗯。"宋挽笑着点头，站起身，将沈千聿也拉了起来，"不必担忧，你这副模样倒令得我也紧张起来。"

"不担忧，怎会担忧？"沈千聿咧嘴一笑，"太医都说此胎稳妥，那必定是稳妥的。且这小家伙乃天子血脉，福厚延绵，必会健康落地。我的孩儿无须担忧。"

他一会儿喜一会儿忧的模样，惹得宋挽笑了起来。

"挽儿，你且去歇着，我有些事要办。"

小心地搀扶着宋挽走到寝宫深处，又半推半哄地将人哄睡，沈千聿这才急忙出了长乐宫，他刚离开，宋挽便笑着坐了起来。

"这青天白日的如何能睡得下？这一阵又有得烦了。"

蘅芜见沈千聿走了出去，笑着上前道："娘娘虽这般说，可心里不知美成什么样子呢，瞧瞧，瞧瞧娘娘这眉眼都带着笑的模样，可不像是心烦的。"

"去，你竟还打趣起娘娘来了。"

将蘅芜推到一旁，蘅芷道："娘娘可觉得哪儿不舒服？若是身子有不适的地方，可要同奴婢说。"

"无妨无妨。"

宋挽温和地笑着："怎的你们一个两个都学了圣上那副模样？"

几个人的话还没有说完，就见沈千聿张罗着让众人抬了一张硕大的罗汉床来到皇后的寝宫。

"先放在这里，莫再凑到里面去。"

"圣上，这是做什么？"

"你有了身孕，我们不能同床，可我去别处看不见你怎会安心？在你腹中的孩儿出生之前，我便宿在这里。"

"如此于规矩不合，言官会上折子……"

"他们整日正事不做，盯着朕房中事时倒是有能耐。"

"你二人……"沈千聿指着身边的一个小太监道，"你二人将朕今日之言传出去，便说朕有话，让那些个言官将自己的嘴管好。当年先皇不出兵的时候一个两个把嘴闭得死紧，若现在他们将心思都放在朕的内宫之事上，朕便追究他们当年装死之责。"

宋挽闻言眉头轻轻皱起，沈千聿见状忙又道："只是说说而已，我怎会做这等混账事？我如今十分守礼，岂会胡来？"

常在他身边伺候的小太监听了，一个两个都在心中暗自嘀咕，他这话着实不太可信。

宋挽也知晓沈千聿是个性子执拗的，她不提还好，若是再提，反倒要让他记恨上那些个御史言官了，便笑笑随他去了。

不知为何，自宋挽知晓有孕后，每日便觉得十分疲惫，同沈千聿说了几句话，她便不由得眼皮发沉。

"挽儿去睡，我在你身旁守着。"

"圣上莫要太过劳累，若乏了，便回养心殿休息。"

"我知晓了，挽儿莫要管我。"

推了宋挽去休息，沈千聿拿了奏折慢慢批了起来。

宋挽有孕后晨昏颠倒，常常白日入睡，夜里清醒，赶着今日睡到三更左右她又醒了过来，抬眼却见寝宫内还点着烛火。

沈千聿怕长乐宫里的宫女、太监进进出出扰了宋挽休息，所以平日除了蘅芷、蘅芜和鸾笺外，其余人都打发得远远的。若他在的时候，更是将所有人都屏退出去，独留自己陪在宋挽身边。

如今宋挽起身，便见沈千聿一手握着书一手撑在罗汉床边沿打起瞌睡来。

"圣上？"

她轻轻走上前，想要将人唤醒，却看见沈千聿身前摆放的那一堆满是批注的书籍。什么《产孕四要》《女科附注》等竟然被他搜集个遍。

纸上密密麻麻的都是摘抄，宋挽探着头向前看去，只略微瞧见几句气调则胎安、忌饱食、避寒暑等言。

见那龙飞凤舞没什么章法的字迹，宋挽只觉得潇洒、美观至极。

她这样想着，不由得觉得有几分好笑，便轻轻笑出声来。

"挽儿，你怎么起来了？是口渴，还是腹中饥饿？"

宋挽笑着摇摇头。

沈千聿起身后，睡眼惺忪的样子瞬时不见，刚睁开眼便下榻走到桌前为她倒了碗还温着的清淡热汤。

"乌雌鸡汤，气味清淡，又可补气，挽儿过来喝一些。"

沈千聿摸着碗底，见不热不冷，温度正好才递到她手上："我让人将上头的浮油撇了去，挽儿尝尝，可喝得惯？"

"喝得惯的。"

宋挽接过碗，端到唇边一口口抿着喝了下去。这汤无油盐，确实清淡甘甜，宋挽喝了后满心柔软地看着沈千聿。她向来不愿将自己的内心剖于人前，可今夜许是这碗热汤，又许是沈千聿那凌乱却让她爱之不及的摘抄字迹酥软了她的一颗心，宋挽将手中的汤碗放下后，靠进了沈千聿的怀中。

"挽儿可是觉得冷？"将人打横着抱了起来，沈千聿扯过罗汉床上的薄毯裹在她的身上。

将头埋在他的怀中，宋挽笑着道："不冷，只是心慕夫君，想同夫君亲近亲近。"她说完便仰头看着他，只见沈千聿听了这话，一双眼逐渐瞪圆，满脸不可置信。

"怎的，夫君不想同挽儿亲近？"宋挽作势要起身，沈千聿连忙将人困在怀中，可他不敢太过用力，只能虚环着手臂，将人轻轻护在身前。于他心中她本就娇弱，如今再怀了孩儿，更是如琉璃一般轻易触碰不得。

宋挽就见他以一个极其费力的姿势环着自己，忽然想起了当年她被宋夫人送回城阳侯府，他以吉荣的身份前去解救之事。

"夫君。"

"如何？"

抬起手，将沈千聿双臂拉下来，宋挽搂住他的颈子道："那日你在京郊荒山处抱着我跑了许久，可曾觉得疲惫？"

"当然不曾。"沈千聿道，"挽儿轻若鸿毛，而且我臂力极佳，怎么会因为抱着挽儿

第二十章 人安

走几步山路，便觉得疲惫？挽儿实是小看为夫。"

男人边说边微微提高了声音，宋挽的脸色有些微红，低声喃喃着道："我从未想过有今日。"

自嫁入城阳侯府后，她便一心抄经念佛，为江行简积攒功德，之后江行简回府，她也只想着过寻常生活。却哪想世事无常，她同沈千聿有了这番境遇。

"夫君不知，其实荒山那日后，我便……"

"什么，挽儿便什么？"

沈千聿心急地追问，宋挽却笑而不答。

"挽儿可是那时便中意我了？我便知晓。"

沈千聿轻轻"哼"了一声："虽那时我借了吉荣的身份，但我几次三番都瞧出挽儿对我有了情意，如今想来的确未曾看错。"他半仰着头，好似一副得意的模样，可眸中的狂喜同无法控制，令宋挽知晓他是多么开心。

宋挽揽着沈千聿的脖颈，轻轻吻在他的喉咙处。男人没了言语，抱着怀中人的手却收得越来越紧。

宋挽用鼻尖蹭了蹭他的颈子，便听男人带着略微哽咽的声音道："挽儿……我之一生，从未想过会有人爱慕于我，钟情于我。"

"怎么会？挽儿爱慕夫君，亦钟情夫君。"宋挽的眼中露出三分心疼之色，却不愿让他瞧见。他贵为一国之主，却护她护得小心翼翼，爱得如履薄冰，宋挽不忍见他如此，亦不愿他妄自菲薄。她知晓有些事、有些话该如何说可解他的心结，所以宋挽愿小心地宠着他爱着他。

"未见殿下之前，挽儿便觉得太子令人敬崇，见过'吉荣'后，挽儿又觉得太子身边的人如此恣意潇洒，太子定然也是个旷达磊落之人。可我同夫君所扮的吉荣相处久了，又觉得这世上再没有比吉荣更好的人了。那日夫君将我从城阳侯府的马车救下，挽儿便觉得夫君是这世上最英伟的男子，无人可及。我想，大概那一日夫君便在挽儿的心上落了痕迹。"

沈千聿红着眼，强忍着哽咽："原来挽儿那般早便看出我的好……"

"嗯，挽儿很早便看见了夫君的好，在挽儿的心中，夫君就是这世上最好的男子，日后也会是这世上最好的夫婿，更会是这世上最好的父亲。"

沈千聿仰起头，许久不曾言语。

无人知晓曾几何时，他因于心魔多年。在南庆的无数个日夜，他曾不停地询问是否因为他不够机灵，不够惹人喜爱才会被送到别国为质。在被秦娆折磨、被秦湛羞辱之时，沈千聿也曾无数次想过是否因为他无奇才异能，抑或无伐谋善断之智，才会沦落至如斯境地。

回到东宁，他不得不忍辱偷生，跪拜段宜亭，唤一阉人为父时，他曾想过，或许他的一生便要如此奴颜媚骨，永远在阴沟中苟活，求得片刻喘息。

　　他从未想过今生会有人爱他、敬他，也未想过会有人如挽儿这般为他生儿育女，与他执手偕老。所以他在发觉自己对宋挽有情后，便一直小心地求她疼爱自己。

　　大概她永远都不会知道，每一次她主动走近他身边，她的每一次主动拥抱、抚触、亲吻，于他来说意味着什么。

　　"挽儿……"

　　"我在。"

　　沈千聿低下头，男儿热泪顺着面颊滚落。他说："挽儿，你要好好爱我，好好爱我。"

番外

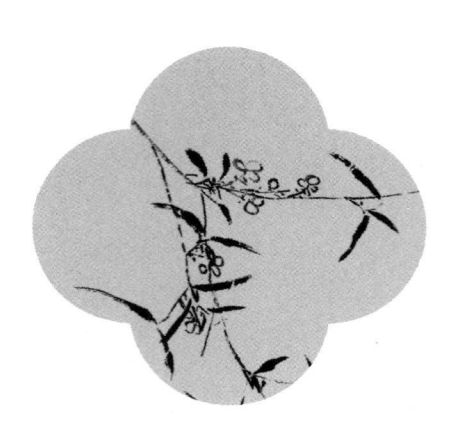

天地悠悠

番外一
时晏

宋挽生产时不算顺利，不知是否因腹中的胎儿随了沈千聿，小家伙身强体壮，个头亦不小，出生的时候让宋挽受了些罪。

沈千聿等在产房外，浑身发冷，不停地打战。

"圣上不必担心，皇后娘娘洪福齐天，定会母子平安。"吉荣在一旁轻声安慰，万宵站在远处也为自己的小主子忧心。

沈千聿的目光直直地盯着紧闭的大门，耳中却是谁的话都不曾听进去。他只觉得自己的三魂七魄不知飞到何处，整个人都处在一种茫然同恍惚中。直到屋中传来一阵嘹亮的婴儿啼哭声，他方仰天长叹，险些腿软跪到地上。

"恭喜圣上，皇后诞下大皇子，母子均安……"

太医院负责产科的大小方脉齐齐站起身，擦去额头上的汗水，稳婆则抱着皱成一团的包在襁褓内的婴儿，带着一脸笑意走了出来。

"万宵，照看朕的皇儿。"沈千聿说完，便推开宫女想要走入产房。

"圣上不可。"还不等众人阻拦，他便三两步走到宋挽的身边。

"圣上……"

蘅芷同蘅芜手中正端着铜盆准备为宋挽清理，沈千聿默不作声地上前将铜盆接过来，亲手为她擦拭身上的污渍。

"挽儿，你可还好？"

宋挽脸色惨白，凌乱的发丝沾着汗水贴在面上，狼狈万分。

可沈千聿却觉得他的挽儿无论何时，都美得令他心惊。

"挽儿辛苦。"

宋挽虚弱地摇摇头，笑他这话偏颇。那亦是她的孩儿，何来辛苦？只是她如今着实虚弱，未能说出只言片语便半昏半睡了过去。

待到她醒来已是晚间，身旁放着一个明黄色的摇篮，沈千聿坐在的她身边，轻声逗弄着他们的孩儿。

"挽儿醒了？"

将那白胖白胖的小家伙抱到宋挽身边，沈千聿轻声道："你瞧瞧他，他长得十分似挽儿。"

宋挽见他抱着孩子的双手熟练稳健，动作亦十分顺畅，颇有些惊讶。猜到他或许不知在何时偷偷练习过，不免心中一暖。

"挽儿，你瞧瞧咱们的孩儿。"

不知为何，沈千聿突然哽咽起来，眼中发酸。

宋挽笑着望向他，又微微抬起头去看他们的孩儿，只刚看一眼便忍不住笑出声来。豆大的婴孩瞧着丑兮兮的，也不知沈千聿从何处瞧出像她的。

宋挽轻笑过后，却忍不住伸出手将那个小娃娃抱在怀中。

"挽儿，为咱们的孩儿起个名字吧。"

"不合制。"

沈千聿轻轻"哼"了一声："什么合制不合制的？你是他的娘亲，费尽千辛万苦生下他，还不能给他起个名字了？"

半蹲下身，沈千聿虚环着自己的妻儿，笑盈盈地道："如若不然，你我二人一人为他选一个字可好？挽儿先选，待挽儿选过了我再选。"

宋挽抬头看着一脸兴致勃勃的沈千聿，淡淡地笑着应承下来。她垂眸想了片刻，轻声道："选一个'时'字可好？"

沈千聿道："时字好。挽儿一直喜男子遵君子之道，这时字乃集君子之大成，甚好、甚好。"

见沈千聿知晓自己的意思，宋挽微微一笑。

"圣上呢？圣上要选一个什么字？"

沈千聿看着宋挽，又看了看怀中的婴儿，温柔地吐出一个"晏"字。

"晏有平静安闲之意，我希望我二人的孩儿日后可做一个安闲度日的君子。"

说完，沈千聿低下头看着怀中睡得香甜的小娃娃，心生柔软。

多年前的花灯节，他曾失去一位友人。可也正是那个人让他结识了这世间最为美好的女子。

江晏的一片情不可说，那他便帮江晏藏于心底，可沈千聿又觉得挽儿值得这世上一切最为诚挚的情意，不忍将其埋没。

"晏？"

宋挽抬眸，有些惊讶。

"怎的？挽儿觉得不好？"

"并非如此。"她想了想道,"确实是极好的。城阳侯府二爷名中带有一个晏字,他乃正经的大雅君子,端方自持。花灯节那日,他为救我阿兄重伤过世,我同阿兄都觉得十分亏欠。"

她知晓阿兄在家庙为江家二爷点了长明灯,只是斯人已逝,再做什么都是徒劳。可如今沈千聿竟神来一笔,选了此字为她的孩儿取名,莫名的,宋挽觉得十分合适。

"我希望咱们的孩儿,日后也可以像江家二爷那般做个仁人君子……"

沈千聿接话道:"抑或盛世明君。"他同挽儿的嫡长子,必为储君。

此话沈千聿说得,宋挽却说不得,她只是淡淡地一笑,伸出手戳了戳沈时晏的手臂。

沈千聿知她的心思也并未勉强,将她的手握在掌心,虔诚地吻了下去。

番外二
立命

林葭玥穿着一身沉香褐金丝纹宽袖褙子，发髻全部盘起，梳得老高。一根足赤金海棠簪插在髻旁，衬得她还算青涩的小脸颇为滑稽。她手中拎着盖着块红绒布的竹筐，身旁是已出落得窈窕秀美的江星。

几个人进殿后，她同江星牵着半人高的小城阳侯江涑齐齐跪拜宋挽。

让人起身，宋挽给林葭玥一行人赐了座。

"放我下去。"

沈时晏踢着两个小脚丫，不停地挣扎扭动。蘅芷将他放到地上，任由沈时晏跑到小小的城阳侯江涑身边。

江涑性情活泼，平日又被林葭玥教养得嘴甜舌巧，看着沈时晏走到自己面前，便翻身滑下椅子，爬了下来。

"弟弟乖，唤哥哥。"

小小的江涑一把环住沈时晏，凑过去便要去亲他。

江星见状，忙伸手将人拉开，小心提点江涑应唤沈时晏为大皇子。

瞧着两个白胖的小胖墩玩在一起，宋挽忍不住轻笑出声。

"小侯爷着实招人喜欢。"

林葭玥闻言看着儿子，眼中满是慈母的笑意。

"蘅芷，你去陪五姑娘一起，莫让两个小的淘气。"

眼见着江涑同沈时晏从哥俩好的模样玩闹得打成一个球，宋挽指了蘅芷，让她去帮江星照看二人。

待身边只剩下她同林葭玥，宋挽才笑着开口："我还从未见你穿过这般模样，可会觉得不适？"

林葭玥低头看了看身上那五六十岁老妇才会穿的衣衫，浅浅笑了起来。

"如今身份在那儿，便是我不喜也得露出个老夫人的派头来，若不是如此模样，便总架不住有人想要压我城阳侯府一头。"

宋挽道："你有难处？"

"难处是没有的，只是总会遇见些被鬼遮了眼，不识相的人撒泼到我面前。但多数都好处理得很。"林葭玥说着这话，脸上带着淡淡的上位者的威严，宋挽瞧着有些出神。

江涑小小的一个孩子，虽有个城阳侯的爵位，但整个城阳侯府终要靠林葭玥一人撑起门面。

这三两年她也曾听闻不少城阳侯府的传闻。有嗤笑侯府以贵胄之身行低贱商贾事之言，也有赞赏侯府乐善好施，但凡遇天灾人祸必会施粥、为贫苦人发放口粮等事。

宋挽看着面庞还稍显稚嫩，但一双眸子却透着锐利锋芒的林葭玥缓缓地一笑。她想了想，温和地道："好似每次瞧见你，你都同往日不一样。"

初见林葭玥，她娇小、活泼，满心满眼都是江行简。在城阳侯府的时候，她二人时常争锋，却未想艰难的时候自己得她助力才可走出侯府。再后来，她犹如被霜打过的娇花，颓然枯萎，好似再难绽放。可如今，林葭玥又成长为另一模样。

宋挽在她的眼中瞧见了果决狠厉，还有那些个传言背后，被层层包裹的一颗纯善之心。

"对了，我今儿带了东西给你。"

将盖着红绒布的竹筐拎到面前，林葭玥小心地掀开，露出一篮子金灿灿、毛茸茸的小奶猫。

"原来府中二爷养了好些个猫儿，我将毓灵斋封了后，便将这些小家伙都请了出来。"

林葭玥边说边叹息着道："这些个小家伙平日吃得多、睡得多，生得也多，我整日蒸鱼蒸肉都不够忙别个了。如今又下了崽，我寻思你喜欢，便挑了些好看的让你来选两只。"

林葭玥说着，伸出手缓缓摸向那几只脆弱的小家伙，眼中尽是不舍。

宋挽瞧着却是心都软成了一团。抬手体验着那毛茸茸的触感时，她觉得鼻子一酸。

"我对不住你，这一句道歉迟了许久，可我总该亲自说与你听。"

伸手把几只睡得正香的小东西用掌心托起，林葭玥低声道："很多话说了矫情，但我希望你知晓我的心意。"

"知晓的。"宋挽温柔地一笑，"当初我便知晓你不是故意的。"

那时的林葭玥或许鲁莽冲动，或许少条失教，无规无矩，但自始自终，她从未对任何人生过什么恶毒心思。

林葭玥闻言微微抿唇，眼中带着几分释然。

"侯府东南处有个院子，叫平翠庵你可还记得？"

番外二　立命

宋挽点头，林葭玥继续道："我将庵堂里头的老尼姑都赶了出去，又把平翠庵四周的路都封死，在南街单独开了个门。"

"为何？"

林葭玥一笑："我一直想做点什么，以江景和周姨娘的名义。可我又不知该做些什么，直到生涑儿的时候，我才找到一个目标。我生涑儿用了两天一夜，险些便母子……可大约是我在这里还有使命未完成，所以老天爷不让我死。时下女子生产犹如赌命，全靠稳婆一人助力。可稳婆并非大夫，如遇棘手之事便只能眼睁睁地看着产妇一尸两命。"

这个时代，虽有专门医治带下病的大夫，可这些大夫多为人所不齿，生产之事也是如此。因此学这一门的医者，有如凤毛麟角。

"产妇拼了命，若遇难产却要为名节避讳，生生自己扛着，实在是……"林葭玥想说可笑，可话到嘴边又咽了回去。片刻后她又继续道，"我将平翠庵收整出来，又广收稳婆来免费学习生产相关医术，如今已初具成效，但却遇见个了一个问题。"

宋挽看着她，笑着道："民间大小方科大夫虽有，但专门负责生产的却少之又少，你想让我自太医院拨一二人给你，以教那些个稳婆？"

"没错。"林葭玥甜甜地笑起来，"我最喜同你说话，你聪明，便是我眼皮动一动你就知我要做什么。怎么样？你可能帮忙？"

"自然。"宋挽的语气温和，"为生民立命，乃我等之荣幸。"

"为生民立命……"林葭玥喃喃地重复着，眼中却好似找到了新的目标。她想，或许她也并非一无是处，或许她是可以达成自己最初的梦想的。改变这个时代，以这个时代可以接受的方式。

想明白，林葭玥心中一宽，整个人都轻快起来。

"其实今儿我来见你，还有件事想让你帮我拿拿主意。"

"可是江星的婚事？"她曾答应过江家二爷要为江星择一门好亲事，林葭玥也一直记挂着这一点。如今江星已经及笄，也到了该说亲的年纪。

"可是你有哪一户瞧得上眼的人家？"

林葭玥摇头："没有，我便是想来询问你此事。"

"往日我在城阳侯府做不得主，便想着来日为江星寻一门好亲事。可如今府中由我做主了，我便想让江星自己掌握未来。"她看着宋挽，无奈地一笑，"虽两府相看成亲，可我总觉得犹如买卖一般。权衡利弊为先，小儿女的情感在后真的可行？日子总要小夫妻自己过，若是选错了可一辈子都回不了头。所以我问过江星，她不愿嫁。柳姨娘是个什么性情你不是不知，江星她好不容易过了几年安稳日子，一点也不想离开侯府。"

尤其如今侯府由林葭玥做主，府里生活自在无忧，比嫁去不知什么人家强多了。

江星将这话说与林葭玥听，林葭玥便觉很有道理。或许是其他人不能理解，但林葭玥却可以同江星感同身受。

"我自是没什么不同意的，可我怕耽误了江星，便想着问问你对此事的看法。"

"不嫁……"宋挽略一思索，随即温柔地笑了起来，"都说女子在家从父，出嫁从夫，江星既无高堂又无兄长，这婚事你为她拿主意便成。而我往日觉得生儿育女乃女子天性，可宽了眼界方知晓众人皆有所求，所求又尽不相同。"她的一生尚未过一半，却已见过许多奇女子。若江星真可为自己所选择的路负起责任，日后亦不对他人生怨怼之心，那她觉得无论江星嫁与不嫁都是好的。

"人之面貌各有千秋，这生活亦不该过成一个模子，若她不愿便罢了。"

林葭玥道："可我又怕纵容着她，选了一条与世人背道而驰的路，来日会辛苦，需要承受异样的目光，受人非议。"

说这话的时候，林葭玥的心中带着几分无人知晓的悲哀。她本该是最不怕这些的，可见过白布披盖的竹架，见过院中喷洒遍地的赤红，她终是怕了。她不怕自己为世间所不容，却不忍江星受半点苦楚。所以，她想问问宋挽。她觉得在这世上，唯有宋挽能知晓她在说什么，且帮她寻到答案。

"这世上任何一条路都不好走。"宋挽浅浅地勾唇，语气不急不缓。

"我想着人之痛苦并非来于他人眼光、非议，抑或与众不同。若行路艰难，应也是来自于自身的摇摆不定。有些路，便是不好走，可只要选定了不听不闻不看，大概也可虽悲无悔，虽未至而心意足。"

林葭玥闻言愣愣地睁圆了眼睛。若是往日她听了这话，只怕还要让宋挽再用人话重说一遍，可今日却忽然便懂了。

是的，心若不受蛊惑、不摇摆，不做那朝更夕改之人，一心只奔着自己所求而去，大约是不会痛苦的。怕就怕走到山腰想下山，下了山又后悔，继而再攀再悔。

"我回去问问她，若真的不怕人非议，我便随她，大不了来日她有了心仪之人，我再给她多添嫁妆再谋良缘。"

"正是如此。"宋挽点点头，温柔地应下来。

如今的她们并非往日受人摆布、无法挣脱的可怜的傀儡，既有了底气，何不为自己谋一条最舒坦的大道？

林葭玥笑道："我以为你会让我为江星选一高门而嫁的，你亦变了许多。"她眼中的宋挽，一直是个被封建制度驯化得服服帖帖的标准化女子，可这样的女子竟也能说出生活不该过成一个模样，女子不愿嫁人便罢了等话。实在是……情理中，意料外。

番外三
锦 书

因前一日暴雨，今日不必上朝，所以沈千聿得了机会陪妻儿享一日悠闲。

三个人用过早膳，沈千聿便带了沈时晏到御花园钓鱼去了。父子二人闹到中午，才拎着一条硕大肥美的锦鲤回了长乐宫。

宋挽看着沈时晏笨拙地提着木桶的模样，笑得开怀。

"母后，晏儿贡鱼一条，极胖，鲜美。"

"多鲜美？"

宋挽笑着蹲下身，正欲探头去瞧那桶里的鱼儿，可还未等看见，便觉得一股土腥气直冲面门。

微垂着眸将那股熟悉的反胃之意压下，宋挽起身后似笑非笑地瞪了沈千聿一眼。

"怎的了？"

"无事。"说完，她又笑了起来。不知是否因沈千聿心心念念地盼望着小公主，真让他在今日将小家伙盼了来，还是……转头看了看还在扑腾的鱼儿的沈时晏，宋挽捂住了嘴，心下好笑。

下午万宵来寻沈千聿，宋挽便让蘅芷请了太医来。

"恭喜皇后娘娘，的确是喜脉。"

宋挽闻言未曾如何，蘅芷同蘅芜却高兴得连眼眶都红了起来。

"娘娘，可要告诉圣上？"

"不必，待他回来我亲自同他说。"

几个人正高兴间，外面有人来报说是宋夫人求见。

"嫂嫂？快请。"

进入长乐宫时，明湘一脸喜色，宋挽正想询问可是家中有什么喜事，便听明湘道："娘娘猜猜，今儿谁同我一起来的？"她的话音刚落，锦书便被鸾笺带了进来。

锦书成亲几年，面上的青涩同稚嫩早已散去，正双颊晕红，带着几分婚后妇人方有的柔情。

"奴婢拜见皇后娘娘。"

"快起。"

蘅芷上前将锦书扶起，锦书望着宋挽羞涩地一笑。

"上次见锦书时，她问我若有机会是否可以带她入宫见见娘娘，我今儿正巧想入宫同娘娘报府中的喜事，便让人请她随我一起。"

宋挽闻言惊讶地道："可是有什么事？"

锦书摇头："奴婢只是想入宫谢谢娘娘，谢娘娘这些年对奴婢的照拂。"

将手中拎着的食盒微微松了松，宋挽这方看见她隆起的肚子。

"竟是有了？几个月了？"

"五个月了。"锦书的脸上羞红一片，满眼都是生活悠哉的幸福之人才有的平和同朝气。

"这几年我夫君多受娘娘提拔，已从把总升为都司，奴婢知晓都是娘娘暗中回护，便一直想着入宫来谢谢娘娘，给娘娘磕个头。"

想了想，锦书笑着抚了抚肚子："带着他一起。"

三年之内从把总越级升为都司，的确是有人照拂方可做到，可宋挽知晓这并不是她的照拂，一时之间替那背后的人感到惋惜。

想了片刻，宋挽道："是李承祖行事妥善，方得上峰的青眼，倒并非我有意照拂。"

锦书知晓宋挽不过是不想让她承情罢了，也未反驳，跪地咚咚咚咚地磕了三个头。

这举动让宋挽备受惊吓。

"你这是做什么？腹中还揣着个小的呢，万不要动了胎气。"

蘅芷上前将锦书扶起，宋挽则把人拉到自己身边，细细打量着她。

宋挽只见锦书面色红润，且大概是因为有孕的关系，整个人圆润了四五分。一张小脸莹润有光泽，举手投足间未见半点拘谨，想来是平日在家中做主惯了。

宋挽见此心下满意。她想了片刻，轻声道："你同夫婿相处如何？他可是你儿时记忆中的模样？"

锦书闻言脸色一红，随后透着一脸娇羞："他同幼年没什么区别，待奴婢亦十分不错。夫君不耐管家中大小事务，家里便都交由奴婢做主。"

摸了摸隆起的腹部，锦书笑着道："夫君他生性寡言，奴婢有孕后时常馋嘴，半夜里突然想吃脆透的酸笋时，他也会拘着性子去隔壁李婶子家讨要……他要连着上值三日，离家之前从来都会将水缸、柴火等琐碎物准备妥当，便是需要上街采买的肉菜等物，也会给隔壁婶子三日银钱让她们帮我备好。奴婢想着，我阿爹没看错，承祖哥他的确是个好夫婿。"

番外三 锦书

锦书说着，自己先红了脸。她也不知那些个话本子上写的情呀爱的是个什么东西，但李承祖知晓她力气极大，也从不让她做粗重活计，锦书便觉得他应当如幼时一样珍爱她的。

"他待你好我便放心了。"宋挽摸了摸锦书的头，心绪复杂。

"娘娘放心，奴婢生活得很好，您万不要担忧。"

宋挽点头，放下心来。

明湘同宋挽还有些宋府的事需交谈，锦书体贴，自己提出要同蘅芷姐妹三个人叙旧。

四个往日旧友结伴走到长乐宫廊檐下，坐在一处低声交谈。

可不过一会儿，蘅芷、蘅芜便被宫中其他殿内的女官唤走。

沈千聿同万宵自外头走进长乐宫便见锦书、鸢笺坐在暖阳下，沈千聿瞥了万宵一眼，这方知晓为何今日这人非要护送他回长乐宫。

"拜见圣上。"

"起身吧，鸢笺，你随朕来。"

二人行过礼，沈千聿张口将鸢笺调离，只剩下万宵同锦书在。

"万督主。"见到万宵，锦书浅笑嫣嫣，颇有些乍遇故人的欢喜。

往日在宋挽的手下做事，无论蘅芷、蘅芜还是鸢笺都很是护着她，需同外人打交道的费力事也从不唤她去做，倒让锦书在宫中甚少结识到什么人。

可万宵不同，万宵曾帮她处理过伤口，还帮她寻到自家夫婿，锦书觉得二人称得上有几分交情。

见万宵没有跟沈千聿进殿，锦书笑着同他打了声招呼。

"怎的今儿入了宫？"

万宵双手插袖，脸上满是玩世不恭的笑意。

"许久未见皇后娘娘，我家中一直得她照拂，便总想寻个机会来拜见一番，给娘娘磕个头，答谢娘娘。"

万宵闻言淡淡地一笑。

"瞧你这是有了身孕，怎的还如此颠簸？为何不等顺利生产后再入宫？"

"哪里能等奴婢寻了日子？今儿也是借了宋夫人的光，奴婢方能入得宫中。"

锦书说话时一双眼满是笑意，万宵看着微微勾唇，却未曾说话。

他插袖垂眸，片刻后才低低地问了句他待你如何。

这话一出。锦书只觉莫名怪异，可想着大抵他也是关心自己，便灿然一笑："好着的，寻常日子里无论衣食住行夫君总会紧着奴婢为先。"

"如此便好。"

万宵眼中染上点点疼宠："嫁汉嫁汉穿衣吃饭，你的一生可保衣食无忧、无病无灾便够了。"

"是呀，奴婢亦是这般想的。"

万宵闻言又摇头："你既已出宫唤民女即可，已不适合再自称奴婢。"

"奴……民女一时改不过来，尤其是又进了宫中，更觉得拘谨。"

"那便不要再入宫了。"万宵道，"你如今的身份不便入宫，你在宫外过好自己的日子娘娘便会放心。"

见锦书不解，万宵却没有再回答，反而问起了她可曾为腹中的孩儿取名。

锦书抚着肚子笑着道："取了的。"

"我夫君说若是生下男孩儿，便唤一个瑞字，若是女儿便唤一个珍字。"

"极好。"

"不是李家祥瑞便是李家珍宝，这寓意真真是极好。"

"我也这样觉得。"

锦书羞涩地一笑，透着几分儿时的娇俏。

"你若无事，我便送你出宫，想来娘娘同宋夫人还有话说。"

"倒是无事，只是还应给娘娘行礼……"

"无妨，你有孕在身，在此等下去只会让娘娘心生惦记。"

"这……"锦书拿不定主意，看着万宵颇有些为难。

"我让人禀告娘娘，你不必多虑。"

说完，也不等锦书反应，万宵自顾自地向前走去。待身后传来笨重的脚步声，他方缓缓放慢步子，让锦书追赶上。

他知晓锦书是个没主意的，为她做主不让她多费脑子，反而令她轻松。

二人缓缓往宫外走去，待看见宫门之时，万宵道："可需我派人送你回家？"

"不必的，我夫君在宫门外等我。"

虽她今儿是同明湘一起入宫，可李承祖怕皇后见她有孕会派人先送她出宫，便约好会在宫门处等她。

"我夫君说了，若我同宋夫人一起出宫，便让我乘宋府的轿子回去，若我一人提前出来，便去东门寻他。"

见她满口不离"我夫君"三个字，万宵终于放下心由衷地替她开心。

"那我送至此便罢，其余的路你自己来走。"

锦书未懂他的言外之意，只欢快地点着头。

今儿日头晒，她也不知承祖哥是否有地方遮阳，心中这样想着，锦书加快了脚步。

番外三　锦书

"锦书……"万宵突然开口,锦书回过头愣愣地看着他。

"若遇到难事,可去东厂寻我。"

"多谢万督主。"

二人之间隔了颇远的一段距离,锦书看着万宵和善的眉眼,忽而道:"万督主……"

锦书想说她去京营送李承祖上值的时候,曾在那附近见到一个院子,那处院子中满是气色灰败无人照看的老人。

她打听许久,方知晓那里住着的都是从宫中出去的侍人。

侍人同宫女不同,宫女年过二十五抑或在宫中任职十年可离宫外嫁,可侍人因其特殊身份,一生都只能囿于这红墙黄瓦之中。

往往宫中无力负担那般多的开销,待到年岁大了,他们多会被送至宫外随其自生自灭。

那些个侍人下场大多凄惨,无人照看不说亦时常被人上门欺凌。

她曾见过几次,虽于心不忍但却也无能为力。

不知为何,想到万宵日后或许也会落得同等境地,锦书便觉于心不忍。

她想说若万宵身无后人,待他年迈或可让她的儿女多多接济。

可这话刚至嘴边,锦书又觉十分不妥。

他身份之高,无论如何都不该落得那般下场,自己说出这话也只会被人认为是谄媚讨好之言。

想了想,锦书扬起个笑容:"民女是想同万督主说民女改了名字,若下次再见,万督主可唤民女为桃芊。"

万宵微微怔愣一下,许久之后方淡淡地一笑:"桃芊。"

"哎。"

锦书傻傻地咧着嘴,又抬手对着万宵摆了摆:"万督主贵人事忙,您不必再送,前头这路民女自己走便好,您快些回去吧。"

"好。"万宵点头,转过身大步向宫内走去。

锦书看着他的背影甜甜地一笑,也转身往宫外而去。

听见那人脚步声渐行渐远,万宵停下脚步停在原地许久。可他自始至终不曾回头。

"承祖哥。"

走出宫门,锦书便见李承祖坐在木车上满头薄汗。

他的性情木讷、老实,说了在何处等她,便不会再动弹半分,锦书瞧他晒得双颊泛红,不由得心疼。

"你怎的不寻个阴凉地方等我?"

李承祖道:"怕你出宫瞧不见我。你上去,我推你回家。"

"不必，我自己走便成。"

李承祖摇头："坐吧，你有孕在身，且宫中贵人多，这大半日定无你歇息之处。"

将木车上的粗麻垫子扯到锦书面前，李承祖把人半拉半扶送上了车。

烈日下，男人推着木车，被晒得满脸紫红，锦书心疼万分，几次想要从车上下来，却都被李承祖阻止。

他低下头看着满眼心疼的锦书，笑着用袖子擦了擦汗。这是他的妻儿，他从不觉得是负担。

往日他无名无姓，备受欺凌，如今可得天降之恩，过寻常生活已足够他感激涕零。虽名字是假的，可眼下的生活是真的便足够了。

抬手将车上的宽大荷叶递给锦书，李承祖道："你遮着些，日头晒。"

"我给承祖哥也遮着些。"

将那片荷叶高高地举起放在二人中间，哪怕不曾为任何一人带来阴凉，小夫妻亦觉十分舒爽。

"对了，承祖哥，今儿我入宫见到了万督主，他让我日后不要再入宫去见娘娘，这是为何？我知他是为了我好，可我总想不透这其中的道理。"

李承祖扭头看了看满眼天真的锦书，笑着道："你现在身份不同，若入宫去见贵人多会以为你有所求。且若让身边的亲朋知晓你同当今皇后娘娘有这份交情，也只有害处而无益处。"

他们的身份低微，是护不住这份恩情的，被人知晓只会徒增烦恼。锦书想了片刻，也明白了其中的道理。

"我知晓了，那日后我再不入宫去了。承祖哥，若你明日有空，可能再去京郊那半荒的院子里？我想着明日做些猪肉包子给那几个老……人送去。"

"好。"

"承祖哥。"

"嗯？"

李承祖专心推着车，力求不让它颠簸。

"我见过那座院子里的老人后，心中总是不舒服，若来日万督主也落到那等地步，我是否可以让咱们的孩儿奉养他至故去？在宫中时，他对我多有照顾，而且你也是他帮我寻到的，若他真有那狼狈之时，我想着咱们最好可搭一把手。"

可这事她不能自己做主，总要问过自家夫君才行。

"自然。"李承祖推车的手异常平稳，语气亦带着几分理所当然，"承他人恩，还人人情，世间道理便是如此，你这般做是对的。"

"我也是这样想的。"

锦书闻言，眉眼间满是笑意。她看着自家夫君，终是忍不住羞红着脸，摸了摸李承祖推车的手。

　　男人低下头，笑得憨厚……

番外四
岁 月

沈时骁出生在冬季里最寒冷的那天。

怀沈时骁的时候，宋挽不曾受半点罪，可未想生产之时竟全都找补了回来。

众人本以为她这胎怀得安稳且又非头胎，八成可顺利生产，可宋挽硬是整整撑了两日，方才他顺利生了下来。

那两日的折磨，沈千聿一生都未感受过。至今他还记得屋中不停地传来女子嘶哑的低吼以及痛苦的呻吟。

宋挽的声音变得陌生，沈千聿罢朝两日，未曾吃喝，只苦苦地等在外面。他几次想要冲进屋中，却都被万宵拦下。

"圣上进去只会让那些个稳婆担忧惊惧，不仅无法帮到皇后娘娘，还反会添乱。"

沈千聿赤红着一双眼："那我要如何？只什么都不做傻站在这处等着不成？"他知晓万宵说得有理，可沈千聿痛恨自己无能为力的模样。

"圣上……或可为皇后娘娘祈求上天的庇佑，以庇护其顺利生产。"

沈千聿闻言撩起敞膝直接跪在产房之前。

万宵同院中众人见状皆齐齐跪了下来。

"尊无二上，今日祈祷上天降泽以庇吾妻顺利生产，吾愿以余生之年终身茹素，换吾妻平安。"

沈千聿跪地，虔诚地祈祷。他这一生不信鬼神，不畏天地。可自今日起他愿信世间一切神佛，愿生敬畏之心，只要他的妻可以平安无恙。

林葭玥亦跪在院中，地上的石砖冰凉刺骨，可所有人都好似感受不到一般，跪得笔直。她看着最前面那一抹身穿明黄色长衫的男子，忽然有些恍惚。跪得久了，她的双膝疼得不行，转头看了一圈，见无人注意她，便索性瘫坐下来。

若宋挽无忧她是坐是躺皆无碍，宋挽不会跟她计较，可若宋挽撑不过这一关，瞧沈千聿这疯癫的模样怕是她同带进宫来的那些个稳婆都够呛能活。既然活都活不了，她何苦死前受罪？

想到这里，林葭玥将身上的厚重大氅铺在地上，安稳地坐着等待结果。

耳边是男人絮絮叨叨、错字连篇的念经声，林葭玥听着那笨拙但赤诚的声音，心中渐渐平静下来。

她望着沈千聿的背影，心中酸涩。往日她嘲笑古人不懂爱情，可如今瞧着，人家如何不懂？不懂的是她才对。

脑中闪过江行简的脸庞，林葭玥眨眨眼将之驱赶出自己的脑海。

天色渐渐暗了下来，许多人都支撑不住，跌倒在地，沈千聿却犹如无知无觉一般，仍旧跪得笔直。待到深夜，便是连万宵都承受不住侧身坐了下来。

一时间，整个院子中除了沈千聿无人能再挺直脊背。

万宵担忧地看着对方的双膝，却不曾上前去劝。

这个时候，沈千聿愿做何事都只能随他而去。

这一夜中，稳婆进进出出不知端出多少盆血水，直至天色渐亮，众人才听见屋中一个中年妇人大喊一声"娘娘生了"，连同婴孩尖锐的啼哭声一起传出来。

"圣上，娘娘生了，娘娘顺利诞下二皇子……"

稳婆将孩子裹得严严实实的抱了出来，沈千聿却未看一眼，便向屋中走去。可他跪了一夜，双腿早已麻痹，还不等起身，就直直地向前摔去。

万宵等人忙上前搀扶，沈千聿却挥开众人努力向前爬了几步。

"奴才逾矩了。"

吉荣见状眼眶一红，将沈千聿拉到背上，背着沈千聿大步走进房中。

"挽儿……"

生产两日，宋挽早已昏迷，哪里能听见沈千聿的呼喊？沈千聿只见宋挽深陷在软枕中，脸色惨白，一动不动。他忍不住伸出两指探向宋挽的鼻尖处。

女子微弱的气息证明她还活着，沈千聿想要摸一摸她的脸，可伸出手他瞧见上头的青紫之色时，才想起自己的手掌冰凉无比。连忙将手收回，他动作僵硬地搓了搓手，这才隔着厚厚的被子摸了摸宋挽。

看着宋挽的眼皮微动，已过而立之年的男人突然"哇"的一声大哭了起来。

"照顾好二皇子，其余无关人等都退下吧。"

吉荣上前拉起沈千聿，让太医为他把脉后才把人搀扶到椅子上。

沈千聿的双腿仍然毫无知觉，太医为他施针许久，他才逐渐感受到灼热、痒麻等怪异的感觉。

"圣上许久未曾进食，可要用些羹粥？"

"不必。"

沈千聿愣愣地看着宋挽睡的颜，低声道："宣御膳房，日后朕的膳食不得见荤腥。"

吉荣皱眉，可见他的状况也只能先应承下来。

"圣上，二皇子之名……"

太监端来沉香木盘，上头乃是二皇子的生辰八字。

沈千聿提起笔略微停顿一下后，随手写下"沈时骁"三个字。他未曾想过此胎会是皇子，皇子的名也从未取过。眼下他无瑕顾及其他，本想题一个骄字，却未想下笔的时候竟写成了骁。

"便这般吧。"推开那个太监，沈千聿继续守着宋挽。

不知是不是生产时伤了气血，宋挽睡了多日才慢慢转醒，她刚睁开眼睛，便见沈千聿满脸青色的胡茬，十分憔悴的模样。

"你守了我几日？"她的声音嘶哑，刚一开口便惊得沈千聿抬起头来。

"你醒了？我守了你五日，这五日我如何唤你，你都不曾应我一句。"

男人的语气十分委屈，抓着宋挽的手紧紧地贴在自己的脸上不敢放松片刻。他总觉得只要稍一放松，这个人便会离他而去。

宋挽闻言虚弱地一笑："我累了，便休息几日，怪道我觉得睡不安稳，原是你总在一旁吵着我。"

她摸着男人的脸，心下一软。瞧他这副憔悴的模样，这几日定是怕了。他啊，遇见与她相关的事便显得格外胆小，往日那泼天大胆也不知哪里去了。

宋挽心疼得厉害，抓着沈千聿的手许久不放开。

幼小的孩童见风便长，不过七八年过去，沈时晏同沈时骁便已长成至半大孩子。

兄弟二人容貌相似，性情却大不相同。

沈时晏的性子随了他父皇，看似嬉笑怒骂、性情张扬，内里却是个极有成算的。且被商蓉、赵南璋等人自幼疼宠到大，他生性也十分豁达。

可受尽万千宠爱的沈时晏，亦并非没有烦恼。

朝中多有人猜测他同沈时骁日后，说不得会兄弟相争，为这片江山闹出兄弟阋墙之事，可他却总觉得若沈时骁真有这个念头，自己怕是反要高兴一些。

"你又看这些个佛经做什么？"

将沈时骁手中的经书抽走，沈时晏横眉倒竖："昨儿赵妃娘娘不是让你去寻她学骑射之术？怎的你昨日没去？"

"皇兄莫气，是骁儿忘了。"

沈时骁抬头，微微一笑。

"若是忘了，我派人去你的寝宫中寻你，怎么半日都未找到人？"

沈时骁低下头，不敢言语。他昨日躲在御花园的假山下研读佛经，不知不觉便入了迷，忘了时辰。待到天色渐暗，瞧不清字迹他方反应过来，急匆匆地去寻了父皇母后。

"是骁儿的错，下次不会了。"

"如何不会？你都诓为兄多少次了？"

沈时晏一手按着桌上的经书，心头却烦乱得很。

"你一个七八岁的小娃娃，整日看这种东西做什么？难不成日后还要出家做和尚吗？"

"读书可明心开智，同做不做和尚无关。"沈时骁站起身，乖巧地拉住沈时晏的手，"今儿皇弟便陪皇兄练骑射去，皇兄莫再生气了。"

自家弟弟乖乖地讨饶，沈时晏哪里还生得起气来？只是他说什么练习骑射全是哄慰之言。

他的皇弟名字里虽然有个骁字，却同骁勇半点都沾不上边，反倒文质彬彬的，十足一个文静书生模样。

"那你答应为兄，日后不准再看这些个东西了，带歪了你的性子如何是好？"

"骁儿不会做和尚的，父皇同母后说骁儿日后要帮皇兄打理江山，骁儿知晓自己身上的责任。"

"你倒也不必如此想，这天下有为兄在，你自可尽情去做自己喜欢的事。"

肩负天下的责任实在沉重，若沈时骁有那份心思，他大可将这江山拱手让与他。可他知晓沈时骁根本没有野心。他的弟弟喜静喜读书，对为王为帝并没有半点兴趣。

爱怜地摸了摸骁儿的脑袋，沈时晏道："你想做什么都行，唯独不能做和尚做方外之人。"

"皇兄放心，骁儿不会的。"

"人生来便肩负使命，骁儿有骁儿的使命，不会避世逃避应负之责，喜好钻研佛法也不过是因佛法强大，可静心罢了。"

沈时晏也不知他口中的使命是什么意思，但他向来疼宠弟弟，听见这话，只是笑笑随他去。

"我们今儿可要去赵妃娘娘宫里？"

"不去，母后让蘅芷唤我二人去用膳，我过来接你。"

兄弟二人牵着手往长乐宫走去。

自从沈千聿封沈时晏为东宫太子后，便日日将他带在身边。他本就对做皇帝没什么野心，如今还未到不惑之年，便整日念着如何将东宁交予沈时晏，安心地做他的太上皇去。

"也不知晏儿何时可以独当一面。"

"总要等他及冠方成。"

每次提起这个话头来，沈千聿都会沮丧大半日。

宋挽见他耷拉着眉眼，兴致不高的模样，笑着道："晏儿聪慧，你可慢慢将手中……"

"母后又在撺掇父皇撂挑子。"

沈时晏刚进入长乐宫就听见宋挽这话。

"母后只知心疼父皇，却不知心疼孩儿，江溯说了，孩儿这般早便处理那么多折子，日后会长不高的。"

"胡说什么？"

沈千聿站起身："你母后不心疼朕心疼谁去？你日后自有你媳妇去疼。"

"骁儿过来，让父皇瞧瞧。"

沈千聿招手喊来沈时骁，把人拉到面前上下打量了一会儿："你日后少在夜里读书，免得小小年纪伤了眼睛。"

"儿臣知晓。"

"乖。"伸出大掌拍了拍沈时骁的头，见他红着脸抿唇一笑后，沈千聿心中方舒坦不少。

"去净手，过来用膳。"

沈千聿率先坐下，虽满桌都是素菜，不见半点荤腥，但一家人都很尽兴。

这些年沈千聿果真不沾半点荤食，但他不愿委屈宋挽，便时常让小厨房额外做了荤菜给她。

可宋挽也心疼他，不忍在他面前吃他往日最喜的那些个东西，慢慢的，夫妻二人便都开始茹素，一直坚持到如今。

用过膳后，沈时晏带着沈时骁离开，沈千聿则在榻上小憩。他这几年愈发觉得身子沉得厉害，人也渐渐懒怠起来。

宋挽见他睡得沉，便拿了绒毯帮他盖上。

前些年蘅芜同鸾笺都被她放出宫婚配去了，唯有蘅芷还留在身边。她劝过几次，可蘅芷不愿出宫，她也就放弃了。

也不知是否她同沈千聿都喜静的关系，这些年来身边愈发不愿留人伺候，渐渐的，这偌大一个长乐宫愈发显得空荡起来。

屋中只有沈千聿轻缓的鼾声，宋挽一边听着，一边轻手轻脚地忙自己的事情。

"我睡了多久？"

"不到一个时辰。"

见沈千聿醒来，宋挽将手中楠木小箱合起，转身为他斟茶。

"我帮你。"

沈千聿想要起身，却在刚一动作时忽然僵了下身子。

"先润润唇舌，不急。"

将手中的茶盏递到沈千聿嘴边，见他大口喝了，她才叠起他身上的小毯，轻轻为他揉捏起双膝来。

她力度适中，按压的穴位亦十分精准，不过片刻沈千聿便觉小腿之下的僵硬麻痹之感，缓缓散去。

"够了挽儿。"

"可舒服些了？"

沈千聿点头，用鼻音"嗯"了一声。

宋挽见状温柔地一笑，正欲起身时却被他拉住手腕。

沈千聿抬起头，轻声道："以往我年岁轻，并不觉得如何，可近些年，年岁上来，我方觉往日伤了底子的病痛，眼下都找了回来。挽儿……我实在怕，我怕我的身子若撑不得几年，可该如何？"

"寻常人伤了底子不好处理，可你是一国之君，东宁最好的医者供你差遣，又怎会医治不好你身上的旧患？"

宋挽走到沈千聿身边，拉着他的手柔声道："往日你性子执拗，又不耐配合太医以针灸、药膳调养身体。如今年岁上来，倒知这事严重了？"

宋挽打趣道："刀子不落在自己的肉皮上，终归是不知疼的。自今日起，我让许太医为你日日施针，让傅太医为你制定药膳，如此将养上几年总能好上大半。"

"会吗？"

"自然。"拉着沈千聿的手，宋挽垂眸道，"有生必有死，寿数这东西强求不来，你放宽心思，不要日日汲汲于寿数一事。"

早年他在南庆时身子亏得厉害，涑河一战又添不少新伤，这几年他身体不适的症状愈发明显，她看在心里，亦为此焦急。

可宋挽知晓人的生老病死无可避免，亦不能逃脱，因此并不执着于让沈千聿去谋什么长生之道。

"与其日日担忧自己的身子，不若放开心中忧思，还身心自在。人自在了，身子也会好上大半。"

帮沈千聿将身前压了褶皱的衣衫一点点展开，她笑道："且我知你心疼我，不会舍得丢我一人先行离去，所以我从不担心这些，你也无须担心。"

沈千聿胆小，又是个黏人的性子，这几年对她愈发魔怔了，一时片刻不见，便要整个后宫里去寻。

想着他的模样，宋挽心生酸涩，却疼惜更甚。他幼年的时候无人关心无人疼爱，性情坚韧自强，哪知人至不惑反而变成了孩童心性。偶尔她甚至觉得沈千聿比沈时晏、沈时骁更似孩童。

"我不会的，今生我绝不会丢下挽儿先行撒手。"

这话说完，沈千聿心中好似撑起一股子劲来，不再像往日那般恹恹无力。

"我这一生认准了的事便没有做不到的，挽儿且看着，我定能撑着走在你后头。"

沈千聿站起身，仿似回到幼年在南庆孤立无援的时候。他就是那等前路越艰难，斗志越高的人。

自这日起，沈千聿日日听从宋挽的安排，早晚让太医施针医治双膝，吃食也多以温补药膳为主。

也不知是太医的调养起了作用，还是他心中有了可以支撑自己的那股子精气神，沈千聿的身子竟真渐渐硬朗起来。

沈时晏十岁出头时，沈千聿便一直将他带在身边培养。如今沈时晏刚刚及冠，他便急忙禅位于子，自己安心地做起了太上皇。

新皇登基那日，最为高兴的并不是沈时晏，而是终得自由身的沈千聿。

"吾之一生责任尽矣，自今日起终可安心同挽儿度日，闻人间烟火，品五谷杂粮，做极乐逍遥之人。"

将长乐宫凤榻之上用惯了的软枕丢入箱笼中，沈千聿又伸手去摘床上挂着帷幔。

宋挽瞧着他的动作无奈地开口："这物件你摘了做何用处？那别院房间窄小，它同屋中的拔步床的尺寸亦不合，便是拿了过去也用不得。"

"无妨，我裁剪裁剪。"

"母后由着父皇去罢，父皇终将肩头的担子卸下，如今正在兴头上。"

"骁儿说得有理。"

沈时骁的脸上带着微笑，站在一旁看着他的父皇忙碌。他如今已长成翩翩少年，单只站在那处便令人赏心悦目。他虽年轻，但在他身上甚少能感受到少年人的意气风发与风流得意。

沈千聿常说沈时骁随了宋挽，年纪轻轻的便被书香气腌到骨子里。

"皇兄到如今还未来，想必是心中正委屈着。"

"为兄不在，你便在父皇、母后面前编排起为兄来了？"

沈时晏从屋外进来，抱着手臂倚在一旁。他长身玉立，身形高挑，竟然比沈千聿还要高出半头。

商蓉曾说她们几个人合力培养出来的孩儿，应是个头角峥嵘、朝气蓬勃之人，哪想到沈时晏越长越透着一股子沈千聿年轻时才有的劲儿。幼年时还好，待到登基后，他眸中多幽冷凌厉，同儿时大不相同，看起来十分骇人。

番外四 岁月

571

赵南璋曾言这是天生的帝王相，宋挽却觉得赵南璋太过疼爱晏儿，以至于看他就没有不好的地方。

"皇兄难道不曾委屈？"

沈时骁微微一笑，沈时晏见状轻轻"哼"了一声。

他的父皇同母后一心要搬出皇宫到别院生活，还是他无论如何都不肯，又在后宫偏僻处找了个相对安静的院子，而且劝了许久，二人方决定留在宫中养老。

沈时晏知晓他的父皇是为了彻底让权。沈千聿既已离开权力巅峰便再无插手朝政之意，也是想让他安心做一个帝王。

可对沈时晏来说，他是帝王，也是父皇、母后的孩儿，这帝王的身份如何能敌得住骨肉亲情？

思及此，沈时晏道："自是委屈，可想着委屈也得不到父皇疼惜，便只能将这份委屈咽下，暗自神伤。"

沈千聿收整箱笼的手一顿，回头嫌恶地看了一眼沈时晏。

沈时晏同沈时骁见状，二人顿时笑了起来。

他们向来兄弟情深，二人长到这般大从未生过任何嫌隙。

沈时晏不愿沈千聿二人搬离皇宫，自也有不舍弟弟同万宵，以及后宫里头的几个老太妃的意思。

他们兄弟二人是这些人一起看着长大的，若都去了别宫，他便真的成孤家寡人一个了。

父皇、母后留在皇宫，他便有种一家未散的感觉。

谁说帝王无情？

若让他来说，皇家同样也有重情之人。

将东西搬往小院，沈千聿牵着宋挽的手慢悠悠地走在后头。

小院里头为商蓉、沈时晏、沈时骁等人都留了屋子，可能与他们长住的，怕是只有万宵、吉荣以及蘅芷了。

沈千聿与万宵等几个人便在这座院子中安顿了下来，宋挽这些年为照顾沈千聿，同太医学了不少医术。平日施针、推拿便由她动手，沈千聿原本还有些不忍，可宋挽坚持，他也就随她去了。

入住了这座小院后，时间好似缓缓停滞下来。

二人早起去御花园走动走动，待累了便回院中歇歇，抑或同万宵、蘅芷几个人一同用午膳。

偶尔商蓉、赵南璋等人前来，众人还会一齐品茗、对弈，消磨时间。

在小院中居住的这几年，沈千聿将身子养得不错，宋挽心中亦放松不少。

沈时晏愈发有帝王之威，偶尔来到院中陪他们二人用膳时，不时会露出几分凝重之色。宋挽不知是不是前朝出了什么状况，但她同沈千聿都懒得询问。

这江山既交予到他手中，她夫妻二人便信沈时晏可将之管理好。

宋芸宁去世时，沈千柏曾回过东宁一次，既是来报丧，亦有想将南庆归还之意。

宋挽不知千柏同晏儿是如何商议的，她只知骁儿不久后同千柏一起回了南庆。

知晓姑母的死讯同沈时骁离京时，宋挽都不曾落泪。倒是一个秋日里，沈千聿突感风寒，一病不起，令她眼睛红了几日。

本只是个普通风寒，可沈千聿就是拖了许久都未好。

宋挽心中焦急，脸上却从来不表现出半分。

"今儿又喝药？"

"最后一碗。"

沈千聿皱眉："你昨儿个也是这般说的。"

"是吗？我怎记不得了？"

宋挽说边将手中的药碗送到沈千聿面前，又拿了羹匙一口一口地喂给他喝。

"苦……"

"你的小皇孙喝药都不曾喊过一个苦字，你喊什么？"

再次将半温不凉的药送入沈千聿口中，宋挽再不开口。

知晓她气自己未护好身子，故意一口一口地喂他吃这苦药，沈千聿不敢再说什么，唯有咬着牙一口口地咽了下去。

"下次可还敢只穿着内衫在院中饮酒？"

"不敢了。"

"真不敢才好。"

宋挽从瓷罐中夹出一颗糖渍梅子放入沈千聿口中，沈千聿臊眉耷眼地含着，一句反驳之言都不敢有。

"挽儿，你的鬓边生了白发。"

沈千聿抬起头，忽然看见宋挽两鬓旁边多出许多银丝，他愣愣地看着，好像十分惊奇。

"又不是今日才有的，你怎么觉得大惊小怪起来？且我们二人都什么年纪了？没有白发才更稀奇。"

沈千聿看着站在阳光下的宋挽，呆呆地道："可于我心中，挽儿一直都是京郊别院里，站在月光下那清冷绝美的模样。以前是，如今也是。"

"那你快些好起来，待身子康健，你再带我回京郊别院一趟，我想去那处瞧瞧，再瞧瞧当日的月色，想再听你说一句一帆风顺，得遇良人。"

沈千韦仰着头，眼中展露点点笑意："好，我一定再带挽儿回一趟京郊别院……"

沈千韦一直想带宋挽回一次京郊别院，可奈何他一直不曾好利索。

此病之后，沈千韦消瘦不少，双膝的问题也愈发严重，有时站久了都会感到难以负荷。

转年春日，他才将将可去到院中走走。

春日已不再寒冷，可沈千韦的身上却披着厚重的裘皮，坐在院中晒太阳之时怀中还要捧个暖炉。

他几次提起不需要众人费心抬他出来，却都被宋挽温和地拒绝。

午时日头烈，晒过太阳之后能让他晚间睡得好些，宋挽这才一直坚持下来。

陪他坐在小院中，宋挽的额头上已泛起细密的汗珠。

沈千韦瞧着心疼，将手伸到她面前。

"怎的了，你可是热了？"

回握住沈千韦的手，宋挽道："若是热了，我让六垚送你回屋。"

沈千韦摇头："无事，我只是心有愧疚，一直惦记着未能带你回一趟别院。"

他壮年时候手掌修长且饱满，如今人瘦得厉害，骨节便格外明显。

宋挽低头细细摩挲他的手，指尖在黑沉的疤痕上缓缓划过："夫妻之间谈何愧疚？只要你在我身边，在何处我都满足。"

"总是愧疚的。"沈千韦喃喃着道，"我同你夫妻一场，却未能做到身体康健，且这几年亦多有拖累，以至令你时时担忧，心神操劳。若早知今日，早些年我就该多爱惜身体，不做那般多的危险之事。"

他一生所选从来行得坚定，不曾悔过。沈千韦向来觉得悔过之言，乃是愚者同弱者的推脱狡辩之词。

但凡可以将前路操纵于自己手上的人，便不会浪费光阴，沉湎于旧日的行差踏错。一步错了，前方总有千万选择可以另寻生机，可待到此情此景，他方知悔的滋味。

"若我少时在南庆说一二句谄媚之言，如今或许便可多陪挽儿三五日。若我少时懂得曲意逢迎，哄得秦湛兄妹开怀，或许便可不被三番五次地丢入斗兽场。若我……可折一身骨头，逃得雪地一夜，说不定今日便可陪挽儿回京郊别院，再赏一番圆月。"

他悔。

他悔了。

"挽儿，我不甘心。"用力拉住宋挽的手腕，沈千韦道，"我不甘心只陪了你短短几十年的时间。我不甘心不能在我二人无职无责时，陪你出去看看。明明应该有机会的。"

沈千聿语带哽咽："你不知，南庆有一个地方名叫云里海。那个地方日升之时，云中会卷起浩瀚烟波，浑似天地倒翻，海入云间。那等景色，我想带你去看。挽儿，你可知涑河边长着一种浅色的花？它的模样普通，但味道极香，且一到春夏便开得到处都是，犹如置身花海。那等场景，极美极美。"

他拉住宋挽的手愈发用力："可是如今我什么都做不了。我真心想带你去瞧瞧。"

宋挽闻言弯着眉眼温柔地一笑："可我不耐去了。在城阳侯府孀居之时，我曾想，若能出了院子，哪怕听听嘈杂的人声也好。可同你相识后，我便何处都不想去了。有你相伴，虽未到百年，但一日一时胜似百年。"

抬手抚过沈千聿的白发，宋挽又抚了抚鬓边："未享百岁之好，但你我白头共老……这结果已是极好的。"

沈千聿眼中发热，露出浅浅的微笑。

春夏过后便迎秋冬，沈千聿的身体时好时坏，宋挽不知疲倦地日日候在他身侧。夫妻二人早起一起用些白粥酱菜，午时一个在榻上，一个在罗汉床上小憩。偶尔沈千聿睡得一身汗意，宋挽还会帮他用沾了温水的帕子轻轻擦拭干净。

"辛苦你。"

"谈何辛苦？"

宋挽帮沈千聿一点点揉按僵硬冰冷的双腿，忽而笑着道："我怀晏儿时折腾得不轻，那时你晚间不也如此帮我揉按双腿？"她那段时日双腿时常转筋，痛麻难忍，可宋挽却从没为此烦恼过。只因无论她何时不舒服，沈千聿都会感知到。而如今，不过是换她来照顾他罢了。

"那时候你照顾我，可曾觉得辛苦？"

沈千聿道："自是不曾。"

宋挽闻言一笑："我亦如此。并不辛苦，且甘之如饴。"

将纯铜打造的汤婆子灌满热水，宋挽在汤婆子外面包裹上一层厚厚的棉巾，将它塞入沈千聿的被子中为他驱寒。

"挽儿。"

"嗯？"

"明日我们去京郊别院可好？若时间不足，我想去那里与你共度余生。"

"不好。"

宋挽笑着道："我知你的心思，你何尝是想到京郊别院去？你不过是记挂着曾经答应过会带我回去，却一直不曾实现这个诺言，心中有所执念罢了。"

他重诺，事无巨细难易，但凡应承过的他如论如何都要做到。可眼下并不是他兑现承诺的好时机。

"宫中小院温暖，且有太医随时候着，这里比京郊别院更适合你养病。"轻轻拍了拍又生执拗心的沈千聿，"这件事你不要惦记了，且欠着我罢。"

见他想要说话，宋挽笑着道："待来生，待来生你来寻我，再还此情。"

"好，来生我一定再寻挽儿，还今生所欠的情意。"

这话说完，沈千聿心中的大石放下，不再执着于去京郊一事。

又过了三年，沈千聿已呈油尽灯枯之势。多数时候他都陷入昏迷中，不知世事。

宋挽仍如往昔一样静静地在他身边候着，白日他沉睡，她便侍弄花草，抑或同蘅芷唠唠家常，念叨念叨过去。但不管沈千聿何时清醒，她总会在他身旁。

盛夏的一天，沈千聿忽然起身。

"挽儿？"

"我在。"他伸出双手胡乱在空中抓了几下，宋挽见状连忙握住他的手。

沈千聿转过头，看着宋挽落泪道："挽儿，我好似睡了许久。我好似许久不曾见过你。"

"昨日刚见过的。"

沈千聿摇摇头："我不记得了。"他将手伸到宋挽的面前，轻轻抚着她的面颊。相濡以沫多年，他怎么还是瞧不够眼前的女子？指尖在她的眉眼间滑过，沈千聿的心中抽痛起来。他的挽儿苍老了许多。

女子不复少年时白皙的肌肤，不施粉黛的双颊也透着淡淡的青斑。可她的眼神从未变过，日久经年，她眸中仍是他们少年夫妻相伴时的温柔模样。

"挽儿。"

"我在。"

"你别恨我，别恨我会先你而去。"沈千聿的双眼浑浊，话语含糊，"挽儿，我怕。"

"我怕……"他的手掌十分有力，好似从心底迸发出一股怪力，拉着宋挽的手许久都未曾松开。

"无须怕，有我在，无论何时何地都有我在。"

"晏儿……"

"你想见晏儿？"

沈千聿抬起头，看着宋挽默默地落泪："让晏儿照顾好你。若我去后，你应多食肉食，晚间身边留人。"

"我知。"

一颗颗眼泪砸在二人紧握的双手上，宋挽心头剧痛，万般不舍。

"别哭，你不喜哭。"沈千聿看着宋挽，眸中满是留恋。

"我去后，不入沈家皇陵，你让沈时晏为我们二人寻个山清水秀之处。"

"好。"

"若我去后，国丧改为二十一日，准民间嫁娶、开市。莫耽误万民生计。"

"好。"

"骁儿……"

宋挽道："我让晏儿给骁儿去信，赶得及。"

沈千聿点头。

沈时晏同沈时骁虽然都是他一手带大，但私心里，他总更怜惜沈时骁一些。沈时骁的性情似宋挽，从不说半点自己的心酸、委屈，他瞧着沈时骁，便总能想到处变不惊的宋挽。若是可以，他想见沈时骁一面，若是不能，便也罢了。

"我还是不放心你。谁照顾你一日三餐？穿衣用饭？"

沈千聿的眼神空洞，喃喃自语着："你心重，不耐与人说心事，怕是别人伺候不周，也不会言语……"他越说越是不甘，眸中泪水更甚。宫中宫女、侍人千千万，可挽儿不会同他们说心中之言。他垂垂老矣，落起泪来显得格外悲痛，惹人心碎。

沈时晏收到六垚的传信的时候，丢下一众大臣跑到小院。他进屋的时候，沈千聿还拉着宋挽的手，久久不曾松开。

见到自己的第一个孩儿，沈千聿淡淡地一笑。

"晏儿。"

"孩儿在。"

沈时晏双膝跪地，候在床榻前。

沈千聿看了他许久，最终低声道："照顾好你的母后。"

几句话已经用尽他全身的力气，沈千聿只觉得十分困顿，忍不住睡了过去。

众人都以为他撑不了多久，却没想到他昏迷许久，仍留有一口气在。哪怕已多日未进一滴水，他的胸口仍有淡淡的起伏。

宋挽见他这般，亦久久食不下咽。

"母后，你前去歇歇，父皇由孩儿来守着。"他的母后已经守候他的父皇多时，身子早已吃不消。沈时晏瞧着心疼，便让身边的宫女强挽宋挽去榻上小憩。

听着耳边的呼吸声，沈时晏跪在床榻前默默地落泪。眼看着幼儿时常将自己扛在肩头如山般巍峨的父皇如今两颊青黑，胸膛凹陷，沈时晏便觉得呼吸困难。他将手伸进被子中，哭着道："父皇，你走吧，孩儿会好生照看母后……母后的身子孱弱，再经不起煎熬，您恕孩儿不孝，说这等大逆不道之言。"

沈千聿的身体已呈现青黑色，太医亦说他如今仅存一口气吊着，实则人早已故去。

太医院有人曾进言，说可以将太上皇先行放入棺椁之中，说不得搬动时这一口气便散了。

可沈时晏不愿这般。他不知父皇有什么心愿未了，但无论如何他都想让自己的父皇安安心心地走。

沈千聿的手掌冰凉，沈时晏握在掌心，无论怎样都不能将他的手焐暖。

"莫哭了。"宋挽自榻上坐起，缓缓地走到沈时晏身前。

"我知你父皇有什么心愿，他啊……"

宋挽淡淡地一笑，坐在沈千聿身边。

"你父皇性情执拗，认准的事任是谁人都劝慰不动。眼下他这脾气上了来，你说什么都是无用的。"

温柔地摸了摸沈时晏的头，宋挽道："我二人衣裳可备好了？"

这话一出，沈时晏便知宋挽的意思，他微微愣了一下，随即哭了起来。

"母后……"

"你去忙吧，我来劝劝他。"

将沈时晏支开，宋挽看着沈千聿轻声笑了出来。

"我的年岁大了，记性差了些，这些日子我一直以为你在等着骁儿，方才躺下歇歇才突然想起一件事来。你往日曾说，若有今日，定要走在我后头，想来是这件事让你不能释怀。"

宋挽抬起手，轻轻抚摸着沈千聿的面颊。她日日在他的身边照顾，未曾瞧出他有什么变化，可每次见沈时晏来给他请安时的惊愕目光，宋挽才知他如今应很是骇人。

她自幼与江行简指腹为婚，自有记忆以来便知江行简是她的夫，是来日会与她共白首之人。在江行简未回上京之前，宋挽一直以为自己对他是有情的。她以为世间的情爱便是如此，苍白而寡淡。

可识得沈千聿后她方知情爱烈如火。少年时的情愫存于心，存于眉梢眼角，一举一动皆令人心动不止。再经多年相处，那些炽热爱意化为对冷暖饥饱的牵挂，她才懂得情之一字尽在生活的琐碎里。

"我二人，竟真的做了一辈子寻常夫妻。"

宋挽将沈千聿的手拉开，如过去千百个日夜一般枕在他的臂弯。

"往日听者无意，可一生须臾而过，才知晓寻常二字已极不寻常。"

环住沈千聿的腰，宋挽道："下辈子，我还同你做一对寻常夫妻。"

沈时晏在院子中等了许久，直到天色渐暗，屋中仍未传来半点声响，他才满脸是泪走进屋中。

屋中的床榻之上躺着两个人，就如多年前他闯入长乐宫中时，偶尔会看见的画面。可他知晓无论自己发出什么声响，疼爱他一生的父皇、母后，都不会再像幼年那般一个气急败坏地追得他满殿跑，一个在后头温声细语地让他仔细脚下，不要摔跤。

"圣上……"沈时晏跪在屋中，忽然如儿时一般号啕大哭。

他便知，他便知会有今日。

他的父皇母、后向来情深，哪怕生死亦不能将他们分开……

他一直都知道的。

番外五
万宵

沈千聿与宋挽故去后,万宵同吉荣便整日坐在小院中沉默对饮。因先皇有遗诏,丧期庶务从简,是以二十一日过后,宫中便再也听不见哭声。

万宵仰躺在椅子上,身上穿得还是白色的素服,有几分皱但尚算干净。

好似自沈千聿离开后,他同吉荣便不知该如何生活了。

皇帝身边有六垚照看,东厂亦有崔荇接手,他同吉荣两把老骨头如今竟再无用处。

"今儿太阳晒得厉害,晒得我的骨头都酥了。"吉荣坐在廊檐下,轻声喃喃着。

万宵闻言嗤笑一声:"如何是晒得酥了?分明是老得不中用了。"他握着手中的酒壶,悠哉悠哉地晃了起来。

"咱们……也该寻一地界养老了。"

艰难地站起身,吉荣走到万宵身边轻声道:"这座院子已不适合你我,以我对圣上的了解,他怕是要将这里封存起来的,咱们便不在这里耽误圣上时间了罢。"

万宵闻言,指尖无意识地拈了拈。

他二人的确不该再留在此处,可不在此处又有何处可去?

宫中虽有别院,但他二人自高位而退,若是识趣便不该再留在宫中,而是该给六垚同崔荇让出位置。

而出宫……

他同吉荣在宫外俱有府邸,可偌大一个宅子空荡荡的,他二人并不耐去。

万宵回头看了一眼沈千聿同宋挽曾住过的屋子,长叹一声。

如今那间屋子门窗紧闭,可他好像可以听见沈千聿的声音一般。好似下一刻,沈千聿便要歪歪斜斜地从屋中出来,再呲上他几句。

想到这里,万宵笑了出来。

"你且说,咱们二人要住到何处去?"

"我不知,正想问问你。"

动作艰难地蹲下来，吉荣坐在白玉石阶上，仰头看着晴空，微微勾唇。

他们这样的身份，无所去处。内侍同寻常男子不同，年纪越大身体愈发不堪。他想着自己同万宵还可以做个伴，总不至于一个人孤独至死。

"你我二人既无亲朋，又无姊妹兄弟，只能咱们哥俩儿相依为命了。"

吉荣一手搓着从地上揪起来的草籽，一边无意识地喃喃着。

早些年蘅芜出宫外嫁，如今已儿孙满堂。太上皇与太上皇后丧期一过，蘅芜便托了人将蘅芷接回她的家中。前段时间蘅芷还曾经给他们二人带来口信，说是在外面过得不错，让他们不必忧心。

"你可有想去的地方？"

吉荣摇头，不知自己前路在哪儿。打从他七八岁有记忆起，便在宫中做了内侍。自己姓甚名谁？家住何处？家中又有何人？一概不知。如今自然也没什么想去的地界。

万宵知他的境况，也不多说，只是问吉荣愿不愿意同他一起回保定府。他生在保定府，如今几十年过去，他想回去看看，去看看张、李二府的旧址可还在。

二人正在交谈，崔荇从院外走了进来。

崔荇面容不显，生得很是寻常，但他的性情却极得万宵的心。此人艰难时不怨天尤人，富贵发达亦不张扬炫耀，无论处在何等境地，皆可保持沉着镇定。

"义父，孩儿来看看您。"他手中提着酒肉，走进院子后，动作自然地放在桌上。

吉荣瞧着哈哈一笑："咱爷儿仨正好可喝点儿，我去拿了碗盘来。"

将地方让给父子二人，吉荣转身进了屋。

"您老这几日都没换外衫？"

说话间，崔荇从檐廊下摆着的竹筐中，拿了条薄毯盖在万宵的腿上。

"换什么换？且干净着。"

"你今日来，为的什么？"

"哪里有什么事，不过来看看义父。"

崔荇家中贫困，兄弟又多，几岁时他便被父亲送入宫中净了身。在家中的时候，他从未吃过一顿饱饭，到了宫中虽然可以吃饱，但像他这种身份低微的，即便一直安分，也免不了被人欺凌。直到万宵将他带到身边，崔荇才过了几年安生日子。

万宵待他虽严厉，但崔荇也拿他当了生父看待。虽然未育他，但给他生机，犹如再造之恩，唤一声父亲也并不吃亏。

见万宵闭着眼睛瞧都未瞧他，崔荇淡淡地笑着道："我在宫外买了座宅子，想接您同吉荣师父一起去那而养老。有孩儿在身旁伺候，您二人也不至于感到无趣。"

万宵闻言缓缓地抬起头，想了片刻方说不去。

"不给你添麻烦，若养一二日又嫌我二人累赘，可如何是好？"

"若嫌你二人累赘,孩儿便再买处宅院搬出去便是。"

崔荇一笑,只觉得万宵又无端地闹起了脾气。人年岁大了,总有些怪癖,他这位义父自从上了岁数后,性情便愈发刁钻了。可即便如此,崔荇也不恼,说话仍旧语气温和。

"宅子位于乾金街,地方安静,又远离闹市,且一趟街只有四座宅子,这处宅子对过乃是镇抚李承祖家。"

话音刚落,万宵便睁开眼直直地看着崔荇。

"早些年因家中人口多,李家便换到这处,正好乾金街那里有户人家外放离开了京城,孩儿便将那座宅子买了下来。宅子里头没什么可换的物件,房屋也已经修葺干净,孩儿已经跟圣上提过接义父出宫荣养之事,若您答应,今日孩儿便可以接您同吉荣师父住过去。"

万宵蹙眉道:"怎么想起在这里买了宅子?"

崔荇道:"这些年,义父一直暗中帮衬李家,想来是您老旧故。如今您出宫荣养,在他们身侧想来更为放心。"他一直没查到义父跟李家的关系,按说他手握东厂,不该如此小事都探寻不到半点蛛丝马迹。如今既无所获,多半是义父有令抑或抹去了自己同李府之间的关联。义父同李府之人定有些不同寻常的交情,但他无意过问。

"几十年不见的老朋友,虽不能上前相认,但在附近瞧瞧也好。"

"这话说得没错,你该听崔荇的。"

吉荣端着酒肉走了过来,将东西摆放好后说道:"去瞧瞧吧,他们应该早已记不得你是谁了。都一把年岁了,若死了就什么都没有了,不怕去看看。李家子孙众多,住在旁边咱们也能享几分热闹。"

"我去给义父收拾东西。"

也不管万宵是否同意,吉荣同崔荇就将此事敲定下来。

二人手脚利落地把东西收拾整齐,当日便搬到了乾金街的宅子里。

这乾金街已出了上京的繁华地界,是以很适合清静养老。且崔、李两家大门正对着,虽是三进的院子,但也并不显得空旷,若两家大门都开着,还可以瞧见对方家的里院。

万宵同吉荣搬进去时,院子中住着个年纪不大的跑腿小太监。

"两位老祖宗,小的名唤安康,祝您二老安安康康之意。"

吉荣笑着道:"唤师父便成,喊什么老祖宗?"

他让安康将自己的包袱卷儿收进屋里,又站在万宵身边,跟他一起看向李府。

"保定府有一繁华地,唤望春街,一整条街上只有两户,一户姓李,一户姓张。你可知到那条街为何唤望春?"

吉荣笑着摇头,万宵道:"待到春日山上春花开,站在望春街可一眼望见春日来,因此当地人皆唤那处为望春街。张、李两家都是当地有名的儒商，且又是商帮之首，多年来他们捐钱捐物帮难者无数。那时保定府提起张、李两家，谁都得道一个善字。"

万宵指着街头种的一棵榕树，笑着道："这树我瞧着熟悉，想必是幼年我家中也有的。"

吉荣望向那棵已经枯败得不成样子的榕树，心下一叹。

"这处……挺好。"

转过身，万宵缓缓走入院中，随意寻了一间房进屋小憩。

第二日他从屋中出来，便见院子中摆着一把黄花梨雕海棠花摇椅，那把椅子摆在院中间，正对着李家门口的榕树，万宵见状淡淡地一笑，坐了上去。

伺候他二人没什么活计，洗涮之事有婆子处理，安康平日便只负责陪着两个人，给两个人逗逗趣儿。

若赶上哪日万宵的心情不错，他坐在万宵的身旁静静地陪伴便好。

今儿也不知是什么日子，隔壁李家从早上起便吵吵闹闹的，一群孩子叽叽喳喳地你追我赶，听着好不热闹。

安康怕吵着万宵，正准备去关院门，却被他阻止。

"你且回屋，我一个人在这儿静静神。"

安康走后，万宵便躺在摇椅上，看着李家门口一群跑来跑去的小娃娃出神。

那当中有个身穿红蓝绣福字纹小花袄的丫头，看上去不过三四岁的模样。可无论哪个孩子瞧见，都会从她的身边匆匆跑过，惹得小姑娘一阵阵地哭鼻子。她的声音嘹亮，万宵只觉得这个小丫头一早上哭声就没停过。

"陪我，陪我……"小姑娘气急败坏地去抓身边的同伴，过了许久都抓不到时，她气愤地举起门口的大石，咚的一声砸在地上。

万宵瞧见这个情景，忽然站起了身。

那块大石不小，砸在地上留下一道浅坑，一群小娃儿被她吓了一跳，呼啦一声四散而去。

万宵瞧见后笑了一声。

小姑娘听见他的笑声，撒着小步子吧嗒吧嗒地朝着他跑了过来。

"你笑我……"

"没有。"

小姑娘嘴巴一撇，又要哭鼻子，惹得万宵连忙蹲下道："不曾笑你，女娃儿力气大些好，来日可以保护自己。"

豆儿大的泪珠挂在脸上，那个小姑娘抽搭两下，抹了抹脸又笑了起来。

原是她瞧见万宵身后的那把摇椅了。

"我……"

"我去……"

小女娃儿伸出短短白白的一截指头,指着椅子去拉万宵的裤腿。万宵将她抱上摇椅,自己在一旁微笑不止。这个小丫头,也是空生了一把子力气,脑袋同桃芊一样不太灵光。

"安康,给姑娘拿碟饴糖。"

一碟饴糖放在小女娃儿面前,万宵递给她,小娃儿便吧嗒吧嗒地吃了起来。

小孩子容易困顿,前脚还含着糖,后脚便眼皮发沉,在椅子上睡了过去。万宵静静地看了半晌,方让安康去李家寻人。

不多会儿,一个男子匆匆自李家走了出来,他一见万宵,便弯着腰致歉。

"我家这小孙女儿皮得很,未想跑到了您老这里,这一会儿可给您老添麻烦了?"

"不曾。"

李瑞上前抱起那个女娃儿,又跟万宵说了声叨扰。

待他要离开的时候,万宵突然道:"这女娃儿十分讨喜,我瞧她的力气大得厉害,可真稀奇。"

"哪里稀奇。"

李瑞笑着道:"这小娃儿是随了她曾祖母,自小儿便生了一把神力。"

说起这一身神力,李瑞笑得满是自豪,不过简简单单的一句话以及略带笑意的眸子,万宵便知桃芊的这孩儿是个孝顺的。

他勾起唇一笑:"她可取名了?"

"取了,唤云香。"

万宵听后缓缓点头。

李瑞见他和蔼,便多聊了几句,离开时小云香眨着睡眼惺忪的眸子,欲哭不哭地瞧着万宵,惹得万宵忽而想起好多旧事。

他的父亲同桃芊的父亲乃儿时旧友,张父去得早,剩下孤儿寡母在世时常为生计发愁。李家自小要比张家富贵些,因此他父亲幼年时经常接济张伯母子,这一接济便是很多年。

后来张家老太太去世,张伯守孝过后说要出去闯荡闯荡,他父亲不忍张伯身无长物,便寻了放印子钱的地痞,支了三十两银子给张伯。

万宵还记得他的父亲同张伯小酌时,经常会念叨此事。

"你是不知,那日我自江南回来,就见你爹爹被人打得鼻青脸肿,原是他借了印子钱还不上,被人追得东躲西藏,几年不得安生。"说到兴头,张伯还会拍着他父亲的肩头落几滴泪。

后来，张伯在外发了家，回到保定府将李家滚出天价的印子钱还了不说，还将他多年打拼下的产业一分为二。如此这般，他们两家才能在短短十几年中自保定府脱颖而出。

而他与桃芊的婚事，也正是两家最富贵的时候定下来的。

今日见了小云香，万宵便觉得又看见了儿时的桃芊一样。

他大了桃芊五六岁，张伯家一直子嗣艰难，待到桃芊出生时，他上头已有兄姊四人。无人合适，这婚事便落在了他身上。

桃芊刚出生时长得粉雕玉琢，极小的年纪双手便十分有力。平时他逗着她玩耍，还会被她软乎乎的小手拉得挣脱不开。待到她如小云香这般年纪，就已经能自己端着铜盆满地走了。她的力大又不知道轻重，时常会抓伤同龄人，为了看着她，他那时便将小小的桃芊放在背上，走到何处都带着她。

而这种平稳的日子过得并不久，当年李家出事，出得很突然。

多年过去，他已经对那时的事记不大清。可万宵隐约知道当时两家不知在上京盘了个什么门脸，那个门脸原本该写两家的姓名，张伯却说将此处做桃芊的嫁妆，提前送到李家去，这才只落了他父亲一个人的手印。

万宵还记得事发那日已是夜深人静、月朗星稀之时，他躺在榻上无论如何都睡不着。只因白日里桃芊将手上带着的珍珠链子抓断，噼里啪啦地洒落了厨房一地。

本不是什么名贵物件，可那晚他却生了想要寻回的心，一个人去了厨房。

他正蹲在厨房里四处寻摸，便听到外头传来低低的呜咽声。

万宵已不记得当时都发生了什么，他只知晓待自己回过神来，李家满门已被屠杀殆尽。

他亲眼看着那些人将父母兄姊的尸首丢入车上，连夜运送出去。

而他跟几个年纪更小的堂兄弟，则被人勒住脖颈，生生勒晕了过去。

不过一夕之间，家毁人亡。

再后来，他被带入宫中，净身做了太监，而跟他一起入宫的几个堂兄弟，因为年岁小抑或这样那样的原因，未能扛过那一刀，都接二连三地死去了。

眼皮一动，万宵嘲讽地一笑。宫中着实是个吃人的地方。

他入宫时不到十岁，却几次险些丧命，后来他知晓要在宫中活下去，只得将自己瞧成个畜生，而不是把自己当人。为了求活命，他拜了宫中一个管事太监为师，也是自那日起他摒弃李家子的身份，成为宫中一个低等太监，改名为万宵。

辗转多年后，他才打听到灭族的缘由，知晓是谁害得自己家不成家，人鬼难辨。

说来可笑，他李氏一门被灭，仅仅是因为张、李两家在上京盘了一座酒楼，也就是后期被段宜亭捏在手中，又辗转流落到沈千聿手上的翠微楼。

当年段宜亭想以低价购入，他的父亲不同意，所以一夜之间，李家上下近百口人，无一生还。

搓了搓指尖，万宵敛着眸忍不住面色阴沉。

那年在宫中再见桃芊时，他很是惊诧。只因他曾经设想过张伯一家会如何。

他那时想，张伯大概会找他们几日，而三五年、七八年，甚至是十年过后，他们便会忘却李家，忘却跟李家定下的婚事。而桃芊也会再寻一个好夫婿，过完寻常的一生。

毕竟那时候的张、李两家在保定府多有人脉，他想，多年累积的善缘必可庇佑张家，哪怕李家不复存在，那些个曾受过两家恩惠的人，也会护张伯一程。

可桃芊入宫，他便知怕是那些受到恩惠的人不仅没有伸出援手，应还曾落井下石。

再听闻桃芊讲述张伯一家的下场，他更觉得心痛不已。

那个本该过着富庶生活，被父母独宠在掌心的神力小女娃儿，最终却沦落至与人为奴的下场。

这实令他不忍、不甘。他欠张伯一家，护桃芊一生无忧是他该还的债。

万宵坐在黄花梨摇椅上，看着对面的李家大门淡淡地笑了起来。

桃芊这一生过得很好，有他护着，也从未受过什么委屈。如今她儿孙满堂，虽有其他烦恼，但终归在他背上长大的小姑娘，不曾受过人间疾苦。这于他来说便足够了。

番外六
林葭玥

"给母亲敬茶。"

江涑身穿崭新的银丝团花纹云锦直裰，同身旁生得水嫩秀气的小姑娘给林葭玥跪地敬茶。

他二人昨日刚刚大婚，小姑娘小了江涑近一旬，今儿脸上满是嫣红的羞色，但眼中却水泠泠的尽是爱慕之情。

林葭玥看着二人，勾唇笑了起来。她其实也未承想过江涑会娶比他这样小得多的一个姑娘。

"好孩子，快快起身。"

苏清珞略微拘谨地站起身，站到一侧不敢言语。她的婆母是个厉害的，是当今圣上都曾下旨赐匾的一品老封君。

且不说她以一人之力支撑侯府数十年，生生让城阳侯府一朝翻身，重回权势巅峰，便说她开遍天下的杂货铺子，这些年便不知救助过多少有难之人。

而由她同太上皇后所办的女子产科以及教导出来的数千稳婆，又不知拯救了多少女子的性命。这整个上京城之中，但凡闺中女子便无一人不敬崇她，不想成为她。哪怕她的身上多有谩骂之声，但自从圣上赐下匾额，这些个难听之言也渐渐消散，再无痕迹。

苏清珞看着林葭玥，有些惧怕地捏了捏衣摆。

"好孩子，你怕什么？我还能吃了你不成？"将手中的鎏金鸥吻拐杖在地上轻轻一敲，林葭玥笑了起来。她年轻时容貌清秀柔美，可如今年岁大了，多年来又一直忙于侯府的琐碎及万民生计，是以这一张脸老得厉害不说，还没半点柔善之色。

有时林葭玥照铜镜时亦会被镜中人吓一跳。可她从不后悔。毕竟面容和善的老太太，可支不起这偌大一个侯府，直到如今。

看着已生得丰神俊朗、眉目凌厉的江涑，林葭玥的心中一软，硬挤出几分慈爱。

"先前老郡王府那事……"

不过刚提了个话头，苏清珞的脸色便立刻白了下来。

林葭玥叹息着道："你不必紧张，我是想说，咱们府上不看重那些个虚名，既然你已嫁进城阳侯府，日后便无须日日揣着对此事的担忧，生怕何时被人翻弄出来，以此羞辱于你。"

说来苏清珞还是故人之后。她的父亲是径山书院院士苏榭之子，这个小姑娘出身宋挽的母族，林葭玥听说有这么个人的时候，还未见便已生了三分欢喜。

原本这个小姑娘定了一门亲事，可前段时日上京老郡王府设宴，也不知席上出了什么问题，一个七八岁的女娃儿跌入池塘中，一群姑娘没有一个行动的，倒是她这个傻儿媳当时不曾犹豫，扑通一声便跳进了水中。余下的便是那些个她早已看够的老套把戏。

同苏家定亲的人家咬准苏清珞丢了名节，第二日便大张旗鼓地退婚去了。

想到听见这消息的那一刻，林葭玥端着茶盏的手仍旧抖得厉害。或许是人老了，总能想起些旧事来，林葭玥轻咳一声，继续道："你做得对，你不顾己身舍命救人，看在我眼中是再善良不过的，也就是那些个愚货、蠢货，会以此抨击你丢了清白，说那些个可笑之言。"

江涑转头看了看面容稚嫩的小妻子，又看了看母亲，温柔地一笑。他也觉得母亲说得没错，自家的小妻子是个勇敢、善良的。

"咱们府上也不兴纳妾收人入房那一套，我瞧你带来的几个陪嫁丫鬟，都是为了此事吧？"

"是……"

"都送回苏家去吧，只要我活着一日，涑儿房中便不会再有他人。"

苏清珞惊愕地抬头，满眼是泪，看着林葭玥。

苏家虽有名望且又是太上皇后的母族，但她的父亲一心钻研学问，在文人之中可称一句声名鼎沸，但他到底并非官身，她亦与城阳侯的身份相差太多。

更何况她前有失贞之实，后有被夫家退婚之耻，无论身份、地位抑或声名，都同城阳侯江涑差得太多。

得知城阳侯府差媒人上门提亲，至她昨日入洞房之前，苏清珞都不敢相信自己真的可以嫁入侯府。

母亲怕她在夫家受了苛待，又怕夫婿嫌弃她的出身，被退婚等事，因此特意在家中选了四个容貌出众的丫鬟，以为日后帮她固宠所用。

可苏清珞没想到，刚入门的第一日，她那看似严厉无比的婆母，便对她说出这样一番话。

小姑娘面皮薄、心思又纯，听了这几句话，心中的担忧、害怕忽然排解出来，再忍不住先前受到的委屈，抹起泪来。

　　"莫哭，大喜的日子。"将人拉到自己身前，江涑轻柔拭去小姑娘面上泪痕。

　　"母亲说得没错，既娶了你，我便不会再生歪心，妾室乃乱家的根源，那些个女子你遣回苏府去吧。待一会儿我让人备车，陪你回苏府一趟。"

　　"可……可今日并非回门……"

　　林葭玥道："不讲究那些。"

　　看着小姑娘满心满眼都是江涑，林葭玥忽然想起了刚到城阳侯府的自己。

　　那时候的她也跟苏清珞一样，心中尽是对夫婿的爱恋之情。放眼望去，她们只觉得眼前的路途皆是繁花，未来光明而璀璨。那时的她怎会知晓自己的一场爱恋，竟换得个众人皆不安宁的后果。

　　如今再见情窦初开小姑娘那可为情舍弃一切的眼神，林葭玥便止不住心生害怕。

　　她呀，实在怕眼前的小姑娘也跟她一样，赌输了，输得一败涂地。

　　抬手招了招苏清珞，林葭玥放软了声音："今儿回去一趟吧，同你的母亲将话说明白，不然这三日里她还不知要如何担心。让涑儿陪你一起回去，有什么担忧的，她见到涑儿便可解了。"

　　林葭玥不敢说自己将儿子养得多么多么好，但她却敢说自己的儿子，怕是这天下里头最懂得尊重女性的人。他先前不愿娶妻，她便随着他，那日听闻苏清珞的事，她问他，可愿意同这个姑娘相看，他也从未生不满之心，暗中相看过后，两府便将婚事定了下来。

　　往日林葭玥觉得盲婚哑嫁实不可取，可人见得多了，世事经历得多了，她方知晓一场婚姻是否幸福，只同人有关。若两个人知礼懂进退，心无算计恶念，想来这日子再差也不会差到哪里去的。

　　眼看着新婚小两口离开，林葭玥拄着拐杖缓缓地走出福鹤堂。

　　刚到正堂不久，林葭玥就见江星一脸疲惫地走了进来，身后还跟着七八个半大的孩子。

　　"我的小星星们回来了。"

　　"给老夫人请安。"

　　一群姑娘叽叽喳喳地上前，围着林葭玥转个不停。林葭玥一一在她们稚嫩的小脸儿上摸了过去，挨个说了声安。

　　江星见状笑道："您老真是一时都不得闲，多休养休养不好？何必日日来接？"

　　问过江涑同新妇，听闻二人回了岳家，江星也只是点点头，丝毫不曾生起新人未给她请安的不悦。只因她如今也忙得脚不沾地。

幼年时，江星只知道自己不愿意离开侯府，却从未想过自己的一生可以做些什么，后来她在府中待得无趣，便不时去寻前来学习产科的稳婆们学习医术，久而久之，她也生了几分兴趣来。再后来，她阴差阳错地救过一个生下便没了气的婴孩，这方彻底走上救死扶伤这条路。

那时有人诟病她一个未出阁的女子行医不妥，却被林葭玥三言两语骂了回去。

这些年，江星已经成为上京有名的大小方科女大夫。

"人若休养久了，反倒生懒怠心，不如多动弹动弹。"说完，林葭玥招了招手，"孩子们，吃饭去了。"

一群小姑娘跟在她后头叽叽喳喳地往前走，林葭玥瞧着心中万分舒畅。

这些个小姑娘也多是出身贫苦的，自从她将平翠庵改成专研产科的药堂，便开始有出不起银钱请稳婆的产妇，待到发动时故意去药堂前，求人接生。

原先只是偶尔有几个来生子的，后来竟有产妇生下孩儿便直接丢在她这儿。

这些年来，这样的孩子她收留了不少。

如今看着这些个孩子一点点长大，林葭玥心中的愧疚好似也被一点点抹平。

"老夫人……"

"怎的了？"

一个面容清秀的小姑娘落在最后，她仰头看着林葭玥，眼中似有话说。

"可是有什么事？零花钱不够了？想买饴糖还是绢花？"

"都不是。"小姑娘红着脸，眼眶微红，"今儿药堂来了一对夫妻，他们说是我的双亲，要来接我回家去。"

林葭玥道："那你是怎么想的？"

"我不知。"小姑娘落泪，心有不甘，"我知晓他们是瞧着我如今生了能耐，想接我回去换银钱呢。可我这心头又是恨，又是……"

"有所期待是吗？"

林葭玥站定了身子，轻声道："若心有期待，你便回去瞧瞧，左右我知晓他们家住何处，不会让你丢了去。回去瞧瞧，若真的待你好，便留下，若待你不好你再回来。"

"我不回去。"小姑娘抹着泪，"我不想做那种被咱们堂里救了，还要倒打一耙的白眼狼，我要留在侯府给老夫人尽孝。"

"傻孩子。"林葭玥摸着她的头，微微一笑。

这些年她的确遇见过许多受她恩惠，却反咬一口的人，但她根本不在意这些。

轻轻为小姑娘拢了拢头发，林葭玥开口："若我图回报，便不会去做这些事，各修己心，咱们莫攀求别人。且若我施恩图报，那这恩不施也罢。"

"可是夫人您做了好事却被人利用，不会不甘心吗？"

"若我开始便不求他人的回报，又怎么会觉得不甘心？"林葭玥轻轻一笑，"人生不如意事十之八九，只要咱们上对得起天地，下对得起自己的良心便成。你做什么出自你的本心，他人做什么出自他人的本心，我们何尝能管？又何必去管？此事也是如此，我知道你是个好孩子，你若想回去看看，那便回去。你若违心，日后必要后悔，这又何苦？"

小姑娘闻言咬着牙，许久后方哭着点点头。她还是想回去瞧瞧的，无论她的双亲当年出于什么目的抛下她，她都想回去瞧瞧。若真相不堪，她也可以死了心地留在侯府。

"下午我安排人送你回去，若一旦违了心，为这事生了心魔，日后做什么都不得消停。"林葭玥说完，牵着小姑娘的手一直走到正堂用饭处。

孩子们还是长身体的时候，一个两个能吃得很，看着这些孩子累了一上午，吃起饭香得不行的模样，林葭玥同江星会心地一笑。

她啊，刚穿越过来的时候总想着要改变这个时代，在这个时代一鸣惊人，名留青史。如今瞧着那样的自己，她只觉得天真。

捧起面前的瓷碗，林葭玥慢慢吃了起来。虽然她不能改变天下众生的命运，但她可以保护好身边的人也很不错。

她可以护住眼前这些女孩子，可保证嫁入城阳侯府的苏清珞一生无忧，无须同后宅姬妾争风吃醋，便已经很好了。

这些年，她看着江星，看着宋挽，看着身边的人一点点受她的影响而有所改变，林葭玥便觉得值了。

她没能改变这个时代，但她见证了一个时代。

她改变了一些人，又亲眼见证了那些人的爱情和生命、困惑和精彩。

她参与进许多人的故事中，伴随他们走过一生，看着这些人演绎那些精彩纷呈的故事，她便觉得足够了。

她呀……

也算不虚此生。

番外七
闲之

落霞村位于东宁以北,位置偏僻,物资不丰,但此处风景极美。落日时晚霞漫天,艳红色可以遮住整个村庄。村中的人口不多,只有二三百户,生活虽不富足,但十分安闲。

村中有户姓江的人家,本是落霞村的外来户,但因为江家老大娶了个兄弟众多的本村媳妇,如今在村中也算扎下根来。

前些日子江家大媳妇有了身孕,算得上村中的大事。原是这江家大媳妇嫁给江大已有七八年,可成婚多年,二人一直没有子嗣。夫妻二人本以为今生与子无缘,哪儿想到人到中年竟是突然有了。

将为小儿准备好的细软尿布清洗干净,江大又烧了热水仔细烫着。

"老蚌怀崽子,到底精细。咱又不是什么富贵人家,竟还用上那细软的白布了,可要知道老婆子我这辈子还未摸过那般软的细布。"

江大母亲佝偻着腰倚在墙边,一边心疼地看着灶膛中噼啪燃烧的柴火,一边撇着嘴直嘟囔。

江大闻言,手上的动作微微停顿下来,继续不声不响地将火烧得更旺。

城里的产科大夫说过小儿精细,耐不住脏物,尤其刚生下的婴孩的所有东西都应处理妥帖,最好用热水净水烫过方好。他自听了便开始攒钱买布买羊,生怕自家儿子生下没得布用,没得奶吃。

江大默不作声地做自己的事,江老太见他那副怂样子气不打一处来。可她到底不敢说什么,朝着小儿媳挤眉弄眼半天,半咒半骂地回了自己的屋子。

谁让他家当年为了在村中落户,不得不娶了个村子里头有名的悍妇?

江大媳妇在屋中摸着滚圆的肚子,面色不善地看着窗外。直到江大将洗好的东西一一拧干晾晒好,她脸上气愤的神色才缓和几分。

"你今儿可觉着不舒服了?"江大进屋便上前搀扶自家媳妇。

"没觉着不舒服,就是心里头堵得慌。"

"那我同你出去走走。"江大言语不多，听闻自家媳妇不舒服，便拿来外衫给媳妇披上，搀扶着肚子滚圆的媳妇走出了院子。二人一出门，便有坐在树底下乘凉的村中闲汉磕起牙来。

"哟，又领媳妇回娘家吃肉去？"

江大媳妇闻言脸色一沉，抿着唇瞥了江大一眼。她家祖祖辈辈做的都是杀猪卖肉的营生，是以家里头无论老子娘抑或几个兄弟都生得凶神恶煞，虎背熊腰，连她一个姑娘家也不例外。

往日在村里虽有人打她的主意，但她李秋花也不是个吃素的，一眼便能瞧见那些个东西生得什么心思。不过是瞧着她家在村中富庶，想顿顿吃得上肉罢了。

原本李秋花对这些个想占李家便宜的东西很是不屑，可哪儿想头几年村中来了家外来户，她却是一眼就瞧中了家中有个精明算计老太的江大。

看了一眼相貌英俊、肤色细白的男人，李秋花心头酸涩不已。成亲这么多年，哪怕二人如今有了子嗣，李秋花也知晓江大会娶她不过是为了在村中落户扎根而已。

"别在意他们说啥。"拍了拍李秋花的手，江大领着她往李家走去。

李家的吃用要比江家好上太多，李秋花回了家便直奔厨房而去，掀开灶台锅盖端起锅中蒸得软烂的猪头肉便吃了起来。

"哎哟，娘的花儿，你慢些吃。"李母看着吃了一嘴油花的姑娘，心疼得帮她擦嘴。

江大见她的心情还算好，便走到院子中帮李家爹爹劈柴去了。李秋花也不知怎的，今儿心头就是不甚舒坦，哪怕嘴里塞着大肉呢，心里也是慌乱的。

李母见她黑着脸的模样也不敢轻易出声，只是默默地又去了厨房帮闺女割腊肉去了。

"今儿娘再给你拿五斤肉，你回家去好炒……哎哟，我的儿嘞……"

"他爹，他爹，你快来，咱闺女要生了。"

李母刚进屋就见李秋花捧着个肚子，地上是一滩破了的羊水，她瞧着心头一紧，猛地甩飞了手中的腊肉。

"娘……"

李秋花自幼便帮家中杀猪，什么大场面都见过了，可眼下却生了胆怯心，双腿摇摇晃晃地便要往地上坐，正头晕着，就见江大在院子里丢了斧头，一把推开李母跑了进来。

"媳妇，别怕，娘，你去寻村头孙稳婆，生产所需的银钱我前些日子给过，物件也都备齐全了，您同俺爹只管将人接过来，其余的莫怕、莫慌。"

李母闻言同李父忙推了木车往外走，江大抱着李秋花低声安慰："莫怕，东西都备齐了，你定没事。"

李秋花看着江大焦急的眉眼，心中也不那么害怕，她拉着江大的手将多年的猜疑缓缓地放下。

孙稳婆乃是去正经学习过的稳婆，经验老到，人也沉稳，李秋花虽因身形的原因不好生产，但好在有惊无险地把这个孩子生了下来。

将孩儿抱在怀中的时候，那孙稳婆"哎哟"一声。

"是个俊俏的小公子嘞，俊得很，俊得很。"

孙稳婆抱着小婴孩哄了好一会儿，才将他放在扑满细软棉布的摇篮里。

自此后落霞村便出了个百年难求的漂亮男娃。

江大按照族上传来的族谱给这个孩儿起了个名字，取其安闲之意。那孩子生得俊，性子也与众不同，寻常小儿喜欢的他从不喜欢，整日最常做的便是坐在院子中的木凳上不知在寻思些什么。

李秋花也不知怎的，瞧着自家儿子那黝黑的眸子时常觉着莫名胆寒，就好似这个孩子早生神志一般。

"嗤，长得俊有啥用？这个年纪了连话都不会说，说不得是个傻子。"

江老太看着独孤地坐在院子中的孩子，撇着嘴嘲弄。

"吃肉都堵不上您老的嘴。"

李秋花一把将江老太手中的肉碗夺了过来，转头倒在了家中的猪圈里。做完这些，不等江老太开口咒骂，她上前一胳膊捞起坐在小木凳上的小娃，抱在怀中大步走了出去。

被人抱在怀中，那小娃微微皱眉，可下一瞬间脸色又恢复了平静。

李秋花大步走出院子，将怀中的娃娃调整了一个更为舒适的姿势，这方摸着孩子的小脸儿道："听你奶在那儿胡呲，我儿便是不说话，也是个再聪明不过的孩子，娘亲都知晓。"

小娃娃瞪着黑黝黝的深不见底的眸子看着李秋花。

"且我儿便是个痴傻的又能咋的？娘亲还养不活你不成？"她低下头将怀中娃娃身上的衣裳扯了扯，随后笑着道，"你外祖前些日子给了娘亲二两银子，没人知晓，今儿娘亲带你去县城割块布，要那绫的罗的、最细最软的。"

那小娃的视线自女人晒得焦黑粗糙的脸上扫过，又缓缓地落在她身上那件打了补丁的粗麻衣裙上。

没生孩子前，李秋水在村中过得出了名的好，顿顿可以吃得上肉食不说，家中也穿得起细棉衣裙，可自生了这金疙瘩儿子，她同江大的生活便一落千丈，三年了都未做过一件新衣。

可即便如此，但凡家中有点子碎银，她便要领着儿子去县里挑些农户人家从不会看的金贵东西给孩子。

"江大媳妇，又带你家孩子去县里？"

同村的媳妇远远走来，看着李秋花眼露艳羡，只是这艳羡中还深藏了三分鄙夷同两分忌恨。

"你家这娃子生得真好，就是瞧着不像江嫂子。"

身旁一个媳妇酸溜溜地道："生得这样俊又迟迟不开口，说不得是天上下来历劫的，怕是几年以后便要回天庭复命了。"

李秋花闻言，粗黑的眉毛一挑，走到树下，将儿子轻轻放在地上道："你在这处等等娘亲，莫乱动乱跑。"

仔细将小娃儿身上的衣裳褶子掸了掸，李秋花转身奔着方才那个媳妇而去。她走到那人面前，先是一口唾沫啐在人家的脸上，随后便挥起如山一般的粗糙大掌抽向那个媳妇。

"放你娘的臭屁，老娘今儿便让你回天上复命。"

那个媳妇被打得一个趔趄倒在地上，李秋花上前左右开弓狠狠地扇在她的脸上。一时间女子的哀号哭叫不止，同村下地的老少爷们皆急匆匆地跑了过来。

"哎哟，江大家的，你这是做什么？"

一群人将李秋花从那个人身上拉扯起来，李秋花冷冷地"哼"了一声："父老乡亲们别怪我李秋花做事难看，今儿我便把话放在这儿，来日谁再敢说我们家孩儿一句不是，瞧我不抽烂她的嘴巴。"

"都是同村的，哪里有什么坏心？不过是瞧着你们家娃儿生得俊，稀罕稀罕罢了。"

"我呸，我家娃儿用你们稀罕？"

李秋花抓着挨打媳妇家的男人，粗胖的手指杵到了他眼前："管好你家婆娘的那张嘴，否则别怪我下次掰光她一口牙。"

她自幼搬猪肉、杀猪，便是下地做了一辈子农活的爷们也没几个比她有劲的，几个人见劝不动，便一个个散了去，再不敢招惹这杀星。

随手拢了拢头发，又好生拍了拍身上的灰尘，李秋花这才走到自家儿子面前将儿子抱了起来。

"娘亲带你去吃糖葫芦，回头馋死那帮碎嘴子。"

女人的脸上被人抓出好几道血痕，抱着儿子的时候却是满脸笑意。怀中的小娃娃见状伸出手指轻轻碰了碰她脸上的伤口，惹得女人"哎哟哎哟"喜得不行。

"谁说我儿是个傻的？我儿知道心疼娘亲嘞。"

李秋花笑得瞧不见一双眼。

"花啊，孩子没事儿吧？"

江大匆匆跑到村头，见李秋花抱着孩子喜笑颜开的模样这才放下心来，他的手中还拎着铁耙，裤脚挽起，沾了一腿的泥巴。

"你既来了便同我一起进城算了，我想着去给晏儿割块好料子，回头给他攒件棉衣。"

"小孩子长得快，衣衫不必做太好的。"江大虽然嘴上这样说着，脚却是奔着路旁的水沟而去，利落地将腿上、手上的泥巴清洗干净。

"有那银子不如多买些棉花，回头袄子塞得厚重些也好御寒。"

"这也成，那今儿便买棉花，回头料子我回娘家寻我长嫂割一块去。"

江大闻言张了张嘴，本想说她不应再回娘家同兄嫂讨要东西，可看着自家儿子黑黝黝的大眼睛，江大抿唇尴尬一笑。

"也成。"

他们做人爹娘的吃得差些穿得粗些没啥，小孩子娇嫩总要精细点。江大红着一张脸心中有种别样的难堪，可为了孩子还是强忍着将这股羞臊压了下去。

夫妻二人抱着孩子往县里走，走了大半日才刚进了城。

"我去给晏儿买糖葫芦，你在这儿看着孩子。"

李秋花把孩子放到江大手中，夫妻二人一路劳累，却不曾让孩子双脚落地片刻。

"晏儿可是累了渴了？爹爹给你买碗糖水喝？"

说话间江大舔了舔发干的嘴唇，他还未曾喝过糖水呢。糖是金贵物件，但他们夫妻二人却给孩子买过三五次。每次进城，无论是他抑或李秋花总会领着自家儿子吃些平日里吃不上的东西。

"等你娘亲回来，爹爹就带你去糖水铺子。"

李秋花举着个冰糖葫芦远远地走来，小心翼翼地将它拿在手中。

"晏儿吃，好吃的。"

红彤彤的山楂果子裹着金黄色的糖壳，凑到鼻尖的时候散发着淡淡的麦芽香气。三岁的小娃娃看着眼前的物件，许久许久不曾动弹一下。

"晏儿乖，你张嘴尝尝，甜得很。"

李秋花哪怕笑着的时候脸色也显得有些凶，但她的声音却极其温柔，一遍一遍地不耐其烦地哄着怀中的小儿，让他张嘴尝尝这金贵物什。

江大只是抱着孩子憨憨地笑着，时不时动动手臂，为怀中的儿子擦去脸上的汗水。

怀中的小娃娃伸出手，轻轻推了推眼前的冰糖葫芦。动作间露出手腕上一抹红色的胎记，瞧着好似一个如意结似的，显得十分喜庆。

"娘亲、爹爹吃。"

那个小娃看向手腕上的胎记，眉眼中露出一种似悲似喜之意。

"啊。"李秋花惊呼一声，"是咱晏儿开口了不？江老大，是咱晏儿开口了不？"

"是，是，是咱的晏儿开口了。"

夫妻俩抱着孩子站在街头上喜极而泣，李秋花更是哭号得整条街的人都朝着她看来。

"我就说我儿不是个傻的，我儿这般乖巧懂事，怎会是个傻的？"

将孩子紧紧地抱在怀中，李秋花又哭又笑，时不时更是不知是喜是恨地使劲跺了跺脚。江大到底是个男子，不像李秋花这般激动，但他也红了一双眸子不住地抹着眼泪。

李秋花哭完，又将冰糖葫芦递到孩子面前，哄着小娃娃吃上一口。

天气有些热，糖葫芦最外头的糖壳慢慢融化，金色的糖渍滴在李秋花的手上，李秋花却不在意，仍轻声哄着孩子。

那小娃看着，不知心中想些什么，许久后，伸手将糖葫芦接了过来，拿在手中。

江大家那个几年都不曾开口说话的孩子突然开口，又引得村里的人嘀咕了好一阵子，且有那愚昧的，见那孩子生得不似凡人俊美，便开始编排些怪力乱神之言。

只要李秋花听见、瞧见，必要打上一架，一时间村中无人不知这江家小子是个不能提、不能说的存在。

那江家小子也怪，无论村中人说什么，他都是一副淡淡的模样，神色淡淡的、眉眼淡淡的，好似对什么都提不起劲一般，唯有见到江大同李秋花二人，这孩子的眼中方能带上点温情。

看着已经长到七八岁却不曾开口说过几次话的孩子，李秋花日日愁得眉头不展。

"他爹，我想了想，这个孩子不能在咱们庄户人家长大。"从土炕上爬了起来，李秋花坐在炕头眉头紧皱，"我觉得咱家的孩子生来便不是个做泥腿子的命，若有机会，我想送他进城读书，最好能寻个名师，来日考取个功名。"

江大闻言也坐了起来。

自从生了这个儿子，他便多佃了三亩地，农忙时他从来是村中头一个下地最后一个归家，农闲时他便挑着扁担走街串巷，卖些针头线脑，只为多挣几个铜子儿。虽手中攒了几个钱，可送孩子读书识字是万万不够的，便是交得起束脩，也买不起笔墨，更遑论去城中寻个名师。

江大低头看着皲裂的双手，缓缓地抬起头来："这名师咱也不知去哪里寻，县里有位姓孙的举人老爷，他家的浆洗丫头曾在我这儿买过针线，不如我明日去县里问问，若能求那举人老爷见上一面，咱也好打听打听哪个先生的学问高些。"

"你说得有道理，这天下的先生也不都是好的，莫要带歪了咱家的孩子。"

李秋花想了想，踮着脚下了地，半蹲在炕洞前伸手左掏右掏，掏出个灰扑扑的红色小布包来。将东西拿出来，她又蹑手蹑脚地返回炕上。

小心地将红色小布包打开，里面露出金灿灿的一角。

李秋花抬起手指了指江老太太的屋子，又指了指背对着二人睡在炕边的孩子。

江大见状轻轻叹息，将小小一枚金戒指捏在手中，低声道："老太太嘴上虽刻薄些，但心中总是有孙儿的。"

李秋花"哼"了一声以表示不屑。

炕边躺着的孩子也睁开眼睛，听见这话倒是突然想起自己以前坐在院子中出神时，老太太总会不知从何处窜出来，在他手中塞上一块瘦肉，又立刻离开。

江家兄弟三人，江大生性老实，江二机灵聪慧，如今正在城中做跑堂，一个月有五十文的月钱，因为江家还未曾分家，这钱便都交到江老太的手中。

江二媳妇颇有怨言，是以江老太平日便对江大、江三很少有什么好脸色。这是老太太的处事之道，他懂，亦能理解。

将手缓缓从被子中伸出来，手腕间殷红色的胎记在月光下显得异常刺目。尚且稚嫩的小手缓缓抚摸上去，年幼的孩子微微一笑。

第二日一早，江大便挑着扁担去了县城，临行前李秋花回到娘家，央求父亲割了半扇肉给江大带去。

江大走了一整日，李秋花便在门口等了一整日，俊秀的男孩子站在树下摸着自己的腕子不知在盘算些什么。

直到日落西山，江大才挑着扁担缓缓而归。

"怎么样？那个举人老爷如何说的？"

刚把扁担放下，李秋花便急忙开口询问，江大笑着开口："咱家孩子的运道好，那位举人老爷家有个孙儿如今正是开蒙的年纪，我今儿求见了他，他让我明日带咱家孩子去给他瞧瞧，若是个有天资的，他说可让咱家孩子给他那金孙做陪读。"

"哎哟，敬谢老天爷。"

李秋花一拍大腿，眼中滴落几滴泪水。

"我明儿得带咱家孩子去给举人老爷磕头，无论如何都要让咱家孩子做个读书人，来日也好金榜题名做个状元郎。"

李秋花双手合十，哭着拜谢漫天神佛，小小的男孩子在一旁瞧着，缓缓地露出个极其浅淡的笑容。

读书识字，修身明理对他来说又有何难？

小男孩自从执起笔墨那日便展露惊人的天赋，不多久便成为十里八乡有名的才子。十五六岁的年纪时，他便被恩师举荐参加府试考中秀才，二十不到的年纪便要入京参加乡试。

　　"你家中可安排妥当了？"

　　少年点头："祖母与父亲、母亲均安，若来日高中，我便接他们入京，只是这段时日还要拜托先生照顾。"

　　"无妨，无妨。"

　　老者摸着长须，眉眼间尽是骄傲，想了想，他从书案上抽出一道卷轴递给少年。

　　"题幅字吧，也给为师留个念想。"

　　少年点点头，他提起笔，沉默良久，才在那雪白的纸卷上题下"修身养性，读书明理"八个字。

　　"可取表字了？"

　　少年微微一愣，想了片刻，随手写下了江闲之……